Alexandre Dumas

Os Três Mosqueteiros

Pé da letra

1.ª edição – Cotia, 2020

www.editorapedaletra.com.br

Direção editorial	James Misse
Edição	Andressa Maltese
Capa	Leonardo Malavazzi Kako Rodrigues
Diagramação	Lucas Coutinho Ione Santana
Tradução e adaptação	Manuela Garanhani Lopes de Mello
Revisão de Texto	Marcelo Montoza Nilce Bechara

CIP-BRASIL. CATALOGAÇÃO NA PUBLICAÇÃO
SINDICATO NACIONAL DOS EDITORES DE LIVROS, RJ

D92t

Dumas, Alexandre, 1802-1870
Os três mosqueteiros / Alexandre Dumas ; tradução e adaptação Manuela Garanhani Lopes de Mello. - 1. ed. - Cotia [SP] : Pé da Letra, 2020.

Tradução de: Les trois mousquetaires
ISBN 978-65-86181-16-6

1. Romance francês. I. Mello, Manuela Garanhani Lopes de. II. Título.

20-64369 CDD: 843
CDU: 82-31(44)

Meri Gleice Rodrigues de Souza - Bibliotecária CRB-7/6439

Prefácio

Indica que os heróis das aventuras que teremos a honra de narrar aos nossos leitores não têm nada de mitológicos, apesar de seus nomes.

Há mais ou menos um ano, quando eu fazia pesquisas sobre a história de Luís XIV na Biblioteca Real, encontrei por acaso as memórias do Sr. D'Artagnan, impressas – como a maioria das obras dessa época, em que os autores contavam longas histórias e, para não irem parar na Bastilha, publicavam seus livros em Amsterdã, com o editor Pierre Rouge. O título chamou a minha atenção: levei as anotações para casa, com permissão do bibliotecário, e as devorei na mesma noite.

A minha intenção não é fazer uma análise dessa obra curiosa; contento-me em mostrá-la aos leitores que apreciam os quadros de época. Encontrarão aqui retratos feitos com maestria, e mesmo que os desenhos sejam feitos em portas de quartel e paredes de taverna, vocês não deixarão de reconhecer traços do Sr. Anquetil, as imagens de Luís XIII, de Ana de Áustria, de Richelieu, de Mazarino e da maioria dos cortesãos da época.

Como se sabe, o que surpreende o espírito caprichoso do poeta nem sempre impressiona a massa de leitores. Sem dúvida, o mais admirável são os detalhes que antes não havíamos notado.

D'Artagnan conta que, na primeira visita feita ao Sr. de Tréville, capitão dos mosqueteiros do rei, encontrou três jovens na antessala; eles serviam à ilustre companhia de cavalaria pela qual ele teria a honra de ser recebido. Os seus nomes eram Athos, Porthos e Aramis.

Confessamos que esses três nomes estrangeiros nos causaram espanto, a ponto de pensarmos que seriam pseudônimos dados por D'Artagnan para proteger pessoas ilustres; ou talvez eles tenham escolhido esses nomes por capricho, descontentamento ou falta de sorte, e tenham vestido o casaco de mosqueteiro.

Desde esse momento, não tivemos descanso até encontrarmos nas coletâneas marcas desses nomes extraordinários que haviam despertado vivamente a nossa curiosidade.

Só o catálogo dos livros que precisamos ler preencheria facilmente um folhetim, talvez mais instrutivo, mas pouco divertido para os nossos leitores. Vamos nos contentar em dizer que, depois de tantas pesquisas em vão, abandonamos a nossa busca e, guiados pelos conselhos do nosso sábio amigo Paulin París, encontramos um manuscrito in-fólio, com a assinatura n.º 4.772 ou 4.773, não lembramos exatamente a numeração, intitulado assim:

> "Memórias do conde de La Fère, referentes a alguns acontecimentos na França entre o final do reinado de Luís XIII e o começo do reinado de Luís XIV".

Imaginem a nossa alegria quando, ao folhear o manuscrito, a nossa última esperança, encontramos na vigésima página o nome Athos, na vigésima sétima o nome Porthos, e na trigésima primeira o nome Aramis.

A descoberta de um manuscrito completamente desconhecido, em uma época em que a história é impulsionada a um grau tão alto, pareceu-nos quase um milagre. Por isso nos apressamos e solicitamos permissão para imprimir com o objetivo de entrar com a bagagem de outros na Academia de Belas Letras, se é que não conseguiríamos, fato muito provável, entrar na Academia Francesa com a nossa própria bagagem.

Devemos dizer que essa permissão nos foi gentilmente outorgada, o que consignamos aqui para desmentir publicamente os maldosos que pretendem um governo pouco afeito aos literatos.

Agora que já oferecemos aos nossos leitores a primeira parte do manuscrito, devolvendo a ele o título adequado, comprometemo-nos a publicar imediatamente a segunda parte, porque estamos seguros do êxito que essa primeira parte merece e terá.

Entretanto, como o padrinho é um segundo pai, convidamos o leitor a deixar a culpa do seu prazer e do seu aborrecimento conosco e não com o conde de La Fère.

Dito isso, começamos a nossa história.

CAPÍTULO 1

D'Artagnan entra em cena

Um jovem... mas vamos fazer o seu retrato com um traço: parecido com Dom Quixote aos dezoito anos, um Dom Quixote debulhado, sem as dimensões quixotescas, um Dom Quixote revestido de um colete de lã desbotado, o que dava à peça uma cor imprecisa entre marrom e azul-celeste. Um rosto grande e largo; as maçãs salientes, sinal de astúcia; os maxilares extremamente desenvolvidos, marca infalível de reconhecimento do jovem da Gasconha, mesmo sem boina, e ele levava uma boina enfeitada com uma pluma; os olhos abertos e inteligentes, o nariz em formato de gancho, delicadamente desenhado; muito grande para ser adolescente, pequeno para ser um homem adulto. Um olhar desavisado o tomaria por um filho de lavrador em viagem, sem a sua longa espada que, pendente do boldrié de cabedal, batia nas panturrilhas do seu proprietário quando ele estava a pé e no pelo eriçado da sua montaria quando estava a cavalo.

O nosso jovem tinha um cavalo tão notável que ficou em evidência: era um macho de Béarn, de doze a catorze anos, pelagem amarela e sem crina, caminhava com a cabeça abaixo dos joelhos; era inútil puxar o freio além das oito léguas diárias. Infelizmente, as qualidades desse cavalo estavam escondidas debaixo do seu pelo estranho e do seu porte inconsistente que, numa época em que todos entendiam de cavalos, a aparição desse animal em Meung, onde ele havia entrado havia quinze minutos pela porta de Beaugency, produziu uma sensação desfavorável em quem via o cavaleiro.

Essa sensação foi prejudicial a D'Artagnan (assim se chamava o Dom Quixote desse novo Rocinante), pois era impossível esconder o ridículo da situação; por mais que fosse um bom cavaleiro, também havia dado um suspiro de lamento quando ganhara o animal de seu pai.

— Meu filho, esse cavalo nasceu nesta casa, deve ter cerca de treze anos e nunca saiu daqui, portanto o amamos muito. Peço-lhe para não vendê-lo, deixe que ele morra tranquilo na velhice.

O pai continuou a falar:

— Se tiver a honra de chegar à corte, mantenha o seu nome com dignidade, pois ele é levado por seus antepassados há mais de quinhentos anos. Em nome de sua família, só aceite ordens do cardeal e do rei. Meu filho, só tenho quinze coroas, meu cavalo e os conselhos para lhe dar. A sua mãe lhe dará um bálsamo, receita de uma cigana, que cura qualquer ferida, a menos que você seja atingido no coração. Aproveite tudo e seja feliz por muito tempo. Só tenho mais uma coisa para lhe dizer: é sobre o Sr. de Tréville, um antigo vizinho, que teve a honra de brincar com o rei Luís XIII — que Deus o guarde! Às vezes as suas brincadeiras terminavam em batalhas, e muitas vezes o rei perdia, o que tornou Tréville muito querido na corte. Ele começou como você; portanto, leve esta carta e siga o seu exemplo para ser como ele.

Depois das sábias palavras, o pai de D'Artagnan deu ao filho a sua espada, beijou as suas bochechas com ternura e o abençoou.

Ao sair da casa do pai, o jovem encontrou sua mãe que carregava a famosa receita do bálsamo. A despedida da mãe foi mais emocionante, pela condição feminina e materna. Ambos choraram, embora D'Artagnan tenha tentado esconder as lágrimas.

No mesmo dia, ele se pôs a caminhar levando os presentes do pai e a carta para o Sr. de Tréville, além dos sábios conselhos recebidos.

D'Artagnan era uma cópia moral e física do herói de Cervantes, com quem, devido ao nosso trabalho de historiadores, temos a feliz tarefa de comparar. Dom Quixote tomava os moinhos de vento como gigantes e os carneiros como exércitos. D'Artagnan considerava cada sorriso um insulto e tomava os olhares como provocações.

O nosso jovem permanecia majestoso até chegar à cidade de Meung, a caminho de Paris. D'Artagnan avistou uma janela entreaberta em uma casa baixa. Um cavalheiro altivo e de boa estatura conversava com dois senhores que o escutavam com bastante atenção. D'Artagnan acreditava ser o tema da conversa, mas estava equivocado, pois os homens comentavam as características do seu cavalo.

O nosso cavaleiro andante observou bem o homem que zombava dele. O seu olhar altivo reconheceu um homem de quarenta a quarenta e cinco anos, de olhos negros e penetrantes, pele amarelada, nariz pronunciado, bigode negro e perfeitamente recortado, que vestia um colete e calças violeta e calçava sapatos da mesma cor; o único adorno era a faca habitual junto à camisa. As calças e o colete pareciam retirados de um velho baú.

No momento em que D'Artagnan olhava para aquele homem, não restavam mais dúvidas: os seus ouvintes davam gargalhadas das impressões do cavalheiro sobre o pangaré de Béarn. Ele era realmente insultado.

Cheio de convicção afundou a boina à altura dos olhos, imitou alguns gestos da corte que aprendera na Gasconha, empunhou sua espada. À medida que avançava, o ódio o cegava cada vez mais.

— Ei, senhor! — exclamou — Do que o senhor ri?

O desconhecido olhou-o com um leve sorriso e, afastando-se da janela, saiu da hospedaria e ficou a dois passos de D'Artagnan e seu cavalo.

Ao vê-lo se aproximar, o jovem sacou sua espada.

— Com certeza, esse cavalo foi um botão de ouro na sua juventude — disse o desconhecido, continuando a observá-lo.

— Ri do cavalo quem não pode rir do amo! — disse furioso o competidor de Tréville.

— Senhor — continuou o desconhecido, mais tranquilo do que nunca —, não ri muito, como pode ver em meu rosto, mas, se me der vontade, rio quando bem entendo.

— E eu — exclamou D'Artagnan — não quero que ninguém ria se eu não quiser!

— É mesmo, senhor? — continuou o desconhecido. — Parece muito justo. — E se virou para voltar à hospedaria.

Mas D'Artagnan sacou sua espada e perseguiu o homem.

— Volte, seu zombeteiro! Ou terei que feri-lo pelas costas.

— Ferir-me? — voltou o estalajadeiro, com voz de assombro e desprezo. — Você está louco!

Em voz baixa, ele acrescentou:

— É pena... Que achado para Sua Majestade, que procura bravos por todos os lados para os seus mosqueteiros!

Ao perceber que não era brincadeira, o desconhecido sacou sua espada, saudou o adversário e ficou em guarda. Os dois ouvintes, seguidos do dono da estalagem, atacaram D'Artagnan com empurrões, pás e pedaços de madeira.

— Vá, peste de gascão! Suba nesse pangaré laranja e vá embora!

— Não vou antes de matar você, seu covarde! — gritava D'Artagnan.

— Mais uma piada de gascão! Esses gascões não têm jeito; continuem a dança, senhores! Quando ele se cansar, dirá que é o bastante.

D'Artagnan não desistia nunca. O combate continuou, mas no final, esgotado, deixou cair sua espada que em um golpe ficou destroçada. Outro golpe atingiu sua face e o levou ao chão ensanguentado e vencido.

Nesse momento, os moradores de Meung começaram a chegar de todas as partes. O dono da hospedagem, temendo um escândalo, levou o ferido para a cozinha e lhe deu alguns cuidados.

— E agora, como vai esse maluco raivoso? — perguntou o estalajadeiro.

— Ele está melhor, desmaiou, mas antes disso voltou a nos desafiar.

— Esse bom moço é o diabo em pessoa! — disse o desconhecido.

— Ah, não! Não é um diabo — respondeu o dono da hospedagem. — Durante o desmaio revistamos a sua mala e não há nada além de camisas e moedas na bolsa. Se fosse em Paris, ele estaria perdido, mas aqui só vai precisar lidar com o arrependimento depois.

— Então — disse o desconhecido — é um príncipe disfarçado.

— Ele chegou a nomear alguém quando estava com raiva?

— Sim! — Ele punha as mãos no bolso e dizia "Vamos ver o que o Sr. de Tréville pensará sobre esse insulto ao seu protegido".

— O Sr. de Tréville? — disse o desconhecido prestando atenção. — Batia no bolso gritando o nome do Sr. de Tréville? Antes de desmaiar, ele colocou a mão no bolso. O que havia lá?

— Uma carta dirigida ao Sr. de Tréville, capitão dos mosqueteiros.

— É mesmo?

— Como tenho a honra de dizer, Excelência.

— Diabos! — murmurou entre dentes. — Enviaram esse gascão para Tréville? É muito jovem, mas um erro é sempre um erro, não importa a idade. Basta um obstáculo bobo para atrapalhar um grande destino.

O desconhecido ficou murmurando por algum tempo.

— Vejamos, precisamos decidir o que fazer com esse jovem, mas a presença dele me incomoda muito; como podemos nos livrar dele?

Um olhar categórico do desconhecido o deteve; em seguida cumprimentou-o humildemente e saiu em direção à cozinha.

Durante esse tempo, o estalajadeiro, que não tinha dúvidas de que a presença do garoto expulsava o desconhecido de suas dependências, subiu ao quarto de sua esposa e encontrou D'Artagnan acordado e pleno de seus sentidos. Avisou que seria melhor que ele partisse, pois a polícia poderia chegar a qualquer momento pela balbúrdia causada pelo jovem.

D'Artagnan, meio zonzo e com a cabeça enrolada em um pano, levantou-se e desceu, mas, assim que chegou à cozinha, deparou-se com um de seus provocadores, que conversava tranquilamente, próximo a uma pesada carroça puxada por cavalos da Normandia.

A sua interlocutora, que aparecia na portinhola da carroça, era uma mulher de no máximo vinte e dois anos. À primeira vista, o nosso jovem percebeu que era uma mulher jovem e bela, mas a sua beleza era diferente de tudo que ele já tinha visto até então. Pálida e loira, com longos cabelos que caíam sobre os ombros, grandes olhos azuis e lânguidos, lábios rosados e mãos quase translúcidas de tão brancas. Falava alegremente com o desconhecido.

— Então, o cardeal me ordena... — dizia a dama.

— Voltar imediatamente para a Inglaterra e avisá-lo diretamente se o duque de Buckingham abandonará Londres.

— E as outras instruções?— perguntou a bela viajante.

— Estão guardadas nesta caixa; *Milady* só deve abri-la depois de atravessar o canal da Mancha.

— Está certo. E o senhor, o que fará?

— Vou voltar a Paris.

— Sem dar uma lição nesse garoto insolente? — perguntou a dama.

Quando o desconhecido ia lhe responder, D'Artagnan surgiu cambaleando na porta da hospedaria.

— Este garoto é quem vai castigá-lo. Espero que dessa vez você não fuja como da primeira vez.

— Fugir? — disse o desconhecido, com a mão na espada.

— Não se esqueça, senhor, que o menor atraso pode pôr tudo a perder — disse *Milady*.

— Tem razão, senhora! Não vamos perder tempo com bobagens.

Cumprimentando a dama com um gesto de cabeça, ele partiu, enquanto o cocheiro seguia apressadamente o seu destino. Cada um foi para um lado da cidade.

— Parvo! Paspalhão! — gritou o viajante, galopando. O seu lacaio jogou moedas de ouro ao estalajadeiro e seguiu o seu amo sem dar ouvidos ao garoto.

— Covarde! Miserável! — gritou D'Artagnan.

— Realmente, é muito covarde — disse o estalajadeiro, concordando e acudindo o jovem.

— É um covarde....mas aquela dama, que mulher mais linda!

— *Milady* — balbuciou D'Artagnan.

No dia seguinte, às cinco da manhã, D'Artagnan se levantou, foi sozinho à cozinha, pediu vinho, azeite e alecrim. Com esses ingredientes preparou o bálsamo, receita de sua mãe, e cobriu as feridas de seu corpo, sem precisar da ajuda de nenhum médico. Ficou curado naquela noite.

No momento de pagar o que havia pedido, D'Artagnan encontrou no bolso apenas as doze coroas que ganhara de seu pai; a carta que levava ao Sr. de Tréville — desaparecera.

Furioso, o nosso jovem cavalheiro teve um acesso de raiva. O estalajadeiro, com medo, pegou um espeto, a sua esposa se armou com uma vassoura e os criados voltaram a pegar os bastões usados na véspera.

— A minha carta de recomendação! — gritava D'Artagnan. — Por todos os diabos, devolva-me a carta ou eu acabo com esta pocilga!

Infelizmente, uma circunstância limitava as ameaças feitas pelo jovem, pois a sua espada estava partida em mil pedaços. Mesmo assim, ele não desistiu e o estalajadeiro ouviu e considerou o seu pedido justo.

O estalajadeiro estava intimidado, porque depois do rei e do cardeal, o Sr. de Tréville era um dos homens mais respeitados pelos militares e pelos burgueses. O seu nome nunca era pronunciado em voz baixa.

Largando o espeto, o dono da estalagem ordenou a todos que largassem as suas armas e procurassem a carta.

— O cavalheiro de ontem — disse — foi à cozinha e ficou sozinho, aposto que ele a roubou.

— Diga-me por que suspeita daquele cavalheiro — respondeu D'Artagnan.

— Tenho certeza de que foi ele, porque quando você perdeu os sentidos, ele ficou desnorteado ao saber que se tratava de um protegido do Sr. de Tréville e que levava uma carta para ele; ficou muito inquieto e foi correndo para a cozinha olhar o que havia em seu colete.

— Então ele é o meu ladrão! — respondeu D'Artagnan. — Vou contar tudo ao Sr. de Tréville, e o Sr. de Tréville reportará o ocorrido ao rei.

O jovem sacou majestosamente duas coroas do seu bolso, deu-as ao dono da hospedagem, que o acompanhou até a porta. D'Artagnan montou no seu cavalo amarelo a caminho de Paris, onde vendeu-o por três coroas para compensar o gasto que tivera no começo de sua jornada.

Portanto, D'Artagnan entrou em Paris a pé, levando sua pequena bagagem embaixo dos braços, e caminhou até encontrar uma casa que o acolhesse, tendo em vista seus recursos escassos. O alojamento era uma água-furtada na Travessa dos Coveiros, perto do palácio de Luxemburgo.

D'Artagnan terminou sua viagem costurando o seu colete e a sua calça, e logo foi ao Cais dos Ferreiros, onde pediu para colocarem uma lâmina em sua espada. E voltou ao Louvre para perguntar ao primeiro mosqueteiro que encontrasse qual era o endereço do Sr. de Tréville.

Contente pelo que havia ocorrido desde sua saída de Meung, sem arrependimentos do passado, confiante no presente e cheio de esperança no futuro, deitou-se e dormiu o sono dos valentes.

Aquele sonho provinciano durou até as nove da manhã, quando acordou para se dirigir ao palácio do famoso Sr. de Tréville, o terceiro personagem mais importante do reino, de acordo com seu pai.

CAPÍTULO 2

A antecâmara do Sr. de Tréville

O Sr. de Troisville, como se chamava a sua família na Gasconha, ou Sr. de Tréville, como acabou sendo chamado em Paris, havia começado sua vida como D'Artagnan: na verdade, sem dinheiro, mas com audácia, inteligência e compreensão que fizeram com que o fidalgo gascão levasse consigo as esperanças transmitidas a ele por seu pai, um bem maior que qualquer rico cavalheiro de Périgord ou de Berry pudesse receber.

A sua coragem insolente, a sua sorte mais insolente, todavia, em um tempo em que os lances choviam como granizo, levaram o jovem a escalar o difícil caminho até a corte, cujos passos foram dados de quatro em quatro.

Ele era amigo do rei, que honrava muito, como todos sabem, a memória de seu pai, Henrique IV. O pai do Sr. de Tréville foi muito fiel nas guerras e, ao morrer, a herança que deixou para o filho foi sua divisa e sua espada.

Graças a esse duplo presente e ao nome respeitável que acompanhava o Sr. de Tréville, seu filho foi admitido na casa do jovem príncipe, onde se serviu também de sua espada, e foi tão fiel à sua divisa que Luís XIII, filho de Henrique IV, o considerava um dos bons soldados do reino e afirmava que, se os dois estivessem em perigo, preferia ser atingido antes que o seu amigo.

Luís XIII tinha um afeto real por Tréville, um afeto de rei, egoísta, claro, mas que não deixava de ser afeto. Naqueles tempos difíceis, ele buscava ficar cercado pelos homens de Tréville.

Muitos podiam ser chamados de fortes, mas poucos cavalheiros poderiam reclamar o título de fidelidade; Tréville pertencia aos últimos, pois era organizado, inteligente como um cão-guia, sua visão era rápida e as mãos estavam sempre prontas para golpear qualquer um que perturbasse o rei.

Por esse motivo Luís XIII deu a Tréville o título de capitão de seus mosqueteiros, que, seja pela devoção e pelo fanatismo, eram como os ordinários de Henrique III e como a guarda escocesa de Luís XI.

O cardeal, assim que viu a formidável elite que rodeava Luís XIII, também quis a sua guarda. Por isso, teve tantos mosqueteiros como o rei, e as duas guardas passaram a ser rivais em todas as províncias; até mesmo nos Estados estrangeiros os dois ficaram conhecidos pelas suas disputas. Richelieu e Luís XIII conversavam sobre os seus soldados nas partidas de xadrez que jogavam à noite. Condenavam os duelos, e comemoravam ou lamentavam a vitória ou a derrota dos seus.

Desarrumados, bêbados, desarranjados, os mosqueteiros do rei, ou melhor, do Sr. de Tréville, esparramavam-se pelas tavernas, pelas ruas, pelas praças públicas, gritando e retorcendo seus bigodes, fazendo soar suas esporas e enfrentando com prazer os guardas do cardeal quando os encontravam.

Entre as brincadeiras, alguns eram mortos; mas, certos de estarem vingados, matavam frequentemente com a certeza de que não apodreceriam na prisão, porque o Sr. de Tréville estava ali para protegê-los.

O Sr. de Tréville usava a sua posição poderosa a favor do rei, em primeiro lugar; em segundo lugar, a favor dos amigos do rei, e, por último, a favor de si mesmo e de seus amigos. Por isso todas as memórias da época retratam esse cavalheiro como estimado pelo homens de espada e de plumas. O capitão dos mosqueteiros era admirado, temido e amado, o que configura o auge das fortunas humanas.

Paris contava com cerca de duzentos pequenos palácios solicitados entre os soldados; o de Tréville era um dos mais procurados.

O pátio do seu palácio, situado na rua de Vieux-Colombier, parecia um acampamento, e, desde as seis da manhã do verão às oito da noite no inverno, apareciam aproximadamente cinquenta mosqueteiros que andavam sem parar, armados como se estivessem na guerra e dispostos a tudo.

Ao longo de grandes escadas, construiu sua mansão monumental, onde subiam e desciam pessoas atrás de um favor qualquer, cavalheiros da província e lacaios aprumados que levavam ao Sr. de Tréville mensagens de seus amos.

Na antecâmara, sobre altas banquetas circulares, descansavam os eleitos, aqueles que haviam sido convocados. Havia murmúrio de manhã até a noite, enquanto o Sr. de Tréville, em seu gabinete, ouvia as reclamações, dava suas ordens, pois não precisava mais se aproximar da janela para revistar os homens e suas armas.

Foi, portanto, no meio do caos e da desordem que o nosso jovem avançou com o coração palpitante, ajustando sua calça larga em suas pernas magras e pondo uma mão na aba do seu chapéu de feltro, com um sorriso amarelo de um provinciano que quer demonstrar certa etiqueta.

Quando passava por um grupo, respirava com mais liberdade, mas voltava a ficar tenso quando se voltavam para observá-lo. D'Artagnan, que até então tinha uma boa impressão sobre si mesmo, sentia-se ridículo.

Nos primeiros degraus da escada havia quatro mosqueteiros que se divertiam da seguinte forma: enquanto dez ou doze camaradas esperavam ao relento para ocupar um lugar na partida, um deles, com a espada em mãos, em um degrau acima, impedia, ou ao menos se esforçava, para impedir que os outros três subissem. Os três esgrimiam contra as suas espadas muito ágeis, elas estavam afiadas, e todas as vezes que alguém era rasgado pela lâmina, não só os espectadores como os participantes riam como loucos.

D'Artagnan avançou; quando chegou ao corredor os mosqueteiros já não se batiam, mas contavam as suas aventuras com as mulheres; e, na antecâmara, nosso jovem cavalheiro se envergonhava das histórias que ouvia sobre a corte.

A sua imaginação desperta e sem-vergonha, que na Gasconha se limitava às criadas e a algumas damas, nunca havia sonhado com aqueles momentos de delírio, nem com metade daquelas maravilhas amorosas, nem com um quarto das proezas amorosas realizadas pelos nomes mais conhecidos da corte em detalhes velados.

O seu amor pelas boas maneiras foi confrontado, o respeito que tinha pelo cardeal o deixou escandalizado na antecâmara.

Para sua grande surpresa, D'Artagnan ouvia críticas à política de guerra da Europa e à vida privada do cardeal, que era uma chacota para os mosqueteiros do Sr. de Tréville; com suas pernas bambas e as costas curvadas de tanto rir, uns cantavam canções sobre a Sra. D'Aiguillon, sua amante, e sobre a Sra. de Combalet, sua neta; enquanto outros preparavam as partidas contra os pajens e os guardas do cardeal, fatos que para D'Artagnan eram monstruosas impossibilidades.

No centro do grupo mais animado havia um mosqueteiro de grande estatura, rosto arrogante e vestido de forma extravagante, que atraía a atenção de todos. Não estava com o casaco de uniforme, o que não era totalmente obrigatório naquela época de maior independência, mas trajava um casaco azul-celeste, um tanto desgastado e puído; sobre essa peça, vestia uma correia magnífica, com bordados de ouro, que reluzia como o sol nas águas dos rios. Uma capa longa de veludo escarlate caía graciosamente sobre os seus ombros, deixando à vista a esplêndida correia, que carregava uma gigantesca espada.

Esse mosqueteiro acabava de deixar a guarda naquele mesmo instante, queixava-se de constipação e tossia com força. Por isso, colocara a capa; era o que diziam aqueles que o rodeavam, e, enquanto falavam, retorcendo com desdém o seu bigode, admiravam com entusiasmo a sua correia bordada.

— O que vocês querem? — dizia o mosqueteiro. — É o que a moda pede, é uma loucura... mas é a moda. Por outro lado, dinheiro é algo para gastar consigo mesmo.

— Ah, Porthos! — exclamou um de seus assistentes. — Você não quer que a gente acredite que essa correia veio da generosidade do seu pai; quem o presenteou foi aquela dama que estava com você na porta de Saint-Honoré.

— Não, pela minha honra e fé de cavalheiro, eu mesmo comprei, e com o meu próprio dinheiro — respondeu aquele a quem haviam acabado de chamar de Porthos.

— Sim, assim como eu comprei — disse outro mosqueteiro — esta bolsa nova que minha amante colocou na minha bagagem.

— É verdade — disse Porthos —, e a prova é que eu paguei doze pistolas por ela.

A admiração cresceu, mesmo que a dúvida ainda existisse.

— Não foi assim, Aramis? — disse Porthos.

Esse outro mosqueteiro fazia um contraste perfeito com o aquele que o interrogava e acabara de chamá-lo de Aramis: era um jovem de vinte ou vinte e três anos, com um rosto ingênuo e doce, de olhos negros e bochechas rosadas e aveludadas como um pêssego no outono; o seu bigode fino desenhava sobre o seu lábio superior uma linha perfeitamente reta, as suas mãos pareciam ter medo de abaixar demais, porque suas veias poderiam ficar cheias de tanto sangue, e de vez em quando ele beliscava o lóbulo das orelhas para mantê-las transparentes e rosadas.

Por costume, falava pouco e, lentamente, saudava muito, ria sem limites, mostrando seus dentes, que eram lindos e, assim como o resto de seu corpo, pareciam ser bem cuidados. Respondeu com um gesto de cabeça afirmativo à interpelação do seu amigo.

Essa afirmação pareceu ter dissipado todas as dúvidas a respeito da correia, e continuaram a admirá-lo e não voltaram a falar dele, passando a conversar sobre outro assunto.

— Vamos falar então do que deseja — prosseguiu Aramis, paciente.

— Esse Rochefort — disse Porthos —, se eu fosse escudeiro do pobre Chalais, passaria maus bocados comigo.

— E você passaria um quarto de hora muito triste com o duque Vermelho! — continuou Aramis.

— Ah! O duque Vermelho! Bravo, bravo! — respondeu Porthos, aplaudindo e balançando a cabeça. — O duque é engraçado. Que pena que não pôde seguir sua vocação, Aramis, seria um belíssimo abade!

— Um dia eu serei, Porthos, estudo teologia para isso.

— Mais cedo ou mais tarde fará o que diz — respondeu Porthos.

— Mais cedo — disse Aramis. — Porthos, você é pretensioso como Narciso, sabe que odeio a moral, só respeito Athos. Serei abade, mas agora sou mosqueteiro, e neste momento lhe digo o que penso, neste momento, digo que você me irrita!

— Aramis!

— Porthos!

— Senhores, senhores! — gritaram ao redor.

— O Sr. de Tréville espera o Sr. D'Artagnan — interrompeu o lacaio abrindo a porta do gabinete.

Ao ouvir o anúncio, durante o qual a porta permaneceu aberta, todos se calaram, e, seguido pelo medo do silêncio generalizado, o jovem gascão atravessou a antecâmara e entrou na sala do capitão dos mosqueteiros, ficando aliviado com toda a sua alma por ter escapado daquela exagerada confusão.

CAPÍTULO 3

A audiência

O Sr. de Tréville estava de muito mau humor naquele momento, mas saudou com cortesia o jovem D'Artagnan, que se abaixou até o chão, e sorriu ao receber o seu cumprimento, que o lembrou de Béarn e de sua juventude. Mas, depois disso, fez um sinal com a mão para que o jovem esperasse um pouco, aumentando o tom de voz de maneira irritadiça:

— Athos! Porthos! Aramis!

Os dois mosqueteiros que conhecemos e que respondiam aos últimos nomes chamados, deixaram os grupos formados na antecâmara e avançaram até o gabinete, cuja porta se fechou bruscamente assim que eles a atravessaram.

A admiração de D'Artagnan via naqueles homens semideuses, e em seu chefe um Júpiter do Olimpo, armado com todos os seus raios.

Quando os mosqueteiros entraram e o murmúrio do lado de fora cessou, o Sr. de Tréville percorreu sua sala três ou quatro vezes, em silêncio e com o punho cerrado, passando na frente de Porthos e Aramis, imóveis e mudos. Olhando para os dois dos pés a cabeça, disse:

— Vocês sabem o que o rei me disse? — perguntou irritado. — Vocês imaginam, senhores?

— Não — responderam depois de um longo silêncio. — Não sabemos, senhor.

— Mas espero que o senhor tenha a honra de nos dizer — acrescentou Aramis em um tom cortês, fazendo a mais graciosa reverência.

— Ele me disse que de agora em diante recrutará os seus mosqueteiros entres os guardas do cardeal.

— Entre os guardas do cardeal? Por quê? — perguntou vivamente Porthos.

Os dois mosqueteiros ficaram envergonhados a ponto de ruborizar até o branco de seus olhos. D'Artagnan não sabia onde estava e gostaria de ter se enfiado em um buraco embaixo da terra.

— E você, Porthos? Tem uma correia de ouro tão bonita para carregar uma espada de palha? — perguntou o Sr. de Tréville. — E Athos, não veio? Onde ele está?

— Senhor — respondeu Aramis, com uma voz triste —, Athos está doente, muito doente.

— Muito doente? E de que se trata a sua doença?

— Temem que seja catapora, senhor — respondeu Porthos, querendo interceder na conversa com uma frase —, e seria incômodo sair porque o seu rosto está irreconhecível.

— Catapora! Que história gloriosa, Porthos! Catapora nessa idade... Não... ferido, certamente, talvez morto... mas eu sabia... maldito seja! Senhores mosqueteiros, só uma coisa chega aos meus ouvidos: os senhores frequentam os piores lugares e arrumam confusão nas ruas, sacando as espadas nas encruzilhadas. Eu não quero me tornar motivo de riso dos guardas do cardeal, que são pessoas valentes, tranquilas, corretas, que nunca se colocam em situações arriscadas... e que, tenho certeza, não seriam detidos. Prefeririam morrer ao dar um passo para trás. Ficar jogado pelas ruas, sair gritando, fugir... que coisa bonita para os mosqueteiros do rei!

Porthos e Aramis tremeram de raiva. Teriam estrangulado o Sr. de Tréville, se não fosse o grande amor que ele tinha pelos mosqueteiros, e que por isso falava daquela forma. Bateram os pés com força no chão, mordiam os lábios até sangrar e apertavam com toda força a guarnição de sua espada.

Fora da sala, ouviram chamar, como já dissemos, a Athos, Porthos e Aramis, e pelo tom de voz do Sr. de Tréville, ele estava enfurecido. Dez cabeças curiosas se apoiaram na parede e ficaram pálidas de raiva, porque as orelhas, coladas na porta, não perdiam uma palavra, e repetiam cada palavra insultante do capitão a todos os mosqueteiros da antecâmara.

Em um instante, desde a porta do gabinete até a rua, o palácio todo estava em ebulição.

— Os mosqueteiros do rei são presos pelos guardas do cardeal! — continuou o Sr. de Tréville, tão furioso por dentro como os seus soldados, mas cortando suas palavras e fundindo uma na outra, digamos assim, dando outras punhaladas no peito de seus ouvintes.

— Ah! Seis guardas de sua Eminência prendem seis mosqueteiros de sua Majestade! Por todos os diabos! Eu tomei a minha decisão. Vou agora mesmo ao Louvre, peço a minha demissão de capitão dos mosqueteiros do rei para pedir um cargo de tenente entre os guardas do cardeal, e, se ele me rejeitar, torno-me um abade!

Ao dizer essas palavras o murmúrio do lado de fora se transformou em uma explosão, por todas as partes se ouviam xingamentos e blasfêmias.

D'Artagnan procurava um tapete para se esconder embaixo dele, e a sua vontade era se enfiar embaixo da mesa.

— Bem, meu capitão — disse Porthos, fora de si —, a verdade é que éramos seis contra seis, mas fomos enganados, e antes que pudéssemos sacar nossas espadas, dois de nós já estavam mortos, e Athos foi gravemente ferido. O senhor conhece Athos; pois bem, ele se levantou duas vezes e voltou a cair mais duas. Nós não nos rendemos, fomos vencidos pela força. No caminho, conseguimos escapar.

— Pensaram que Athos estivesse morto e o deixaram no campo de batalha, pensando que não valeria a pena tirá-lo de lá. Essa é a história. Que diabos, capitão, não se ganham todas as batalhas!

— Mas, por favor, senhor — continuou Aramis que, ao ver o seu capitão abatido, atrevia-se a fazer um pedido —, por favor, senhor , não diga que o próprio Athos está ferido, seria desesperador se essa informação chegasse aos ouvidos do rei; e como a ferida é grave, considerando que depois de atravessar o ombro a espada atravessou o seu peito, ele corre o risco de...

No mesmo instante, a cortina se abriu e uma cabeça nobre e bela, mas terrivelmente pálida, apareceu debaixo dos fiapos:

— Athos! — exclamaram os dois mosqueteiros.

— Athos! — repetiu o Sr. de Tréville.

— O senhor mandou me chamar — disse Athos ao Sr. de Tréville, com uma voz calma, porém debilitada. — Os meus companheiros me avisaram que o senhor mandou me chamar e eu me apressei a estar aqui às suas ordens. Estou aqui, o que o senhor deseja?

Com essas palavras, o mosqueteiro, com uma firmeza irretocável, formal, como de costume, entrou com passos firmes no gabinete.

O Sr. de Tréville, emocionado do fundo do seu coração por aquela prova de lealdade, lançou-se até ele.

— Estava dizendo a esses senhores — continuou — que proíbo os meus mosqueteiros de ficarem expostos sem necessidade, porque as pessoas valentes são muito caras ao rei, e o rei sabe que os seus mosqueteiros são as pessoas mais valentes da terra. Dê-me sua mão, Athos.

— Um cirurgião! — gritou o Sr. de Tréville. — O meu, o do reino, o melhor cirurgião que encontrarem! Tragam um cirurgião! Senão, o meu valente Athos vai morrer.

Aos gritos do Sr. de Tréville todos se precipitaram em seu gabinete sem pensar em fechar a porta, fazendo um esforço para salvar o ferido. Mas todo aquele empenho seria em vão se o médico exigido não fosse encontrado no palácio. Atravessando a multidão, ele se aproximou de Athos, que continuava desfalecido. Todo aquele ruído e movimentação o incomodavam muito; pediu como primeira medida que o mosqueteiro fosse levado a um quarto vizinho.

O Sr. de Tréville abriu uma porta e mostrou o caminho a Porthos e Aramis, que levaram o seu companheiro nos braços. Atrás desse grupo ia o cirurgião, e a porta se fechou.

Então, o gabinete do Sr. de Tréville, aquele lugar tão respeitado, converteu-se por alguns momentos em uma sucursal da antecâmara. Todos dissertavam, falavam em voz alta e ficavam de lenga-lenga, blasfemando, e mandando o cardeal e os seus guardas ao inferno.

Quando todos saíram, a porta foi fechada, o Sr. de Tréville virou-se e encontrou apenas o jovem. O último acontecimento o fez perder o fio de suas ideias.

Tratou logo de se informar sobre o que desejava o obstinado solicitante. D'Artagnan então disse seu nome, e o Sr. de Tréville, resgatando sua memória, ficou a par da situação.

— Perdão — disse sorridente —, perdão, meu querido compatriota, mas eu me esqueci completamente de você. O que deseja? Um capitão não é nada além de um pai de família encarregado de uma responsabilidade maior. Os soldados são meninos grandes, mas devo cumprir as ordens do rei e do Sr. Cardeal.

D'Artagnan não conseguiu disfarçar um sorriso. O Sr. de Tréville pensou que não se tratava de um imbecil, e mudando o assunto da conversa, disse:

— Eu tenho grande estima pelo senhor seu pai. O que posso fazer pelo seu filho? Diga-me depressa, o meu tempo não é meu.

— Senhor — disse D'Artagnan —, ao deixar Tarbes e vir até aqui, me propus a pedir, em memória dessa amizade, um uniforme de mosqueteiro, mas depois do que acabei de presenciar, compreendo que um favor desses é enorme e tenho medo de não merecê-lo.

— Realmente, jovem, é um favor — respondeu o Sr. de Tréville —, mas talvez não seja tão grande como você acredita ou parece acreditar. No entanto, é uma decisão de Sua Majestade que anuncio, com pesar, que não se recebe ninguém como mosqueteiro a menos que se tenha uma prévia de campanhas, de certas ações ou de um serviço de anos em outro regimento, mesmo que seja menos favorecido que o nosso.

D'Artagnan não respondeu nada. Ficou com mais vontade de vestir o uniforme de mosqueteiro.

— Mas — prosseguiu Tréville olhando para o seu compatriota de uma maneira tão penetrante que era possível ver o que estava no fundo do seu coração —, pelo seu pai, meu antigo companheiro, quero fazer algo por você, meu jovem. Os nossos cadetes de Béarn não são generais ricos, e duvido que as coisas tenham mudado muito desde a minha saída da província. Você não deve ter trazido muito dinheiro.

D'Artagnan se levantou com orgulho para dizer que não pedia esmola a ninguém.

— Está bem, jovem, está bem — continuou Tréville —, eu conheço esses gestos; vim para Paris com quatro coroas no bolso e arranjaria confusão com qualquer um que me dissesse que não poderia comprar o Louvre.

D'Artagnan se animou mais, pois com a venda do seu cavalo, começava a sua carreira com quatro coroas a mais que o Sr. de Tréville.

— Deve conservar o que tem, mas também deve aperfeiçoar os exercícios que convêm a um cavalheiro. Escreverei hoje mesmo uma carta ao diretor da Academia Real e amanhã você será recebido sem contribuição alguma. Não recuse esse pequeno favor. Os nossos cavalheiros bem nascidos e mais ricos o solicitam e, muitas vezes, não conseguem obtê-lo. Você aprenderá a manejar o cavalo, esgrima e dança, que serão bons conhecimentos, e de vez em quando voltará para me ver e dizer se posso fazer mais alguma coisa por você.

Por desconhecer as formalidades da corte, D'Artagnan se deu conta da frieza daquele recebimento.

— Infelizmente, senhor — disse —, vejo a falta que me faz a carta de recomendação que o meu pai me deu para eu lhe entregar quando o encontrasse.

— É verdade — respondeu o Sr. de Tréville —, não me surpreende que você tenha feito essa viagem tão longa sem essa provisão obrigatória, o único recurso que temos.

— Eu trazia, senhor, e graças a Deus, estava bem guardada — exclamou D'Artagnan —, mas ela me foi roubada da maneira mais vil.

O jovem contou a cena de Meung, descreveu o cavalheiro desconhecido nos mínimos detalhes, com uma verdade que encantou o Sr. de Tréville.

— Sei que é estranho — disse o último pensando. — Você falou de mim em voz alta?

— Sim, senhor, sem dúvida eu cometi essa imprudência, um nome como o seu deveria ser um escudo no meu caminho. Pensei que estivesse protegido.

A adulação ia bem, e o Sr. de Tréville amava ser incensado como um rei ou como um cardeal. Sorriu com satisfação ao se lembrar da aventura de Meung.

— Diga-me — perguntou —, esse cavalheiro tinha uma cicatriz na têmpora?

— Sim, como se fosse uma ferida de bala.

— Era um homem com uma boa aparência?

— Sim, era.

— Alto?

— Sim.

— Com a pele branca e o cabelo preto?

— Sim, sim, isso mesmo! Como o senhor conhece esse homem?

— Encontrei-o uma vez e jurei que voltaria a encontrá-lo, mesmo que fosse no inferno!

— Ele seguiu seu caminho depois de ter falado com uma mulher que o esperava.

— Você não sabe qual era o assunto da conversa?

— Ele entregou uma caixa para ela, e dizia que ali estavam as instruções, que deveriam ser abertas em Londres.

— Essa mulher era inglesa?

— Era chamada de *Milady*.

— É ele — murmurou Tréville. — É ele, e eu acreditava que ele estivesse em Bruxelas.

— Senhor, você sabe quem é esse homem! — exclamou D'Artagnan. — Indique-me quem é e onde está, e eu liberto o senhor inclusive de me tornar um mosqueteiro, porque, antes de tudo, quero me vingar.

— Fique longe dele, jovem — ordenou Tréville. — Se o encontrar na rua, siga para o outro lado, ele o quebraria como se fosse um copo.

— Isso não impede — disse D'Artagnan —, se alguma vez eu o encontrar...

— Não o procure — prosseguiu Tréville. — Esse é o conselho que tenho para lhe dar.

Tréville se deteve, pois teve uma suspeita. Aquele ódio que o jovem viajante manifestava por aquele homem, que coisa pouco verossímil... tinha roubado a carta do seu pai. Não haveria um plano oculto? Será que aquele jovem não fora enviado por Sua Eminência? D'Artagnan não seria um emissário do cardeal?

Ele só se tranquilizou pela fisionomia ingênua e pela humildade do seu amigo (tomando por verdadeira a história da carta perdida). "O rei e o cardeal são os melhores amigos do mundo: as suas disputas servem apenas para enganar os imbecis".

— Não pretendo que um compatriota, um bom cavalheiro, um garoto valente, seja vítima de todos os fingimentos e caia como um bobo nos truques, assim como tantos que se perderam. Pensa que eu sou fiel a esses dois amos todo-poderosos e que minhas diligências nunca teriam outro fim além de servir o rei e o cardeal, um dos mais ilustres gênios que a França produziu? Agora, jovem, ajuste a sua conduta sobre isso e, se tem, seja por família, por amigos, ou por instinto próprio, alguma inimizade com o cardeal, diga-me adeus e nos despedimos aqui.

D'Artagnan respondeu com a maior simplicidade:

— Senhor, cheguei a Paris com intenções idênticas. O meu pai me recomendou para não obedecer a ninguém, salvo o rei, o cardeal e o senhor, que ele tem como os três homens mais importantes da França.

O Sr. de Tréville ficou surpreso com tanta franqueza e, no fim, ficou admirado com o jovem, mas não acabava inteiramente com as suas dúvidas. D'Artagnan era superior aos outros jovens, o que aumentava o seu temor de ser enganado.

Mesmo assim, apertou a mão do jovem e disse:

— Você é um gascão honesto, mas neste momento não posso fazer nada. O meu palácio estará aberto para você, mais tarde; pode me chamar a qualquer hora e aproveitar todas as ocasiões para obter o que deseja.

Porém, D'Artagnan apertou-lhe a mão e concluiu:

— Isso quer dizer, senhor, que espera que eu volte e seja digno. Pois bem, fique tranquilo. Não vai esperar muito tempo — disse, com a familiaridade da Gasconha.

Cumprimentou o Sr. de Tréville para se retirar, já que agora tudo dependia dele mesmo.

— Mas espere! — disse o Sr. de Tréville, detendo o jovem. — Eu prometi uma carta para o diretor da Academia. Você é muito orgulhoso para aceitá-la, meu jovem cavalheiro?

— Não, senhor — disse D'Artagnan —, eu garanto que não acontecerá a mesma coisa com essa carta. Vou guardá-la tão bem que chegará ao seu destino, e ai de quem tentar me roubar!

O Sr. de Tréville, depois de escrever a carta, selou-a e se levantou, aproximando-se do jovem para entregá-la; mas, no momento em que D'Artagnan estendia a mão para pegá-la, ele ficou completamente estupefato com o salto que o seu protegido deu, cheio de raiva, e correu para fora do gabinete gritando:

— Maldito seja! Desta vez você não me escapa!

— Quem? — perguntou o Sr. de Tréville.

— O ladrão da minha carta! — respondeu D'Artagnan. — Traidor!

E desapareceu.

— Que garoto louco! — murmurou o Sr. de Tréville. — Espero que não seja um modo astuto de se livrar do seu golpe.

CAPÍTULO 4

O ombro de Athos, a correia de Porthos e o lenço de Aramis

Furioso, D'Artagnan atravessou a antecâmara em três saltos e se lançou pela escada descendo de quatro em quatro degraus; na correria, foi de encontro à cabeça de um mosqueteiro que saía do gabinete do Sr. de Tréville por uma porta lateral; e, ao acertar o rosto do cavalheiro com seu ombro, fê-lo fez lançar um grito, ou melhor, um uivo.

— Mil perdões — disse D'Artagnan, desculpando-se pelos seus modos. — Perdoe-me, mas tenho pressa.

Tinha descido o primeiro degrau quando um punho de ferro o segurou pela sua correia e o deteve.

— Está com pressa! — exclamou o mosqueteiro, pálido como uma seda. — Esse foi o pretexto para me acertar! — Pede-me "perdão", e acredita que isso seja o suficiente. De modo algum, meu caro amigo. Só porque você se encontrou com o Sr. de Tréville hoje e ouviu-o dirigir-nos palavras bruscas, acha que pode fazer a mesma coisa? Pois está enganado, companheiro, você não é o Sr. de Tréville.

— Pela minha fé! — respondeu D'Artagnan ao reconhecer Athos, que estava com a bandagem feita pelo médico e voltava para o seu alojamento. — Juro pela minha fé que não fiz de propósito, por isso mesmo pedi perdão. Parece que é o bastante, de qualquer forma, repito, e dou minha palavra de honra, tenho pressa, muita pressa. Solte-me, eu imploro, deixe-me ir para fazer o que é preciso.

— Senhor — disse Athos, soltando D'Artagnan —, você não é cortês. Percebe-se logo que vem de longe.

D'Artagnan tinha descido três ou quatro degraus, mas a observação de Athos o fez engolir em seco.

— Por todos os diabos, senhor! — disse ele. — Por mais que eu tenha vindo de muito longe, não será o senhor que me dará uma lição de bons modos, isso eu garanto.

— Pode ser — disse Athos.

— Se eu não tivesse tanta pressa... — exclamou D'Artagnan — e se eu não corresse atrás de um...

— Senhor apressado, encontre-me sem correr, entende?

— Onde você prefere?

— No convento das Carmelitas Descalças.

— Que horas?

— Ao meio-dia.

— Ao meio-dia estarei lá.

D'Artagnan corria como se fosse levado pelo vento, esperando encontrar o seu desconhecido, que caminhava a passos lentos, por isso deveria estar perto. Mas na porta da rua Porthos conversava com um soldado da guarda.

Entre os dois havia exatamente o espaço de um homem, e ele imaginou que seria o bastante; então, lançou-se como uma flecha entre eles. Mas D'Artagnan não contava com o vento, e, quando o vento passou, sacudiu a grande capa de Porthos, que deteve o jovem cavalheiro.

Sem dúvida, Porthos tinha razões para não abandonar aquela parte essencial de sua roupa, e não tirou o cordão que o sustentava, de tal modo que D'Artagnan se enrolou no veludo com um movimento de rotação que justificou a resistência do obstinado Porthos.

D'Artagnan, ao ouvir a ameaça do mosqueteiro, quis sair de baixo da capa que o cegava, e tentou sair por uma dobra. Temia ter estragado a magnífica correia que já conhecemos tão bem; mas, ao abrir os olhos timidamente, o seu nariz estava entre os dois ombros de Porthos, justamente em cima da correia. Como a maioria das coisas deste mundo não passam de aparência, a correia era de ouro apenas na frente, e de pelo de búfalo atrás.

Porthos, como o grande fanfarrão que era, ao não poder ter uma correia completamente de ouro, tinha pelo menos a metade; entende-se assim a necessidade do resfriado e a urgência da capa.

— Por mil diabos! — gritou Porthos, fazendo o possível para se desvencilhar de D'Artagnan, que estava grudado em suas costas. — Você por acaso tem razão para se lançar desse jeito sobre as pessoas?

— Perdoe-me — disse D'Artagnan, reaparecendo debaixo do ombro do gigante. — Mas tenho muita pressa, corro atrás de um, e....

— E por acaso esquece que tem olhos quando corre? — perguntou Porthos.

— Não — respondeu D'Artagnan, mordido de raiva. — E, graças aos meus olhos, vejo o que os demais não conseguem enxergar.

Porthos não entendeu muito bem, mas deixando se levar por sua raiva, disse:

— Senhor, eu vou destruí-lo, já aviso, se você encostar assim nos mosqueteiros.

— Destruir-me, senhor? — disse D'Artagnan. — A palavra é dura.

— É o que convém a um homem acostumado a olhar de frente para os seus inimigos.

— Por Deus! Sei que não dará as costas para os seus.

E o jovem, encantado pela sua travessura, afastou-se dando gargalhadas.

Porthos espumava de raiva e fez um movimento para atacar D'Artagnan.

— Mais tarde, mais tarde — gritou o jovem — quando estiver sem a sua capa.

— À uma da tarde, atrás do Palácio de Luxemburgo.

— Está certo, à uma — respondeu D'Artagnan, virando a esquina.

Mas não viu ninguém na rua que tinha acabado de dobrar, nem na que entrava agora. Por mais devagar que andasse o desconhecido, tinha seguido seu caminho, talvez entrado em alguma casa. D'Artagnan perguntou por ele a todos que via na rua, mas não encontrou ninguém, absolutamente ninguém.

Aquela correria foi benéfica no sentido de que à medida que o suor inundava o seu rosto, o seu coração se acalmava. E apesar de tudo, o jovem começou a rir, uma risada isolada e sem motivo, com olhos de quem ia ferir algum viajante.

— Vamos, D'Artagnan, meu amigo — ele falava consigo mesmo, com toda a confiança que acreditava ter, pois, se escapasse dessa, o que era quase impossível, trataria de agir com a mais perfeita cortesia! No futuro desejava ser admirado e que o citassem como modelo. Ele prosseguiu: — Atenção e cortesia não significam covardia. Olhe detalhadamente para Aramis: a doçura e a graça em pessoa. E, bem, ninguém nunca ousou dizer que Aramis é um covarde. De agora em diante quero tomá-lo como modelo. Ah, veja ele ali!

D'Artagnan não era tão bobo para perceber, apesar de estar ali, que não conhecia o suficiente a forma de agir da alta sociedade para sair de uma situação repleta de falsidade, como aquela na qual um homem se mistura com pessoas que não o afetam de maneira alguma.

Buscava no seu interior um meio de retirar-se da melhor maneira possível, quando notou que Aramis deixara cair o lenço, e, por descuido, acabara pisando no pedaço de pano. Parecia ter chegado a hora de reparar a sua inconveniência: abaixou-se e, com o gesto mais gracioso que pôde fazer, pegou o lenço debaixo do pé do mosqueteiro, que fazia um esforço enorme para tê-lo de volta, e disse, devolvendo-lhe o acessório:

— Senhor, aqui está o seu lenço; em minha opinião você se aborreceria muito se o perdesse.

Realmente, o lenço estava detalhadamente bordado com uma coroa e armas em uma de duas pontas. Aramis ficou vermelho e arrancou o lenço das mãos do gascão.

— Ah, ah! — exclamou um dos guardas. — Discreto Aramis, não diga que está de mal com a Sra. de Bois-Tracy, porque a graciosa dama teve a cortesia de lhe emprestar um de seus lenços.

Aramis lançou um olhar para D'Artagnan, desses que fazem um homem compreender que acabou de ganhar um inimigo mortal e, voltando ao seu tom educado de voz , disse:

— Está enganado, senhor, este lenço não é meu, e não sei por que o senhor teve a ideia de me devolver em vez de entregá-lo a qualquer um que está aqui. A prova do que digo é que o meu lenço está no meu bolso.

Depois de dizer essas palavras, tirou o seu próprio lenço, de um tecido muito elegante, bordado, sem armas e enfeitado com a inicial de seu proprietário.

— O fato é — aventurou-se timidamente D'Artagnan — que eu não vi sair o lenço do bolso do Sr. Aramis. Tinha o pé em cima, isso é tudo, e pensei que, por ter colocado o pé em cima do lenço, ele fosse do senhor.

— Pois se enganou, querido senhor — respondeu friamente Aramis, pouco sensível à explicação.

Os jovens caíram na gargalhada, e, como é óbvio, o assunto foi encerrado. Depois de um instante a conversa acabou, e os três guardas e o mosqueteiro, depois de cumprimentarem-se com as mãos, cordialmente, foram cada um para um lado.

— Esse é o momento de fazer as pazes com esse homem cortês — disse D'Artagnan para si mesmo; o jovem cavalheiro se mantivera afastado da última parte da conversa. E com boas intenções, aproximando-se de Aramis, que ia embora sem notá-lo, disse:

— Senhor, espero que me perdoe.

— Ah, senhor! — interrompeu-o Aramis. — O senhor não agiu nessa situação como um homem galante deve fazer.

— Como, senhor?! — exclamou D'Artagnan. — O senhor supõe...

— Suponho, senhor, que você não seja um imbecil e que, embora venha da Gasconha, saiba que não se pisa em lenços.

— Senhor, equivoca-se tentando me humilhar — disse D'Artagnan, em quem os ares de encrenqueiro começavam a falar mais alto que as resoluções pacíficas. — Sou da Gasconha, e se o senhor não sabe, não tenho necessidade de dizer que os gascões são pouco sofridos e, quando se desculpam uma vez, ainda mais por uma besteira, estão convencidos de que fizeram mais da metade do que deveria ser feito.

— Senhor, eu lhe digo — respondeu Aramis — que não é para começar uma briga. Graças a Deus não sou espadachim e, sendo apenas mosqueteiro por ínterim, só entro em uma disputa quando sou obrigado, e sempre com repugnância. Mas, desta vez, o assunto é grave, pois a honra de uma dama foi comprometida pelo senhor.

— Por nós dois, o senhor quer dizer — exclamou D'Artagnan.

— Por que teve a brilhante ideia de me devolver o lenço?

— Por que o senhor o deixou cair?

— Eu digo e repito, senhor, que esse lenço não saiu do meu bolso.

— Pois então, o senhor mente duas vezes, porque eu vi o lenço cair do seu bolso!

— Ah, como se dirige a mim com esse tom, senhor gascão! Pois bem, eu vou ensiná-lo a viver! A prudência, senhor, é uma virtude inútil para os mosqueteiros, mas indispensável para as pessoas da Igreja; e como eu sou mosqueteiro provisoriamente, tenho que ser prudente. Às duas horas terei a honra de esperar o senhor no palácio do Sr. de Tréville.

Os dois jovens se cumprimentaram, Aramis se afastou subindo a rua em direção a Luxemburgo, enquanto D'Artagnan, vendo que a hora avançava, tomava o caminho das Carmelitas Descalças, dizendo para si mesmo:

— Decididamente, não posso me livrar; mas pelo menos, se eu for morto, serei morto por um mosqueteiro.

CAPÍTULO 5

Os mosqueteiros do rei e os guardas do Sr. Cardeal

Quando D'Artagnan chegou ao primeiro terreno baldio, localizado abaixo do monastério, Athos já o esperava, exatamente, ao meio-dia. Era pontual como um bom samaritano e levava os duelos com princípios rigorosos.

Athos, que ainda sofria com a sua ferida, que tinha sido fechada às nove da manhã pelo cirurgião do Sr. de Tréville, estava sentado sobre o marco do mosteiro e esperava o seu adversário com uma postura aprazível e o ar digno que não o abandonavam nunca. Ao ver D'Artagnan, levantou-se e deu alguns passos educadamente ao seu encontro. Por sua parte, o jovem cavalheiro abordou o seu adversário com o chapéu em mão, com sua pena tocando o solo.

— Senhor — disse Athos —, eu avisei a dois amigos, que me servirão de padrinhos, mas eles ainda não chegaram. Acredito que não se atrasem muito, pois não é do feitio deles.

— Eu não tenho padrinhos, senhor — disse D'Artagnan —, porque cheguei a Paris ontem, não conheço ninguém, apenas o Sr. de Tréville, que foi recomendado pelo meu pai, que tem a honra de ser um de seus poucos amigos.

Athos refletiu por um instante.

— Conhece apenas o Sr. de Tréville? — perguntou.

— Sim, senhor, não conheço ninguém além dele...

— Valha-me... mas... — continuou Athos, falando um pouco para si, um pouco para D'Artagnan — se eu o matar darei a impressão de ser um devorador de crianças!

— Não muito, senhor — respondeu D'Artagnan, dando uma saudação de quem não precisava de caridade. — Não o bastante, porque teve a honra de sacar a espada contra mim, mesmo com uma ferida que deve incomodá-lo muito.

— Machuca muito, é verdade, e você me fez um mal dos diabos, preciso dizer; mas lutarei com o meu lado esquerdo, como de costume nessas circunstâncias. Não pense que faço graça, manejo a espada com as duas mãos e inclusive será uma desvantagem para o senhor, pois um canhoto é muito incômodo para as pessoas que não estão prevenidas. Lamento que o senhor não tenha sido avisado com antecedência.

— Senhor — disse D'Artagnan inclinando-se de novo —, você é realmente cortês, que não posso deixar jamais de reconhecer.

— Você me deixa confuso — respondeu Athos com seu ar de cavalheiro —, falemos de outra coisa, eu suplico, a menos que isso seja desagradável. Por todos os diabos! Que mal você me fez! O meu ombro queima...

— Se o senhor me permite... — disse D'Artagnan com timidez.

— O que, senhor?

— Eu tenho um bálsamo milagroso para as feridas, um bálsamo que a minha mãe me deu e eu mesmo provei.

— E daí?

— Tenho certeza de que em menos de três dias o senhor estará curado se usá-lo, senhor, e para mim será uma grande honra ser o homem desse feito. — D'Artagnan disse essas palavras com uma simplicidade que fazia jus a sua cortesia, sem atentar de modo algum contra a sua coragem.

— Meu Deus, senhor! — disse Athos. — Essa é uma proposta que me agrada, não que a aceite, mas identifica um cavalheiro a uma légua de distância. Assim como falavam e trabalhavam aqueles valentes do tempo de Carlos Magno, nos quais todo cavalheiro deve se espelhar como modelo. Infelizmente, não estamos nos tempos do grande imperador, estamos na época do cardeal, e daqui a três dias, por mais guardado que esteja esse segredo, eles se oporiam ao nosso combate... Veja, esses traidores, será que não virão?

— Se você tem pressa, senhor — disse D'Artagnan a Athos com a mesma simplicidade de antes, quando havia sugerido adiar o duelo por três dias —, se o senhor tem pressa e lhe agrada se livrar de mim em seguida, eu peço que não se preocupe.

— Essa é uma frase que me agrada — disse Athos fazendo um gesto gracioso com a cabeça —, não é próprio de um homem desmiolado, e todas as suas ideias são de um homem valente. Senhor, eu gosto dos homens do seu tipo e vejo que se não nos matarmos, terei verdadeiro prazer em conversar com o senhor. Esperemos os outros senhores, eu peço, tenho tempo e é o mais correto. Ah, aí chega um deles!

Realmente, dobrando a esquina, começava a aparecer o gigantesco Porthos.

— Não pode ser! — exclamou D'Artagnan. — A sua primeira testemunha é o Sr. Porthos?

— Sim! O senhor tem algo contra?

— Não, de forma alguma!

— E aí está o segundo!

— D'Artagnan olhou para o lado indicado por Athos e reconheceu Aramis.

— O quê?! — exclamou com um assombro maior que da primeira vez. — A sua segunda testemunha é o Sr. Aramis?

— Claro! Não sabe que nunca se vê um sem o outro, e que entre os mosqueteiros e entre os guardas, na corte e na cidade, chamam-nos de Athos, Porthos e Aramis, os três inseparáveis? Bem, como o senhor chegou de outro lugar...

— De Tarbes — disse D'Artagnan.

— Está permitido ignorar esse detalhe — disse Athos.

— Pela minha fé — disse D'Artagnan — que foram bem chamados, senhor, e a minha aventura, se tem alguma importância, provará ao menos que a união de vocês não está fundada nas diferenças.

Entretanto, Porthos havia se aproximado, saudou Athos com a mão e, ao se voltar para D'Artagnan, ficou perplexo.

Digamos que havia trocado de correia e deixado sua capa.

— Ah! — exclamou — Mas o que é isso?

— Este é o senhor com quem vou duelar — disse Athos, apontando para D'Artgnan e saudando-o com o mesmo gesto.

— Eu também vou duelar com ele — disse Porthos.

— Mas à uma — respondeu D'Artagnan.

— Eu também vou duelar com este senhor — disse Aramis, chegando ao lugar.

— Mas às duas — disse D'Artagnan, com a mesma calma.

— Mas qual o motivo do duelo, Athos? — perguntou Aramis.

— Não sei bem ao certo, mas ele machucou o meu ombro. E você, Porthos?

— Duelo porque duelo — respondeu Porthos, ficando vermelho. — Athos, que não perdia nada, viu um leve sorriso nos lábios do gascão.

— Tivemos uma discussão sobre indumentária — disse o jovem.

— E você, Aramis? — perguntou Athos.

— Eu duelo pela teologia — respondeu Aramis, fazendo ao mesmo tempo um sinal para que D'Artagnan guardasse segredo sobre a causa do duelo.

Athos viu passar um segundo sorriso pelos lábios de D'Artagnan.

— De verdade? — perguntou Athos.

— Sim, sobre uma passagem de Santo Agostinho de que discordamos — disse o gascão.

— Definitivamente, é um homem engenhoso — murmurou Athos.

— E agora que estão juntos, senhores — disse D'Artagnan —, permitam-me que apresente as minhas desculpas.

Ao pronunciar "desculpas", uma nuvem passou na frente de Athos, um sorriso altivo deslizou pelos lábios de Porthos, e um sinal negativo foi a resposta de Aramis.

— Vocês não me compreenderam, senhores — disse D'Artagnan, levantando a cabeça, e naquele momento um raio de sol dourava o seu rosto fino e ossudo. — Eu peço desculpas caso não possa pagar a minha dívida com os três, porque o Sr. Athos tem direito de me matar primeiro, o que tira muito valor de sua dívida, Sr. Porthos, e quase anula a sua, Sr. Aramis. E agora, senhores, eu repito, desculpem-me, mas apenas por isso, e fiquem em guarda!

Dizendo essas palavras, com o gesto mais desenvolto que pôde fazer, D'Artagnan sacou sua espada naquele momento contra Athos, Porthos e Aramis.

Era meio-dia e quinze, o sol estava a pique e o lugar escolhido para ser o palco do duelo estava exposto a todos os seus raios.

— Faz muito calor — disse Athos sacando sua espada —, eu não posso tirar meu colete, porque agora senti que a minha ferida continua a sangrar, e tenho medo de matar o senhor mostrando sangue que não seja o seu.

— Certo, senhor — disse D'Artagnan —, e sacada por outro ou por mim, eu garanto que sempre verei com pesar o sangue de um cavalheiro tão valente, por isso também ficarei com colete, assim como você.

Mas as espadas mal haviam ressoado ao se tocar, quando a guarda de Sua Eminência, enviada pelo Sr. de Jussac, dobrou a esquina do convento.

— Os guardas do cardeal! — gritaram Porthos e Aramis. — Tratem de embainhar as espadas, senhores, embainhemos as espadas!

Mas era muito tarde, os combatentes foram vistos, e a postura de ambos não deixava dúvidas sobre as suas intenções.

— Oi! — gritou Jussac avançando até eles e fazendo um sinal para que os seus homens o acompanhassem. — Olá, mosqueteiros, estão duelando? Para que temos, então, as ordens do rei? Senhores, com muito pesar, declaro que é impossível. É o nosso dever, antes de tudo. Embainhem suas espadas, por favor, e nos sigam.

— Senhor — disse Aramis, parodiando a Jussac —, aceitaríamos o seu gracioso convite, se ele dependesse de nós; mas infelizmente é impossível; o Sr. de Tréville nos proibiu de duelar. Portanto, ir embora é o melhor que o senhor pode fazer.

Aquela brincadeira irritou Jussac.

— Atiraremos em vocês se me desobedecerem.

— São cinco — disse Athos a meia voz —, e nós somos apenas três; seremos derrotados e teremos que morrer aqui, porque juro não aparecer vencido mais uma vez na frente do capitão.

— Senhores, se lhes agradar, acrescento algo às palavras de vocês. Não somos três, somos quatro — disse D'Artagnan.

— Mas você não é um dos nossos — disse Porthos.

— Está certo — respondeu D'Artagnan —, não tenho a roupa, mas tenho a alma. — O meu coração é mosqueteiro, eu sinto e isso me entusiasma.

— Separe-se deles, jovem! — gritou Jussac que, sem dúvida, pelos seus gestos e pela expressão de seu rosto, havia adivinhado a intenção de D'Artagnan. — Pode retirar-se, salve a sua pele, rápido!

D'Artagnan não se moveu.

— Decididamente é um jovem valente — disse Athos, apertando a mão do jovem.

Athos avançou em Cahusac, o favorito do cardeal, Porthos duelou com Bicarat e Aramis se viu frente a dois adversários. D'Artagnan foi lançado justamente contra Jussac.

O coração do jovem gascão batia a ponto de romper o seu peito, não de medo, graças a Deus, que desse sentimento não conhecia nem a sombra; ele se mexia como um tigre furioso, dando dez voltas em torno do seu adversário, trocando vinte vezes de guarda. Jussac era conhecido por ser apaixonado pelas espadas, era muito habilidoso, no entanto, passava apuros se defendendo de um adversário ágil, que se livrava de cada ataque recebido, atacando por todos os lados, e se precavendo como um homem que tem o maior respeito pela sua epiderme.

A luta fez com que Jussac perdesse a paciência. Furioso por ser colocado em xeque por aquele que havia considerado um menino, desconcentrou-se e começou a cometer erros. D'Artagnan, que apesar da pouca prática conhecia profundamente a teoria, redobrou seus movimentos ágeis. Jussac, querendo encerrar logo a disputa, lançou uma estocada terrível contra o seu adversário, mas enquanto Jussac ficava em pé, o jovem cavalheiro deslizou como uma serpente por baixo de sua lâmina e atravessou o corpo do adversário com sua espada. Jussac caiu de fraqueza.

Aramis matou um de seus adversários, mas o outro o atacava com vontade, e ele estava em uma boa situação e podia se defender.

Segundo as leis do duelo dessa época, D'Artagnan podia socorrer um deles; enquanto buscava com os olhos qual companheiro precisava mais de sua ajuda, foi surpreendido por um olhar de Athos, de uma eloquência sublime. Athos morreria a ter de pedir socorro, mas com os olhos podia pedir apoio. D'Artagnan adivinhou, deu um salto e caiu sobre as costas de Cahusac gritando:

— Senhor guarda, eu vou matar o senhor!

Cahusac se virou a tempo. Athos, que era sustentado pela extrema coragem, caiu sobre um dos joelhos.

— Maldito seja! — gritou a D'Artagnan. — Não o mate, jovem, eu imploro, tenho um velho assunto para resolver com ele quando estiver curado e com boa saúde!

Cahusac correu até os guardas que Aramis havia matado, pegou uma espada e quis atacar D'Artagnan; mas em seu caminho se encontrou com Athos, que naquela pausa havia procurado o jovem cavalheiro, recuperado a força e, por medo de ser morto pelo seu inimigo, queria voltar ao combate.

D'Artagnan entendeu que aceitar o duelo seria contrariar Athos. No entanto, alguns segundos depois, Cahusac caiu com a garganta atravessada por uma estocada.

No mesmo instante, Aramis apoiava sua espada contra o peito do seu adversário caído e o forçava a pedir perdão.

Sobraram Porthos e Bicarat: Porthos fazia mil fanfarronices perguntando as horas para Bicarat, e ficava feliz pela entrada de seu amigo no regimento de Navarra; mas enquanto brincava não ganhava nada. Bicarat era um desses homens de ferro que só caem mortos.

Mas o duelo tinha que terminar. A ronda podia chegar e prender todos os combatentes, feridos ou não, da guarda real ou cardeal. Athos, Aramis e D'Artagnan rondaram Bicarat e o obrigaram a se render. Mesmo sozinho contra todos e com uma estocada que havia atravessado sua coxa, Bicarat queria continuar, mas Jussac, que havia se levantado sobre os cotovelos, ordenou que o cavalheiro se rendesse. Bicarat era gascão, como D'Artagnan, fez-se de surdo e se contentou em rir, entre os inimigos, encontrando tempo para desenhar no chão com a sua espada.

A bravura é sempre respeitada, inclusive em um inimigo. Os mosqueteiros saudaram Bicarat com suas espadas e as devolveram em suas bainhas. D'Artagnan foi ajudado por Bicarat, o único que havia ficado em pé, levou ao pórtico do convento Jussac e Cahusac, um dos dois adversários de Aramis que havia sido ferido. O quarto, como já dissemos, estava morto. Logo fizeram dobrar o sino e, carregando quatro das cinco espadas, caminharam, cheios de alegria, ao palácio do Sr. de Tréville.

Estavam com os braços entrelaçados, ocupando todos os cantos da rua e unindo todos os mosqueteiros que encontravam no caminho; por fim, aquilo se tornou uma marcha triunfal. O coração de D'Artagnan transbordava de felicidade; ele caminhava entre Athos e Porthos abraçando os mosqueteiros com ternura.

— Sim, todavia, não sou mosqueteiro — disse aos seus novos amigos ao passar pela porta do palácio do Sr. de Tréville —, mas, pelo menos, sou um aprendiz, não é mesmo?

O sucesso do duelo fez muito alarde. O Sr. de Tréville ficou enfurecido com os mosqueteiros, gritando em voz alta, e os felicitando em voz baixa; mas como não havia tempo para se encontrar com o rei, o Sr. de Tréville se apressou para ir ao Louvre. Era muito tarde, o rei já havia se encontrado com o cardeal, e disseram a ele que o rei não podia recebê-lo naquele momento. À noite, o Sr. de Tréville foi jogar com o rei. Ele ganhava, e como Sua Majestade era muito avarento, estava de excelente humor; quando o rei viu Tréville de longe, disse:

— Venha aqui, senhor capitão, venha que teremos briga! O senhor sabe que a Sua Eminência veio se queixar dos seus mosqueteiros, com tamanha emoção, que essa noite ficou doente? Os seus mosqueteiros são incorrigíveis, merecem a forca! Escute, Sr. de Tréville, escute! Se fosse uma comunidade religiosa! Na verdade, meu querido capitão, tenho vontade de tirar o seu gabinete e passá-lo à senhorita de Chemerault, a quem eu prometi uma abadia. Mas não pense que acreditarei apenas em sua palavra. Chamam-me de Luís, o Justo, Sr. de Tréville, e agora veremos por quê.

— Digo que é provável que as coisas tenham ocorrido dessa forma, mas não juro, Majestade. Vossa senhoria sabe como é difícil saber a verdade, a menos que tenha esse instinto admirável que o faz ser chamado de Luís XIII, o Justo...

— Tem razão, Tréville, mas não eram apenas os seus mosqueteiros. Não havia um garoto com eles?

— Sim, Majestade, e um homem ferido; os três mosqueteiros do rei, um deles ferido, e um garoto enfrentaram cinco dos mais terríveis guardas do cardeal, e derrubaram quatro deles.

— Mas isso é uma vitória! — exclamou o rei, radiante. — Uma vitória grandiosa! Quatro homens, um ferido e um garoto?

— Um jovem, que se comportou tão perfeitamente nessa ocasião, que tomo a liberdade de recomendá-lo a Vossa Majestade.

— Como ele se chama?

— D'Artagnan, Majestade. É filho de um velho amigo meu; o filho de um homem que é lembrado com toda honra pela atuação nas guerras religiosas.

— Quero ver esse jovem, Tréville, quero vê-lo, e se pudermos fazer algo, pois bem, nós faremos.

— Quando Vossa Majestade se dignará a recebê-lo?

— Amanhã ao meio-dia, Tréville.

— Trago apenas ele?

— Não, traga os quatro cavalheiros de uma vez, quero agradecer a todos; homens fiéis são raros, Tréville, e a sua fidelidade deve ser recompensada.

— Majestade, estaremos no Louvre ao meio-dia.

— Ah, Tréville, saia pela escada pequena, o cardeal não precisa saber de nada...

CAPÍTULO 6

D'Artagnan e a guarda real

Como o encontro com o rei era só ao meio-dia, Porthos e Aramis foram jogar bola em um terreno ao lado da cocheira do castelo de Luxemburgo. Athos convidou D'Artagnan para acompanhá-los, e, mesmo desconhecendo o jogo, ele aceitou o convite, pois não sabia o que fazer das nove da manhã até o meio-dia. Os dois mosqueteiros já haviam chegado e jogavam juntos. Athos, que era apaixonado por todos os exercícios corporais, foi para o outro lado do campo com D'Artagnan e desafiou os seus amigos. Mas, ao fazer o primeiro movimento, mesmo jogando com a mão direita, compreendeu que a sua ferida ainda era muito recente para que ele fizesse um esforço daqueles.

D'Artagnan ficou sozinho, e como disse que não sabia nenhuma regra do jogo, continuaram a jogar sem contar os pontos. Mas uma daquelas bolas, lançadas pelo punho poderoso de Porthos, passou perto do rosto de D'Artagnan, que pensou que, em vez de ela ter passado por ele, seria sua vez de jogar; a partida provavelmente estava perdida, já que ele faria o impossível para se apresentar ao rei.

Segundo a sua imaginação gasconha, o seu futuro dependia daquela audiência; cumprimentou Porthos e Aramis com cortesia, declarando que só voltaria a jogar quando pudesse enfrentá-los; saiu de campo e se voltou para o centro de Luxemburgo.

Infelizmente, para D'Artagnan, entre os espectadores, estava um guarda de Sua Eminência, ainda inflamado pela derrota de seus companheiros, que tinha prometido a si mesmo, aproveitar a primeira ocasião para se vingar. Acreditando que a ocasião havia chegado, dirigiu- se ao seu vizinho e disse:

— Não é surpreendente que um jovem tenha medo de uma partida e seja um aprendiz de mosqueteiro?

— Não sei quem é o senhor, e não me importa.

— Pois você está enganado, porque se soubesse o meu nome, talvez não tivesse tanta pressa.

— Como se chama?

— Bernajoux, para sua informação.

— Pois bem, Sr. Bernajoux — disse D'Artagnan, tranquilamente —, vou esperar o senhor na porta.

— Vá senhor, eu o sigo.

— Não se apresse, senhor, que não se dão conta de que saímos juntos. Compreenda que, pelo que vamos fazer, muita gente se incomodaria.

— Está bem — respondeu o guarda, assombrado pelo fato de seu nome não ter produzido o menor efeito no jovem.

Realmente, o nome de Bernajoux era conhecido por todo mundo, talvez a única exceção fosse D'Artagnan, porque era um desses cavalheiros que se destacava nas lutas cotidianas e nenhuma ordem do rei ou do cardeal poderiam reprimi-lo.

Porthos e Aramis estavam tão ocupados com a partida, e Athos olhava para eles com tanta atenção, que não viram o seu jovem companheiro sair e dizer ao guarda de Sua Eminência que o esperaria na porta. Um momento depois, ele chegou. Como D'Artagnan não tinha tempo a perder, dado que a audiência com o rei estava marcada para o meio-dia, deu uma olhada a sua volta e, vendo que a rua estava deserta, disse ao seu adversário:

— Pela minha fé, mesmo que o seu nome seja Bernajoux, é uma sorte para você ter que se ver apenas com um aprendiz de mosqueteiro; mas fique tranquilo, eu farei o melhor que puder. Em guarda!

Bernajoux não era homem para fazer repetir duas vezes a mesma ordem. No mesmo instante, sua espada brilhava em sua mão, e foi lançada sobre o seu adversário que, graças à sua juventude, esperava intimidar.

Mas D'Artagnan havia feito a sua lição na véspera, e recém-saído de uma vitória, todo cheio do futuro que o aguardava, não retrocedeu um passo; por isso os dois se encontravam em guarda, e, como D'Artagnan se mantinha firme em seu posto, o seu adversário deu um passo em retirada. O jovem cavalheiro aproveitou esse movimento de Bernajoux para se lançar a fundo e tocou o seu adversário no ombro. Em seguida, D'Artagnan deu um passo atrás e levantou sua espada; mas Bernajoux pensou que não fosse nada e atirou-se cegamente sobre ele, acertando a si mesmo.

Como ele não caía, não se declarava vencido, então iam se aproximando do palácio do Sr. de Trémouille, em cujo serviço Bernajoux tinha um parente. D'Artagnan, ignorando a gravidade da última ferida que o seu adversário recebeu, provocava-o e, sem dúvida, lhe daria uma segunda estocada, quando o rumor do duelo chegou à rua do jogo de bola. Dois dos amigos do guarda, que haviam trocado algumas palavras com D'Artagnan e viram o começo de toda aquela discussão, precipitaram-se com as espadas em mão para fora do estabelecimento e foram para cima do vencedor. Mas naquele momento Athos, Porthos e Aramis apareceram e, no instante em que os guardas atacavam o seu jovem camarada, eles os forçaram a voltar. Naquele momento Bernajoux caiu, e como os guardas eram dois contra quatro, começaram a gritar:

— Por nós, palácio de Trémouille!

Esse grito era atendido com frequência, porque era sabido que os mosqueteiros eram inimigos de Sua Eminência e eram amados pelo ódio que sentiam pelo cardeal. Por isso, os guardas de outras companhias, distintas daquelas que pertenciam ao duque Vermelho, como Aramis o chamava, geralmente tomavam partido desse tipo de pendência pelos mosqueteiros do rei.

Ao ouvir esses gritos, todos os que estavam no palácio saíram, atirando-se sobre os quatro companheiros que, por sua parte, gritaram: "Por nós, mosqueteiros!". Como de costume, o palácio do Sr. de Tréville estava cheio de soldados, que acudiram os seus camaradas que pediam socorro.

A briga foi generalizada, mas a força estava do lado dos mosqueteiros: os guardas do cardeal e o pessoal do Sr. de La Trémouille se retiraram do palácio, cujas portas se fecharam a tempo de impedir que os seus inimigos entrassem de uma vez por todas. Quanto ao ferido, foi transportado, e, como já sabemos, estava em muito mau estado.

A agitação chegava ao extremo entre os mosqueteiros e os seus aliados; e já que era assim, para castigar a insolência dos criados do Sr. de La Trémouille de armar contra os mosqueteiros do rei, estavam prestes a incendiar o palácio. A proposta foi aceita com entusiasmo, quando soaram onze da manhã. D'Artagnan e os seus companheiros se lembraram da audiência e, como se sentiam vingados, conseguiram acalmar os ânimos.

Contentaram-se em lançar alguns paralelepípedos no palácio, mas as portas resistiram; então eles se cansaram; do outro lado, aqueles que deveriam ser vistos como os cabeças da empreitada haviam abandonado o grupo e se encaminhavam ao palácio do Sr. de Tréville, que os esperava, a par de toda a algazarra.

— Depressa, para o palácio! — disse, sem perder um minuto. — E precisamos ver o rei antes que ele seja avisado pelo cardeal; nós contaremos a ele tudo o que aconteceu, como uma continuação do assunto de ontem, e os dois passarão juntos.

O Sr. de Tréville os fez repetir duas vezes aquela novidade, e os seus companheiros viram o seu rosto ficar sombrio.

— O rei se encontrou com o cardeal? — perguntou o Sr. de Tréville.

— É o mais provável — respondeu o ajudante da câmara —, porque hoje de manhã eu vi os cavalos da carroça da Sua Eminência, perguntei aonde iam e me responderam: "A Saint-Germain".

— Estamos prevenidos — disse o Sr. de Tréville. — Senhores, eu verei o rei esta noite; quanto a vocês, aconselho que não se arrisquem.

O aviso era bem razoável e, sobretudo, vinha de um homem que conhecia muito bem o rei para que os jovens tentassem discutir com ele. O Sr. de Tréville sugeriu que cada um voltasse para o seu alojamento e esperasse notícias suas. Havia decidido que, para acabar com aquela situação, iria procurar ele mesmo o Sr. de La Trémouille.

Assim que chegou ao palácio, os dois senhores se saudaram com cortesia; mesmo sem ter amizade, havia estima de um pelo outro. Os dois eram homens de honra, e o Sr. de La Trémouille, protestante, que raramente via o rei, não era de nenhum partido e não tinha cuidado com as suas relações sociais. Daquela vez, sem dúvida, a sua recepção, ainda que cortês, foi mais fria do que de costume.

— Senhor — disse o Sr. de Tréville —, acredito que nós dois temos motivos para nos queixar um do outro, e eu mesmo vim para trazer luz a esse assunto.

— Muito bem — respondeu o Sr. de La Trémouille —, mas já previno que estou muito bem informado e toda a culpa foi dos seus mosqueteiros.

— Você é um homem muito justo e razoável, senhor — disse o Sr. de Tréville —, para não aceitar a proposta que farei.

— Pois faça, senhor, eu estou escutando.

— Como está o Sr. Bernajoux, o parente do seu escudeiro?

— Vai muito mal, senhor. A estocada que recebeu no braço não é perigosa, o que o pegou foi outra, que atravessou o seu pulmão; o médico não deu um bom diagnóstico.

Os dois senhores foram ao quarto onde se encontrava o enfermo. Bernajoux, ao ver entrar os dois nobres senhores, tratou de ficar em pé no leito, mas estava muito frágil e, esgotado pelo esforço que havia feito, voltou a cair quase perdendo os sentidos.

O Sr. de La Trémouille se aproximou dele e o fez respirar sais que o devolveram à vida. Então o Sr. de Tréville, não querendo ser acusado de influenciar o enfermo, convidou o Sr. de La Trémouille a interrogá-lo.

Aconteceu o que o Sr. de Tréville havia previsto. Como Bernajoux estava entre a vida e a morte, não deixou passar nenhum detalhe, e contou aos dois senhores exatamente como tudo havia ocorrido.

Era tudo o que queria o Sr. de Tréville, que desejou melhoras a Bernajoux, despediu-se do Sr. de La Trémouille e voltou ao seu palácio, avisando aos quatro amigos que os esperava para jantar.

Quando deram seis horas, o Sr. de Tréville anunciou que precisava ir ao Louvre; mas como o horário da audiência com a Sua Majestade já havia passado, em lugar de solicitar a entrada pela escada menor, ficou com os quatro homens na antecâmara. O rei ainda não havia voltado.

Os nossos jovens esperaram por meia hora ao lado dos cortesãos, quando todas as portas se abriram e Sua Majestade foi anunciada.

Luís XIII apareceu andando na frente, vestido com o traje de caça, cheio de pó, com botas altas e o chicote na mão. À primeira olhada, D'Artagnan julgou que o rei estivesse muito irritado.

— As coisas vão mal — disse Athos sorrindo —, não será desta vez que nos tornaremos cavalheiros da corte.

Realmente, era a pior enfermidade de Luís XIII, que chamava um de seus cortesãos e dizia perto da janela: "Senhor (fulano de tal), vamos nos aborrecer juntos".

— Como? Vossa Majestade está aborrecido? — perguntou o Sr. de Tréville. — Por acaso não conta o prazer da caça?

— Ah, senhor! Prazer! Tudo deu errado, juro por Deus, e não sei se a caça não deixava rastro ou se os cachorros estão sem faro. Arremessamos um cervo de dez anos, o perseguimos durante seis horas e quando ele estava a ponto de ser pego, Saint-Simon pôs a trombeta em sua boca para soar o toque dos caçadores. Crac! Todos foram enganados e se lançaram sobre um cervo novo. Como vê, fui obrigado a renunciar à montaria, assim como renunciei à caça de aves. Sou um rei muito desgraçado, Sr. de Tréville! Ah! A propósito, sobre o cardeal, estou descontente com o senhor.

O Sr. de Tréville já esperava do rei essa reação. Conhecia-o havia muito tempo; já havia compreendido que todas as suas lamentações não eram mais do que um prefácio, uma espécie de animação para encorajar a si mesmo, e era onde havia chegado, finalmente, por onde queria vir.

— E o que aconteceu de tão ruim para desagradar a Vossa Majestade? — perguntou o Sr. de Tréville fingindo a mais profunda surpresa.

— É assim que faz o seu trabalho, senhor? — continuou o rei sem responder diretamente à pergunta do Sr. de Tréville. — Foi para isso que eu nomeei o senhor capitão dos meus mosqueteiros? Para que matem um homem, façam um motim em um bairro inteiro e tentem incendiar Paris sem que o senhor diga uma palavra? Mas — continuou o rei — sem dúvida me apresso no julgamento, sem dúvida; os perturbadores estão na prisão e o senhor veio anunciar que a justiça foi feita.

— Majestade — respondeu tranquilamente o Sr. de Tréville —, pelo contrário, venho pedir ao senhor que faça justiça.

— E contra quem? — perguntou o rei.

— Contra os caluniadores — disse o Sr. de Tréville.

— Veja, isso é uma novidade! — prosseguiu o rei. — Não vai me dizer que esses três malditos mosqueteiros, Athos, Porthos e Aramis e o seu soldado de Béarn não enfrentaram o pobre Bernajoux com fúria o suficiente para que ele esteja a ponto de falecer? Não vai dizer logo que não atacaram o palácio do duque de La Trémouille, nem que tentaram queimar o castelo? A desgraça não seria tão grande se fossem tempos de guerra, mas, em tempos de paz, é só um exemplo de aborrecimento. Diga-me, o senhor vai negar tudo isso?

— Quem fez esse lindo relato, senhor? Não importa quem seja, é aquele que vela enquanto eu durmo, que trabalha enquanto me divirto, que cuida de tudo dentro e fora do reino, tanto na França como na Europa? Vossa Majestade quer falar de Deus, sem dúvida — disse o Sr. de Tréville —, porque não conheço ninguém que esteja acima de Vossa Majestade.

— Não, senhor; refiro-me a quem sustenta o Estado, o meu único servidor, meu único amigo, o Sr. Cardeal.

— Sua Eminência não é Sua Santidade, Majestade.

— O que quer dizer com isso, senhor?

— Que só o Papa é infalível, e que essa infalibilidade não se estende aos cardeais.

— O senhor quer dizer que ele me engana, quer dizer que ele me trai? Então o senhor o acusa. Decida, confesse francamente do que o acusa.

— De nada, Majestade, só digo que ele está equivocado, que está mal informado; digo que ele se apressou ao acusar os mosqueteiros de Vossa Majestade, o que é injusto, pois não foi buscar suas informações em fontes seguras.

— A acusação vem do Sr. de La Trémouille, do próprio duque. O que o senhor me diz sobre isso?

— Poderia responder, senhor, que ele tem muito interesse nessa questão para ser uma testemunha imparcial; mas longe disso, considero o duque um cavalheiro e peço desculpas a ele, com uma condição, Majestade.

— Qual?

— Que Vossa Majestade peça para que ele venha aqui e o interrogue, frente a frente, sem testemunhas, e que eu veja Vossa Majestade em seguida.

— Estamos de acordo.

— Chesnaye! — gritou o rei. — Chesnaye!

O ajudante da câmara, que ficava sempre na porta, entrou.

— Chesnaye — disse o rei —, mande buscar imediatamente o Sr. de La Trémouille; quero falar com ele esta noite.

— Vossa Majestade me dá a sua palavra de que não verá ninguém além de mim e o Sr. de Trémouille?

— A mais ninguém, palavra de cavalheiro.

— Então, até amanhã, Majestade.

— Até amanhã, senhor.

Ao chegar na antecâmara do rei, o Sr. de Tréville encontrou Chesnaye, que informou a ele que não haviam encontrado o duque de Trémouille em seu palácio na noite de véspera, que ele havia voltado muito tarde para se apresentar ao Louvre e naquele momento falava com o rei.

Passados apenas dez minutos, a porta do gabinete se abriu e o Sr. de Tréville viu sair o duque de La Trémouille, que se aproximou dele e lhe disse:

— Sr. de Tréville, Sua Majestade mandou me chamar para saber como aconteceram as coisas ontem de manhã em meu palácio. Eu disse a verdade, que a culpa foi dos meus homens, e que eu estou disposto a apresentar as minhas desculpas. Peço que a aceitem e me vejam como um de seus amigos.

— Sr. Duque — disse o Sr. de Tréville —, estava tão cheio de confiança em sua lealdade que não quis apresentar outro defensor a Sua Majestade. Vejo que não estava equivocado, e agradeço que exista na França um homem de quem se pode dizer, sem se enganar, o que é dito sobre o senhor.

— Ah! O senhor ouviu o que eu disse? Melhor, duque, muito melhor — disse o rei se aproximando da porta. — Ah, é você, Tréville! Onde estão os seus mosqueteiros? Ontem eu pedi que os trouxesse, por que não fez isso?

— Estão lá embaixo, Majestade, e com a licença do senhor e de Chesnaye vou pedir para que subam.

— Sim, sim! Que eles venham em seguida; às nove espero uma visita, Sr. Duque, pode sair. Entre, Tréville.

O duque o cumprimentou e saiu. No momento em que abria a porta, os três mosqueteiros e D'Artagnan, conduzidos por Chesnaye, apareciam no alto da escada.

— Entrem, meus valentes! — disse o rei. — Entrem, tenho que repreender os senhores.

Os mosqueteiros se aproximaram inclinando-se; D'Artagnan os seguia.

— Diabos! — continuou o rei. — Por causa de vocês quatro, sete guardas de Sua Eminência ficaram fora de combate por dois dias! É um exagero, senhores, é um exagero. Nesse ritmo, Sua Eminência será obrigado a renovar a sua companhia dentro de três semanas, e eu vou aplicar as leis com todo o rigor. Um, por uma fatalidade, digo que pode acontecer; mas sete, em dois dias? Eu repito: é um exagero, um disparate!

— Por isso, Vossa Majestade, vieram todos arrependidos apresentar as suas desculpas.

— Todos arrependidos! Sei! — disse o rei. — Não confio nada em suas caras hipócritas; ali atrás, sobretudo, tem uma cara da Gasconha. Venha aqui, senhor.

D'Artagnan, que entendeu que o chamado era para ele, aproximou-se com uma expressão apavorada.

— Bem, não me dizia que era um jovem? É um menino, Sr. de Tréville, um verdadeiro menino! Foi o senhor que deu a estocada em Jussac?

— E as duas belas estocadas em Bernajoux.

— É mesmo?

— Sem contar — disse Athos — que, se ele não tivesse me tirado as mãos de Bicarat, eu não teria a honra de fazer minha humilde reverência para Vossa Majestade.

— Mas então este bearnês é um verdadeiro demônio! Pegue pela unha, Sr. de Tréville, como diria o meu pai. Neste ofício devem furar muitas capas e romper muitas espadas. Mas os gascões são pobres, não são?

— Senhor, devo dizer que ainda não encontramos minas de ouro nas montanhas, mesmo que o Senhor deva para aqueles homens um milagre como recompensa pela forma como apoiaram as pretensões do seu pai.

— O que quer dizer é que os gascões me fizeram rei, dado que eu sou filho do meu pai, não é, Tréville? Pois bem, seja em boa hora, não digo que não foi assim. Chesnaye, procure em todos os meus bolsos e pegue quarenta moedas de ouro e, se as encontrar, traga-as até mim. E agora, vejamos, jovem, ponha a mão no coração e me conte tudo o que aconteceu.

D'Artagnan contou a aventura da véspera com todos os detalhes: como não conseguira dormir de alegria ao saber que veria Sua Majestade, havia chegado ao alojamento de seus amigos três horas antes da audiência; então foram juntos ao jogo, e sentiu medo quando levou uma bolada na cara. Tinha sido alvo de piada de Bernajoux, que quase pagou aquela brincadeira com a vida, e o Sr. de Trémouille, que não havia interferido em nada, com a perda do seu palácio.

— Está bem — murmurou o rei —, foi isso que o duque me contou. Pobre cardeal! Sete homens em dois dias, e os mais queridos; mas já basta, senhores, entendem? É o bastante, já tiveram sua revanche e devem estar satisfeitos.

— Sim, Vossa Majestade, estão — disse Tréville —, todos estamos.

— Sim, também estou — acrescentou o rei tomando um punhado de ouro da mão de Chesnaye e colocando na mão de D'Artagnan. — Aqui está uma prova da minha satisfação. Bem — disse o rei, olhando o relógio da sala —, agora, são oito e meia, podem se retirar, porque, como já havia dito, espero alguém às nove. Obrigada pela sua dedicação, senhores. Posso contar com ela, não é mesmo?

— Oh, Majestade! — exclamaram os quatro companheiros. — Nos faríamos em pedaços por Vossa Majestade.

— Bem, bem... mas fiquem inteiros; é melhor e serão mais úteis assim. Tréville — acrescentou o rei a meia voz, enquanto os outros se retiravam —, como não tem mosqueteiros na praça e para entrar nessa companhia decidimos que seria preciso fazer uma iniciação, coloque esse jovem na companhia do Sr. des Essarts, seu cunhado. Ah, meu Deus! Fico feliz só de pensar na careta que o cardeal fará! Ele deve estar furioso, mas estou no meu direito.

O cardeal, como havia dito Sua Majestade, ficou realmente furioso, tão furioso que abandonou os jogos com o rei por oito dias, o que não impedia que o rei fizesse a expressão mais encantadora do mundo todas as vezes que o encontrava e perguntasse com a sua voz mais encantadora:

— Sr. Cardeal, como vão os seus mosqueteiros, o pobre Bernajoux e o pobre Jussac?

CAPÍTULO 7

Os mosqueteiros na corte

Embora Athos tivesse apenas trinta anos e grande beleza de corpo e de espírito, ninguém conhecia suas amantes. Jamais falava de mulheres. O que não impedia que falassem delas na sua frente. Mas era fácil perceber que esse tipo de conversa, mesclada com palavras amargas e observações de um ermitão, eram completamente desagradáveis para ele.

A sua reserva, o isolamento e a mudez faziam dele quase um velho; para não ir contra os seus costumes, estava acostumado a responder com um simples gesto ou um simples movimento dos lábios. Só falava em circunstâncias absolutamente necessárias.

Grimaud, que temia o seu senhor da mesma forma que temia o fogo, tinha muito apego por Athos e uma grande veneração pela sua personalidade; acreditava ter entendido perfeitamente o que ele desejava e se apressava para executar a ordem recebida, mas fazia exatamente o contrário.

Então Athos encolhia os ombros e, sem ficar com raiva, fumegava Grimaud com os olhos. Nesses dias falava um pouco.

Porthos, como pudemos ver, tinha um caráter completamente oposto ao de Athos: falava muito e gritando; pouco se importava com o outro lado — há de se fazer justiça: quando escutasse um não — e falava pelo prazer de falar e pelo prazer de ouvir. Falava sobre tudo, menos de ciências, alegando que tinha um ódio dos sábios desde que era criança.

Tinha menos estilo que Athos, e o sentimento de sua inferioridade a esse respeito, frequentemene, havia feito, desde o começo da relação, com que ele fosse injusto com esse cavalheiro e se esforçasse para superá-lo com seus esplêndidos trajes. Mas com uma simples capa de mosqueteiro, e pela sua forma de jogar a cabeça para trás, Athos ocupava no mesmo instante o lugar que merecia e deixava o imponente Porthos na segunda fila.

Porthos se consolava enchendo a antecâmara do Sr. de Tréville e os corpos da guarda do Louvre com o estrondo de suas aventuras galantes, das quais Athos não falava nunca; e, assim, passou da nobreza da roupa para a nobreza da espada, da criada à baronesa; não havia para Porthos nada que lhe interessasse mais do que uma princesa estrangeira.

Um velho provérbio diz: "A tal amo, tal criado". Passemos do criado de Athos ao criado de Porthos, de Grimaud a Mousqueton.

Mousqueton era da Normandia e o seu amo havia trocado o seu nome pacífico: de Boniface ele passou a ser Mousqueton, um nome infinitamente mais sonoro e mais belicoso.

Tornou-se criado de Porthos com a condição de ganhar roupas e alojamento, ambos simples, mas sem grandes esforços; não precisava de mais de duas horas diárias de habilidade para satisfazer as suas demais necessidades.

Porthos havia aceitado o trato: o acordo ia muito bem. Mousqueton cortava os tecidos velhos e fazia reposição de suas capas, graças a um truque muito inteligente que punha seus penduricalhos novos dando a volta e de acordo com a mulher que interessava a Porthos; para que Porthos forjasse seus costumes aristocráticos, Mousqueton fazia muito boa figura por trás de seu amo.

Quanto a Aramis, cuja personalidade expusemos suficientemente — personalidade que, assim como a de seus companheiros, poderemos seguir em seu desenvolvimento —, tinha Bazin como seu lacaio. Devido à esperança que seu amo tinha de receber um dia das ordens, ia vestido sempre de negro, como deve estar vestido o servidor de um eclesiástico. Era um homem de Berry, de trinta e cinco a quarenta anos, doce, amável, gorducho, que ocupava o tempo de ócio que o seu amo lhe deixava lendo obras sagradas; algumas vezes fazia o jantar para os dois, com poucos pratos, mas muito saborosos. Para as outras coisas era cego, surdo e mudo, de uma fidelidade a toda prova.

D'Artagnan era naturalmente curioso, como são as pessoas que têm o gênio da intriga, e o nosso cavalheiro fez muitos esforços para saber quem realmente eram Athos, Porthos e Aramis porque, por baixo desses nomes de guerra, eles ocultavam os seus nomes de cavalheiros, sobretudo Athos, que cheirava a um grande senhor da liga. Pois D'Artagnan se dirigiu a Porthos para se informar sobre Athos e a Aramis para conhecer Porthos.

Infelizmente, o próprio Porthos só sabia da vida de seu silencioso camarada aquilo que ele deixava transparecer. Dizia que havia passado por grandes fracassos em suas aventuras amorosas e que uma traição horrível havia envenenado para sempre a sua vida. Qual era essa traição? Ninguém sabia.

Porthos, à exceção do seu verdadeiro nome, que só o Sr. de Tréville conhecia, bem como os de seus dois camaradas, tinha uma vida fácil de conhecer. Vaidoso e indiscreto, era possível ver o seu interior como a um cristal.

O único que podia despistar o investigador acreditava que bom mesmo, era falar de si mesmo.

Quanto a Aramis, embora tivesse um ar de quem não carregava nenhum segredo, era um garoto cheio de mistérios, que respondia com poucas palavras às perguntas que lhe faziam sobre os outros e escapava daquelas feitas sobre ele. Um dia, depois de ter interrogado Porthos e conhecer o rumor que corria sobre as aventuras galantes do mosqueteiro com uma princesa, D'Artagnan quis saber sobre as aventuras do seu interlocutor.

— Mas que diabos! — Você não é abade, visto que é um mosqueteiro.

— Mosqueteiro interino, querido, como diz o cardeal, mosqueteiro contra a minha vontade, pois sou um homem da igreja no meu coração, acredite em mim. Athos e Porthos me colocaram ali para me entreter: tive, no momento de ser ordenado, um pequeno problema com... Bom, isso diz respeito só a mim e lhes roubaria um tempo precioso.

A vida dos quatro jovens era alegre. Athos jogava, e sempre com má sorte. Mas nunca pedia um centavo emprestado aos amigos, mesmo que a bolsa deles estivesse ao seu dispor; e quando apostava sua palavra, sempre acordava o seu devedor às seis da manhã para pagar a dívida da véspera.

Porthos tinha impulsos: alguns dias, se ganhava, ficava insolente e esplêndido; se perdia, desaparecia por completo por alguns dias e depois reaparecia, com o rosto pálido e mal-humorado, mas com dinheiro nos bolsos.

Aramis não jogava. Mas era o pior mosqueteiro e o convidado mais desagradável que alguém poderia ter. Tinha sempre que trabalhar. Às vezes, no meio de uma refeição, quando todos animados pelo vinho e pelo calor da conversa acreditavam ter duas ou três horas de permanência na mesa, Aramis olhava o seu relógio, levantava-se com um sorriso gracioso e se despedia da companhia para ir, dizia ele, consultar o nome de um casuísta. Outras vezes, voltava ao seu alojamento para escrever uma tese e pedia aos seus amigos que não o distraíssem.

Então, Athos sorria com aquele encantador sorriso melancólico, que caía tão bem à sua nobre figura, e Porthos bebia jurando que Aramis nunca seria mais que um padre de aldeia.

Planchet, o criado de D'Artagnan, suportou com nobreza a boa sorte; recebia seus trinta soldos diários, e durante um mês vinha ao alojamento alegre como um passarinho.

As vidas dos quatro jovens haviam se encontrado; D'Artagnan, que não tinha nenhum hábito, pois vinha de sua província e estava em um mundo novo para ele, tomou para si os hábitos dos seus amigos.

Os três mosqueteiros desejavam o bem ao jovem camarada. A amizade que unia aqueles quatro homens e a necessidade de se ver três ou quatro vezes por dia, seja para um duelo, para tratar de algum assunto, ou por prazer, fazia-os correr sem parar, um atrás do outro, como se fossem sombras; eles eram encontrados sempre na praça Saint-Sulpice ou na rua de Vieux-Colombier, em Luxemburgo.

As promessas do Sr. de Tréville seguiam sem curso. Um dia, o rei ordenou ao senhor cavalheiro des Essarts que tomasse D'Artagnan como soldado em sua companhia de guardas. D'Artagnan endossou o pedido, suspirando naquele uniforme que trocaria, ao preço de dez anos de sua vida, pela capa de mosqueteiro.

Mas o Sr. de Tréville prometeu aquele favor depois de uma iniciação de dois anos, que poderia ser abreviada, caso D'Artagnan fizesse alguma ação brilhante para o rei. D'Artagnan se retirou com essa promessa e no dia seguinte começou o seu trabalho.

Foi quando chegaram Athos, Porthos e Aramis na hora de D'Artagnan montar guarda. A companhia do senhor cavalheiro des Essarts ganhou, portanto, quatro homens em vez de um no dia da chegada de D'Artagnan.

CAPÍTULO 8

Uma intriga na corte

As quarenta moedas de ouro do rei Luís XIII, assim como todas as coisas deste mundo, tiveram início e fim. A partir desse fim os nossos quatro cavalheiros ficaram em apuros.

A princípio, Athos sustentou a todos com o seu próprio dinheiro. Como de costume, Porthos havia sumido por quase quinze dias, e graças a esse sumiço conseguiu prover as necessidades de todos; finalmente chegou a vez de Aramis, que cumpriu suas obrigações de boa vontade, segundo ele: a venda dos seus livros de teologia tinha rendido algumas moedas de ouro.

Quando o dinheiro acabou, recorreram ao Sr. de Tréville, como sempre faziam, e ganharam um adiantamento sobre o soldo; mas eles tinham muitas contas atrasadas, e nenhum guarda podia ajudar.

Por fim, começou a faltar tudo; então eles se reuniram e fizeram um último esforço: juntaram dez moedas de ouro e deram para Porthos jogar. Infelizmente, ele estava com má sorte e, além de perder tudo, saiu do jogo devendo vinte e cinco moedas de ouro.

Então, os apuros se converteram em penúria: os cavalheiros esfomeados eram seguidos por seus lacaios andando pelas ruas e pelas companhias da guarda, mordiscando todos os jantares de seus amigos porque, segundo Aramis, a prosperidade deveria semear alimentos, à esquerda e à direita, para que aqueles que não tivessem comida também os colhessem.

Athos foi convidado quatro vezes e levava junto os amigos e os criados. Porthos fez o mesmo com os seus camaradas, em seis oportunidades; Aramis teve oito. Era um homem, que como já compreendemos, fazia pouco barulho e trabalhava muito.

D'Artagnan não conhecia ninguém na capital, mas conseguiu um café da manhã dos deuses na casa de um padre da sua região, e um jantar na casa do tocador de corneta.

Levou os seus amigos à casa do padre, e devoraram as suas provisões para dois meses, e à casa do tocador, que preparou maravilhas — e como dizia Planchet: "Se for comer apenas uma vez, que coma muito".

D'Artagnan ficou bastante humilhado por não ter mais que uma refeição e meia — porque o café da manhã na casa do padre era dividido —, e ele só podia oferecer isso aos seus amigos em troca dos banquetes que Athos, Porthos e Aramis frequentavam. Acreditava estar em dívida na sociedade, esquecendo, com a sua fé completamente juvenil, que havia alimentado aquela companhia durante um mês; e o seu espírito inquieto se pôs a trabalhar ativamente. Refletiu sobre aquela coalisão de quatro jovens, valentes, empreendedores e ativos, e chegou à conclusão de que eles tinham mais a oferecer do que passeios, lições de esgrima ou brincadeiras mais ou menos engenhosas.

Realmente, quatro homens como eles, quatro homens consagrados uns aos outros desde o nascimento, quatro homens que sempre se apoiaram, sem retroceder nunca, executando isoladamente ou juntos as resoluções adotadas em comum: quatro braços ameaçando os quatro pontos cardeais ou voltando a um só ponto deviam inevitavelmente, fosse de maneira subterrânea ou à luz do dia, com o rosto descoberto, pela astúcia e pela força, abrir caminhos para alcançar a meta que quisessem, por mais distante que ela estivesse. O que mais assustava D'Artagnan era o fato de os seus companheiros não pensarem nisso.

Ele, sim, pensava, e seriamente, forçando o cérebro a encontrar uma direção para aquela força multiplicada por quatro que, como a alavanca inventada por Arquimedes, seria capaz de carregar o peso do mundo, quando bateram suavemente à sua porta. D'Artagnan acordou Planchet e ordenou que ele a abrisse.

Pela frase "D'Artagnan acordou Planchet", o leitor não vai adivinhar que era noite, ou que ainda não havia chegado o dia. Não! Ainda eram quatro da manhã; Planchet, duas horas antes, havia pedido o jantar ao seu amo, que respondeu com o seguinte refrão: "Quem dorme, come". E Planchet comia dormindo.

Entrou um homem de rosto muito simples, com aspecto de burguês.

De boa vontade, Planchet queria ouvir a conversa, mas o burguês disse a D'Artagnan que era um assunto importante e confidencial, portanto desejava falar apenas com ele.

D'Artagnan dispensou Planchet e pediu ao seu visitante para se sentar.

Houve um momento de silêncio enquanto os homens se olhavam para estabelecer um conhecimento prévio. D'Artagnan se inclinou para demonstrar que o escutava.

— Eu ouvi falar do Sr. D'Artagnan como um jovem muito valente — disse o burguês —, e essa reputação que o senhor leva, com razão, foi decisiva para que eu pensasse em lhe confiar um segredo.

— Fale, senhor, fale! — disse D'Artagnan que, por instinto, farejava algo vantajoso.

O burguês fez uma nova pausa e continuou:

— A minha mulher é costureira da rainha, senhor, e não precisa nem de prudência nem de beleza. Há quase três anos me fizeram casar com ela, mesmo que eu não tivesse um pequeno dote, porque o Sr. de La Porte, o confidente da rainha, é seu padrinho e a protege...

— Continue, senhor — disse D'Artagnan.

— Pois bem! — prosseguiu o burguês. — Pois bem, senhor, a minha mulher foi raptada ontem de manhã quando saía do seu quarto de trabalho.

— E quem sequestrou a sua mulher?

— Não tenho certeza de nada, senhor, mas suspeito de alguém.

— E de quem o senhor suspeita?

— De um homem que a perseguia havia um tempo.

— Diabos!

— Mas permita que lhe diga, senhor — continuou o burguês —, que estou convencido de que nisso há mais política do que amor.

— Mais amor do que política... — disse D'Artagnan com um gesto pensativo. — E de quem suspeita?

— Não sei se deveria dizer de quem suspeito...

— Senhor, eu lembro que não pedi absolutamente nada, foi o senhor que veio até aqui. Foi o senhor que me disse ter um segredo para me contar. Veja se quer continuar, pois o senhor ainda pode se retirar.

— Não, senhor, não; você aparenta ser um jovem honesto e terei confiança no senhor. Acredito que a minha mulher foi detida não por um amor, mas por uma dama mais importante do que ela.

— Ah, ah! Não será por algum dos amores da Sra. de Bois-Tracy? — perguntou D'Artaganan, que quis passar a impressão de estar por dentro dos assuntos da corte.

— Mais importante, senhor, mais importante.

— Da Sra. de Aiguillon?

— Ainda mais importante.

— Da Sra. de Chevreuse?

— Mais alto, muito mais alto!

— Da... — deteve-se D'Artagnan.

— Sim, senhor — respondeu tão baixo que se pôde ouvir apenas o espanto do burguês.

— E com quem?

— Quem pode ser além do duque de...?

— O duque de...

— Sim, senhor! — respondeu o burguês dando voz a uma entonação ainda mais baixa.

— Mas como você sabe de tudo isso?

— Ah! Como eu sei?

— Sim, como o senhor sabe? Nada há de confidências... me entende?

— Sei pela minha mulher, senhor, pela minha própria mulher.

— O que sabe... Por quem?

— Pelo Sr. de La Porte. Não disse que ela é afilhada do Sr. de La Porte, o homem de confiança da rainha? Pois bem, o Sr. de La Porte a colocou junto da Sua Majestade para que a nossa pobre rainha tivesse pelo menos alguém para conversar, abandonada como está pelo rei, vigiada como está pelo cardeal, traída por todos.

— Ah, ah! Agora as coisas vão ficando mais claras — disse D'Artagnan.

— A minha mulher veio há quatro dias, senhor, e uma de suas condições era que viria me ver duas vezes por semana; porque, como tenho a honra de dizer, minha mulher me ama muito; minha mulher veio e me contou que a rainha, naquele momento, sentia muito medo.

— De verdade?

— Sim, o Sr. Cardeal a persegue e a ameaça, mais do que nunca. Ele não perdoa a história da sarabanda. O senhor sabe da história da sarabanda?

— Meu deus, claro que sei! — respondeu D'Artagnan, que não sabia de nada, mas queria dar a impressão de estar a par da conversa.

— Agora não é mais ódio, é vingança.

— Mesmo?

— E a rainha acredita...

— No que a rainha acredita?

— Acredita que escreveram ao duque de Buckingham em seu nome.

— Em nome da rainha?

— Sim, para trazê-lo a Paris, e, uma vez aqui, atraí-lo para uma emboscada.

— Pelo diabo! Mas a sua mulher, meu querido senhor, o que tem a ver com isso tudo?

— Ela é conhecida pela sua lealdade à rainha, e querem afastá-la da ama ou intimidá-la porque ela sabe os segredos de Sua Majestade ou seduzi-la para se servirem dela como espiã.

— É provável — disse D'Artaganan —, mas o senhor conhece o homem que raptou a sua mulher?

— Eu disse que acredito saber quem é.

— Qual é o seu nome?

— Eu não sei; a única coisa que sei é que é uma criatura do cardeal, seu instrumento cego.

— Mas o senhor o viu?

— Sim, minha mulher mostrou-o pra mim um dia.

— Tem alguns sinais para que ele possa ser reconhecido?

— Tem, é um senhor de grande estatura, cabelos negros, pele morena, olhar penetrante, dentes brancos e uma cicatriz na têmpora.

— Uma cicatriz na têmpora! — exclamou D'Artagnan. — Dentes brancos, olhar penetrante, pele morena, cabelos negros e grande estatura. É o meu homem de Meung!

— Seu homem?

— Sim, sim; mas não importa. Não, equivoco-me, isso simplifica muito as coisas, pelo contrário; se o seu homem é o meu homem, me vingarei duas vezes de uma só vez; isso é tudo. Para onde foi esse homem?

— Eu não sei.

— Não tem nenhuma informação sobre o seu domicílio?

— Nenhuma; em um dia que eu levei minha mulher ao Louvre, ele saiu ao mesmo tempo em que ela entrou, e me cumprimentou.

— Diabos! Diabos! — murmurou D'Artagnan. — Tudo isso é muito vago. Por quem o senhor soube do rapto da sua mulher?

— Pelo Sr. de La Porte.

— Ele deu algum detalhe?

— Ele não tinha nenhum.

— E você não sabe nada do outro lado?

— Sim, eu recebi...

— O quê?

— Mas não sei se cometo uma grande imprudência.

— De novo com essa história? Agora é tarde para retroceder.

— Eu não vou retroceder, palavra de Bonacieux!

— O senhor se chama Bonacieux? — interrompeu D'Artagnan.

— Sim, esse é o meu nome.

— Perdão se eu interrompo o senhor, mas esse nome não me é estranho.

— É possível, senhor. Eu sou o dono desta casa.

— Ah! — disse D'Artagnan, curvando-se e saudando-o. — O senhor é o dono desta casa?

— Sim, senhor, eu sou. E como o senhor está na minha casa há três meses, e com certeza estava muito ocupado, deve ter se esquecido de pagar o aluguel, e, como eu o incomodei um pouco, pensei que o senhor levaria em consideração a minha delicadeza.

— Como não, meu querido Sr. Bonacieux — prosseguiu D'Artagnan —, eu estou muito grato pela sua postura, e como já disse, se puder servi-lo...

— Eu acredito, senhor, e como já disse, palavra de Bonacieux, tenho confiança em você.

— Então, acabe o que começou a me dizer.

O burguês tirou um papel do bolso e deu de presente a D'Artagnan.

— Uma carta! — disse o jovem.

— Eu recebi essa manhã.

D'Artagnan abriu, e como o dia chegava ao fim, aproximou-se da janela. O burguês o seguiu.

"Não busque a sua mulher", leu D'Artagnan, "ela será devolvida quando não for mais necessária. Se der um passo para encontrá-la, estará perdido".

— O início parece bom — continuou D'Artagnan —, mas depois de tudo, vejo que não passa de uma ameaça.

— Sim, a ameaça me assusta; eu, senhor, definitivamente, não sou um homem de espada, e tenho medo da Bastilha.

— Hum! — sinalizou D'Artagnan. — Mas eu temo a Bastilha tanto quanto o senhor. Se fosse apenas uma estocada...

— Senhor, eu contava com você para essa ocasião.

— Mesmo?

— Ao vê-lo rodeado sempre por mosqueteiros de aspecto magnífico e reconhecer aqueles homens como os cavaleiros do Sr. de Tréville, e, por consequência, inimigos do cardeal, eu pensei que o senhor e os seus amigos, além de fazer justiça à rainha, estariam encantados em atacar Sua Eminência.

— Sem dúvida.

— Eu pensei que, devendo-me três meses de aluguel, que eu nunca cobrei...

— Sim, sim... o senhor me deu esse motivo, e eu acho excelente.

— Contando que, se fizer a honra de permanecer em minha casa, nunca mais eu falarei sobre o aluguel.

— Muito bem.

— Além disso, se for preciso, eu posso oferecer cinquenta moedas de ouro, caso o senhor esteja em apuros neste momento.

— Maravilha; então o senhor é rico, meu querido Bonacieux?

— Vivo com folga, senhor, essa é a verdade; eu consegui juntar dois ou três mil escudos de renda na mercearia e investi alguns fundos na última viagem do navegante Jean Mocquet, então, se o senhor me entende... Mas... — continuou o burguês.

— O quê? — perguntou D'Artagnan.

— O que vejo aqui?

— Onde?

— Na rua, em frente à sua janela, naquela porta se abrindo: um homem enrolado em uma capa.

— É ele! — gritaram D'Artagnan e o burguês, reconhecendo o homem ao mesmo tempo.

— Ah, desta vez não me escapa! — exclamou D'Artagnan, sacando sua espada da bainha e correndo para fora do alojamento.

Na escada encontrou Athos e Porthos, que iam visitá-lo. Separaram-se e D'Artagnan passou entre eles como uma flecha.

— Ei! Onde vai desse jeito? — gritaram os dois mosqueteiros ao mesmo tempo.

— Vou atrás do homem de Meung! — respondeu D'Artagnan, e desapareceu.

CAPÍTULO 9

D'Artagnan observa os detalhes

Como Athos e Porthos previram, em meia hora D'Artagnan estava de volta. Havia perdido o seu homem, mais uma vez ele havia desaparecido como se fosse mágica. D'Artagnan percorreu todas as ruas com a espada na mão, mas não encontrou nada que se parecesse com aquilo que ele buscava; e por fim voltou por onde deveria ter começado e bateu na porta do desconhecido; mas foi inútil, porque ele ficou batendo na aldraba dez ou doze vezes seguidas, mas ninguém atendia, e os vizinhos, atraídos pelo ruído, ficaram no limiar das portas, com seus narizes nas janelas, e avisavam ao nosso jovem que a casa, que tinha todos os vãos fechados, estava vazia desde as seis da manhã.

Enquanto D'Artagnan corria pelas ruas e batia nas portas, Aramis havia se reunido com os seus dois companheiros, e, ao voltar para casa, a reunião já havia começado.

— Você está bem? — perguntaram um dos três mosqueteiros ao ver D'Artagnan entrar suado e com o rosto tomado pelo ódio.

— Estou bem! — exclamou o jovem. Em seguida, jogou a espada na cama. — Esse homem deve ser o diabo em pessoa; desapareceu como um fantasma, como uma sombra, como um espectro.

— Você acredita em aparições? — perguntou Athos a Porthos.

— Eu só acredito no que vejo, e como nunca vi uma aparição, não creio nelas.

— A Bíblia — disse Aramis —, leia para acreditar nelas; a sombra de Samuel apareceu para Saul e é um artigo de fé que me incomodaria que fosse colocado à prova, Porthos.

— Em todos os casos, homem ou diabo, corpo ou sombra, ilusão ou realidade, esse homem nasceu para a minha condenação, porque a sua fuga nos fez falhar em um assunto tão importante, senhores, um assunto que poderia nos dar cem moedas de ouro, ou até mais!

— Como? — disseram juntos Porthos e Aramis.

— Planchet — disse D'Artagnan ao seu criado, que naquele momento passava pela porta entreaberta para pegar algumas migalhas da conversa —, vá à casa do Sr. Bonacieux e peça para que nos envie meia dúzia de garrafas de vinho de Beaugency; é o que eu prefiro.

— Ora! Você tem crédito com o dono da casa? — perguntou Porthos.

— Sim — respondeu D'Artagnan —, desde hoje, e fiquem tranquilos que, se o vinho for ruim, pediremos outro.

— Deve usar sem abusar — disse silenciosamente Aramis.

D'Artagnan contou aos seus amigos palavra por palavra do que acabara de acontecer entre ele e o seu hóspede, e como o homem que havia raptado a mulher do digno dono da casa era o mesmo com quem havia brigado na hospedagem.

— O seu assunto não é ruim — disse Athos, depois de degustar o vinho e fazer um sinal de aprovação com a cabeça —, e se você pode receber desse bom homem cinquenta ou sessenta moedas de ouro... resta saber se por cinquenta ou sessenta moedas vale a pena arriscar quatro cabeças. Pois é uma mulher raptada, uma mulher que com certeza é ameaçada, e talvez torturada, e tudo isso porque é fiel a sua ama.

— Tenha cuidado, D'Artagnan, tenha cuidado — disse Aramis —, você fica muito exaltado, na minha opinião, por sorte da Sra. Bonacieux. A mulher foi criada para a nossa perdição, e é dela que virão todas as nossas misérias.

Com essa frase de Aramis, Athos franziu o cenho e mordeu os lábios.

— Não me inquieto pela Sra. Bonacieux — exclamou D'Artagnan —, a não ser pela rainha, a quem o rei abandona, a quem o cardeal persegue, e que vê cair, umas atrás das outras, as cabeças de todos os seus amigos.

— Por que ela ama o que mais detestamos no mundo, os espanhóis e os ingleses?

— Espanha é sua pátria — respondeu D'Artagnan —, e é muito lógico que ame aos espanhóis, que são filhos da mesma terra que ela. E quanto à segunda reprovação que você fez, eu ouvi dizer que ela não amava os ingleses, a não ser um inglês.

— Pela minha fé — disse Athos —, tenho que confessar que esse inglês é bem digno de ser amado! Nunca vi maior estilo que o seu.

— Sem contar que se veste como ninguém — disse Porthos. — Estava no Louvre no dia em que espalhou suas pérolas, e, meu Deus, eu peguei duas delas que vendi por dez moedas a peça. E você, Aramis, conhece-o?

— Tão bem como vocês, senhores, porque eu era um daqueles que se detiveram no jardim de Amiens, onde fui introduzido pelo Sr. de Putange, o escudeiro da rainha. Naquela época eu estava no seminário, e a aventura me pareceu cruel para o rei.

— Meus senhores — disse Aramis — escutem isto.

— Estamos escutando — responderam os três amigos.

— Ontem, encontrava-me na casa de um sábio doutor em Teologia que às vezes consulto por causa dos meus estudos...

Athos sorriu.

— Ele mora num bairro deserto — continuou Aramis. — Os seus gostos e a sua profissão exigem-no. Ora, no momento em que saía de sua casa...

Aqui, Aramis deteve-se.

— Então? — impacientaram-se os seus ouvintes. — No momento em que saia de sua casa...

Aramis parecia fazer um esforço sobre ele mesmo, como um homem que, em plena corrente de mentira, se vê detido por um obstáculo imprevisto; mas os olhos dos seus três companheiros estavam fixos nele, suas orelhas esperavam abertas, não havia meio de retroceder.

— Esse doutor tem uma sobrinha — continuou Aramis.

— Ah! Tem uma sobrinha! — interrompeu Porthos.

— É uma dama muito respeitável — disse Aramis.

Os três amigos deram risada.

— Essa sobrinha vem às vezes ver seu tio, e ontem ela, por acaso, se encontrava ali ao mesmo tempo que eu tive que me oferecer para conduzir a sua carruagem.

— Ah! A sobrinha do doutor tem uma carruagem? — interrompeu Porthos (um de seus defeitos era não conter a língua). — Bom saber disso, meu amigo.

— Porthos — prosseguiu Aramis —, é possível... aproximou-se de mim, acompanhado por cinco ou seis homens que o seguiam dez passos atrás, um homem, e com o tom mais cortês do mundo, disse-me: "Sr. Duque e sua senhora", continuou se dirigindo à dama que eu levava pelo braço...

— A sobrinha do doutor?

— Silêncio, Porthos! — disse Athos. — Você é insuportável.

— "Faça o favor de subir nesta carruagem, e faça isso sem oferecer resistência e sem fazer o menor ruído".

— Ele achou que fosse Buckingham! — exclamou D'Artagnan.

— Acredito que sim — respondeu Aramis.

— Mas e a dama? — perguntou Porthos.

— Ele achou que ela fosse a rainha! — disse D'Artagnan.

— Exatamente — respondeu Aramis.

— Gascão dos diabos! — exclamou Athos. — Nada escapa dele.

— O feito é — disse Porthos — que Aramis é da mesma estatura e do mesmo porte que o formoso duque; mas a roupa de mosqueteiro...

— Eu tinha uma capa enorme — disse Aramis.

— E por que o doutor temia ser reconhecido? – interrompeu Porthos.

— Inclusive, coloquei-a na minha cabeça — disse Athos — que o espião se deixou enganar pelo porte, mas o rosto...

— Uma mulher de condição tão inferior! Acredita, D'Artagnan? — perguntou Porthos esticando os lábios com desprezo.

— É a afilhada de La Porte e ajudante de câmara de confiança da rainha.

— Não disse, senhores? E, além disso, talvez seja um cálculo de Sua Majestade ter ido, nessa ocasião, buscar tão baixo seus apoios. As altas cabeças se veem de longe, e o cardeal tem boa vista.

— Bem! — disse Porthos. — Combine primeiro o preço com o dono do armazém, e um bom preço.

— É inútil — disse D'Artagnan — porque acredito que, se ele não nos pagar, seremos pagos pelo outro lado.

Naquele momento, um ruído precipitado ressoou na escada, a porta se abriu com um estrépito e o malfadado dono do armazém entrou no quarto onde era realizado o conselho.

— Ah, senhores! — exclamou. — Salvem-me, em nome de Deus, salvem-me! Há quatro homens querendo me deter. Salvem-me, salvem-me!

Porthos e Aramis se levantaram.

— Um momento — exclamou D'Artagnan fazendo sinais para que devolvessem as suas espadas na bainha —, um momento; não é de coragem que precisamos, mas de prudência.

— Sem dúvida! — exclamou Porthos. — Não deixaremos...

— Faça o que D'Artagnan diz — mandou Athos. — Eu repito, ele é a cabeça forte de todos nós, e no que se refere a mim, declaro que obedeço. Faça o que quiser, D'Artagnan.

Naquele momento, os quatro guardas apareceram na porta da antecâmara e, ao verem os quatro mosqueteiros em pé e com a espada nas mãos, ficaram em dúvida para seguir adiante.

— Entrem senhores, entrem — gritou D'Artagnan —, aqui estão na minha casa, e todos nós somos fieis servidores do rei e do cardeal.

— Então, senhores, não são contra a execução das ordens que recebemos? — perguntou aquele que parecia o chefe do grupo.

— Ao contrário, senhores, e juntaríamos as mãos se fosse necessário.

— Mas o que você disse? — murmurou Porthos.

— É um idiota — disse Athos. — Silêncio!

— Mas você me prometeu... — disse em voz baixa o dono do armazém.

— Não podemos salvá-lo se não estivermos livres — respondeu D'Artagnan, rapidamente e em voz baixa —, e se fizéssemos isso, seríamos presos junto com você.

— Parece-me, sem dúvida...

— Adiante, senhores, adiante — disse D'Artagnan em voz alta —, não tenho nenhum motivo para defendê-lo. Só vi o senhor pela primeira vez hoje, e em que ocasião! Ele mesmo o dirá: para vir cobrar o preço do meu aluguel. Não é verdade, Sr. Bonacieux? Responda-me!

— É a mais pura verdade — exclamou o dono do armazém —, mas o senhor não disse...

— Silêncio sobre mim, silêncio sobre os meus amigos, silêncio sobre a rainha, sobre tudo, ou você perderá todo mundo e não conseguirá se salvar. Vamos senhores, levem este homem!

D'Artagnan empurrou o dono do armazém atônito nas mãos dos guardas, dizendo:

— Você é um grande patife! Vem pedir dinheiro para mim, um mosqueteiro! Para a prisão, senhores, levem este homem para a prisão e guardem a chave o maior tempo possível, isso me dará mais tempo para pagar!

Os subordinados agradeceram, embora confusos, e levaram a sua presa.

No momento que em que desciam, D'Artagnan pôs a mão no ombro do chefe:

— Não vamos brindar à nossa saúde? — disse, enchendo dois copos de vinho de Beaugency, que tinha graças ao Sr. Bonacieux.

— Para mim será uma grande honra — disse o chefe dos guardas —, aceito com gratidão.

— Então, senhor... como se chama?

— Boisrenard.

— Sr. Boisrenard!

— À sua saúde, meu cavalheiro! À sua também! Como se chama?

— D'Artagnan.

— À sua saúde, Sr. D'Artagnan!

— E por cima de tudo isso — exclamou D'Artagnan, arrebatado pelo seu entusiasmo — à lei do rei e do cardeal!

O chefe dos guardas começou a duvidar da sinceridade de D'Artagnan, mas o bom vinho o convenceu.

— Mas que diabos de maldade você fez? — disse Porthos, quando o xerife se reuniu com os seus companheiros e os quatro amigos se encontraram sozinhos. — Ora! Quatro mosqueteiros deixam um desgraçado que pede ajuda ser levado! Um cavalheiro brindar isso.

— Porthos — disse Aramis —, Athos já disse que você era um idiota, e eu concordo com ele. D'Artagnan é um grande homem e, quando esteve com o Sr. de Tréville, pediu sua proteção.

— Maldito seja! Não entendo você — disse Porthos. — Aprova o que D'Artagnan acabou de fazer?

— Claro que sim — disse Athos, — e não só aprovo, como o felicito pelo feito.

— Agora, senhores — disse D'Artagnan sem se dar ao trabalho de explicar a sua conduta a Porthos —, todos por um e um por todos, essa é a nossa divisa, não é assim?

— Mas... — disse Porthos.

— Estenda a mão e jure! — gritaram Athos e Aramis.

Vencido pelo exemplo e queixando-se em voz baixa, Porthos estendeu a mão e os quatro amigos repetiram a fórmula ditada por D'Artagnan:

"Um por todos e todos por um!"

CAPÍTULO 10

Uma ratoeira do século XVII

A casa do Sr. Bonacieux se transformou em uma ratoeira, e todos que apareciam naquela vivenda eram detidos e interrogados pelos homens do cardeal.

Pedimos desculpas ao dizer que, como um caminho particular levava ao primeiro piso, onde vivia D'Artagnan, portanto, os que chegavam à sua casa eram exceção entre as visitas.

Além do mais, ali só iam os três mosqueteiros, que fizeram a busca separados: cada um foi para o seu lado, e não encontraram nem descobriram nada. Athos chegou inclusive a perguntar ao Sr. de Tréville, fato que assustou o capitão, dado o silêncio habitual do honrado mosqueteiro. Mas o Sr. de Tréville não sabia nada, a não ser que a última vez que vira o cardeal, o rei e a rainha, ele demonstrava preocupação, pois o rei estava inquieto e os olhos da rainha indicavam que ela passara a noite inteira chorando.

Mas a última circunstância o surpreendera pouco: a rainha, desde o seu casamento, fazia vigília e chorava muito.

D'Artagnan não saía de casa. Havia transformado o seu quarto em um observatório. Das janelas via chegar os homens que seriam presos; logo, como havia tirado as lajotas do chão e perfurado o encaixe, apenas um teto simples separava o seu quarto do inferior, onde eram feitos os interrogatórios; por isso ele ouvia tudo o que se passava entre os inquisidores e os acusados.

— A Sra. Bonacieux entregou alguma coisa para o seu marido ou para alguma outra pessoa?

— O Sr. Bonacieux entregou alguma coisa para sua mulher ou para alguma outra pessoa?

— Um dos dois chegou a fazer alguma confidência?

"Se soubessem de algo, não perguntariam assim", disse D'Artagnan a si mesmo.

Na noite seguinte à prisão do pobre Bonacieux, quando Athos acabou de deixar D'Artagnan para ir à casa do Sra. de Tréville, tinha acabado de soar nove horas; e quando Planchet, que não havia feito a cama, começava sua tarefa, ouviu a porta bater, ao ponto de ela se abrir e fechar; alguém tinha acabado de sair da ratoeira.

D'Artagnan se lançou sobre o lugar sem proteção, posicionou-se de cabeça para baixo para ouvir a movimentação.

Não demorou para que ele ouvisse os gritos, e logo gemidos que eram afogados. Sobre o interrogatório, não se tratava disso.

— Diabos! — disse D'Artagnan. — Parece que é uma mulher: revistam-na e ela resiste, então a violentam... miseráveis!

D'Artagnan, levando em conta sua prudência, continha-se para não se misturar à cena que ocorria embaixo dele.

— Mas estou dizendo que sou a dona da casa, senhores; eu sou a Sra. Bonacieux; pertenço à rainha! — gritava a desgraçada mulher.

— A Sra. Bonacieux! — murmurou D'Artagnan. — Serei sortudo o bastante para ter encontrado o que todo mundo procura?

— Estávamos esperando justamente a senhora — disseram os inquisidores.

A voz se tornava cada vez mais abafada: um movimento tumultuoso fez ressoar o teto. A vítima resistia tanto quanto uma mulher pode resistir a quatro homens.

— Perdão, senhores, per... — murmurou a voz, que agora só emitia sons sem sentido.

— Estão amordaçando-a, vão levá-la — exclamou D'Artagnan, levantando-se movido por um impulso. — A minha espada; bem... está ao meu lado. — Planchet!

— Senhor?

— Vá correndo chamar Athos, Porthos e Aramis. Um dos três deve estar em casa, talvez os três já tenham voltado. Peça para pegarem suas armas e virem me ajudar. Ah, agora me lembrei, Athos está com o Sr. de Tréville.

— Mas aonde o senhor vai?

— Vou descer pela janela — exclamou D'Artagnan — para chegar antes; você volte a colocar as lajotas, vá para o térreo, saia pela porta da frente e corra para onde eu mandei.

— Oh, senhor, o senhor vai matá-los! — exclamou Planchet.

— Cale a boca, imbecil! — disse D'Artagnan.

Apoiando-se na borda da janela, deixou o seu corpo cair até o primeiro andar que, por sorte, não era alto, então não sofreu nenhum dano.

Só o batente ressoou embaixo da mão do jovem quando o tumulto acabou; alguns passos se aproximaram, a porta foi aberta, e D'Artagnan, com a espada nas mãos, lançou-se na vivenda do Sr. Bonacieux, cuja porta, movida, sem dúvida, por algum impulso, voltou a se fechar atrás dele.

Então, aqueles que ainda habitavam a infeliz casa de Bonacieux e os vizinhos mais próximos ouviram grandes batidas, entrechoques de costas e um ruído prolongado de móveis. Logo em seguida, foram surpreendidos por aquele que havia pulado a janela para saber o que estava acontecendo; puderam ver como a porta abria, deixando entrar não quatro homens vestidos de preto, mas corvos voando espantados, deixando pela terra e pelas esquinas penas de suas asas, melhor dizendo, farrapos de suas roupas e pedaços de suas capas.

Os vizinhos que abriram a porta com o sangre frio típico dos habitantes de Paris naqueles tempos de tumultos e de brigas constantes, voltaram a fechar quando viram quatro homens de negro: naquele momento, o instinto dizia que tudo estava acabado.

D'Artagnan ficou apenas com a Sra. Bonacieux e se voltou para ela: a pobre mulher estava derrubada sobre uma poltrona, com a roupa em frangalhos. D'Artagnan deu uma rápida olhada na dama.

Era uma mulher encantadora, de vinte e cinco a vinte e seis anos, morena, com olhos azuis, com um nariz ligeiramente arrebitado, dentes admiráveis, de cor rosa e leitosa. Até ali havia sinais que podiam fazer com que ela não fosse confundida com uma grande dama. As mãos eram brancas, mas sem delicadeza, os pés não anunciavam uma mulher de qualidade, mas D'Artagnan não estava preocupado com esses detalhes.

Enquanto ele observava a Sra. Bonacieux que estava a seus pés, como dissemos, viu no chão um fino lenço de batizado, e recorrendo às suas memórias, lembrou-se de uma esquina onde reconheceu a mesma inicial do lenço que o levou a duelar com Aramis.

Daquele momento em diante, D'Artagnan passou a desconfiar dos lenços com o brasão; por isso, sem dizer nada, voltou a colocá-lo no bolso da Sra. Bonacieux.

Naquele instante, a Sra. Bonacieux recobrava os sentidos. Abriu os olhos, olhou aterrorizada ao seu redor, viu que o quarto estava vazio, e ela estava apenas com o seu salvador. A dama estendeu as mãos para ele, sorrindo. A Sra. Bonacieux tinha o sorriso mais encantador do mundo.

— Ah, senhor! — disse ela. — O senhor me salvou, permita que eu lhe agradeça.

— Senhora — disse D'Artagnan —, não fiz mais do que qualquer cavalheiro faria em meu lugar; portanto, a senhora não me deve nenhum agradecimento.

— Claro que sim, senhor, claro que sim, e quero provar que o senhor não prestou serviço a uma ingrata. Mas o que esses homens queriam de mim? No início, pensei que fossem ladrões... Por que o Sr. Bonacieux não está aqui?

— Senhora, esses homens eram muito mais perigosos do que qualquer ladrão, porque são agentes do cardeal, e sobre o seu marido, o Sr. Bonacieux não está aqui porque foi levado para a Bastilha.

— O meu marido na Bastilha! — exclamou a Sra. Bonacieux — Oh, meu Deus! O que ele fez? Meu pobre querido, justo ele, a própria inocência.

Algo como um sorriso surgia sobre o rosto ainda assustado da jovem.

— O que ele fez, senhora? — disse D'Artagnan. — Acredito que o seu único crime é ter a infelicidade de ser seu marido.

— Mas, então, o senhor sabe...

— Sei que foi raptada, senhora.

— E por quem? O senhor sabe? Se o senhor sabe, diga-me!

— Ah, esse não é o meu segredo, no entanto, não posso contá-lo. E, além disso — disse D'Artagnan —, (perdão, senhora, como sou guarda, preciso ter prudência) acredito que não estamos em um lugar seguro para fazer confidências. Os homens que fugiram vão voltar com reforço, e se nos encontrarem aqui, estaremos perdidos. Eu pedi para Planchet avisar três amigos meus, mas quem sabe se ele os encontrou em suas casas?

A jovem e o jovem, sem se incomodarem com o fechamento da porta, desceram rapidamente pela rua de Fossoyeurs, viraram na rua dos Fossés-Monsieur-le-Prince e não pararam até chegar à praça Saint-Sulpice.

— E agora, o que vamos fazer? — perguntou D'Artagnan. — Aonde a senhora quer que eu a leve?

— É muito difícil responder a essa pergunta, eu confesso — disse a Sra. Bonacieux. — A minha intenção era avisar o Sr. de La Porte através do meu marido, para que ele nos dissesse exatamente o que aconteceu no Louvre há três dias, e se haveria perigo caso eu me apresentasse.

— Mas eu — disse D'Artagnan — posso avisar ao Sr. de La Porte.

— Se dúvida, mas tem um obstáculo: o Sr. Bonacieux é conhecido no Louvre, e o deixariam passar, mas o senhor é desconhecido, eles fechariam a porta.

— Ah! — disse D'Artagnan. — Você tem em alguma tranca do Louvre um zelador que é criado, e que com uma senha...

A Sra. Bonacieux não tirou os olhos do jovem.

— E se eu der a senha — disse ela —, o senhor vai esquecê-la depois de usá-la?

— Palavra de honra, com a garantia de um cavalheiro — disse D'Artagnan, com um tom de voz de que ninguém poderia desconfiar.

— Bem, eu acredito, o senhor tem aspecto de um jovem valente, e, por outro lado, a sua sorte talvez seja uma prova da sua dedicação.

— Farei sem promessa, mas por consciência, tudo o que eu puder para servir ao rei e ser agradável à rainha — disse D'Artagnan. — Tenha em mim um amigo.

Como havia previsto D'Artagnan, Athos não estava em casa; ele então pegou a chave, que estavam acostumados a deixar com um amigo de casa, subiu a escada e deixou a Sra. Bonacieux no pequeno quarto.

— Está em sua casa — disse ele —, tenha cuidado, feche as janelas por dentro e não abra para ninguém, a menos que ouça três golpes assim, veja — e bateu três vezes; dois golpes próximos um do outro e o último bem forte, mais distante e mais rápido.

— Está bem — disse a Sra. Bonacieux. — Agora eu vou dar as minhas instruções.

— Diga.

— Apresente-se no portão do Louvre pelo lado da rua Presentaros, no portão de l'Echelle, e pergunte por Germain.

— Combinado. E depois?

— Ele perguntará o que o senhor quer; a sua resposta serão essas duas palavras: Tours e Bruxelas. Nesse momento ele estará às suas ordens.

— E o que eu devo pedir?

— Para ele procurar o Sr. de La Porte, o ajudante de câmara da rainha.

— E quando o Sr. de La Porte chegar?

— Peça que ele venha até mim.

— Certo, e como faço para ver a senhora outra vez?

— O senhor quer muito voltar a me ver?

— Claro!

— Pense bem, deixe-me aqui segura e fique tranquilo.

— Conto com a sua palavra.

— Pode contar com ela.

D'Artagnan se despediu da Sra. Bonacieux lançando o olhar mais amoroso possível sobre aquela encantadora pessoinha e, enquanto descia a escada, ouviu a porta fechar atrás dele com uma volta dupla. Em dois saltos estava no Louvre; entrou na rua de l'Echelle às dez da noite. Todos os acontecimentos que acabamos de contar ocorreram em meia hora.

D'Artagnan chegou à casa do Sr. de Tréville; mas ao invés de passar pelo salão como todo mundo, pediu para entrar no gabinete. Como ele já era frequentador do palácio, seu pedido foi aceito rapidamente; avisaram ao Sr. de Tréville que o seu jovem compatriota tinha algo importante para dizer e desejava uma audiência particular. Cinco minutos depois, o Sr. de Tréville perguntava a D'Artagnan o que poderia fazer por ele e qual era o motivo da visita naquele horário.

— Perdão, senhor! — disse D'Artagnan, que aproveitou o momento que ficou sozinho para atrasar o relógio em quarenta e cinco minutos. — Pensei que como são nove e vinte e cinco, eu poderia me apresentar.

— Nove e vinte cinco! — exclamou o Sr. de Tréville, olhando o seu pêndulo. — Mas isso é impossível.

— Veja, senhor — disse D'Artagnan —, o pêndulo é testemunha.

— Está certo — disse o Sr. de Tréville —, eu pensei que fosse mais tarde. Mas vamos, o que o senhor quer?

Então D'Artagnan contou ao Sr. de Tréville uma longa história sobre a rainha. Expôs ao capitão os temores que tinha a respeito da Sua Majestade, contou o que ouviu dizer dos homens do cardeal a respeito de Buckingham, com uma tranquilidade e uma classe que o Sr. de Tréville via algo novo entre o cardeal, o rei e a rainha.

Quando o sino soou dez horas, D'Artagnan abandonou o Sr. de Tréville, que agradeceu os informes e recomendou que ele tivesse o coração sempre a serviço do rei e da rainha, e saiu do salão. Mas quando chegou ao fim da escada, D'Artagnan se lembrou de que deixara o seu bastão no gabinete; subiu correndo e voltou a entrar na câmara; com uma volta pôs de novo o pêndulo na hora certa para que Tréville não percebesse a mudança e, certo de que estava seguro, desceu a escada e logo estava novamente na rua.

Depois de visitar o Sr. de Tréville, D'Artagnan tomou o caminho mais longo para voltar à sua casa.

No que ele pensava para se distanciar da sua rota, olhando as estrelas do céu, suspirando e sorrindo?

Pensava na Sra. Bonacieux. Para um aprendiz de mosqueteiro, a jovem era quase um sonho amoroso. Bonita, misteriosa, conhecendo quase todos os segredos da corte, que se refletiam em seus gestos tão graciosos, era sensível, o que se tornava um atrativo irresistível para os novos amantes; além disso, D'Artagnan salvou a bela dama daqueles homens maus que a revistavam e a maltratavam, e esse importante serviço estabeleceu entre os dois um elo de gratidão, que tem naturalmente uma característica mais terna.

Mas agora D'Artagnan era movido por um sentimento mais nobre e mais desinteressado. O dono do armazém disse que era rico: o jovem adivinhou que, um idiota como era o Sr. Bonacieux, a sua mulher deveria ter a chave da casa. Mas isso não influenciava no sentimento do jovem pela Sra. Bonacieux; o interesse se manteve quase estranho a esse começo de amor que foi a continuação. Dizemos quase, porque a ideia de que uma mulher jovem, bela, graciosa, espirituosa, e ao mesmo tempo rica, não muda o sentimento de amor, ao contrário, torna-o mais forte.

E o Sr. Bonacieux, que D'Artagnan jogou nas mãos dos guardas, renegando em voz a quem havia prometido salvar em voz baixa?

Devemos confessar aos nossos leitores que D'Artagnan não pensava nele nem por um instante, e quando pensava era para dizer que ele estava bem na Bastilha. O amor é o mais egoísta dos sentimentos.

CAPÍTULO 11

A intriga chega ao fim

Enquanto pensava em seus futuros amores, D'Artagnan falava com a noite, sorria para as estrelas, até chegar ao bairro de Aramis, quando teve a ideia de visitar o seu amigo para falar sobre os motivos que fizeram com que Planchet o chamasse para se apresentar imediatamente na ratoeira. Agora, se Aramis estivesse em sua casa quando Planchet foi procurá-lo, ele teria corrido para a rua des Fossoyeurs e, ao encontrar apenas os seus dois companheiros, teria compreendido o que ele queria dizer. Esse incômodo merecia uma explicação, e era isso que D'Artagnan pretendia fazer em voz alta.

D'Artagnan virou uma rua e logo reconheceu a porta da casa de seu amigo, enterrada embaixo de um tronco de figueira e envolta em uma trepadeira, formando uma espécie de arco em cima dela, quando percebeu algo como uma sombra que saía da rua Servandoni. Essa sombra estava envolta em uma capa, e D'Artagnan acreditou, a princípio, que se tratava de um homem, mas pelo tamanho pequeno da criatura, pela incerteza do andar e os passos meio envergonhados, reconheceu que era uma mulher. E mais, aquela mulher, como não tinha certeza da casa que procurava, olhava para todos os lados para se orientar, parava, voltava, e em seguida continuava o seu trajeto. D'Artagnan ficou intrigado.

A jovem seguia avançando, contando as casas e as janelas, o que não era difícil; havia três palacetes daquele lado, e duas janelas com vista para a rua; a casa de Aramis ficava em um pavilhão paralelo, a outra era do próprio mosqueteiro.

— Por Deus! — disse D'Artagnan. — Seria demais imaginar que essa ave perdida busca a casa do nosso amigo. Ah, meu querido Aramis, quero manter o meu coração puro.

D'Artagnan, ficando mais fino do que poderia, escondeu-se do lado mais escuro da rua, junto a um banco de pedra localizado no fundo de um armário.

A jovem continuou avançando, além da rapidez dos seus passos que a haviam traído; a sua tosse tinha uma entonação das mais frescas. D'Artagnan pensou que fosse um sinal.

Aquela tosse foi respondida por um sinal equivalente, combinado de antemão com a detetive noturna. D'Artagnan soube disso, porque ela não precisou de ajuda para reconhecer que tinha chegado ao final do seu caminho. Ela se aproximou da torre de Aramis e o chamou com três intervalos iguais, com os dedos encurvados.

— Ah, Aramis! — murmurou D'Artagnan. — Seu hipócrita, dizendo a todos que estuda teologia!

Depois dos três golpes a janela interior se abriu e uma luz apareceu através dos vidros da torre.

— Ah, olha só! — A indiscrição não está nas portas, mas nas janelas. — Veja, esperavam a visita! A torre vai se abrir e a dama entrará escalando. Muito bem, companheiro!

Mas, para a grande surpresa de D'Artagnan, a torre continuou fechada.

A luz que estava acesa havia segundos desapareceu e tudo voltou à escuridão.

D'Artagnan pensou que aquela situação não podia continuar assim, e seguiu observando com os olhos bem abertos e ouvindo com as orelhas afiadas. Tinha razão: depois de dois segundos, dois golpes secos ressoaram do interior da torre. A jovem que estava na rua respondeu com um golpe seco e a janela da torre se abriu.

Infelizmente, a luz foi acesa em outro cômodo, mas os olhos do jovem estavam acostumados com a noite. Por outra parte, os olhos dos gascões têm, assim como os dos gatos, segundo afirmam, a propriedade de ver durante a noite.

D'Artagnan viu, portanto, que a jovem tirava do seu bolso um objeto branco que desembrulhou com agilidade. Aquele objeto tomou a forma de um lenço, e deixou o interlocutor intrigado.

O aprendiz de mosqueteiro se lembrou do pano que encontrou aos pés da senhora, que lembrou o lenço que encontrou aos pés de Aramis. O que poderia significar aquele lenço?

No lugar em que estava, D'Artagnan não podia ver o rosto de Aramis, e falamos de Aramis porque o jovem não tinha dúvida de que era o seu amigo, de dentro da torre, que falava com a dama, que estava do lado de fora. A curiosidade foi maior que a prudência, e aproveitando a preocupação que o lenço parecia causar nos dois personagens da cena, saiu do esconderijo e, como uma centelha, aproximou-se de uma esquina mais próxima do muro, onde ele podia ver perfeitamente o interior do quarto de Aramis.

D'Artagnan quase deu um grito de surpresa: não era Aramis que falava com a visitante noturna, era uma mulher. Ele via bem para reconhecer a forma das suas roupas, mas não para identificar os seus traços.

No mesmo instante, a mulher que estava no quarto tirou um segundo pano do seu bolso e o trocou por aquele que ela havia acabado de ver. As duas mulheres trocaram algumas palavras. Por fim, a janela da torre se fechou. A mulher que estava do lado de fora saiu dali e passou a quatro passos de D'Artagnan, abaixando o capuz do seu manto; mas a precaução foi tomada tarde demais, D'Artagnan já tinha reconhecido a Sra. Bonacieux.

A suspeita de que era ela foi graças ao lenço que tirou do bolso. Por qual motivo a Sra. Bonacieux, que pediu para buscarem o Sr. de La Porte para ser levado ao Louvre, corria pelas ruas de Paris sozinha, às onze e meia da noite, com risco de ser raptada pela segunda vez?

Era preciso, portanto, que fosse um assunto muito importante. E qual assunto seria mais importante para uma mulher de vinte e cinco anos? O amor. Mas era por ela ou por outra pessoa que a Sra. Bonacieux se expunha a tantos riscos? Era o que perguntava a si mesmo o jovem D'Artagnan, a quem o cupido havia flechado o coração.

Uma outra forma de saber com certeza para onde a Sra. Bonacieux estava indo: segui-la. Foi o que fez D'Artagnan, naturalmente e por instinto.

Mas ao ver o jovem que se separava dela por um muro, como uma estátua do nicho, e ao ouvir os passos atrás dela, a Sra. Bonacieux gritou e fugiu.

D'Artagnan correu atrás dela; não era difícil para ele alcançar uma mulher enrolada em seu manto. Quando a alcançou, ela estava esgotada, não de cansaço, mas de terror, e quando D'Artagnan colocou a mão sobre o seu ombro, ela caiu sobre um joelho gritando com a voz estrangulada:

— Se quiser, me mate, mas não saberá de nada.

D'Artagnan a segurou passando o braço em torno de sua cintura; mas como percebeu que ela estava a ponto de desmaiar, apressou-se em acalmá-la com palavras de afeto. As palavras não significavam nada para a Sra. Bonacieux, porque as melhores palavras podem ter as piores intenções do mundo.

A jovem reconheceu o som daquela voz; voltou a abrir os olhos, lançou um olhar sobre o homem que havia lhe causado tanto medo, e deu um grito de alegria para D'Artagnan.

— Ah, é o senhor, é o senhor! — disse. — Graças a Deus!

— Sim, sou eu — disse D'Artagnan —, eu, a quem Deus enviou para cuidar da senhora.

— Era com essa intenção que você me seguia? — perguntou a jovem com um sorriso cheio de charme, fazendo graça para o aprendiz de mosqueteiro. O medo havia desaparecido quando ela reconheceu o amigo.

— Não — disse D'Artagnan —, não; confesso, foi o destino que me colocou no seu caminho, vi uma mulher chamar à janela de um de meus amigos...

— De um de seus amigos? — interrompeu a Sra. Bonacieux.

— Sem dúvida; Aramis é um dos meus melhores amigos.

— Aramis, quem é esse?

— Vamos! Você vai me dizer que não conhece Aramis?

— Pois é a primeira vez que ouço falar nesse nome.

— Então é a primeira vez que vai a essa casa?

— Claro.

— E não sabia que nela havia uma jovem?

— Não.

— E um mosqueteiro?

— De maneira nenhuma.

— E o que você procurava? Além do mais, eu vi a pessoa com quem você falava, era uma mulher.

— Está certo.

— Mas essa mulher é amiga de Aramis.

— Eu não sei de nada disso.

— Ela está hospedada na casa dele.

— Isso não me importa.

— Mas quem é ela?

— Ah! Esse segredo não é meu.

— Querida Sra. Bonacieux, a senhora é uma criatura adorável; mas ao mesmo tempo é a mulher mais misteriosa...

— E o que eu perco com isso?

— Nada, ao contrário, é adorável.

— Então, me dê o seu braço.

— De bom grado. E agora?

— Agora me conduza.

— Para onde?

— Para onde vou.

— E para onde a senhora vai?

— O senhor verá, já que vai me deixar na porta.

— Eu terei que esperá-la?

— Será inútil.

— Então, vai voltar sozinha?

— Talvez sim, talvez não.

— E a pessoa que lhe fará companhia é homem ou mulher?

— Eu não sei.

— Eu saberei.

— Como?

— Vou esperar vocês saírem para ver. Eu não sei nada de mim mesmo. Mas prometo fazer tudo o que quiser se eu puder acompanhá-la ao seu destino.

— E depois vai me deixar?

— Sim.

— Sem espiar a minha saída?

— Sim.

— Palavra de honra?

— Pela honra de um cavalheiro!

— Então, me pegue pelo braço e vamos embora.

D'Artagnan ofereceu o seu braço à Sra. Bonacieux, que se apoiou nele, meio rindo, meio trêmula, e os dois ganharam as ruas. Quando chegaram à rua La Harpe, a jovem parecia duvidar, assim como havia feito na rua de Aramis. Porém, depois de alguns sinais, pareceu reconhecer uma porta e se aproximou dela.

— E agora, senhor — disse —, é aqui que devo ficar; muito obrigada pela sua honorável companhia, que me deixou a salvo de todos os perigos aos quais eu estava exposta. Mas agora é chegado o momento de cumprir a sua palavra; eu cheguei ao meu destino.

— Se pudesse ver o meu coração ao relento — disse D'Artagnan—, entenderia o motivo da curiosidade e teria piedade de mim; é tanto amor que em instantes a minha curiosidade seria resolvida. A senhora não deve temer quem a ama.

— O senhor fala em amor muito rápido — disse a mulher mexendo a cabeça.

— É que o amor chegou até mim muito rápido, e, pela primeira vez, eu não tenho nem vinte anos.

A jovem o olhou furtivamente.

— Escute, estou atrás do seu rastro — disse D'Artagnan. — Há três meses estive a ponto de duelar com Aramis por um lenço parecido com o que a senhora mostrou para a mulher que estava naquela casa, era um lenço marcado do mesmo jeito, eu tenho certeza.

— Senhor — disse a jovem —, juro que fico cansada com as suas perguntas.

— Mas a senhora, tão prudente, pense nisso; se a senhora fosse sequestrada com esse lenço, e ele fosse pego, a senhora não ficaria comprometida?

— Por que eu ficaria comprometida? As iniciais não são as minhas: C. B., Constance Bonacieux?

— Ou Camille de Bois-Tracy.

— Silêncio, senhor, peço mais uma vez... silêncio! Ah! Considerando os perigos que estou correndo, pense o senhor também no que pode lhe acontecer.

— A mim?

— Sim. O senhor corre perigo no cárcere, corre perigo de morte só pelo fato de me conhecer.

— Então não posso deixar a senhora.

— Senhor — disse a jovem suplicando e juntando as mãos —, senhor, em nome de Deus, em nome da honra de um militar, em nome da gentileza de um cavalheiro, afaste-se; veja, já soam as doze, é a hora em que me esperam.

— Senhora — disse o jovem se inclinando —, não sei negar nada a quem me pede; sendo assim, afasto-me.

— Mas o senhor não vai me seguir ou espiar?

— Volto para minha casa agora mesmo.

— Ah, eu sabia que era um bom jovem! — exclamou a senhora.

Bonacieux estendeu uma mão e pôs a outra na argola de uma pequena porta quase perdida no muro. D'Artagnan tomou a mão estendida e a beijou com paixão.

— Ah, preferia nunca ter conhecido a senhora! — exclamou D'Artagnan com a brutalidade ingênua que as mulheres preferem com frequência às afetações da cortesia, porque descobre o fundo do pensamento e prova que o sentimento predomina sobre a razão.

— Pois bem! — prosseguiu a Sra. Bonacieux com uma voz quase carinhosa, segurando a mão de D'Artagnan com mais força. — Pois bem, não falarei como o senhor: o que está perdido para hoje não está perdido para o futuro. Quem sabe, quando eu estiver livre, eu possa satisfazer a sua curiosidade?

— Está me fazendo uma promessa, meu amor? — perguntou D'Artagnan cheio de alegria.

— Ah! Eu não quero me comprometer, tudo dependerá dos sentimentos que o senhor me inspirar.

E como se ele não tivesse força para se separar da mão que sustentava, deu uma sacudida e se afastou correndo, enquanto a Sra. Bonacieux chamava, como na torre, com três golpes lentos e regulares; quando D'Artagnan chegou à esquina da rua, virou-se: a porta foi aberta e fechada, a bela esposa do dono do armazém havia desaparecido.

Ele prosseguiu o seu caminho, pois havia dado a sua palavra de não espiar a Sra. Bonacieux, e mesmo que a vida dela dependesse do lugar aonde ela iria para a reunião, ou da pessoa que a receberia, D'Artagnan voltou para sua casa, já que era o combinado. Cinco minutos depois estava na rua des Fossoyeurs.

— Pobre Athos — dizia —, não saberia o que isso quer dizer. Dormiu enquanto me esperava, ou teria voltado a sua casa e, ao voltar, saberia que ali havia uma mulher. Uma mulher na casa de Athos! Depois de tudo — continuou D'Artagnan —, também havia uma senhora na casa de Aramis. Tudo isso é muito estranho e me intriga muito saber como vai terminar.

— Mal, senhor, mal — respondeu uma voz que o jovem reconheceu ser de Planchet; porque falando sozinho em voz alta, como as pessoas muito preocupadas, entrou pelos fundos, onde estava a escada que levava ao seu quarto.

— Como, mal? O que você quer dizer, imbecil? — perguntou D'Artagnan. — O que aconteceu?

— Todos os tipos de desgraça.

— Quais?

— Em primeiro lugar, o Sr. Athos está preso.

— Preso! Athos! Preso! Por quê?

— Encontraram-no em sua casa e o confundiram com o senhor.

— E quem o prendeu?

— A guarda que foi procurar os homens de negro que o senhor colocou para fora.

— Por que ele não disse seu nome? Por que não disse que não tinha nada a ver com esse assunto?

— Ele se segurou muito para fazer isso, senhor; pelo contrário, aproximou-se de mim e me disse: "É o seu amo que precisa de liberdade neste momento, e não eu, porque ele sabe de tudo e eu não sei de nada. Vão me levar preso e isso lhe dará tempo; dentro de três dias direi quem sou, e então terão de me deixar sair".

— Bravo, Athos! Que nobre coração! — murmurou D'Artagnan —, nisso eu o reconheço. E os criados, o que fizeram?

— Quatro deles foram levados para a Bastilha ou para Fort-l'Evêque; dois ficaram com os homens de negro, que vasculharam todas as partes e pegaram todos os papéis. Por fim, os dois últimos, durante essa investida, montaram guarda na porta; logo, quando tudo terminou, saíram deixando a casa vazia e completamente aberta.

— E Porthos e Aramis?

— Eu não encontrei nenhum deles, portanto, eles não vieram.

— Mas podem vir de um momento a outro, porque você deixou o recado que eu os esperava.

— Sim, senhor.

— Bem, não saia daqui; se vierem, conte tudo o que aconteceu comigo, e peça para me esperarem na taberna de La Pomme du Pin; aqui é perigoso, a casa pode ser espiada. Vou à casa do Sr. de Tréville para contar tudo isso e me reúno com eles.

— Está bem, senhor — disse Planchet.

— Mas você fica aqui, não tenha medo — disse D'Artagnan.

O Sr. de Tréville não estava em seu palácio; a sua companhia estava de guarda no Louvre.

D'Artagnan precisava chegar ao Sr. de Tréville; era importante que ele fosse avisado sobre o que se passava. O jovem cavalheiro decidiu entrar no Louvre. O seu traje de guarda da companhia do Sr. des Essarts devia servir como passaporte.

Desceu a rua dos Petits-Augustins, e subiu pelo cais para chegar à Pont-Neuf. Por um instante teve a ideia de passear de barca, mas ao chegar à margem da água, colocou maquinalmente a mão no bolso e se deu conta de que não havia como pagar o barqueiro.

Quando chegou à altura da rua Guénégaud, viu desembocar na rua Dauphine um grupo composto por duas pessoas cujas características o surpreenderam.

As duas pessoas que compunham o grupo eram: de um lado, um homem; do outro, uma mulher.

A mulher parecia a Sra. Bonacieux, e o homem poderia facilmente ser confundido com Aramis.

D'Artagnan não tinha dado vinte passos quando ficou convencido de que aquela mulher era a Sra. Bonacieux e de que aquele homem era Aramis. No mesmo instante sentiu que todas as suspeitas de ciúme se agitavam em seu coração.

Era duplamente traído pelo seu amigo e pela mulher que amava, já como uma amante. A Sra. Bonacieux havia jurado por todos os deuses que não conhecia Aramis, e em quinze minutos ela estava de volta aos braços do seu amigo.

D'Artagnan não refletiu que havia conhecido a bela esposa do dono do armazém havia três horas, e que ela não lhe devia nada mais que um pouco de gratidão por ele salvá-la das mãos dos homens perversos que pretendiam raptá-la, e que ela não havia lhe prometido nada. Ele se via como um amante ultrajado, traído, humilhado; o sangue e a raiva subiram para o seu rosto, e ele resolveu esclarecer tudo.

A jovem mulher e o jovem homem perceberam que eram seguidos e andavam mais rápido. D'Artagnan se apressou e os ultrapassou; logo se virou para eles no momento em que se encontravam sobre a estátua de Samaritaine, iluminada por um reflexo que projetava a sua claridade sobre toda aquela parte da ponte.

D'Artagnan parou diante deles, e eles se detiveram diante de sua presença.

— O que o senhor quer? — perguntou ao mosqueteiro voltando um passo e com um sotaque estrangeiro que provava a D'Artagnan que ele estava enganado em uma parte dos seus pensamentos.

— Não é Aramis! — exclamou.

— Não, senhor, eu não sou Aramis, e pela sua exclamação percebo que o senhor me confundiu com outro cavalheiro, eu o perdoo.

— Você me perdoa! — exclamou D'Artagnan.

— Sim! — respondeu o desconhecido. — Deixe-me passar, porque o senhor não tem nada para tratar comigo.

— Tem razão, senhor — disse D'Artagnan —, não tenho nada com o senhor, mas com a senhora.

— Com a senhora! Você não a conhece — disse o estrangeiro.

— Pois o senhor está enganado, eu a conheço.

— Ah! — disse a Sra. Bonacieux em tom de reprovação. — Ah, senhor! Eu tinha a sua palavra de militar e a sua honra de cavalheiro, esperava contar com elas.

— E eu, senhora — disse D'Artagnan, envergonhado. — A senhora havia prometido...

— Tome o meu braço, senhora — disse o estrangeiro —, e vamos seguir o nosso caminho.

No entanto, D'Artagnan, aturdido, aterrorizado, pasmo com tudo o que acontecia, permanecia em pé com os braços cruzados diante do estrangeiro e da Sra. Bonacieux.

O estrangeiro deu dois passos adiante e empurrou D'Artagnan com a mão. O jovem mosqueteiro deu um salto para trás e sacou sua espada.

Ao mesmo tempo e com a rapidez de uma centelha, o desconhecido sacou a sua.

— Em nome de Deus, milorde! — exclamou a Sra. Bonacieux se arremessando entre os combatentes e tirando as espadas de suas mãos.

— Milorde! — exclamou D'Artagnan iluminado por uma ideia súbita. — Milorde! Perdão senhor, é que o senhor...

— Milorde, o duque de Buckingham — disse a Sra. Bonacieux a meia-voz —, e agora podemos nos separar.

— Milorde, madame, perdão, cem vezes perdão; mas eu amo essa senhora, milorde, e estava com ciúme; o senhor sabe o que é amar, milorde. Perdoe-me e me diga como posso fazer para lutar em seu nome.

CAPÍTULO 12

O duque de Buckingham

A Sra. Bonacieux e o duque entraram no Louvre sem dificuldades; a Sra. Bonacieux era conhecida por servir à rainha; o duque usava o uniforme dos mosqueteiros do Sr. de Tréville que, como dissemos, estava de serviço naquela noite. Além disso, Germain era fiel aos interesses da rainha, e se alguma coisa acontecesse, a Sra. Bonacieux seria acusada de ter trazido seu amante para o Louvre, só isso; ela carregava o crime. Sua reputação estava perdida, é verdade, mas que valor tem no mundo a reputação de uma simples comerciante?

Uma vez dentro do pátio, o duque e a jovem seguiram pelas paredes por um espaço de cerca de vinte e cinco degraus; no final desse caminho a Sra. Bonacieux empurrou uma pequena porta de serviço, que ficava aberta durante o dia, mas geralmente fechada à noite; a porta cedeu; os dois entraram e se encontraram na escuridão, mas a Sra. Bonacieux conhecia todas as voltas e atalhos daquela parte do Louvre destinada a pessoas que trabalhavam no palácio. Fechou as portas atrás dela, pegou o duque pela mão, deu alguns passos, pegou um corrimão, tocou um degrau com seu pé e começou a subir as escadas; o duque contou dois andares. Então ela virou para a direita, seguiu por um longo corredor, desceu novamente um andar, deu mais alguns passos, inseriu uma chave em uma fechadura, abriu uma porta e empurrou o duque para uma sala iluminada apenas por uma lâmpada noturna dizendo: "Fique aqui, meu senhor duque, eles virão". Então ela saiu pela mesma porta, que ela trancou, de modo que o duque foi literalmente aprisionado.

Buckingham, que tinha sido deixado sozinho, aproximou-se de um espelho. Aquela roupa de mosqueteiro tinha lhe caído maravilhosamente bem.

Aos trinta e cinco anos de idade, ele passava pelo cavalheiro mais bonito e mais elegante da França e da Inglaterra.

Favorito de dois reis, rico aos milhões, todo-poderoso no reino que organizava segundo os seus desejos, Georges Villiers, duque de Buckingham, havia empreendido uma dessas fabulosas existências que permaneceriam no decorrer dos séculos como um espanto para a posteridade.

Então, seguro de si mesmo, convencido de seu poder, certo de que as leis que regem os outros homens não poderiam alcançá-lo, ele iria até o fim que tinha estabelecido para si mesmo, mesmo que esse fim fosse tão alto e tão deslumbrante que para qualquer outra pessoa, só de olhar para ele, teria achado loucura. Foi assim que ele conseguiu se aproximar várias vezes da bela e orgulhosa Ana de Áustria e fazer com que ela o amasse pela sua força deslumbrante.

Nesse momento, uma porta escondida na tapeçaria se abriu e uma mulher apareceu. Buckingham viu aquela aparição no cristal; ele deu um grito, era a rainha!

Ana de Áustria tinha então vinte e seis ou vinte e sete anos, ou seja, estava em todo o esplendor da sua beleza.

O seu andar era o de uma rainha ou de uma deusa; os seus olhos, que emitiam reflexos esmeralda, eram perfeitamente belos, e ao mesmo tempo cheios de doçura e majestade.

Sua boca era pequena e vermelha e, embora seu lábio inferior, como o dos príncipes da casa da Áustria, se projetasse ligeiramente do outro, ela era eminentemente graciosa em seu sorriso, mas também profundamente desdenhosa em seu desprezo.

A sua pele era sempre citada pela sua suavidade e pelo toque aveludado, a sua mão e braços eram de uma beleza surpreendente, e todos os poetas da época os descreviam como incomparáveis.

Finalmente, o seu cabelo, que na sua juventude eram loiros, tinham se tornado castanhos; ela usava os seus fios encaracolados, muito leves e com muito brilho; eles emolduravam admiravelmente o seu rosto, no qual o censor mais duro não poderia ter desejado mais do que um pouco menos de ruge, e o escultor mais exigente, que o seu nariz fosse um pouco mais fino.

— Duque, você sabe que não fui eu quem o obrigou a escrever.

— Ah, sim, Sra. Majestade — exclamou o duque —, eu sei que fui um tolo por acreditar que a neve iria animar, que o mármore iria aquecer, mas o que você quer? Quando se ama, acredita-se facilmente no amor; além disso, não perdi tudo nesta viagem, porque a vejo.

— Sim — respondeu Ana —, mas você deve saber como eu o vejo, meu senhor. Vejo-o como alguém que tem piedade de si mesmo, porque ignora o que eu sinto, ficou obstinado em uma cidade onde, permanecendo, corre risco de vida e me faz correr risco de morte. Vejo você dizer tudo o que nos separa, as profundezas do mar, a inimizade dos reinos, a santidade dos juramentos. É um sacrilégio lutar contra tantas coisas, meu senhor. Vejo-o, em suma, para dizer que não devemos nos ver mais.

— Diga, senhora, diga, rainha — disse Buckingham —, a doçura da sua voz cobre a dureza das suas palavras. Você fala em sacrilégio, mas o sacrilégio está na separação dos corações que Deus formou um para o outro.

— Meu senhor — exclamou a rainha —, esquece que nunca lhe disse que o amava.

— Mas nunca me disse para que eu não a amasse; e realmente, dizer-me tais palavras seria uma ingratidão muito grande da parte de Vossa Majestade. Pois me diga onde você encontraria um amor como o meu, um amor que nem o tempo, nem a ausência, nem o desespero podem extinguir, um amor que se contenta com um olhar perdido, com uma palavra fugidia? Há três anos, minha senhora, eu a vi pela primeira vez, e nos últimos três anos eu a amei dessa forma. Quer que diga como você estava vestida na primeira vez que eu a vi? Quer que eu detalhe cada um dos adornos da sua coroa? Ainda posso vê-la sentada numa almofada quadrada, à moda da Espanha; usava um vestido de cetim verde com brocados de ouro e prata; as suas mangas bufantes e presas sobre os seus admiráveis braços, com grandes pedras de diamantes; usava uma gola fechada, levava um pequeno chapéu na cabeça, da cor do vestido, e sobre ele uma pena de garça. Eu fecho os meus olhos e vejo como você era; eu abro e vejo como é agora: está cem vezes mais bonita.

— Isso é loucura! — disse Ana de Áustria, que não teve coragem de admitir ao duque que ela não tinha o seu retrato tão conservado em seu coração. — Que loucura alimentar uma paixão inútil com tais memórias!

— Então, com o que quer que eu viva? Não tenho nada além de memórias. É a minha felicidade, é o meu tesouro, é a minha esperança. Sempre que a vejo, é mais um diamante que guardo no meu coração. Esta é a quarta pedra preciosa que você deixa cair e eu a pego. Porque em três anos, senhora, só a vi quatro vezes: a primeira, de que acabo de falar, a segunda na casa de madame de Chevreuse, a terceira nos jardins de Amiens.

— Meu senhor, em sua defesa invoca coisas que o acusam; meu senhor, todas aquelas provas de amor que me deu são quase crimes.

— Porque você não me ama, madame; se você me amasse, você veria tudo isso diferente; se você me amasse, ah, se você me amasse, minha felicidade seria tão grande que eu ficaria louco. Ah! A Sra. de Chevreuse, de quem você falou há pouco, a Sra. de Chevreuse era menos cruel que você; a Holanda a amava e ela correspondeu ao seu amor.

— A Sra. de Chevreuse não era rainha — disse Ana de Áustria — derrotada pela expressão de um amor tão profundo.

— Não estou lhe dizendo isso para assustá-la, madame, não; é até ridículo o que eu lhe digo, e acredite, não me importo nada com esses sonhos. Mas aquela palavra que eu desejo ouvir, aquela esperança que quase me deu, teria pago com tudo, até com a minha vida.

— Bem! — disse Ana de Áustria. — Eu também tenho sentimentos, eu também tenho sonhos.

— Eu não quero mais que você me ame, madame, que fique claro.

— Que eu ame o senhor?

— Deus lhe enviaria os mesmos sonhos que Ele me envia se você não me amasse? Teríamos os mesmos sentimentos se nossas duas existências não estivessem ligadas através do coração? Você me ama, rainha, e chora por mim?

— Ah, meu Deus! — exclamou Ana de Áustria. — É mais do que posso suportar. Não sei se o amo ou se não o amo, mas o que sei é que não serei injuriada. Se você fosse ferido ou morresse na França, se eu pudesse supor que seu amor por mim fosse a causa de sua morte, eu nunca me consolaria, enlouqueceria com isso. Saia, então, por favor, eu lhe peço.

— É verdade o que você me diz?

— Sim...

— Então, um penhor da sua indulgência: dê-me um objeto que vem de você pra me lembrar de que eu não tive um sonho; algo que você usou e que eu poderia usar, um anel, um colar, uma corrente.

— Se eu lhe der o que você me pede, você vai embora?

— Sim.

— No mesmo instante?

— Sim.

— Vai deixar a França e voltar para a Inglaterra?

— Sim, eu juro.

— Então, espere.

E Ana de Áustria voltou ao seu quarto e saiu quase imediatamente, levando em suas mãos um pequeno baú com as suas iniciais incrustadas em ouro.

— Tome, duque — disse ela —, guarde isso em minha memória.

Buckingham o colocou perto do seu peito e caiu uma segunda vez de joelhos.

— Você me prometeu que iria embora — disse a rainha.

— E mantenho a minha palavra. Dê-me a sua mão e eu vou.

No corredor, encontrou a Sra. Bonacieux esperando por ele, e, com as mesmas precauções e a mesma sorte, ela o tirou do Louvre novamente.

Como observamos, em tudo isso havia um personagem que, apesar de sua posição, não parecia estar muito preocupado; esse personagem era o Sr. Bonacieux, respeitável mártir das intrigas políticas e amorosas que se entrelaçavam tão bem, cavalheiresco e galante ao mesmo tempo.

— Felizmente — quer o leitor se lembre ou não — prometemos não o perder de vista.

Os guardas que o haviam impedido de entrar o levaram diretamente à Bastilha, onde foi obrigado a passar diante de um pelotão de soldados carregando seus mosquetes.

Cerca de meia hora depois, um escrivão veio pôr fim às suas torturas, mas não às suas preocupações, dando a ordem de levar o Sr. Bonacieux à sala de interrogatório. Os prisioneiros eram geralmente interrogados em casa, mas com o Sr. Bonacieux não usaram essa formalidade.

Dois guardas agarraram o dono do armazém, fizeram-no atravessar um pátio, entrar em um corredor onde havia três sentinelas, abriram uma porta e o empurraram para uma sala baixa, onde havia apenas uma mesa, uma cadeira e um comissário para todos os móveis.

O interrogatório começou com perguntas sobre o nome e o sobrenome do Sr. Bonacieux, a sua idade, o seu estado civil e o seu endereço.

O acusado respondeu que seu nome era Jacques-Michel Bonacieux, de 51 anos, comerciante aposentado, que vivia na rua des Fossoyeurs, número 11.

Então o comissário, em vez de continuar a interrogá-lo, fez-lhe um longo discurso sobre o perigo da burguesia se misturar em assuntos públicos.

Bonacieux refletiu sobre o que tinham acabado de lhe dizer.

— Mas, senhor comissário, disse ele timidamente —, esteja certo de que eu conheço e aprecio mais do que ninguém o mérito da incomparável Eminência pela qual temos a honra de ser governados.

— É mesmo? Se fosse realmente o caso, por que o senhor estaria na Bastilha?

— Como sou eu, ou melhor, porque sou eu, respondeu o Sr. Bonacieux. — Para mim é completamente impossível responder a isso, dado que eu próprio o ignoro; mas certamente não é porque, pelo menos conscientemente, eu me opus ao cardeal.

— Mas você deve ter cometido um crime, pois está aqui acusado de alta traição.

— De alta traição! — exclamou Bonacieux. — E como quer que um pobre comerciante que odeia os huguenotes e abomina os espanhóis seja acusado de alta traição?

— Sr. Bonacieux — disse o comissário, olhando para o acusado como se seus olhos pequenos tivessem a capacidade de ler no fundo do seu coração —, você tem esposa?

— Sim, senhor — respondeu o dono do armazém todo trêmulo, ao sentir que era ali que o assunto ia se misturar.

— Bem, o que fez com ela, se não está com o senhor?

— Ela foi raptada de mim, senhor.

— E sabe quem é o homem que a raptou?

— Acho que o conheço.

— Quem é ele?

— Não confirmo nada, senhor comissário, só suspeito disso.

— De quem você suspeita? Vejamos — perguntou ele francamente.

O Sr. Bonacieux estava perplexo. Deveria negar tudo ou dizer tudo? Negando tudo, poderiam pensar que ele sabia demais para confessar; dizendo tudo, ele dava provas de boa vontade. Então ele decidiu dizer tudo.

— Eu suspeito — disse ele — de um homem alto, vestido com roupas pretas, bonito, que tem todo o jeito de ser um grande senhor; ele nos seguiu várias vezes, como me parece, quando eu ia esperar minha mulher na entrada do Louvre para levá-la para casa.

O comissário parecia um pouco desconfortável.

— E o nome dele?

— Ah, quanto ao nome dele, eu não sei nada, mas se eu voltar a encontrá-lo, vou reconhecê-lo instantaneamente, mesmo que esteja entre mil pessoas.

O comissário franziu a testa.

— Você respondeu que o reconheceria — disse o comissário. — Certo, isso é o suficiente para hoje; antes de continuarmos, alguém deve ser avisado de que você conhece o sequestrador de sua esposa.

— Mas não disse que o conhecia — exclamou Bonacieux, em desespero. — Já lhe disse... a propósito, eu disse justamente o contrário.

— Leve o prisioneiro, disse o comissário aos dois guardas.

— E para onde é que ele deve ser levado? — perguntou o escrivão.

— Para uma masmorra. Desagradável, mas as suas preocupações são muito grandes.

Ele permaneceu a noite toda em um banco, tremendo ao ouvir o menor ruído; e quando os primeiros raios do dia entraram na sala, a aurora pareceu ter se transformado em cores fúnebres.

De repente ele ouviu os ferrolhos correndo e teve um pressentimento terrível. Pensou que viessem buscá-lo para levá-lo ao cadafalso, mas, vendo no lugar do carrasco que esperava o seu comissário e o escrivão do dia anterior, quase deu um abraço nos dois.

— Sua situação tem sido complicada desde ontem à noite, bom homem — disse o comissário —, e eu o aconselho a dizer toda a verdade, pois só o seu arrependimento pode acalmar a raiva do cardeal.

— Mas se estou disposto a dizer tudo — exclamou Bonacieux —, pelo menos tudo o que sei. Pergunte-me, eu suplico.

— Em primeiro lugar, onde está sua esposa?

— Mas eu lhe disse que ela foi raptada.

— Sim, mas desde ontem às cinco da tarde, graças ao senhor, ela fugiu.

— A minha mulher fugiu? — perguntou Bonacieux. — Filha da mãe! — Senhor, se ela escapou, a culpa não é minha, eu juro.

— Então, o que você foi fazer na casa do seu vizinho, o senhor D'Artagnan, com quem teve uma longa conversa durante o dia?

— Sim, é verdade, e confesso que estava errado. Eu estava na casa do Sr. D'Artagnan.

— Qual era o propósito dessa visita?

— Pedi para que ele me ajudasse a encontrar a minha mulher. Pensei que tivesse o direito de reclamá-la; estava enganado, ao que parece, e por isso peço perdão.

— E o que disse o Sr. D'Artagnan?

— O Sr. D'Artagnan me prometeu ajuda, mas logo percebi que estava me traindo.

— Você zomba da justiça! O Sr. D'Artagnan fez um pacto com o senhor, e, em virtude desse pacto, pôs para correr os homens da polícia que tinham prendido a sua mulher e retirou-a de todas as investigações.

— O Sr. D'Artagnan raptou a minha mulher? Mas o que me diz?

— Felizmente, D'Artagnan está em nossas mãos, e você será tratado como ele.

— Mande entrar o Sr. D'Artagnan — disse o comissário aos dois guardas.

Os dois guardas trouxeram Athos.

— D'Artagnan — disse o comissário a Athos —, declare o que aconteceu entre você e o cavalheiro.

— Mas — exclamou Bonacieux — esse não é o Sr. D'Artagnan.

— O que, não é Sr. D'Artagnan? — perguntou o comissário.

— De jeito nenhum — respondeu Bonacieux.

— Qual é o nome do cavalheiro? — perguntou o comissário.

— Não posso lhe dizer, não o conheço.

— Como! O senhor não o conhece?

— Não.

— Nunca o viu?

— Sim, já o vi, mas não sei o nome dele.

— Qual o seu nome? — perguntou o comissário.

— Athos — respondeu o mosqueteiro.

— Mas não é um nome de homem, é um nome de montanha! — exclamou o pobre interrogador, que começava a perder a cabeça.

— Esse é o meu nome — disse Athos.

— Mas você me disse que o seu nome era D'Artagnan.

— Eu?

— Sim, você.

— Quando me perguntaram: "Você é o senhor D'Artagnan?", eu respondi: "Você acredita nisso?". Os seus guardas exclamaram que estavam seguros. Não queria aborrecê-los. Além disso, posso estar errado.

— Senhor, você insulta a grandeza da justiça.

"De jeito nenhum", pensou Athos em silêncio.

— Você é o Sr. D'Artagnan.

— Como pode ver, é você que continua a afirmar isso.

— Mas... — exclamou o Sr. Bonacieux — eu lhe digo, Sr. Comissário, que não tenho dúvida. O Sr. D'Artagnan é meu inquilino, e assim, mesmo que não me pague as rendas, é precisamente por isso que devo conhecê-lo. O Sr. D'Artagnan é um jovem entre os 19 e os 20 anos, e este cavalheiro tem pelo menos 30 anos. O Sr. D'Artagnan está na guarda do Sr. des Essarts, e este cavalheiro está na companhia dos mosqueteiros do Sr. de Tréville. Olhe para o uniforme, comissário, olhe para o uniforme.

— É verdade — murmurou o comissário —, é verdade.

Um dos carcereiros da Bastilha entregou uma carta ao comissário.

— Ah, o desgraçado! — exclamou o comissário.

— O que você quer dizer? Do que está a falando? Espero que não seja sobre a minha mulher!

— Pelo contrário, ela lhe pertence. É um belo caso o seu.

— Uau! — exclamou o comerciante desesperado. — Por favor, diga-me, senhor, como a situação pode ter piorado pelo que a minha mulher fez enquanto estive na prisão?

— Porque o que ela fez é consequência de um plano concebido entre vocês, um plano infernal.

Eles levaram o dono do armazém para a mesma masmorra onde ele havia passado a noite, e o deixaram sozinho. O Sr. Bonacieux chorou o dia todo, como um verdadeiro mercador, dado que não era um homem de espada, como ele próprio havia dito.

À noite, por volta das oito horas, quando estava prestes a decidir ir para a cama, ouviu passos no seu corredor. Aqueles passos se aproximaram de sua masmorra, a porta se abriu e os guardas apareceram.

— Siga-me — disse um estranho que vinha atrás dos guardas.

— Segui-lo a essa hora? E para onde, meu Deus? — perguntou Bonacieux.

— Para onde temos ordens de levá-lo.

— Mas isso não é uma resposta.

— Mas é a única que podemos lhe dar.

— Ah, meu Deus, meu Deus! — exclamou o pobre comerciante. — Desta vez estou perdido.

E continuou maquinalmente e sem resistência a seguir os guardas que o guiavam.

CAPÍTULO 13

O Sr. Bonacieux

Bonacieux passou por um segundo conjunto de construções; finalmente chegou à porta do pátio de entrada e encontrou uma carruagem rodeada por quatro guardas a cavalo. Mandaram-no subir na carruagem, e um homem anônimo ficou atrás dele; fecharam a portinhola com uma chave, e os dois ficaram em uma prisão circulante.

A carruagem começou a se movimentar, lenta como um cortejo fúnebre. Através da grade fechada com cadeado, o prisioneiro via as casas e o caminho, isso era tudo; mas como um autêntico parisiense que era, Bonacieux reconhecia cada rua pelos postes, pelas vitrines e pelos reflexos.

A carruagem, passado um instante, moveu-se; em sua marcha, atravessou a multidão, continuou o seu caminho, entrou na rua Saint-Honoré, voltou à rua des Bons-Enfants e se deteve na frente de uma porta baixa.

A porta se abriu, dois guardas receberam Bonacieux em seus braços, sustentado pelo homem anônimo, e o levaram por uma avenida, fizeram--no subir uma escada e o depositaram em uma antecâmara.

Todos esses movimentos eram realizados de maneira mecânica.

Andou como se estivesse sonhando, via os objetos enevoados; os seus ouvidos não compreendiam direito os sons; podiam executá-lo naquele momento sem que ele fizesse nenhum gesto para se defender, sem que lançasse um grito para implorar por piedade.

Porém, quando olhou ao redor, não viu nenhum objeto ameaçador, não havia nada indicando que ele corria um perigo real, como a banqueta convenientemente solta, a parede recoberta por um charmoso coro de Córdoba, as grandes cortinas de um damasco quase avermelhado flutuavam entre as janelas, retidas por prendedores de ouro. Compreendeu pouco a pouco que o seu terror era exagerado, e começou a virar a cabeça para a direita e a esquerda, para cima e para baixo.

Com esse movimento, que não foi questionado por ninguém, retomou um pouco de coragem e se arriscou a encolher uma perna, depois a outra; por fim, com a ajuda das duas mãos, levantou-se da banqueta e ficou sobre os dois pés.

Naquele momento, um oficial de bom aspecto abriu uma portinhola, continuou trocando algumas palavras com alguém que estava no cômodo ao lado e, voltando-se para o prisioneiro, disse:

— É o senhor que se chama Bonacieux?

— Sim, senhor oficial — balbuciou o dono do armazém, mais morto do que vivo —, estou aqui para servi-lo.

— Entre — disse o oficial.

Era um gabinete grande, de paredes enfeitadas com armas de ataque e de defesa, fechado e sufocante. Uma mesa quadrada, coberta de livros e papéis, e, por fim, um piano imenso da cidade de Rochelle se encontrava no meio da sala.

De vez em quando, o homem perto da lareira levantava os olhos por cima dos escritos e afundava o seu olhar como dois punhais até o fundo do coração do pobre dono do armazém.

Depois de dez minutos de leitura e de dez segundos examinando, o cardeal tinha se decidido.

— Essa cabeça nunca conspirou contra ninguém — murmurou —, mas isso não importa, vamos analisar de todas as formas. — O senhor a levou em quantas casas?

— Duas, senhor.

— E onde ficavam?

— Uma na rua de Vaugirard; a outra na rua de La Harpe.

— O senhor entrou nessas casas com ela?

— Nunca, Monsenhor; sempre a esperava na porta.

— E que pretexto ela usava para entrar completamente sozinha?

— Não me dizia nada; pedia para eu esperar, e eu esperava.

— O senhor é um marido complacente, meu querido Sr. Bonacieux — disse o cardeal.

"Ele me chama de meu querido, senhor", disse o dono do armazém para si mesmo. "Diabos, as coisas vão bem!"

— O senhor reconheceria essas portas?

— Sim.

— E sabe os números? Quais são?

— Número 25, na rua de Vaugirard; número 75, na rua de La Harpe.

— Está bem — disse o cardeal.

A essas palavras, tocou uma campainha de prata e chamou; o oficial voltou a entrar.

— Vá buscar Rochefort — disse a meia voz —, e que venha imediatamente.

O oficial se lançou para fora da sala com a rapidez que andavam os servidores do cardeal logo que recebiam uma ordem.

— Com a Sua Eminência! — murmurava Bonacieux fazendo girar os olhos perdidos.

Não se passaram nem cinco segundos desde o sumiço do oficial, quando a porta se abriu e um novo personagem entrou.

— É ele! — exclamou Bonacieux.

— Quem é ele? — perguntou o cardeal.

— O que raptou a minha mulher.

O cardeal chamou pela segunda vez. O oficial reapareceu.

— Devolva este homem às mãos dos seus dois guardas, e que ele espere até que eu o chame de volta.

— Não, Monsenhor! Não, não é ele! — exclamou Bonacieux. — Não, eu me enganei, é outro que se parece com ele. O senhor é um homem honrado.

— Leve este imbecil — disse o cardeal.

O novo personagem que acabara de entrar acompanhou Bonacieux com olhos impacientes, até que ele saiu; e quando a porta foi fechada atrás dele, disse aproximando-se rapidamente do cardeal:

— Eles foram vistos.

— Quem? — perguntou Sua Eminência.

— Ela e ele.

— A rainha e o duque? — perguntou Richelieu.

— Sim.

— Onde?

— No Louvre.

— Tem certeza?

— Absoluta.

— Quem disse para o senhor?

— A Sra. de Lannoy, que é de confiança de Vossa Eminência, como o senhor sabe.

— Por que não me disse antes?

— Seja por casualidade ou por desconfiança, a rainha encostou a Sra. de Fargis na parede e tirou dela toda a história.

— Tudo bem, nós perdemos. Teremos a nossa revanche.

— Ajudarei com toda a minha alma, Monsenhor, fique tranquilo.

— Quando foi?

— Meia-noite e meia, a rainha estava com as suas mulheres...

— Onde?

— No quarto de costura…

— Bem...

— Quando vieram entregar um lenço da parte de sua costureira...

— E depois?

— A rainha manifestou uma grande emoção, e parte do rubor que tinha em seu rosto ficou pálido.

— E depois? Depois?

— Contudo, ela se levantou e, com a voz alterada, disse: "Senhoras, me aguardem por dez minutos, logo estarei de volta". E abriu a porta de sua alcova para sair em seguida.

— Por que a Sra. de Lannoy não veio nos avisar no mesmo instante?

— Não era nada seguro; além disso, a rainha disse: “Senhoras, me esperem”, e ela não se atreveria a desobedecer à rainha.

— E a rainha passou quanto tempo fora do seu quarto?

— Quarenta e cinco minutos.

— Estava acompanhada por alguma de suas mulheres?

— Apenas pela Sra. Estefânia.

— E voltou logo?

— Sim, mas para pegar um pequeno cofre de madeira rosa com as suas iniciais e sair em seguida.

— A Sra. de Lannoy acha que ela entregou o cofre a Buckingham?

— Tem certeza.

— Como?

— Durante o dia, a Sra. de Lannoy, em sua função de dama da companhia, ficou incomodada ao não encontrá-lo e pediu notícias do cofre para a rainha.

— E então... o que a rainha disse?

— A rainha ficou muito vermelha e respondeu que por ter rompido um de seus fios, havia mandado para o conserto em seu ourives.

— O senhor deve passar no ourives e perguntar se está tudo bem.

— Eu passei.

— Sim, e o ourives?

— O ourives não tinha ouvido falar de nada.

— Bom! Bom! Rochefort, nem tudo está perdido, e talvez... talvez tudo isso seja para algo melhor.

— O fato é que eu não duvido de que o gênio de Vossa Eminência...

— Repare nas bobagens da minha guarda, não é isso?

— Era exatamente o que eu ia dizer se Vossa Eminência tivesse me deixado terminar a minha frase.

— Agora, o senhor sabe onde se escondiam a duquesa de Chevreuse e o duque de Buckingham?

— Não, Monsenhor, os meus homens não me disseram nada a respeito.

— Eu sei.

— O senhor, Mons...

— Sim. Ele estava na rua de Vaugirard, número 25, e ela na rua de La Harpe, número 75.

— Vossa Eminência quer eu mande prender os dois?

— Agora é muito tarde, já partiram.

— Não importa, podemos confirmar.

— Pegue dez homens da minha guarda e reviste as duas casas.

— Sim, Monsenhor.

Rochefort se lançou para fora do quarto.

Sozinho, o cardeal refletiu um instante e chamou pela terceira vez. O mesmo oficial apareceu.

— Mande o prisioneiro entrar — disse o cardeal.

Bonacieux entrou novamente, e, ao sinal do cardeal, o oficial se retirou.

— O senhor me enganou — disse severamente o cardeal.

— Eu? — exclamou Bonacieux. — Eu enganar Vossa Eminência?

— A sua mulher, ao ir à rua de Vaugirard e à rua de La Harpe, não ia à casa do vendedor de telas.

— E para onde ela ia, Santo Deus?

— Para a casa da duquesa de Chevreuse e para a casa do duque de Buckingham.

— Sim — disse Bonacieux, lançando mão de todos os seus recursos —, sim, é isso, Vossa Eminência tem razão. Muitas vezes eu disse para a minha mulher que achava surpreendente vendedores de telas viverem em casas semelhantes, em casas que não tinham nem vitrines, e nas duas vezes a minha mulher deu risada. Ah, Monsenhor! — continuou Bonacieux se ajoelhando aos pés de Sua Eminência. — Ah! Por muitas razões o senhor é cardeal, o grande cardeal, o homem genial que todos reverenciam.

O cardeal, por mais medíocre que fosse o triunfo sobre um ser tão vulgar como Bonacieux, não deixou de se divertir por um instante; logo, quase no ponto, com um novo pensamento, um sorriso surgiu dos seus lábios, e, estendendo a mão para o dono do armazém, disse:

— Levante-se, meu amigo, você é um bom homem.

— O cardeal tocou a minha mão! Eu toquei a mão do grande homem! — exclamou Bonacieux. — Este grande homem me chamou de seu amigo!

— Sim, meu amigo, sim — disse o cardeal com o tom paternal que adotava às vezes, mas só enganava quem não o conhecia. — E como suspeitei do senhor injustamente, terei que indenizá-lo. Pegue! Leve esta bolsa de cem pistolas, e me perdoe.

— Que o senhor me perdoe, Monsenhor — disse Bonacieux com medo de perder a bolsa, temendo, sem dúvida, que aquele presente não fosse mais do que uma chacota. — Mas o senhor é livre para me manter prisioneiro, é livre para me torturar, é livre para me prender; o senhor é o amo, e eu não tenho mais palavras para dizer. Perdoe-me, senhor. Vamos, não pense mais nele!

— Ah, meu querido Bonacieux! Você é generoso; percebo e agradeço. Pegue essa bolsa. Ou você ficará muito descontente?

— Eu vou encantado, Monsenhor.

— Adeus, então, ou melhor, até mais, porque espero que voltemos a nos ver.

— Sempre que o Monsenhor quiser, estou às ordens de Vossa Eminência.

— Será em breve, fique tranquilo, porque me agradou muito conversar com você.

— Ah, Monsenhor!

— Até mais, Sr. Bonacieux, até mais.

O cardeal fez um sinal com a mão, e Bonacieux respondeu inclinando-se para o chão; logo saiu receoso e, quando estava na antecâmara do cardeal, para ouvir o seu entusiasmo, ele se esgoelava gritando como um garoto: "Viva o Monsenhor! Viva Sua Eminência! Viva o grande cardeal!".

O cardeal escutou sozinho aquela brilhante manifestação de sentimentos entusiasmados do Sr. Bonacieux; e quando os gritos de Bonacieux se perderam na distância:

— Bem — disse. — De agora em diante é um homem que matará por mim.

E o cardeal passou a examinar com mais atenção o mapa de La Rochelle, que, como dissemos, estava estendido sobre a sua mesa; enquanto estava concentrado nas suas mais profundas meditações estratégicas, a porta voltou a abrir e Rochefort entrou.

— Está bem? — perguntou vivamente o cardeal, levantando-se com a rapidez que provava o grau de importância dada à missão do conde.

— Bem! — respondeu ele. — Uma mulher de vinte e seis a vinte e oito anos e um homem de trinta e cinco a quarenta anos se alojaram, efetivamente, em uma, quatro, e na outra, cinco dias, nas casas indicadas por Vossa Eminência; mas a mulher partiu na noite passada e o homem nesta manhã.

— Eram eles! — exclamou o cardeal, que olhava o pêndulo. — E agora — continuou —, é muito tarde para correr atrás deles: a duquesa está em Tours e o duque em Boulogne. Devemos alcançá-los em Londres.

— Quais são as ordens de Vossa Eminência?

— Nem uma palavra sobre o ocorrido; que a rainha permaneça totalmente segura; que ignore que sabemos seu segredo, que ela acredite que estamos em busca de uma conspiração qualquer. Envie-me Séguier, o mensageiro.

— E esse homem, o que fez para Vossa Eminência?

— Que homem? — perguntou o cardeal.

— O tal Bonacieux.

— Ele fez tudo o que podia fazer, eu o transformei em um espião da própria mulher.

O conde de Rochefort se inclinou como um homem que reconhecia a superioridade do seu mestre, e se retirou.

Uma vez que ficou sozinho, o cardeal voltou a se sentar, escreveu uma carta que selou com o seu selo particular e logo chamou novamente. O oficial entrou pela quarta vez.

— Faça Vitray vir para cá — disse — e diga-lhe que se apresse para uma viagem.

Um instante depois, o homem que foi chamado estava em pé diante dele, calçado com botas e espora.

— Vitray — disse —, você vai partir imediatamente para Londres.

Não pare nem por um segundo no caminho. Entregue esta carta a *Milady*. Aqui tem um vale de duzentas pistolas; passe na casa do meu tesoureiro e pegue o seu pagamento. Haverá mais para receber quando o senhor voltar dentro de seis dias e tiver cumprido a missão.

O mensageiro, sem responder nenhuma palavra, pegou a carta, o vale de duzentas pistolas e saiu.

Aqui o conteúdo da carta:

Milady,

Compareça ao primeiro baile e ajude o duque de Buckingham. Ele terá em sua camisa doze pedras de diamantes; aproxime-se e pegue dois. Quando estiver com esses diamantes, avise-me.

CAPÍTULO 14

Gente de capa e gente de espada

Ana de Áustria, sem a confiança do marido, perseguida pelo ódio do cardeal, lembrava-se de tudo o que havia passado: viu cairem os servidores mais devotados, os seus confidentes mais íntimos, os seus mais queridos amigos. Assim como os amaldiçoados com um dom funesto, ela levava desgraça por onde passava; a sua amizade era um sinal fatal que levava à investigação. A Sra. Chevreuse e a Sra. de Vernet estavam exiladas; finalmente, La Porte não escondia de sua ama que poderia ser preso a qualquer momento.

No instante em que estava submersa nas mais profundas e sombrias reflexões, a porta do quarto se abriu e o rei entrou.

Ele não fez nenhuma demonstração de cortesia, e parou diante da rainha, com a voz alterada:

— Senhora, em breve receberá uma visita do chanceler, que ficou encarregado de lhe comunicar certos assuntos.

A infeliz rainha, ameaçada constantemente pelo divórcio, empalideceu e não pôde deixar de dizer:

— Mas por que receberei essa visita, Majestade? O que o chanceler pode me dizer que eu não saiba por Vossa Majestade?

O rei girou sobre os calcanhares sem responder, e quase no mesmo instante, o capitão dos guardas, o Sr. de Guitaut, anunciou a visita do chanceler.

Ele entrou meio sorrindo, meio envergonhado. Como provavelmente voltaremos a encontrá-lo no curso desta história, não seria mal que os nossos leitores conhecessem um pouco mais sobre ele.

O tal chanceler era um homem agradável, tinha sido cônego de Notre-Dame e, em outro tempo, fora ajudante de câmara do cardeal, que o indicou a Sua Eminência como um homem totalmente fiel.

O cardeal confiou e fez bem.

A rainha ainda estava em pé quando ele entrou, mas o viu apenas quando se virou para sentar em sua poltrona e fez um sinal para que suas mulheres voltassem a se sentar nas almofadas e banquetas. Com um tom altivo de supremacia, perguntou:

— O que o senhor deseja? Por que está aqui?

— Venho em nome do rei, senhora, e com todo o respeito e dever que tenho com Vossa Majestade, devo fazer uma investigação em seus papéis.

— Como, senhor? Uma investigação em meus papéis? Que atitude mais infame!

— Imploro que me perdoe, senhora, mas, nesta circunstância, sou apenas um instrumento do rei. Sua Majestade não acabou de sair daqui? Por que não o convidou para esta revista?

— Reviste-me, senhor. Ao que parece, sou uma criminosa. Estefânia, dê as chaves da minha mesa.

O chanceler fez uma revista por formalidade nos móveis, mas sabia que a rainha não deveria ter guardado ali a importante carta que havia escrito durante o dia.

Depois de abrir todas as gavetas e titubear, o chanceler chegou à conclusão de que seria preciso investigar a própria rainha.

Ele avançou sobre Ana de Áustria e, com um tom muito indeciso e de uma maneira embaraçosa, disse:

— E agora terei que fazer a investigação principal.

— Qual? — perguntou a rainha, que não compreendia, ou melhor dizendo, não queria compreender o que era dito.

— Vossa Majestade tem certeza de que a senhora escreveu uma carta durante o dia; e sabe que ela ainda não foi enviada ao destinatário. Essa carta não está em sua mesa, mas com certeza está em alguma parte.

— O senhor se atreveria a pôr as mãos em sua rainha? — perguntou Ana de Áustria, erguendo-se em toda a sua altivez e lançando sobre o chanceler um olhar ameaçador.

— Eu sou um súdito fiel do rei, senhora; e farei tudo o que Sua Majestade me ordenar.

— Pois está certo — disse Ana de Áustria —, e os espiões do Sr. Cardeal o serviram bem. Hoje escrevi uma carta, ela não está em nenhuma parte. A carta está aqui. A rainha levou sua bela mão à blusa.

— Então, dê-me essa carta, senhora — disse o chanceler.

— Só darei essa carta ao rei, senhor — disse Ana.

— Se o rei quisesse receber essa carta, senhora, ele mesmo teria pedido. Mas, eu repito, fui encarregado de pegá-la, e se não me entregar...

— Sim?

— Também fiquei encarregado de tomá-la.

— O que o senhor quer dizer?

— Que as minhas ordens vêm de longe, senhora, e que eu estou autorizado a buscar o papel suspeito em Vossa Majestade.

— Que horror! — exclamou a rainha.

— O que prefere? Fazer as coisas da maneira mais fácil?

— Essa conduta é de uma violência ultrajante, o senhor sabia?

— São ordens do rei, senhora, perdoe-me.

— Não suportarei isso, prefiro morrer! — exclamou a rainha, cujo sangue das coroas espanholas e austríacas se agitava.

O chanceler fez uma profunda reverência, com a clara intenção de não retroceder no cumprimento da missão da qual estava encarregado; e como podia fazer com a ajuda de um carrasco na câmara de torturas, aproximou-se de Ana de Áustria que, naquele momento, vertia lágrimas de raiva.

Como dissemos, a rainha tinha uma grande beleza.

O chanceler esperou nesse momento com os olhos no cordão do famoso sino; mas, ao não encontrá-lo, tomou sua decisão e estendeu a mão até o lugar onde a rainha havia confessado que estava o papel.

Ana de Áustria deu um passo para trás, tão pálida que parecia que ia morrer; e se apoiando com a mão esquerda para não cair em uma mesa atrás dela, tirou de seu peito um papel e o entregou ao chanceler.

— Tome, senhor, aí está a carta — exclamou tremendo a rainha, com a voz entrecortada. — Pegue logo e me livre da sua odiosa presença.

O chanceler, que pela sua parte tremia por uma emoção fácil de compreender, pegou a carta, ajoelhou-se no chão e se retirou.

Ele levou a carta ao rei sem ter lido nem uma só palavra. O rei a pegou de sua mão trêmula e buscou o destinatário que faltava; de repente, ficou pálido, abriu-a lentamente e pelas primeiras letras viu que ela estava dirigida ao rei da Espanha. Leu com rapidez.

Era um plano de ataque contra o cardeal. A rainha convidava o seu irmão e o imperador da Áustria, atingidos pela política de Richelieu, cuja preocupação eterna era subjugar a Áustria, que declarava guerra à França, e impunha como condição de paz a demissão do cardeal. Mas não havia uma palavra de amor em toda aquela carta.

O rei, todo contente, informou-se sobre a presença do cardeal no Louvre. Sua Eminência o esperava no seu gabinete de trabalho, às ordens de Sua Majestade.

— Bem! — disse. — Vossa Majestade viu até onde chegam os meus inimigos, se o senhor é ameaçado com duas guerras se não me deixar. Na verdade, eu, no seu lugar, Majestade, cederia a tão poderosas instâncias, e, por minha parte, eu me retiraria dos assuntos políticos com felicidade.

— O que você diz, Eminência?

— Digo, senhor, que perco a minha saúde nessas lutas excessivas e nesses trabalhos eternos. É possível que eu não suporte o cansaço do assédio de La Rochelle, e que seria mais proveitoso nomear para a campanha o Sr. de Condé, ou o Sr. de Basompierre, ou qualquer valente que se encontre em condições de conduzir a guerra, e não a mim, que sou um homem da Igreja, e que me afasto constantemente da minha vocação para me concentrar em assuntos para os quais não tenho a menor aptidão. Serei mais feliz no interior, senhor, e não duvido que o senhor será maior no estrangeiro.

— Sr. Duque — disse o rei —, compreendo, fique tranquilo; todos os que são nomeados nessa carta serão castigados como merecem, e a rainha também.

— O que disse, senhor? Deus me guarde, não quero que a rainha sofra a menor retaliação por minha causa. Ela sempre me considerou um inimigo, mesmo que eu possa atestar, Vossa Majestade, que eu sempre a apoiei calorosamente, inclusive contra o senhor. Ah, mas se ela traísse a honra de Vossa Majestade, a história seria outra, e eu seria o primeiro a dizer: "Nada de perdão, senhor, nada de perdão para a culpada". Por sorte, não é nada disso, e Vossa Majestade acabou de conseguir uma nova prova.

— Está certo, cardeal — disse o rei —, e tinha razão, como sempre: mas a rainha não deixa de merecer todo o meu ódio.

— Foi o senhor, Majestade, que provocou o ódio da rainha; e se ela realmente fizesse algo sério para Vossa Majestade, eu o compreenderia, mas o senhor a trata de maneira muito severa...

— É assim que trato os meus inimigos e os seus, duque, por mais altas que sejam suas posições, independente do perigo que eu corra por lidar severamente com eles.

— A rainha é minha inimiga, mas não é sua, senhor; pelo contrário, é uma esposa abnegada, submissa e tem um conduta admirável; deixe-me interceder por ela, Vossa Majestade!

— Então que ela se humilhe, e que venha a mim primeiro!

— Pelo contrário, Majestade, dê o senhor o exemplo: você cometeu o primeiro erro, pois suspeitou da rainha.

— O senhor quer que eu a procure primeiro? — disse o rei. — Jamais!

— Majestade, eu suplico.

— Além disso, como eu iria primeiro?

— Fazendo uma coisa que sabe que ela gostaria.

— O quê?

— Dê um baile, já sabe como a rainha gosta de dançar; eu prometo que o seu rancor não resistirá a essa tentação.

— Cardeal, o senhor sabe que eu não gosto desses prazeres mundanos.

— Por isso a rainha ficará mais agradecida, visto que já conhece a sua antipatia por essa diversão; além disso, será uma ótima ocasião para ela usar os belos pingentes de diamantes com as quais o senhor acabou de presenteá-la e ela ainda não teve tempo de usar.

— Veremos, Sr. Cardeal, veremos — disse o rei.

— Sim, veremos, mas pela minha honra, o senhor é muito clemente.
— Majestade, deixe a severidade para os ministros, a clemência é a virtude real; ao usá-la, o senhor verá como se sentirá bem.

Dito isso, o cardeal, vendo o pêndulo marcar as onze, ajoelhou-se pedindo permissão ao rei para se retirar e suplicou-lhe mais uma vez para se reconciliar com a rainha.

Ana de Áustria, que depois da descoberta da carta esperava alguma reprovação, ficou muito surpresa ao ver o rei tentar se aproximar dela. O seu primeiro movimento foi de repulsa, o seu orgulho de mulher e sua dignidade de rainha tinham sido, ambos, cruelmente atingidos. Ela não poderia se reconciliar tão facilmente, mas graças aos conselhos das mulheres que a acompanhavam, começou a escutá-lo.

O rei aproveitou aquele primeiro momento de retorno para dizer que pretendia dar uma festa.

Uma festa era uma raridade, e Ana de Áustria, exatamente como o cardeal havia previsto, abandonou as últimas marcas de ressentimento, se não do seu coração, pelo menos do seu rosto.

Ela perguntou em que dia seria dada a festa, mas o rei respondeu que precisava combinar esse detalhe com o cardeal.

Realmente, o rei perguntava todos os dias ao cardeal quando poderia ser realizada a festa, e o cardeal, todo dia, com um pretexto diferente, esquivava-se.

Assim se passaram dez dias.

No oitavo dia depois da cena que contamos, o cardeal recebeu uma carta, com o selo de Londres, que continha apenas essas poucas linhas:

> *Estou com eles; mas não posso deixar Londres, pois não tenho dinheiro; envie-me quinhentas moedas de ouro e, em quatro ou cinco dias depois de recebê-las, estarei em Paris.*

No mesmo dia que em o cardeal recebeu essa carta, o rei lhe fez a pergunta habitual.

Richelieu contou nos dedos e disse em voz baixa:

— Ele chegará, segundo disse, em quatro ou cinco dias depois de receber o dinheiro. São necessários quatro ou cinco dias para que o dinheiro chegue, mais quatro ou cinco para que ela volte, então são dez dias; agora vamos pensar nos contratempos, no azar e na falta de habilidade das mulheres. Vamos contar doze dias.

— Então, duque — disse o rei —, o senhor fez o cálculo?

— Sim, Majestade; estamos a 20 de setembro; os políticos darão uma festa no dia 3 de outubro. É a ocasião perfeita, porque não dará a impressão de que o senhor estará se reconciliando com a rainha.

Em seguida, o cardeal acrescentou:

— A propósito, Majestade, não se esqueça de dizer a ela, na véspera da festa, que deseja vê-la com os pingentes de diamantes.

O rei procurou a rainha e, como de costume, abordou-a com novas ameaças contra quem a rodeava. Ana de Áustria abaixou a cabeça e deixou passar a tormenta sem responder, esperando que ela passasse; mas não era isso que desejava Luís XIII, ele queria uma discussão que trouxesse luz àquele assunto, pois estava convencido de que o cardeal tinha uma segunda intenção e planejava uma surpresa terrível, como bem sabia fazer. E ele chegou a essa conclusão pela sua persistência acusatória.

— Mas — exclamou Ana de Áustria, cansada dos ataques vagos — Majestade, você não me diz tudo o que tem em seu coração. O que eu fiz? Que crime cometi? O senhor fez todo esse escândalo por uma carta que escrevi ao meu irmão.

O rei, atacado de forma tão direta, não soube o que responder, e pensou que aquele seria o momento para fazer a recomendação sobre a véspera da festa.

— Senhora — disse de maneira imponente —, em breve haverá um baile na Prefeitura; espero que em nome dos nossos valentes políticos a senhora apareça vestida com trajes de cerimônia e adornada com os pingentes de diamante com os quais eu a presentei no seu aniversário. Essa é a minha resposta.

A resposta era terrível; a rainha acreditava que Luís XIII soubesse de tudo, e que o cardeal havia conseguido dissimular a justificativa dos sete ou oito dias, o que se encaixava perfeitavamente à sua personalidade.

Pálida, ela se apoiou sobre uma namoradeira, com sua mão, de admirável beleza e que naquele momento remetia a uma cera, olhou para o rei com olhos de espanto, sem responder nem uma sílaba qualquer.

— A senhora me ouviu? — disse o rei, que se divertia com aquela situação embaraçosa, mas sem adivinhar o motivo. — Ouviu-me?

— Sim, Majestade, eu ouvi — balbuciou a rainha.

— A senhora irá ao baile?

— Sim.

— Com os seus diamantes?

A rainha ficou ainda mais pálida, como se fosse possível; e o rei percebeu a sua angústia, desfrutando dela com uma crueldade fria, umas das marcas da sua terrível personalidade.

— Então, está combinado — disse o rei. — Isso era tudo o que eu tinha para dizer.

— Mas quando será o baile? — perguntou Ana de Áustria.

Luís XIII sentiu instintivamente que não deveria responder àquela pergunta, porque a voz da rainha tinha um tom quase agonizante.

— Senhora — disse —, eu não me lembro com exatidão a data. Vou perguntar ao cardeal.

— Foi o cardeal que anunciou a festa? — perguntou a rainha.

— Sim, senhora — respondeu o rei, assustado. — Por quê?

— Foi ele que pediu para eu usar os diamantes?

— Pode ser, senhora...

— Foi ele, Majestade! Foi ele!

— Bem, qual a diferença? Tem algum crime nesse convite?

— Não, Majestade.

— Então a senhora estará com eles?

— Sim, Majestade.

— Está bem — disse o rei, retirando-se. — Está bem, conto com isso.

A rainha fez uma reverência, menos por etiqueta, mas porque os seus joelhos fraquejavam.

O rei partiu satisfeito.

— Estou perdida — murmurou a rainha. — Perdida porque o cardeal sabe de tudo, e é ele quem influencia o rei, que todavia não sabe de nada, mas logo ficará a par de tudo. Estou perdida! Meu Deus, meu Deus, meu Deus!

Ajoelhou-se sobre uma almofada e rezou com a cabeça afundada entre os seus braços palpitantes.

Realmente, a sua posição era terrível. Buckingham estava de volta a Londres, a Sra. de Chevreuse estava em Tours. Mais vigiada do que nunca, a rainha sentia que tinha sido traída sordidamente por uma de suas criadas, mas não sabia dizer qual. La Porte não podia deixar o Louvre. Não tinha ninguém no mundo em quem ela pudesse confiar.

Por isso, na presença da desgraça que a ameaçava e do abandono em que ela se encontrava, caiu em prantos.

— No que eu posso ajudar Vossa Majestade? — disse prontamente uma voz cheia de doçura e piedade.

A rainha se virou, porque não havia motivos para se enganar com a entonação daquela voz: só uma amiga falaria assim.

Em uma das portas que davam para a casa da rainha apareceu a bela Sra. Bonacieux; estava ocupada colocando os vestidos e a roupa em um gabinete quando o rei entrou e ela não pôde sair; portanto, ouviu toda a conversa.

A rainha deu um grito agudo pela surpresa, porque ela estava tão perturbada que não reconheceu a protegida de La Porte.

— Não tenha medo, senhora! — disse a jovem juntando as mãos e chorando pelas angústias da rainha. — Pertenço a Vossa Majestade de corpo e alma, e por mais longe que esteja, e apesar da minha posição inferior, acredito que eu tenha encontrado um modo para livrar Vossa Majestade de preocupações.

— Você! Ah, meu Deus! Você! — exclamou a rainha. — Mas veja, olhe bem para a minha cara. Traíram-me por todos os lados. Posso confiar em você?

— Ah, senhora! — exclamou a jovem caindo de joelhos. — Pela minha alma, estou disposta a morrer por Vossa Majestade!

Essa exclamação saiu do fundo de seu coração, e não podia enganar.

— Sim — continuou a Sra. Bonacieux. — Sim, aqui há traidores, mas pelo santo nome da Virgem Maria, eu juro que não há ninguém mais fiel à senhora do que eu. Esses pingentes que o rei pede foram dados ao duque de Buckingham, não é mesmo? Eles estavam guardados em uma caixa de madeira rosa que ele levava embaixo do braço? Ou eu estou equivocada? Não foi assim?

— Ah, meu Deus, meu Deus! — murmurou a rainha, cujos dentes se batiam como castanholas diante de tanto terror.

— Pois bem, esses diamantes — continuou a Sra. Bonacieux —, é preciso recuperá-los.

— Sim, sem dúvida! — exclamou a rainha — Mas como posso fazer isso?

— Tem que enviar alguém até o duque.

— Mas quem? Quem...? Em quem posso confiar?

— Confie em mim, senhora; conceda-me essa honra, minha rainha, e eu encontrarei o mensageiro.

— Mas será preciso escrever!

— Ah, sim! É fundamental. É indispensável duas palavras de Vossa Majestade atestadas pelo seu selo particular.

— Mas essas duas palavras serão minha condenação, o divórcio, o exílio!

— Sim, se caírem em mãos duvidosas! Mas eu garanto que essas duas palavras chegarão ao seu destinatário.

— Ah, meu Deus! É preciso que eu ponha a minha vida, a minha honra e a minha reputação em suas mãos!

— Sim, senhora, e eu a salvarei de tudo isso!

— Mas como? Pelo menos me diga.

— O meu marido está em liberdade há três dias, ainda que eu não o tenha visto. Ele é um homem bom e honesto, que não ama ou odeia ninguém. Ele fará o que eu quiser, obedecerá à minha ordem sem saber o que leva, e entregará a carta de Vossa Majestade, sem saber que é da rainha, ao destinatário indicado.

A rainha pegou as duas mãos da jovem em um momento de arrebatação apaixonada, olhou no fundo dos seus olhos para enxergar o fundo do seu coração e, ao não ver mais do que sinceridade em seu olhar, abraçou-a ternamente.

— Faça isso — exclamou —, e terá salvado a minha vida, terá salvado a minha honra.

— Ah! Não exagere, eu não vou salvar a rainha, a senhora é apenas uma vítima de conspirações pérfidas.

— Está certo, minha filha — disse a rainha. — Você tem razão.

— Dê-me, portanto, essa carta, senhora, o tempo urge.

A rainha correu para uma pequena mesa onde havia papel, tinta e penas; escreveu duas linhas, selou a carta e a entregou à Sra. Bonacieux.

— E agora — disse a rainha —, não vamos nos esquecer de algo importante...

— O quê?

— O dinheiro.

A Sra. Bonacieux ficou vermelha.

— Sim, está certo — disse. — Confesso para a senhora que o meu marido...

— O seu marido não tem dinheiro, é isso que quer dizer...

— Claro que tem, mas ele é muito avarento. Mas não se preocupe, senhora... encontraremos um meio...

— Eu também não tenho — disse a rainha. — Mas espere!

Ana de Áustria correu à sua escrivaninha

— Tome — disse. — Aqui tem um anel muito valioso, segundo me dizem, ganhei do meu irmão da Espanha; ele é meu, portanto, pode vendê-lo. Pegue o anel, consiga o dinheiro e peça ao seu marido que parta.

— Dentro de uma hora cumprirei suas ordens.

— Veja o destinatário — acrescentou a rainha falando tão baixo que apenas ela podia ouvir o que dizia: "Ao milorde, o duque de Buckingham, em Londres".

— A carta será entregue pessoalmente.

— Que mulher generosa! — exclamou Ana de Áustria.

A Sra. Bonacieux beijou as mãos da rainha, escondeu o papel em sua blusa e desapareceu ligeira como um pássaro.

Dez minutos depois ela estava em sua casa; como disse à rainha, não via o seu marido desde a sua libertação; portanto ignorava a troca feita com o cardeal, troca que havia dado a ele honra e dinheiro da Sua

Eminência, e que havia corroborado em duas ou três visitas do conde de Rochefort, convertido no melhor amigo de Bonacieux, o que fazia crer sem muito esforço que não havia nenhum sentimento de culpa pelo rapto de sua mulher, a não ser pela preocupação política.

Ela encontrou o Sr. Bonacieux sozinho; o pobre homem punha a casa em ordem a duras penas, cujos móveis estavam quase destruídos e cujos armários estavam quase vazios. A criada havia fugido quando o seu marido tinha sido preso. O terror tomou a jovem quando soube da prisão de seu marido a ponto de ela andar de Paris até Bourgogne, seu país natal.

O digno dono de armarinho havia contado à sua mulher que tinha voltado para casa e como estava feliz com o seu retorno.

Mesmo que o casal tenha se separado por cerca de oito dias, e mesmo que graves acontecimentos tenham passado entre eles, olharam-se, com certa preocupação; mas o Sr. Bonacieux demonstrou uma alegria real e correu para a sua mulher de braços abertos. A Sra. Bonacieux o recebeu de frente.

— Vamos conversar um pouco — disse ela.

— Como? — disse Bonaciuex, estranhando.

— Sim, tenho um assunto da maior importância para lhe dizer.

— Eu também tenho que lhe fazer algumas perguntas muito sérias. Explique-me um pouco o seu rapto, por favor.

— Mas não se trata disso — disse a Sra. Bonacieux.

— E do que se trata então? Da minha prisão?

— Soube dela no mesmo dia; mas como não era por nenhum crime, como não era cúmplice de nenhuma intriga, como não sabia de nada que pudesse comprometer nem ao senhor nem a ninguém, não dei a ela mais importância do que merecia.

— Fale por si mesma, senhora! — continuou Bonacieux, ferido pelo pouco interesse de sua mulher. — Você sabia que fiquei um dia e uma noite preso no calabouço da Bastilha?

— Um dia e uma noite passam muito rápido; deixemos a sua prisão de lado e vamos falar sobre o que me trouxe de volta.

— Como? O que a trouxe de volta? Não foi o desejo de voltar a ver o seu marido, de quem está separada há oito dias? — perguntou o dono do armazém, muito incomodado.

— Isso em primeiro lugar, mas tem outra coisa.

— Fale!

— Uma coisa de maior interesse, que pode definir o nosso futuro, talvez.

— A nossa sorte mudou muito agora, Sra. Bonacieux, e não estranharia se daqui a alguns meses causasse inveja em muita gente.

— Sim, sobretudo se você seguir as instruções que vou lhe dar.

— Eu?

— Sim, você. Tem uma boa ação que precisa ser feita, senhor, e ao mesmo tempo ela nos dará muito dinheiro.

A Sra. Bonacieux sabia que falando em dinheiro atingia o ponto fraco do seu marido. Mesmo que ele fosse um dono de armazém, depois de falar dez minutos com o cardeal Richelieu, não era mais o mesmo homem.

— Muito dinheiro para ganhar! — disse Bonacieux molhando os lábios.

— Sim, muito.

— Quanto, mais ou menos?

— Quinze mil moedas de ouro.

— O que vai me pedir é muito grave?

— Sim.

— O que devo fazer?

— Você sairá imediatamente, eu vou lhe entregar um papel que deve ficar sob os seus cuidados; não o deixe por nenhum pretexto, muito menos ponha nas mãos de alguém.

— E para onde tenho que ir?

— Para Londres.

— Para Londres! Vamos, você está brincando, eu não tenho nada para fazer em Londres.

— Mas outras pessoas precisam que você vá.

Quem são essas pessoas? Aviso que não vou fazer mais nada às cegas, e quero saber quem me expõe dessa forma e por quê.

— Uma pessoa ilustre lhe envia, e uma pessoa ilustre o espera; a recompensa será maior que os seus desejos.

— Intrigas outra vez, sempre intrigas! Obrigado, agora, eu não quero mais saber disso, o cardeal me instruiu.

— O cardeal! — exclamou a Sra. Bonacieux. — Você viu o cardeal!

— Ele pediu para me chamarem — respondeu com orgulho.

— E você aceitou o convite. Quanta imprudência!

— Devo dizer que não estava em minhas mãos aceitar ou não, porque ao meu lado estavam dois guardas. E como eu não conhecia a Sua Eminência, não poderia dispensar essa visita.

— Ele o maltratou? Ameaçou-o?

— Estendeu a mão e me chamou de amigo, seu amigo! Ouviu, senhora? Eu sou amigo do grande cardeal!

— Do grande cardeal!

— A senhora negaria esse título, por acaso?

— Eu não nego nada, mas digo que o favor de um ministro é efêmero, e você está louco para se vincular a um ministro; mas há poderes que estão acima do seu, que não se desfazem pelo capricho de um homem ou pelo resultado de um acontecimento; desses poderes você deve se esquivar.

— Sinto muito, senhora, mas não conheço outro poder a não ser do qual tenho a honra de servir.

— Você serve ao cardeal? O quê?

— Sim, senhora, e como seu servidor, não permitirei conspirações contra o Estado, e nem que você sirva às intrigas de uma mulher que não é francesa e tem o coração espanhol. Por sorte o cardeal está ali, com o olhar vigilante.

— Ah, então agora você é cardinalista! — exclamou. — Como pode servir um partido que maltrata a sua esposa e insulta sua rainha?

— Os interesses particulares não são nada diante dos interesses de todos. Eu estou junto dos que salvam o Estado — disse Bonacieux com ênfase.

— E você sabe o que é o Estado de que tanto fala? — disse a Sra. Bonacieux, encolhendo seus ombros. — Se contente em ser um burguês sem classe nenhuma, e dar as costas a quem não oferece nenhuma vantagem.

— É, é! — disse Bonacieux, batendo em uma bolsa com um bojo arredondado, que fez um barulho de moedas de prata.O que você tem a dizer sobre isso, conselheira?

— De onde vem esse dinheiro?

— Adivinhe.

— Do cardeal.

— Dele e do meu amigo, o conde de Rochefort.

— O conde de Rochefort! Mas foi ele que me raptou!

— Pode ser, senhora.

— E você recebeu dinheiro desse homem?

— Você não me disse que o rapto era completamente político?

— Sim, mas esse rapto foi para me persuadir a trair a minha ama, arrancando-me confissões, mediante tortura, que pudessem comprometer a rainha.

— Senhora — prosseguiu Bonacieux —, a sua respeitável ama é uma pérfida espanhola, e o que o cardeal faz é muito bem-feito.

— Senhor — disse a jovem —, sabia que você era covarde, avarento e imbecil, mas não sabia que era um infame.

— Senhora! — disse Bonacieux, que nunca tinha visto a sua esposa com tanta raiva, e ficou assustado diante daquela ira conjugal. — Senhora, o que está dizendo?

— Digo que você é um miserável! — continuou a Sra. Bonacieux, percebendo que exercia alguma influência sobre o marido. — Ah, agora você faz política! Ainda por cima, cardinalista! Vendeu o seu corpo e a sua alma ao demônio. E por dinheiro!

— Ao demônio não, mas ao cardeal, sim.

— É a mesma coisa! — exclamou a jovem. — Quem serve Richelieu serve a Satã.

— Cale-se, senhora, podem nos ouvir.

— Sim, você tem razão, e seria vergonhoso para o senhor ouvir a sua própria covardia.

— Mas o que me pede, então? Vejamos.

— Eu já disse: que parta agora mesmo, senhor, e que cumpra fielmente a missão da qual ficará encarregado; e com essa condição, esqueço tudo e lhe perdoo; e, além disso — ela estendeu a mão —, terá de volta a minha amizade.

Bonacieux era covarde e avarento; mas amava a sua mulher e ficou enternecido. Um homem de cinquenta anos não guarda por muito tempo rancor de uma mulher de vinte e três. A Sra. Bonacieux viu que ele titubeava.

— Então, está decidido? — perguntou ela.

— Mas, minha querida amiga, reflita um pouco sobre o que exige de mim; Londres está longe de Paris, muito longe, e talvez a missão seja perigosa.

— O que importa, se você não vai?

— Veja, Sra. Bonacieux — disse o dono do armazém. — Definitivamente, eu não me nego, mas as intrigas me dão medo. Eu estive na Bastilha, é horrível! Só de pensar nela fico atemorizado. Ameaçaram-me com tortura; sabe o que é tortura? Tábuas de madeira entra as pernas até os ossos estalarem. Não, decididamente, não irei. Por Deus! Por que a senhora mesma não vai? Porque na verdade acredito que até agora eu estive enganado sobre a senhora. Acredito que você é um homem, e dos mais bravos, inclusive!

— E você é uma mulher, uma miserável mulher, estúpida e tonta. Ah, você tem medo! Muito bem, se não for agora mesmo, eu faço você ser preso com ordens da rainha, e você volta para a Bastilha que tanto o aterroriza.

Bonacieux refletiu profundamente, pesou tudo em seu cérebro: a raiva do cardeal e da rainha; a do cardeal prevaleceu com uma diferença muito grande.

— Faça com que me prendam por parte da rainha — disse —, e eu apelo para a Sua Eminência.

Pela primeira vez, a Sra. Bonacieux viu que foi longe demais, e ficou assustada ao perceber que tinha avançado tanto.

Contemplou por um instante aquele rosto estúpido, de uma teimosia obstinada, como a de todos os bobos que têm medo.

— Pois então, que seja! — disse. — Talvez, afinal de contas, o senhor tenha razão: um homem sabe muito mais que as mulheres sobre política, sobretudo você, Sr. Bonacieux, já que falou com o cardeal. Porém, é muito duro — acrescentou — que o meu marido, um homem que me fez acreditar que eu pudesse contar com ele, trate-me com tanta falta de cortesia e não satisfaça em nada o meu capricho.

— É que seus caprichos podem me levar muito longe — respondeu Bonacieux, triunfante — e eu desconfio deles.

— Pois então, renuncie a eles — disse a jovem suspirando. — Não falemos mais disso.

— Se pelo menos me dissesse o que teria que fazer em Londres — continuou.

Bonacieux se lembrou um pouco mais tarde de que Rochefort havia pedido para que ele descobrisse os segredos de sua mulher.

— É inútil que você saiba — disse a jovem, tomada por uma instintiva desconfiança que a levava a desistir.

Quanto mais resistia à jovem, mais Bonacieux pensava que o segredo que ela guardava era importante. Por isso decidiu correr imediatamente à casa do conde de Rochefort e avisá-lo de que a rainha procurava um mensageiro para enviar a Londres.

— Perdoe-me se a deixo, querida Sra. Bonacieux — disse ele —, mas por não saber que você viria hoje, marquei uma conversa sobre negócios com um dos meus amigos; volto agora mesmo, e, se quiser me esperar, mesmo que seja por meio minuto, assim que terminar com esse amigo, volto para acompanhá-la ao Louvre.

— Obrigada, senhor — respondeu a Sra. Bonacieux —, você não é valente o suficiente para ter alguma utilidade; eu voltarei ao Louvre sozinha.

— Como queira, Sra. Bonacieux —, mas quando a verei de novo?

— Acredito que na próxima semana o meu serviço me dê alguma liberdade, e aproveitarei para vir organizar as nossas coisas, que devem estar um pouco bagunçadas.

— Está bem, eu vou esperar a senhora. Não guarda rancor?

— Eu? Por nada neste mundo.

— Até mais, então?

— Até mais.

Bonacieux beijou a mão de sua mulher e se afastou rapidamente.

— Vá! — disse a Sra. Bonacieux quando seu marido fechou a porta da frente e ela ficou sozinha. — Era só o que me faltava! Esse imbecil ser cardinalista! E eu, que garanti à rainha, eu que prometi à minha pobre ama... Ah, meu Deus, meu Deus! Ela vai pensar que eu sou uma dessas miseráveis que brotam no palácio e ficam perto dela para espioná-la. Ah, Sr. Bonacieux! Nunca o amei muito, mas agora é muito pior: agora o odeio, e dou a minha palavra: "O senhor vai me pagar!".

No momento em que dizia essas palavras, um golpe no teto atingiu sua cabeça, e uma voz chegava a ela através do piso:

— Querida Sra. Bonacieux, abra a pequena porta da rua e me deixe entrar.

CAPÍTULO 15

Mosqueteiros da rainha

— Ah, senhora! — disse D'Artagnan entrando pela porta que a jovem abria. — Se me permite dizer, o seu marido é deplorável.

— Então você ouviu a nossa conversa! — exclamou vivamente a Sra. Bonacieux, olhando D'Artagnan, inquieta.

— Ouvi tudo.

— Meu Deus, como?

— Mediante um procedimento conhecido por mim; graças a ele também ouvi a conversa mais animada que a senhora teve com os capachos do cardeal.

— E o que você entendeu sobre o que dizíamos?

— Entendi milhares de coisas: em primeiro lugar, que o seu marido é um paspalhão e um imbecil; em seguida que a senhora está em apuros, o que me encanta, porque me dá a oportunidade de ficar ao seu dispor, e Deus sabe como eu estou disposto a disparar fogo pela senhora; finalmente, compreendi que a rainha precisa de um homem valente, inteligente e fiel para fazer uma viagem a Londres. Eu tenho pelo menos duas das três qualidades que precisa e estou aqui.

A Sra. Bonacieux não respondeu nada, mas o seu coração batia alegre e uma secreta esperança brilhou em seus olhos.

— E qual garantia me dá — perguntou —, se eu concordar em confiar essa missão ao senhor?

— O meu amor por você. Vamos, dê suas ordens: o que eu preciso fazer?

— Meu Deus, Meu Deus! — murmurou a jovem. — Devo confiar a você um segredo dessa envergadura? É quase um menino!

— Você conhece o Sr. de Tréville, o seu capitão? — perguntou D'Artagnan.

— Ah, sim, eu o conheço! Não pessoalmente, mas por ouvir a rainha falar dele mais de uma vez como um cavalheiro valente e leal.

— Você não teme que ele a traia pelo cardeal, não é mesmo?

— Ah, não, tenho certeza que não!

— Pois então me revele o seu segredo. Por mais importante, precioso ou terrível que seja, pode confiar em mim.

— Mas esse segredo não me pertence e eu não posso revelar desse modo.

— A senhora ia confiar de boa vontade ao Sr. Bonacieux — disse D'Artagnan com desgosto.

— Como se confia uma carta ao oco de uma árvore, à asa de uma pomba, à coleira de um cachorro.

— Mas, como vê, eu amo a senhora.

— Isso é o que você diz.

— Tenho a honra de um cavalheiro!

— Acredito.

— Sou valente!

— Ah, disso tenho certeza!

— Então, ponha-me à prova.

A Sra. Bonacieux olhou para o jovem e foi contida por uma última dúvida. Mas havia desejo em seus olhos, e a persuasão da sua voz a obrigou a confiar nele.

Além disso, ela se encontrava em uma dessas situações em que se deve arriscar tudo pelo todo. A rainha estava tão perdida por uma exagerada discrição, como por uma excessiva confiança.

O sentimento involuntário que nutria por aquele jovem protetor fez a Sra. Bonacieux falar:

— Escute, eu lhe digo. Eu me rendo às suas exigências e renuncio diante das suas palavras. Mas juro diante do Deus que nos ouve que, se me trair e meus inimigos me pegarem, eu me matarei acusando o senhor pela minha morte.

— E eu, eu juro diante de Deus, senhora — disse D'Artagnan —, que, se eu for pego durante o cumprimento das suas ordens, morrerei antes de fazer ou dizer algo que possa comprometer alguém.

Então a jovem confessou o terrível segredo que o destino havia revelado a ela na frente da Samaritana. Essa foi a sua mútua declaração de amor.

D'Artagnan resplandecia de alegria e de orgulho. Aquele segredo que possuía, aquela mulher que ele amava, a confiança e o amor faziam dele um gigante.

— Eu vou — disse. — Parto em um instante.

— Como assim, vai partir? — perguntou a Sra. Bonacieux. — E o seu regimento? O seu capitão?

— Pela minha alma, esqueci-me, querida Constance. Você tem razão, eu preciso de uma permissão.

— Temos um obstáculo — murmurou a Sra. Bonacieux com dor.

— Ah! Esse obstáculo... — exclamou D'Artagnan, depois de um momento de reflexão. — Eu vou superar, fique tranquila!

— Como?

— Esta noite vou procurar o Sr. de Tréville e pedir que ele fale com o seu cunhado, o Sr. des Essarts.

— Agora, outra coisa...

— O quê? — perguntou D'Artagnan, vendo que a Sra. Bonacieux não tinha certeza para continuar.

— Talvez o senhor não tenha dinheiro.

— Talvez é muito otimismo — disse D'Artagnan, sorrindo.

— Então — prosseguiu a Sra. Bonacieux abrindo um armário e tirando dele uma bolsa que havia meia hora o seu marido acariciava com tanto amor. — Leve esta bolsa.

— Mas essa bolsa é do cardeal! — exclamou D'Artagnan caindo na gargalhada, pois, graças às suas artimanhas, ele não tinha perdido nem uma sílaba da conversa entre o dono do armazém e sua esposa.

— É do cardeal — disse a Sra. Bonacieux. — Como o senhor vê, leva embaixo um símbolo bastante respeitável.

— Por Deus! — exclamou D'Artagnan. — Será uma missão duplamente divertida: salvar a rainha com o dinheiro da Sua Eminência!

— Você é um jovem amável e encantador — disse a Sra. Bonacieux. — Tenha certeza de que Sua Majestade não será nada ingrata.

— Ah, não, eu já estou muito bem recompensado! — exclamou D'Artagnan. — Se me permite dizer, eu amo você. A senhora é a maior fortuna que eu atreveria a esperar.

— Silêncio! — disse a Sra. Bonacieux, estremecendo.

— O que foi?

— Tem algumas pessoas falando na rua.

— É a voz...

— Do meu marido... sim! Eu reconheço!

D'Artagnan correu para a porta e passou o ferrolho.

— Que ele não entre até que eu tenha saído, e, quando eu sair, a Sra. abre a porta.

— Mas eu também devo ir. E o sumiço do dinheiro? Como eu explicaria se estou aqui?

— Tem razão, também deve sair.

— Sair? Como? Ele nos verá se sairmos.

— Então terá que subir até a minha casa.

— Ah! — exclamou a Sra. Bonacieux. — O tom com que o senhor me diz isso me dá medo.

A Sra. Bonacieux pronunciou essas palavras com uma lágrima nos olhos.

D'Artagnan viu essa lágrima e, enternecido, ajoelhou-se aos seus pés.

— Na minha casa — disse — estará tão segura como um templo, dou-lhe a minha palavra de cavalheiro.

— Então vamos partir! — disse ela. — Eu confio em você, meu amigo.

D'Artagnan voltou a abrir o ferrolho com cuidado e os dois juntos, rápidos como uma sombra, deslizaram pela porta e entraram na avenida, subiram a escada sem fazer ruídos e entraram no quarto de D'Artagnan.

Uma vez ali, para maior segurança, o jovem trancou a porta; os dois se aproximaram da janela, e por uma rachadura viram o Sr. Bonacieux falando com um homem de capa.

Quando viu o homem de capa, D'Artagnan deu um salto e, sacando a espada, lançou-se até a porta.

Era o homem de Meung.

— O que vai fazer? — perguntou a Sra. Bonacieux. — Estaremos perdidos!

— Mas eu jurei que mataria esse homem! — disse D'Artagnan.

— A sua vida está consagrada neste momento e nos pertence. Em nome da rainha, eu o proíbo de correr qualquer perigo que não seja o da viagem.

— E em seu nome, não ordena nada?

— Em meu nome — disse a Sra. Bonacieux, emocionada —, em meu nome, eu imploro. Mas vamos escutar, parece que eles falam de mim.

D'Artagnan se aproximou da janela e ouviu com atenção.

O Sr. Bonacieux tinha aberto a porta e, ao ver a casa vazia, virou-se para o homem de capa, que havia deixado sozinho por um instante, e disse:

— Ela saiu, deve ter voltado para o Louvre.

— Tem certeza? — perguntou o estrangeiro. — Ela não suspeitou das suas intenções quando você saiu?

— Não — respondeu Bonacieux, confiante. — Ela é uma mulher muito superficial.

— E o cadete dos guardas? Está em sua casa?

— Creio que não, como pode ver, o seu cômodo está fechado e não há nenhuma luz acesa.

— Tanto faz, deveríamos ter certeza.

— E como?

— Batendo à sua porta.

— Perguntarei ao seu criado.

— Pois vá!

Bonacieux voltou para sua casa, passou pela mesma porta que acabara de dar passagem aos dois fugitivos, subiu até o andar de D'Artagnan e o chamou.

Ninguém respondeu. Porthos havia dado aquela tarde para Planchet, e D'Artagnan tinha muito cuidado ao demonstrar o menor sinal de existência.

No momento em que o dedo do Sr. Bonacieux tocou a porta, os dois jovens sentiram saltar os seus corações.

— Não tem ninguém em casa — disse Bonacieux.

— Não importa, vamos voltar para sua casa, estaremos mais seguros do que na soleira de uma porta.

— Ah, meu Deus! — murmurou a Sra. Bonacieux. — Não vamos ouvir nada.

— Pelo contrário — disse D'Artagnan —, vamos ouvi-los melhor. — D'Artagnan levantou três ou quatro tábuas do assoalho, estendeu um tapete no chão, ajoelhou-se e fez um sinal para a Sra. Bonacieux se inclinar, assim como ele, até a abertura.

— Tem certeza de que a casa está vazia? — disse o desconhecido.

— Não tenho dúvida — disse Bonacieux.

— E a sua mulher...?

— Voltou para o Louvre.

— Ela não falou com mais ninguém além do senhor?

— Tenho certeza disso.

— Esse é um ponto importante, você me entende?

— Então, a notícia que eu levei até vocês tem algum valor?

— Tem um valor muito grande, meu querido Bonacieux.

— Então, o cardeal ficará contente comigo?

— Não duvido.

— O grande cardeal!

— Tem certeza de que na conversa com a sua mulher não foram mencionados nomes próprios?

— Creio que não.

— Não foram nomeados nem a Sra. de Chevreuse, nem o Sr. de Buckingham, nem a Sra. de Vernel?

— Não, ela mesma me disse que queria me enviar para Londres para servir aos interesses de uma pessoa ilustre.

— Traidor! — murmurou a Sra. Bonacieux.

— Silêncio! — disse D'Artagnan, apertando uma mão que ela abandonou sem pensar.

— Não importa — continuou o homem da capa. — Você foi um idiota por não ter fingido aceitar a missão, agora teria a carta em suas mãos; o Estado não estaria sob ameaça, e você...

— Eu?

— O cardeal lhe daria um título da nobreza...

— Ele disse isso?

— Sim, eu sei que ele queria fazer uma surpresa para o senhor.

— Fique tranquilo — prosseguiu Bonacieux. — A minha mulher me adora, ainda tenho tempo.

— Imbecil! — murmurou a Sra. Bonacieux.

— Silêncio! — disse D'Artagnan, apertando a sua mão novamente, agora mais forte.

— Como ainda há tempo? — perguntou o homem da capa.

— Eu volto ao Louvre, pergunto pela Sra. Bonacieux, digo que pensei e que me encarrego do assunto, pego a carta e corro para o cardeal.

— Bom! Então vá depressa! Eu voltarei para saber o resultado da sua empreitada.

O desconhecido saiu.

— Que sujeito asqueroso! — disse a Sra. Bonacieux, dirigindo a ofensa ao marido.

— Silêncio! — repetiu D'Artagnan apertando a sua mão mais forte ainda.

Um grito terrível interrompeu os pensamentos de D'Artagnan e da Sra. Bonacieux. Era o seu marido, que tinha se dado conta do desaparecimento da bolsa e maldizia o ladrão.

— Ah, meu Deus! — exclamou a Sra. Bonacieux. — Ele vai alvoroçar o bairro todo.

Bonacieux berrou por muito tempo; mas como ele gritava com frequência, não chamou a atenção de ninguém da rua des Fossoyeurs, e, por outro lado, a casa do dono do armazém já tinha má fama. Ao ver que ninguém o acudia, saiu gritando pelas ruas e se afastou em direção à rua do Bac.

— Agora que ele saiu, vá embora — disse a Sra. Bonacieux. —Antes que o homem de capa volte. Tenha coragem, mas principalmente prudência, porque agora o senhor está sob o comando da rainha.

— Sob o comando da rainha e da senhora — exclamou D'Artagnan. — Fique tranquila, minha bela Constance, eu voltarei e serei digno do seu reconhecimento; mas serei digno do seu amor?

Alguns instantes depois, D'Artagnan saía; ele também estava envolto em uma grande capa que tocava, como um cavalheiro, a bainha de uma longa espada.

A Sra. Bonacieux o seguiu com os olhos, com o longo olhar de uma mulher apaixonada que acompanha o seu amado; mas quando ele dobrou a esquina, caiu de joelhos e, juntando as mãos, exclamou:

— Oh, meu Deus! Proteja a rainha, proteja a mim!

D'Artagnan se dirigiu diretamente para a casa do Sr. de Tréville. Pensava que em poucos minutos o cardeal seria avisado por aquele maldito desconhecido, que parecia ser seu agente, e tinha razão, não tinha um minuto a perder.

O coração do jovem transbordava de alegria. Diante dele se apresentava uma ocasião em que ele poderia ganhar dinheiro, e como primeiro alento, acabara de se aproximar de uma mulher que adorava.

O Sr. de Tréville estava em seu salão, com a sua corte habitual de cavalheiros.

D'Artagnan, que o conhecia como um familiar da casa, foi direto ao seu gabinete e avisou-lhe que o esperava para falar sobre um assunto importante. Depois de cinco minutos, o Sr. de Tréville entrou. Na primeira olhada, e diante da alegria estampada em seu rosto, o digno capitão compreendeu que acontecia algo novo.

— Você me chamou, meu jovem amigo? — disse o Sr. de Tréville.

— Sim, senhor — disse D'Artagnan —, e espero que me perdoe pelo incômodo quando souber do que se trata.

— Pois então diga, eu escuto.

— Trata-se nada menos — disse D'Artagnan baixando a voz — da honra, e talvez da vida da rainha.

— O que você diz? — perguntou o Sr. de Tréville, olhando ao seu redor e voltando a pôr o seu olhar interrogativo sobre D'Artagnan.

— Digo, senhor, que o azar me deu um segredo para guardar...

— Eu espero que você guarde, jovem, pela sua vida.

— Mas eu devo confiar ao senhor, porque apenas o senhor pode me ajudar na missão que acabo de receber de Sua Majestade.

— Esse segredo é seu?

— Não, senhor. É da rainha.

— Você foi autorizado pela rainha para divulgá-lo?

— Não, senhor, pelo contrário, ela me recomendou o mais profundo silêncio.

— Então por que vai traí-la por mim?

— Porque sem a sua ajuda não poderei fazer nada, e porque tenho medo que o meu pedido seja negado quando o senhor souber o que é.

— Guarde o seu segredo, jovem, e me diga o que deseja.

— Preciso de uma permissão de afastamento do Sr. des Essarts, uma permissão de quinze dias.

— Quando?

— Nesta mesma noite.

— Você vai deixar Paris?

— Vou cumprir a missão.

— Pode me dizer para onde vai?

— Para Londres.

— Tem alguém interessado em que o senhor não cumpra a sua meta?

— O cardeal. Acredito que ele daria todo o ouro do mundo para me impedir.

— E você vai sozinho?

— Vou sozinho.

— Neste caso, você não passará de Bondy, palavra de Tréville.

— Por quê?

— Porque você será assassinado.

— Morrerei cumprindo o meu dever.

— Mas a sua missão não será cumprida.

— O senhor está certo — disse D'Artagnan.

— Acredite em mim — continuou Tréville. — Nas empreitadas desse gênero, são necessários quatro cavalheiros para que um chegue ao final.

— Tem razão, senhor! — disse D'Artagnan. — O senhor conhece Athos, Porthos e Aramis e sabe que eles estariam dispostos.

— Sem saber o segredo que o senhor carrega?

— Nós juramos, de uma vez por todas, confiança cega e desprendimento a toda prova; além disso, o senhor pode dizer que confia em mim, e eles acreditarão no senhor.

— Posso enviar a cada um deles uma permissão de quinze dias, isso é tudo. Athos, que sofre com a sua ferida, deve se afastar para se tratar nas águas de Forges; Porthos e Aramis devem acompanhar seu amigo, que não querem abandonar em uma situação tão dolorosa. O envio da sua permissão será a prova de que eu autorizo a viagem.

— Obrigada, senhor, a sua bondade é imensa.

— Vá buscá-los agora mesmo, e faça tudo esta noite. Ah, primeiro vou escrever a sua petição para o Sr. des Essarts. Talvez tenha algum espião em seus calcanhares, e a sua visita, neste caso, sendo conhecida pelo cardeal, será legitimada dessa forma.

D'Artagnan formulou aquele pedido, e o Sr. de Tréville, ao recebê-lo em suas mãos, assegurou que, antes das duas da manhã, as quatro permissões estariam nos respectivos domicílios dos viajantes.

— Tenha a bondade de enviar o meu à casa de Athos — disse D'Artagnan. — Tenho medo de voltar à minha casa e encontrar uma surpresa ruim.

— Fique tranquilo. Boa viagem! — A propósito — disse o Sr. de Tréville chamando o jovem cavalheiro e D'Artagnan voltou —, você tem dinheiro?

D'Artagnan fez um barulho com a bolsa que tinha em seu bolso.

— É o bastante? — perguntou o Sr. de Tréville.

— Trezentas moedas de ouro.

— Está bem, com essa quantia você chega até o fim do mundo; portanto vá!

D'Artagnan cumprimentou o Sr. de Tréville, que estendeu a mão; D'Artagnan a apertou demonstrando respeito e gratidão. Desde que chegou a Paris, não havia mais elogios para fazer àquele homem excelente em quem sempre encontrava dignidade, lealdade e grandeza.

A sua primeira visita foi para Aramis; não voltava à casa do seu amigo desde a famosa noite em que seguiu a Sra. Bonacieux. Havia mais: quando viu o jovem mosqueteiro e cada vez que voltava a vê-lo, acreditava perceber uma profunda tristeza em seu rosto.

Naquela noite, Aramis velava, sombrio e sonhador; D'Artagnan fez algumas perguntas sobre aquela melancolia profunda; Aramis se esquivou das perguntas fazendo um comentário sobre o capítulo dezoito de Santo Agostinho, que deveria escrever em latim para a próxima semana, e que o preocupava muito. Enquanto os dois amigos conversavam por alguns instantes, um servidor do Sr. de Tréville entrou levando uma carta selada.

— O que é isso? — perguntou Aramis.

— A permissão que o senhor pediu — respondeu o lacaio.

— Eu não pedi nenhuma permissão.

— Cale-se e pegue — disse D'Artagnan. — E você, meu amigo, tome esta moeda pelo incômodo; diga ao Sr. de Tréville que o Sr. Aramis o agradece sinceramente. Pode ir.

O lacaio se ajoelhou e saiu.

— O que significa isso? — perguntou Aramis.

— Pegue o que precisa para fazer uma viagem de quinze dias e me siga.

— Mas eu não posso deixar Paris neste momento sem saber... — Aramis se deteve.

— O que aconteceu a ela, não é isso? — continuou D'Artagnan.

— A quem? — prosseguiu Aramis.

— À mulher que estava aqui, a mulher do lenço bordado.

— Quem disse a você que tem uma mulher? — replicou Aramis, empalidecendo.

— Eu a vi.

— E sabe quem é?

— Suspeito, pelo menos.

— Escute — disse Aramis —, visto que você sabe tantas coisas, o que aconteceu com ela?

— Presumo que tenha voltado a Tours.

— A Tours? Sim, pode ser isso, você a conhece. Mas como ela voltou sem me dizer nada?

— Porque ela temia ser detida.

— E por que não me escreveu?

— Porque temia comprometer o senhor.

— D'Artagnan, você me devolveu a vida! — exclamou Aramis. — Eu acreditava ter sido traído, desprezado. Estava tão contente para voltar a vê-la! Mas por que ela não voltou a Paris?

— Pelo que nos faz ir hoje à Inglaterra.

— E qual é o motivo? — perguntou Aramis.

— Você saberá um dia, Aramis.

— Pois bem! Já que ela abandonou Paris e você tem certeza disso, nada mais me prende aqui. Estou disposto a segui-lo. Diga que vamos a...

— À casa de Athos por um momento, e, se quiser vir, peça que se apresse, porque já perdemos muito tempo. A propósito, avise Bazin.

— Bazin virá conosco? — perguntou Aramis.

— Talvez. Em todo caso, peça que nos siga até a casa de Athos.

Aramis chamou Bazin, e depois de pedir para que ele fosse à casa de Athos, pegou sua capa, sua espada e três moedas, e abrindo inutilmente três ou quatro gavetas para ver se encontrava alguma moeda perdida, disse:

— Vamos partir, finalmente.

Quando ficou seguro de que aquela busca era supérflua, seguiu D'Artagnan, perguntando-se como o jovem cadete sabia quem era a mulher que ele havia hospedado.

Ao sair, Aramis pôs a mão sobre o braço de D'artagnan e, olhando para o jovem fixamente, disse:

— Você falou dessa mulher para alguém?

— Não falei para ninguém deste mundo.

— Nem mesmo a Athos ou a Porthos?

— Eu não soprei a menor palavra.

— Que bom saber.

Tranquilo a respeito desse ponto importante, Aramis continuou o seu caminho ao lado de D'Artagnan, e juntos eles chegaram à casa de Athos.

Encontraram-no com a sua permissão em uma mão e a carta do Sr. de Tréville na outra.

— Vocês podem me explicar o que significa esta permissão e esta carta que acabo de receber? — perguntou Athos, assustado, mostrando o que dizia a carta:

> *Meu querido Athos:*
>
> *Tendo em vista que a sua saúde exige cuidados indispensáveis, quero que descanse por quinze dias. Vá, portanto, se tratar em alguma estação de água de Forges, ou a qualquer uma que lhe agrade, para se recuperar.*
>
> *Com grande afeto,*
>
> *Tréville.*

— Bem, essa permissão e essa carta significam que você deve me seguir, Athos.

— Às águas de Forges?

— Lá ou em outra parte.

— Para servir ao rei?

— A serviço do rei e da rainha. Não somos servidores deles?

Naquele momento Porthos entrou.

— Por Deus! — disse. — Que coisa mais estranha. Desde quando se concedem permissão sem que os mosqueteiros tenham pedido?

— Desde que tem amigos que as peçam para eles — disse D'Artagnan.

— Ah! — disse Porthos. — Parece que temos novidades.

— Sim, nós vamos — disse Aramis.

— Vamos para onde? — perguntou Porthos.

— Espero que não seja nada — disse Athos perguntando a D'Artagnan.

— Para Londres, senhores — disse D'Artagnan.

— Para Londres! — exclamou Porthos. — E o que nós vamos fazer em Londres?

— Isso eu não posso dizer, senhores. Vocês terão que confiar em mim.

— Mas para chegar a Londres — acrescentou Porthos —, é necessário ter dinheiro, e eu não tenho.

— Nem eu — disse Aramis.

— Eu também não — disse Athos.

— Eu tenho — prosseguiu D'Artagnan, tirando o tesouro do seu bolso e depositando o dinheiro sobre a mesa. — Nesta bolsa há trezentas moedas de ouro; setenta e cinco para cada um; é mais do que o suficiente para ir a Londres e voltar. Além disso, fiquem tranquilos, nem todos chegarão a Londres.

— E por quê?

— Porque segundo todas as probabilidades, talvez algum de nós fique no caminho.

— Por acaso vamos entrar em uma campanha?

— E das mais perigosas, eu aviso.

— Veja! Já que correremos o risco de nos matarem — disse Porthos —, gostaria de saber pelo menos o motivo.

— Você saberá adiante — disse Athos.

— Porém — disse Aramis — , eu concordo com Porthos.

— O rei estará ao nosso lado? Não, ele nos diz docemente: "Senhores, seja o combate na Gasconha ou em Flandres, é para lá que devem ir". E por quê? Nem ao menos nos perguntaram.

— D'Artagnan tem razão — disse Athos —, aqui estão nossas três permissões do Sr. de Tréville, e mais trezentas moedas que não sei de onde vieram. Vamos para onde nos enviarem. Na vida vale a pena fazer tantas perguntas? D'Artagnan, eu estou disposto a acompanhá-lo.

— Eu também — disse Porthos.

— E eu também — disse Aramis. — Além do mais, não me incomoda deixar Paris, eu preciso de distrações.

— Pois muito bem, vocês terão muitas distrações, senhores, fiquem tranquilos! — disse D'Artagnan.

— E agora, quando partimos? — perguntou Athos.

— Imediatamente — respondeu D'Artagnan —, não temos tempo a perder.

— Grimaud, Planchet, Mousqueton, Bazin! — gritaram os quatro jovens chamando os seus lacaios. — Engraxem nossas botas e tragam os cavalos que estão no palácio.

Cada mosqueteiro deixava o palácio como se estivesse em um quartel, acompanhado de um cavalo e de um criado.

Os lacaios correram a todo vapor para realizar todas as tarefas.

— Agora, vamos estabelecer o plano da campanha — disse Porthos. — Para onde vamos primeiro?

— Para Calais — disse D'Artagnan —, é o caminho mais curto para Londres.

— Bem! — disse Porthos. — Eu tenho uma opinião.

— Diga.

— Quatro homens viajando juntos levantam suspeitas; D'Artagnan dará a cada um de nós as suas instruções, eu partirei pela rota de Boulogne, para limpar o caminho; Athos sairá duas horas depois pelo caminho de Amiens; Aramis nos seguirá pelo caminho de Noyon; e pode escolher o caminho que quiser, vestido com as roupas de Planchet, enquanto ele nos seguirá vestido de D'Artagnan, usando o uniforme dos guardas.

— O plano de Porthos me parece impraticável — disse D'Artagnan —, porque eu mesmo não sei quais instruções devem ser dadas. E eu tenho uma carta, isso é tudo. Não sei o que levo comigo, portanto não posso fazer três cópias, visto que ela está lacrada; na minha opinião, devemos viajar juntos. Esta carta está aqui no meu bolso — e fez um sinal mostrando a carta que carregava. — Se eu morrer, um de vocês pegará a carta e continuará a missão; e caso ele também morra, outro a pegará, e assim sucessivamente; contanto que um de nós chegue, cumpriremos o que deve ser feito.

— Bravo, D'Artagnan! A sua opinião é a minha — disse Athos. — Além disso, devemos ser consequentes: vou pegar as águas, me acompanhem; ao invés de Forges, quero ir para o mar: eu sou livre. Se quiserem nos deter, mostrarei a carta do Sr. de Tréville, e vocês mostrarão as suas permissões; se nos atacarem, nos defenderemos; se nos julgarem, defenderemos até o fim a nossa intenção de alcançar o mar; quatro homens sozinhos podem ser facilmente derrotados, enquanto juntos, formamos uma tropa. Vamos armar os quatro lacaios com pistolas e carabinas; se enviarem um exército contra nós iremos para a batalha, e o sobrevivente, como disse D'Artagnan, levará a carta.

— Muito bem dito! — exclamou Aramis. — Eu aceito o plano de Athos, e você, Porthos?

— Eu também — disse Porthos —, se agradar a D'Artagnan, como ele é o portador da carta, naturalmente é o chefe da missão; ele decide e nós obedecemos.

— Combinado! — disse D'Artagnan —, está decidido que vamos seguir o plano de Athos. Partimos em meia hora!

CAPÍTULO 16

A viagem

Às duas da manhã, os nossos quatro aventureiros deixaram Paris pela porta de Saint-Denis; e enquanto estava escuro, permaneceram mudos; sofriam com a escuridão e viam espiões por todas as partes.

Aos primeiros raios do dia, começaram a falar; com o sol, a alegria voltou: era como se estivessem às vésperas de um combate, o coração palpitava, os olhos riam; sentiam que a vida, apesar de tudo, poderia ter algo de bom.

O aspecto da caravana era dos mais formidáveis: os cavalos negros dos mosqueteiros, com o seu porte de guerra, acostumados a marchar ao lado dos seus nobres companheiros.

Eram seguidos pelos criados, armados até os dentes.

Tudo corria bem até chegarem a Chantilly, às oito da manhã. Os cavaleiros precisavam tomar café. Desceram até um albergue indicado por uma estátua que representava San Martin doando metade da sua capa a um homem pobre. Mandaram que os lacaios tirassem os arreios dos cavalos e os deixassem prontos para partir novamente.

Entraram em uma sala comum e se sentaram à mesa.

Um cavaleiro que tinha acabado de chegar pela rota de San Martin estava sentado naquela mesma mesa e tomava o seu café da manhã. Ele começou uma conversa sobre coisas sem importância e os viajantes responderam; ele brindou a saúde dos quatro amigos, que lhe devolveram a cortesia.

Eles continuaram a sua rota.

Pararam em Beauvais por duas horas para deixar os cavalos respirarem e para esperar Porthos. Depois de duas horas, como o amigo não chegava e não mandava nenhuma notícia, voltaram para a sua rota.

A uma légua de Beauvais, em um lugar onde o caminho era estreitado por dois barrancos, encontraram oito ou dez homens que, aproveitando que o caminho estava desimpedido, fingiam trabalhar cavando um buraco e fazendo pedras de lodo.

Aramis, temendo sujar suas botas, começou a xingá-los duramente. Athos quis detê-lo; mas já era muito tarde. Os trabalhadores começaram a insultar os viajantes e fizeram com que eles perdessem a cabeça, inclusive o frio e controlado Athos, que lançou o seu cavalo contra um daqueles homens.

Então, todos eles retrocederam até uma valeta e pegaram armas que estavam escondidas; os nossos sete viajantes foram literalmente atravessados pelas armas. Aramis recebeu uma bala que transpassou o seu ombro, e Mousqueton outra, que se alojou na parte de baixo dos seus rins. Porém, Mosqueton caiu sozinho do cavalo, não porque estivesse gravemente ferido, mas por não conseguir ver seu ferimento e acreditar que o seu estado fosse mais grave.

— É uma emboscada — disse D'Artagnan —, vamos picar a mula, em marcha.

— Assim teremos um cavalo para voltar — disse Athos.

— Preferia ter um chapéu — disse D'Artagnan —, o meu foi levado por uma bala. Por sorte, a carta que carrego não estava dentro dele.

— Vamos, se demorarmos muito vão matar o pobre Porthos! — disse Aramis.

— Se Porthos estivesse em plenas condições, já teríamos nos unido — disse Athos. — Minha opinião é que, durante a marcha, esse beberrão tenha se descontraído. — E galoparam por mais duas horas, mesmo que os cavalos estivessem tão cansados e que eles corressem o perigo de serem deixados na mão.

Os viajantes decidiram sair da estrada, esperando que dessa forma fossem menos incomodados, mas em Crèvecoeur, Aramis declarou que não podia continuar. Ele precisou usar toda a sua coragem, que estava escondida embaixo da sua elegância e dos modos corteses para chegar até ali.

A cada momento ficava mais pálido, e tinham que segurá-lo sobre o seu cavalo; deixaram-no na porta de uma taberna, com Bazin, que em um combate era mais embaraçoso do que útil, e seguiram com a esperança de dormir em Amiens.

— Por Deus! — disse Athos, quando se encontraram no caminho, reduzidos a dois amos, Grimaud e Planchet. — Por Deus! Eu não serei uma vítima, e garanto que não me farão abrir a boca nem sacar a espada daqui até Calais... Eu juro...

— Não vamos jurar nada — disse D'Artagnan —, vamos continuar galopando até onde os nossos cavalos aguentarem.

Os viajantes afundaram suas esporas no ventre dos seus cavalos, que, vigorosamente estimulados, voltaram a encontrar forças. Chegaram a Amiens à meia-noite e se hospedaram no albergue Lis de Ouro.

O estalajadeiro tinha as características do homem mais honesto da Terra, e recebeu os viajantes com a sua palmatória em uma mão e o seu boné de algodão na outra; quis alojar os viajantes em quartos encantadores, mas infelizmente cada um deles ficava em uma ponta da hospedagem.

D'Artagnan e Athos a recusaram; e o estalajadeiro respondeu que não tinha outros quartos dignos dos mosqueteiros; mas os viajantes disseram que dormiriam em quartos comuns, cada um sobre um colchão que colocariam no chão. Ele insistiu, mas os viajantes acabaram por fazer o que queriam.

Tinham acabado de entrar no leito e trancar a porta por dentro, quando foram chamados no pátio; perguntaram quem estava ali, reconheceram a voz dos seus criados e abriram.

De fato, eram Planchet e Grimaud.

Grimaud quis acordar os moços da estrebaria, e eles o golpeavam. Quando abriram a janela, viram o pobre menino desacordado, a cabeça atingida por um golpe de uma viga de madeira.

Planchet desceu ao pátio e quis encilhar os cavalos; eles estavam extenuados. Só o de Mousqueton, que viajou sem o amo por cinco ou seis horas, pôde continuar a fazer a rota; mas por um erro inconcebível, o veterinário que mandaram procurar, segundo parecia, para sacrificar o cavalo do albergueiro, tinha sacrificado justamente o de Mousqueton.

Aquela situação começava a ficar inquietante: todos aqueles acidentes sucessivos eram resultado do azar, mas podiam também ser fruto de uma conspiração.

Athos e D'Artagnan saíram, enquanto Planchet foi ver se havia três cavalos à venda na região. Na porta havia dois cavalos completamente equipados, fortes e vigorosos. Aquilo encerrava o assunto. Perguntou onde estavam os donos; disseram-lhe que eles passaram a noite no albergue e naquele momento pagavam o seu amo.

Athos se abaixou para pagar pela hospedagem, enquanto D'Artagnan e Planchet o esperavam na porta da rua.

O estalajadeiro estava em um cômodo baixo e distante, e pediu para que Athos entrasse.

Athos entrou sem desconfiar de nada e separou duas moedas de ouro para pagar; o estalajadeiro estava sentado em sua mesa sozinho, e uma das gavetas estava entreaberta. Pegou o dinheiro de Athos, deu voltas e mais voltas com as moedas nas mãos e começou a gritar que ela era falsa. Ameaçou que ia deter a ele e ao seu companheiro por serem moedeiros falsos.

— Seu velhaco! — disse Athos, avançando sobre ele. — Eu vou cortar as suas orelhas!

E naquele mesmo instante, quatro homens armados até os dentes entraram pelas portas laterais e avançaram sobre Athos.

— Pegaram-me! — gritou Athos com todas as forças dos seus pulmões. — Deixe tudo, D'Artaganan, meta a espora, pique a mula! — e deu dois tiros de pistola. D'Artagnan e Planchet não o deixaram repetir duas vezes; soltaram os dois cavalos que estavam na porta, saltaram em cima deles, afundaram as esporas em seu ventre e partiram a galope.

A cem passos do palácio de Calais o cavalo de D'Artagnan tombou, e não houve meios de fazer com que ele se levantasse: o sangue saía pelo seu nariz e pelos olhos; ficou apenas o de Planchet, mas ele havia parado e não havia como fazê-lo andar.

Por sorte, como dissemos, estavam a cem passos da cidade; deixaram as duas montarias na estrada e correram em direção ao porto. Planchet pediu para o seu amo observar um cavalheiro que chegava com o seu criado e que estava a mais ou menos cinquenta passos deles.

Aproximaram-se rapidamente, e aquele homem parecia muito agitado.

Tinha as botas cobertas de pó e se informava se poderia ir para a Inglaterra naquele momento.

— Não poderia ser mais simples — respondeu o dono de um navio disposto a içar a vela —, mas nesta manhã chegou a ordem de não deixar ninguém partir sem a permissão do cardeal.

— Eu tenho essa permissão — disse o cavalheiro tirando um papel do bolso —, aqui está.

— Procure o capitão do porto — disse o dono do navio —, e me dê preferência.

— Onde encontro o governador?

— Na sua casa de campo.

— E onde essa casa está situada?

— A um quarto de légua da vila; veja, daqui pode vê-la ao pé daquela pequena proeminência, aquele teto de ardósia.

D'Artagnan e Planchet seguiram o cavalheiro a quinhentos passos de distância.

Uma vez fora da vila, D'Artagnan apertou o passo e alcançou o cavalheiro quando ele entrava em uma moita.

— Senhor — disse D'Artagnan —, parece que está com muita pressa.

— Não poderia ter mais, senhor.

— Estou desesperado — disse D'Artagnan —, e como eu também tenho pressa, queria lhe pedir um favor.

— Qual?

— Que me deixe passar primeiro.

— Impossível — disse o cavalheiro. — Eu fiz sessenta léguas em quarenta e quatro horas e amanhã ao meio-dia preciso estar em Londres.

— Eu fiz o mesmo caminho em quarenta horas e preciso estar em Londres amanhã às dez da manhã.

— Caso perdido, senhor; mas eu cheguei primeiro e não serei o segundo. — A serviço do rei! — disse o cavalheiro.

— Ao meu serviço! — disse D'Artagnan.

— Parece-me que o senhor deseja uma briga.

— Por Deus! O que quer que seja?

— O que você deseja?

— Quer mesmo saber?

— Obviamente.

— Muito bem, quero a ordem que o senhor carrega, visto que eu não a tenho e preciso de uma.

— Está brincando, não é mesmo?

— Eu não brinco nunca!

— Deixe-me passar!

— Você não vai passar.

— Meu valente jovem, vou estourar a sua cabeça! — Lubin, traga as minhas pistolas!

— Planchet — disse D'Artagnan —, encarregue-se do criado, que eu me encarrego do amo.

Planchet, inflamado pela sua primeira proeza, saltou sobre Lubin, e como era forte e vigoroso, bateu os rins do inimigo no solo e o colocou de joelhos em seu peito.

— Cumpra a sua parte, senhor — disse Planchet —, porque eu já fiz a minha.

Ao ver aquilo, o cavalheiro sacou a sua espada e lançou-se sobre D'Artagnan; mas o seu duelo era contra um adversário terrível. Em três segundos D'Artagnan lhe deu três estocadas, dizendo a cada uma:

— Uma por Athos, outra por Porthos, e outra por Aramis.

Na terceira estocada, o cavalheiro caiu como um bloco.

D'Artagnan acreditou que ele estivesse morto ou pelo menos desacordado, e se aproximou para pegar a ordem do cardeal; mas no momento em que estendia o braço, o ferido, que ainda não tinha soltado a espada, deu-lhe uma espetada no peito dizendo:

— Uma por mim.

— E uma por mim! — exclamou D'Artagnan furioso, cravando a espada na terra com a quarta estocada no ventre do cavalheiro.

— Senhor — disse —, enquanto ele estiver assim, não gritará, disso tenho certeza; mas quando o senhor o soltar, ele voltará a gritar. Ele é normando, e os normandos são cabeçudos.

— Espere! — disse D'Artagnan.

E pegou o seu lenço para amordaçá-lo.

— Agora — disse Planchet — vamos prendê-lo em uma árvore.

Tudo foi feito com planejamento, e logo arrastaram o conde de Wardes junto ao seu criado; como a noite começava a cair e o preso e o ferido estavam a alguns passos dentro do bosque, era evidente que deveriam ficar ali até o dia seguinte.

— E agora — disse D'Artagnan —, vamos à casa do governador!

— Mas você está ferido — disse Planchet.

— Isso não é nada; vamos nos preocupar com o mais urgente; em breve voltaremos à minha ferida, e, além do mais, parece que ela não oferece muito perigo.

Os dois se encaminharam rapidamente para a casa de campo do digno governador.

Anunciaram o conde de Wardes.

D'Artagnan entrou.

— Você tem uma permissão assinada pelo cardeal? —perguntou o governador.

— Sim, senhor — respondeu D'Artagnan —, aqui está.

— Ah, ah! Está nas regras e bem certificada — disse o governador.

— É muito simples — respondeu D'Artagnan —, sou um de seus homens mais fiéis.

— Parece que Sua Eminência quer impedir alguém de chegar à Inglaterra.

— Sim, um tal D'Artagnan, um cavalheiro que saiu de Paris com três de seus amigos com a intenção de chegar a Londres.

— Você o conhece? — perguntou o governador.

— A quem?

— Esse D'Artagnan.

— De feição.

— Descreva-me o cavalheiro, então.

— Nada seria mais fácil.

D'Artagnan fez a descrição com todos os traços do conde de Wardes.

— Ele está acompanhado? — perguntou o governador.

— Sim, de um criado chamado Lubin.

— Terei cuidado com eles, se os pegarmos. Sua Eminência pode ficar tranquila, serão levados de volta a Paris com uma boa escolta.

— Faça isso, senhor governador — disse D'Artagnan —, e terá méritos junto ao cardeal.

— Eu suplico que o senhor lhe diga que eu sou seu servidor.

— Não deixarei de dizer.

Contente com a promessa, o governador validou o passe e o entregou a D'Artagnan.

O aprendiz de mosqueteiro não perdeu tempo, saudou o governador, agradeceu-lhe e partiu.

Fora do palácio, ele e Planchet pegaram o seu rumo e, dando uma grande volta, evitaram passar pelo bosque, entrando por outra porta.

O barco continuava pronto para partir, o dono esperava no porto.

— Tudo bem? — disse ao ver D'Artagnan.

— Aqui está o meu passe validado.

— E aquele outro cavalheiro?

— Ele não virá hoje — disse D'Artagnan —, mas fique tranquilo, eu pagarei a viagem por nós dois.

— Neste caso, vamos embarcar! — disse o dono do barco.

— Vamos! — repetiu D'Artagnan.

E saltou com Planchet no bote; cinco minutos depois estavam a bordo.

Bem a tempo: a meia légua no mar, D'Artagnan viu brilhar uma luz e ouviu uma detonação.

Eram os canhões anunciando o fechamento dos portões.

— Finalmente, estou aqui!

Mas aquilo não era tudo; ele precisava conquistar Londres. Na Inglaterra o posto de diligências era bem organizado. D'Artagnan e Planchet pegaram cada um uma égua, e um condutor os levou em sua carruagem; em quatro horas estavam nas portas da capital.

D'Artagnan não conhecia Londres, ele não sabia uma palavra de inglês; mas escreveu o nome de Buckingham em um papel, e todos indicaram para ele o caminho para o palácio do duque.

O duque estava caçando em Windsor, com o rei.

D'Artagnan perguntou pelo ajudante de câmara do duque, o qual, por ser de confiança e tê-lo acompanhado em todas as suas viagens, falava bem o francês; disse-lhe que chegava a Paris para tratar de um assunto de vida ou morte, e que era necessário falar com o seu amo naquele instante.

A confiança de D'Artagnan convenceu Patrice, esse era o nome do ministro. Encilhou os dois cavalos e se encarregou de conduzir o jovem guarda. Sobre Planchet, tiraram-no de sua montaria rígido como um tronco; o pobre garoto estava no limite de suas forças; D'Artagnan parecia de ferro.

Quando chegaram ao castelo, eles se informaram: o rei e Buckingham Cazaban estavam caçando pássaros nos lagos situados a duas ou três léguas dali. Em vinte minutos estavam no lugar indicado. Patrice ouviu a voz do seu senhor que chamava o seu falcão.

— Para quem devo anunciar o duque? — perguntou Patrice.

— Para o jovem que arrumou confusão naquela noite na Pont-Neuf, em frente à Samaritaine.

— Uma apresentação especial!

— Verá que vale tanto quanto qualquer outra.

Reconhecendo de longe o uniforme de D'Artagnan, Buckingham pôs o seu cavalo a galope e foi direto em sua direção. Patrice, por discrição, manteve-se afastado.

— Aconteceu algo à rainha? — perguntou Buckingham, demonstrando em seu pensamento todo o seu amor.

— Acredito que não; mas ela corre um perigo grandioso, e só Vossa Alteza pode salvá-la.

— Eu? — exclamou Buckingham. — Bem, eu ficaria muito feliz em servi-la. Fale, fale mais!

— Pegue esta carta — disse D'Artagnan.

— Esta carta! Quem enviou esta carta?

— Sua Majestade, eu presumo.

— De Sua Majestade! — disse Buckingham empalidecendo ao ponto de D'Artagnan pensar que ele fosse desmaiar.

Ele rompeu o selo.

— O que é esse rasgo na ponta? — perguntou mostrando a D'Artagnan.

— Ah! — disse D'Artagnan. — Eu não tinha visto isso; é a espada do conde de Wardes que deu essa bela agulhada no meu peito.

— Você está ferido? — perguntou Buckingham rompendo o selo.

— Ah, não! Não é nada! — disse D'Artagnan. — É apenas um arranhão.

— Santo Deus! O que eu acabei de ler?! — exclamou o duque. — Patrice, venha aqui, ou melhor, encontre-se com o rei onde ele estiver, e diga à Sua Majestade que eu humildemente peço desculpas, mas um assunto da maior importância me chama a Londres. Venha, senhor, venha!

E os dois juntos galoparam a caminho da capital.

CAPÍTULO 17
A condessa de Winter

Durante o caminho, o duque se pôs a pensar em tudo o que havia acontecido a D'Artagnan. Quando juntou o que escutou da boca do jovem com as suas próprias recordações, pôde ter uma ideia razoável sobre a gravidade da situação; além do mais, a carta da rainha, por mais curta e implícita que fosse, dava-lhe a medida exata. Mas o que ele estranhava era a postura do cardeal que, mesmo obstinado, não conseguiu impedir aquele jovem de colocar os pés na Inglaterra.

Diante da manifestação dessa surpresa, D'Artagnan contou-lhe as precauções tomadas, e como graças à generosidade dos seus três amigos, que terminaram todos ensanguentados no caminho, ele conseguiu se livrar das adversidades, a não ser pela estocada que atravessou o bilhete da rainha, e que ele devolveu ao Sr. de Wardes na mesma moeda.

Ao escutar esse relato feito com a maior simplicidade, o duque olhava de vez em quando para o jovem, com ares de espanto, como se não fosse possível compreender que tanta prudência, coragem e abnegação viessem de um rosto que não aparentava ter vinte anos.

Os cavalos andavam como o vento, e em alguns minutos estavam em Londres. D'Artagnan acreditou que, ao chegar à cidade, o duque diminuiria a sua velocidade, mas não foi assim: ele continuou o seu caminho a todo vapor, pouco se importando quando derrubava alguém que estivesse em seu caminho.

Realmente, ao atravessar a cidade, ocorreram dois ou três acidentes desse gênero, mas Buckingham nem virava a cabeça para ver o que acontecera com quem estava no chão. D'Artagnan o seguia em meio a gritos que pareciam maldições.

Ao entrar no pátio do palácio, Buckingham desceu de seu cavalo e, sem se preocupar com o que ocorreria, abandonou a braçadeira e subiu a escadaria. D'Artagnan fez a mesma coisa, mas com alguma inquietude pelos nobres animais que tinha o mérito de apreciar; mas se consolou ao ver que três ou quatro criados saíram da cozinha e da estrebaria para cuidar das montarias.

O duque caminhava tão rápido que D'Artagnan apenas o seguia. Atravessou sucessivamente vários salões tão elegantes que estavam além dos sonhos de qualquer rei da França; e por fim chegou a um dormitório que era um milagre de bom gosto e riqueza.

Na alcova do quarto tinha uma porta, escondida na tapeçaria, que o duque abriu com uma pequena chave de ouro que carregava no pescoço com uma corrente do mesmo metal. Por discrição, D'Artagnan ficou atrás dele; mas no momento em que ele se apoiava na soleira da porta, viu a indecisão do jovem:

— Venha — disse-lhe —, e se tiver a sorte de ser recebido pela Sua Majestade, diga a ele o que viu.

Tranquilizado por este convite, D'Artagnan seguiu o duque, que fechou a porta atrás dele.

Os dois estavam em uma pequena capela toda revestida por seda da Pérsia e brocados de ouro, iluminada ardentemente por um grande número de velas. Em cima de uma espécie de altar, e embaixo de um dossel de veludo coroado com plumas brancas e vermelhas, havia um retrato de tamanho natural de Ana de Áustria; era tão perfeito que D'Artagnan deu um grito de surpresa: a imagem era tão semelhante que a rainha poderia falar.

Sobre o altar, e embaixo do retrato, estava o cofre que guardava os pingentes de diamantes.

O duque se aproximou do altar, ajoelhou-se como faria um sacerdote diante de Cristo, e em seguida abriu o cofre.

— Veja! — disse, desfazendo o grosso nó de um cinto azul todo resplandecente de diamantes. — Veja, aqui estão os preciosos diamantes pelos quais jurei morrer para defender. A rainha me deu, a rainha me ordenou, e eu faço a sua vontade, como faria o que Deus desejasse.

Buckingham beijava os pingentes dos quais tinha que se separar. De repente lançou um grito terrível.

— O que foi? — perguntou D'Artagnan inquieto. — O que aconteceu, milorde?

— Tudo está perdido — exclamou Buckingham, pálido como um defunto —, estão faltando dois pingentes, aqui há apenas dez.

— Milorde, o senhor perdeu ou foi roubado?

— Eu fui roubado — respondeu o duque. — E esse golpe foi dado pelo cardeal. Veja, o cinto que a sustentava foi cortado com tesouras.

— Se o milorde pudesse suspeitar de quem possa ter cometido o roubo... Talvez essa pessoa ainda esteja com os diamantes em mãos.

— Espere, espere! — exclamou o duque. — A única vez que usei esses pingentes foi no baile do rei, há oito dias, em Windsor. A condessa de Winter, com quem eu estava chateado, aproximou-se de mim durante esse baile. Aquela reconciliação era uma vingança de uma mulher ardilosa. Desde esse dia não voltei a vê-la. Essa mulher é uma agente do cardeal.

— Mas o cardeal tem agentes em todas as partes! — exclamou D'Artagnan.

— Ah, sim! — disse Buckingham, apertando os dentes de raiva. — Sim, ele é um adversário terrível. Quando será o próximo baile?

— Na próxima segunda-feira.

— Na próxima segunda! Então temos cinco dias; é mais do que o necessário. Patrice! — exclamou o duque, abrindo a porta da capela. — Patrice!

O seu ajudante de confiança apareceu.

— Meu joalheiro e meu escrivão!

O ajudante saiu rápido e silenciosamente, o que provava o costume de obedecer cegamente e sem replicar.

Embora o joalheiro tenha sido chamado primeiro, o escrivão apareceu antes. Era muito simples, vivia no palácio.

Encontrou Buckingham sentado, escrevendo algumas ordens do próprio punho.

— Sr. Jackson — disse-lhe —, o senhor visitará a casa do juiz para lhe dizer que ele está encarregado de executar essas ordens. Eu desejo que elas sejam promulgadas neste instante.

— Mas, Monsenhor, e se o juiz me interrogar para saber os motivos que o levaram a tomar uma medida tão extraordinária? O que eu responderei?

— Que é um capricho meu, e que eu não devo satisfação das minhas vontades a ninguém.

— Essa será a resposta dada a Sua Majestade? — perguntou sorrindo o escrivão. — E se por acaso Sua Majestade quiser saber por que nenhuma embarcação pode sair dos portos da Grã-Bretanha?

— Tem razão, senhor — respondeu Buckingham. — Nesse caso direi ao rei que decidi entrar em guerra, e que esta medida é o meu primeiro ato de hostilidade contra a França.

O escrivão se inclinou e saiu.

— Já estamos tranquilos por aqui — disse Buckingham, voltando-se para D'Artagnan. — Se os diamantes ainda não estiverem na França, não chegarão antes de você.

— Como assim?

— Acabo de confiscar todas as embarcações que estão nos portos da Sua Majestade, e ao menos que alguém tenha uma permissão, ninguém se atreverá a içar as velas.

D'Artagnan olhou estupefato para aquele homem que tinha poder ilimitado e que estava revestido pela confiança de um rei a serviço dos seus amores. Buckingham percebeu a expressão no rosto do jovem e sorriu.

— Sim — disse —, sim, Ana de Áustria é a minha verdadeira rainha; por uma palavra dela eu trairia o meu país, o meu rei e o meu Deus. Ela me pediu para não enviar ajuda aos protestantes de La Rochelle, como eu havia prometido. Eu não enviei, traí a minha palavra, mas isso não importa! Obedeci ao seu desejo! Não fui pago o bastante pela minha obediência? Graças a ela tenho o seu retrato.

D'Artagnan ficou admirado ao ver como as linhas que definem os destinos de um povo e a vida dos homens eram frágeis e desconhecidas.

Ele fazia as mais profundas reflexões quando entrou o ourives, um irlandês muito habilidoso, e que ganhava cem mil libras por ano com o duque de Buckingham.

— Sr. O'Reilly — disse o duque, conduzindo-o à capela —, veja esses pingentes de diamantes e me diga quanto vale cada peça.

O ourives deu uma boa olhada sobre a forma elegante em que eles estavam incrustados, calculou o valor dos diamantes e disse sem dúvida alguma:

— Mil e quinhentas moedas de ouro cada peça, milorde — respondeu.

— Quantos dias foram necessários para fazer dois pingentes como esses? Como pode ver, faltam dois.

— Oito dias, milorde.

— Eu pagarei três mil moedas por peça, mas preciso delas para amanhã.

— Amanhã elas estarão aqui, senhor.

— Você é um homem preciso, Sr. O'Reilly, mas isso não é tudo; esses pingentes não podem ser confiados a ninguém, devem ser feitos neste palácio.

— Impossível, milorde, só eu posso fazê-los para que não tenha diferença entre os novos e os velhos.

— Então, meu querido Sr. O'Reilly, você é meu prisioneiro, e, se você quiser sair do meu palácio, não poderá; então se decida. Diga-me os nomes dos ajudantes que precisa, e vou cuidar dos utensílios que eles devem trazer.

O ourives conhecia o duque, sabia que qualquer observação era inútil, e por isso tomou a decisão naquele instante.

— Posso avisar minha mulher? — perguntou.

— Ah! O senhor poderá vê-la, meu querido Sr. O'Reilly; o seu cativeiro será doce, fique tranquilo; e como todo incômodo vale uma compensação, além do valor dos pingentes, você tem aqui mil moedas de ouro para se esquecer do mal que lhe causei.

D'Artagnan não tinha voltado do impacto causado por aquele ministro, que ao seu prazer movia homens e milhões.

O ourives escrevia para sua mulher, enviando as mil moedas de ouro, e pedia para ela enviar o seu aprendiz mais hábil, diamantes sortidos com peso determinado e uma lista de instrumentos necessários.

Buckingham conduziu o ourives ao quarto que estava reservado e que, em meia hora, foi transformado em ateliê. Deixou uma sentinela em cada porta com ordem de restrição a qualquer pessoa, com exceção de Patrice. É inútil acrescentar que o ourives e o seu ajudante estavam proibidos de sair.

Resolvido esse ponto, o duque se voltou para D'Artagnan.

— Agora, meu jovem amigo — disse —, a Inglaterra é nossa. Diga-me o que deseja.

— Uma cama — respondeu D'Artagnan. — Confesso que no momento é do que eu mais preciso.

Buckingham deu a D'Artagnan um quarto ao lado do seu.

Queria ter o jovem sob suas mãos, não porque desconfiasse dele, mas para ter alguém com quem conversar sobre a rainha.

Uma hora depois foi promulgada em Londres a ordem de não deixar sair nenhuma embarcação para a França. Aos olhos de todos, tratava-se de uma declaração de guerra entre os dois reinos.

Dois dias depois, às onze da manhã, os pingentes de ouro estavam terminados, e estavam tão perfeitos que Buckingham não podia distinguir os novos dos antigos; até os mais atentos que ele teriam dificuldade em descobrir.

Nesse ponto chamou D'Artagnan.

— Veja — disse-lhe. — Aqui estão os pingentes de diamantes que o senhor veio buscar, e será a minha testemunha do que o poder humano é capaz de fazer.

— Fique tranquilo, milorde, direi o que vi; mas o senhor me entregará os pingentes na caixa?

— A caixa seria um impedimento. Além disso, para mim, a caixa é tão preciosa quanto o que tem dentro dela. Diga-lhe que cuidarei dela.

— Farei a sua vontade palavra por palavra, milorde.

— E agora — prosseguiu Buckingham, olhando fixamente para o jovem —, como saldarei minha dívida com você?

D'Artagnan ficou paralisado até os olhos. O duque queria um meio de agradecer, o sangue dos seus companheiros e o seu deveriam ser pagos com o ouro inglês, e isso o repugnava de uma maneira estranha.

— Entenda, milorde — respondeu D'Artagnan. — Estou a serviço do rei e da rainha da França, e faço parte da companhia dos guardas do Sr. des Essarts que, como cunhado do Sr. de Tréville, está particularmente vinculado às Suas Majestades. Portanto, eu cumpri a missão pela rainha, e não pelo senhor. E mais, talvez eu não tivesse feito nada disso se não fosse para agradar à minha dama, assim como o senhor agrada à rainha.

— Sim — disse o duque, sorrindo —, acredito que eu conheço essa pessoa, é...

— Milorde, eu não a nomeei — interrompeu o jovem.

— É justo — disse o duque. — Devo agradecer a essa pessoa pela sua abnegação.

— Você disse, milorde, porque precisamente neste momento de guerra, confesso que vejo o senhor como um inglês, e, por consequência, um inimigo com quem eu ficaria encantado no campo de batalha. Eu repito a Vossa Senhoria que, se precisar me agradecer, que faça pela missão em primeiro lugar.

— Nós dizemos: "Orgulhoso como um escocês" — murmurou Buckingham.

— E nós dizemos: "Orgulhoso como um gascão" — respondeu D'Artagnan. — Os gascões são os escoceses da França.

D'Artagnan saudou o duque e se arrumou para partir.

— Por onde vai? Como?

— Tinha me esquecido de que a Inglaterra é uma ilha e que você é o rei.

— Vá ao porto procurar pela barca Sund, entregue esta carta ao capitão; e ele o conduzirá a um pequeno porto onde certamente não o esperam, e onde só atracam barcos de pesca.

— Como se chama esse porto?

— Saint-Valèry; mas espere! Chegando ali, entre em um albergue sem nome, uma verdadeira pocilga de marinheiros; não se confunda, há apenas um.

— E depois?

— Pergunte pelo albergueiro, e lhe dirão: *Forward.*

— O que quer dizer...

— Adiante: é a contrassenha. Ele lhe entregará um cavalo com cela e lhe indicará o caminho que você deve seguir; desse modo encontrará quatro relevos em sua rota. Se em cada um deles eles lhe derem a direção a Paris, quatro cavalos seguirão você; você já conhece dois. Esses quatro cavalos estarão equipados para seguir viagem. Por mais orgulhoso que seja, não se negue a aceitar um sem aceitar os seus outros três companheiros. Os fins justificam os meios, como dizem os franceses, não é assim?

— Sim, milorde, eu aceito — disse D'Artagnan. — E se agrada a Deus, faremos uso dos seus presentes.

— Agora, está em suas mãos, jovem; talvez nos encontremos no campo de batalha; mas, enquanto isso, seremos bons amigos, assim espero.

— Sim, milorde, mas com a esperança de nos convertermos em inimigos.

— Fique tranquilo, eu prometo.

— Conto com a sua palavra, milorde.

D'Artagnan cumprimentou o duque e avançou com vontade ao porto.

Na frente da Torre de Londres encontrou o navio descrito, entregou a sua carta ao capitão, que a fez ser validada pelo governador do porto e aparelhou imediatamente.

Cinquenta navios estavam franqueados e esperavam. Ao passar na borda de um deles, D'Artagnan acreditou reconhecer a mulher de Meung, a mesma que o desconhecido havia chamado "*Milady*", e que D'Artagnan encontrou tão bela; mas graças à correnteza do rio e ao bom vento que soprava, o seu barco ia tão depressa que em um instante estavam fora do alcance de todos.

No dia seguinte, às nove da manhã, chegaram a Saint-Valèry. D'Artagnan se dirigiu ao albergue indicado, e o reconheceu pelos gritos que saíam de lá: eles falavam da guerra entre a Inglaterra e a França como algo próximo e irreversível; os marinheiros estavam alvoroçados no meio da farra.

D'Artagnan passou pelo meio da multidão, avançou até o albergueiro e pronunciou a palavra *Farword*. No mesmo instante o hóspede fez um sinal para que ele o seguisse, saiu com ele pela porta que dava ao pátio, conduziu-o para a estrebaria onde estava esperando um cavalo completamente encilhado, e perguntou se ele precisava de mais alguma coisa.

— Preciso saber a rota que devo seguir — disse D'Artagnan.

— Vá daqui a Blangy, e de Blangy a Neufchâtel. Em Neufchâtel entre no albergue Herse d'Ord, dê a contrassenha ao estalajadeiro, e ali encontrará um cavalo totalmente encilhado.

— Devo-lhe algo? — perguntou D'Artagnan.

— Está tudo pago — disse o albergueiro —, e com folga. Vá, e que Deus o guie.

— Amém! — respondeu o jovem, saindo a galope.

Quatro horas depois estava em Neufchâtel.

D'Artagnan seguiu estritamente as instruções recebidas; em Neufchâtel, assim como em Saint-Valèry, encontrou uma montaria totalmente encilhada e à sua espera.

— Está indo em direção a Paris?

— Ao Palácio dos Guardas, para a companhia des Essarts.

— Muito bem — respondeu esse.

— Que caminho você vai fazer? — perguntou D'Artagnan.

— A de Rouen; mas deixará a cidade à sua direita. Na Pequena aldeia de Ecouis, você vai parar; só há um albergue, Ecu de France. Não o julgue pela aparência: em sua estrebaria terá um cavalo que vale tanto quanto esse.

— É a mesma senha?

— Exatamente.

— Adeus, cavalheiro!

— Boa viagem! Precisa de mais alguma coisa?

D'Artagnan fez um sinal negativo com a cabeça, e voltou a seguir a todo galope. Em Ecouis, a mesma cena se repetiu: encontrou um albergueiro cuidadoso, um cavalo bem-disposto e descansado; deu a senha como já havia feito e partiu a galope para Pontoise. Lá, mudou pela última vez de cela e às nove entrava a todo galope no palácio do Sr. de Tréville.

Fez cerca de sessenta léguas em doze horas.

CAPÍTULO 18

O baile de Merlaison

Os políticos dariam ao rei e a rainha uma festa na qual as Majestades deveriam dançar o famoso balé de Merlaison, o favorito do rei.

Os preparativos começaram desde as oito da manhã para aquela noite solene. O carpinteiro fez tablados onde ficariam as damas.

A camareira da Prefeitura enfeitou as salas com duzentas velas de cera branca, um luxo impensável para a época; por fim, vinte violinistas foram contratados pelo dobro do valor comum, porque tocariam a noite toda.

Às dez da manhã, chegou o Sr. de La Coste, protegido pelos guardas do rei, seguido por dois homens livres e vários arqueiros. Ele pediu ao escrivão da vila, chamado Clément, todas as chaves das portas, casas e escritórios da Prefeitura. Aquelas chaves foram entregues no mesmo instante; em cada uma delas tinha um bilhete de identificação, e o Sr. La Coste ficou encarregado pela segurança de todas as portas e avenidas.

Às onze da manhã chegou Duhallier, capitão dos guardas, trazendo consigo cinquenta arqueiros que se dividiram pela Prefeitura nas portas designadas.

Às três da tarde chegaram duas companhias de guardas, uma francesa e outra suíça. A companhia dos guardas franceses era composta: metade por homens do Sr. Duhallier, e metade por homens do Sr. des Essarts.

Às seis da tarde, os convidados começaram a entrar. À medida que entravam eram colocados no salão, sobre os tablados preparados.

Às nove da noite chegou a primeira presidenta da Prefeitura. Depois da rainha, ela era a pessoa mais importante da festa; foi recebida e colocada no palco em frente ao da Sua Majestade.

Às dez horas chegaram as guloseimas para o rei na salinha ao lado da igreja Saint-Jean, de frente para o aparador de prata da Prefeitura, que era guardado por quatro arqueiros.

À meia noite começaram os gritos e as aclamações: o rei caminhava pelas ruas entre o Louvre e o Palácio da Prefeitura, que estavam iluminadas com lanternas coloridas.

Os políticos, vestidos com seus trajes formais, eram precedidos por seis sargentos, cada um levava um castiçal nas mãos, e foram ao encontro do rei, que encontraram no palanque, onde a junta dos comerciantes lhe dava boas-vindas. Luís XIII respondeu se desculpando pelo atraso, mas atribuiu a culpa ao Sr. Cardeal, que o deteve até as onze para falar sobre assuntos do Estado.

Sua Majestade, em trajes de cerimônia, estava acompanhado pelo Monsenhor, pelo conde de Soissons, por um cavalheiro templário, pelo duque de Soissons, pelo duque de Longueville, pelo duque D'Elbeuf, pelo conde D'Harcourt, pelo conde de La Roche-Guyon, pelo Sr. de Liancourt, pelo Sr. de Baradas, pelo conde de Cramail e pelo cavalheiro de Souveray.

Todos perceberam que o rei tinha um ar triste e preocupado.

Fora preparado um gabinete para o rei e outro para o Monsenhor. Em cada um desses gabinetes estavam depositadas máscaras. Separaram outros trajes para a rainha e para a senhora presidenta. Os senhores e as damas do séquito das Majestades deviam se trocar de dois em dois nos quartos preparados para isso.

Antes de entrar no gabinete, o rei ordenou que viessem avisá-lo quando o cardeal chegasse.

Meia hora depois da entrada do rei, soaram novas aclamações: agora anunciavam a chegada da rainha. Os políticos fizeram o que já tinham feito antes e foram precedidos pelos sargentos, que se adiantaram ao encontro da ilustre convidada.

A rainha entrou na sala; logo percebeu que o rei tinha um ar triste e cansado.

No momento em que ela entrava, a cortina de uma pequena tribuna, que até então estava fechada, abriu-se e apareceu o rosto pálido do cardeal, vestido como um cavalheiro espanhol. Os seus olhos se fixaram sobre a rainha, e um sorriso de alegria terrível passou pelos seus lábios: a rainha não carregava os seus pingentes de diamante.

A rainha permaneceu algum tempo recebendo os cumprimentos dos homens da Prefeitura e respondendo às saudações das damas.

De repente o rei apareceu com o cardeal em uma das portas da sala.

O cardeal falava em voz baixa e o rei estava muito pálido.

O rei entrou no meio da multidão, sem máscara, com a camisa desajeitada, aproximou-se da rainha com a voz alterada e lhe disse:

— Senhora, por que não está usando os seus pingentes de diamante se sabia que eu gostaria de vê-la com eles?

A rainha olhou ao seu redor e viu o cardeal rindo de maneira diabólica atrás do rei.

— Majestade — respondeu a rainha com a voz modificada —, porque fiquei com medo que acontecesse algum acidente no meio dessa multidão.

— Está enganada, senhora! Se eu lhe dei esse presente era para que a senhora se enfeitasse com ele. Repito que a senhora está enganada.

A voz do rei tremia de raiva; todos olhavam e escutavam assustados, sem compreender o que estava acontecendo.

— Majestade — disse a rainha —, posso pedir para buscarem os diamantes no Louvre, e assim os seus desejos serão cumpridos.

— Faça isso, senhora, e faça o quanto antes; porque dentro de uma hora começará o baile.

A rainha fez um sinal de submissão para o rei e seguiu as damas que a conduziriam até o seu gabinete.

O rei voltou à sua sala.

Por um momento houve desacerto e confusão.

Todos notaram que algo tinha acontecido entre o rei e a rainha; mas os dois falavam tão baixo, estavam tão afastados de todos por alguns passos, que ninguém ouviu nada. Os violinistas tocavam com toda sua força, mas não os escutavam.

O rei saiu de seu gabinete primeiro, em traje de caça dos mais elegantes, e o Monsenhor e os demais homens se vestiam como ele. Era o traje que caía melhor no rei, e vestido dessa forma parecia realmente o primeiro cavalheiro do seu reino.

O cardeal se aproximou do rei e lhe entregou uma caixa. O rei a abriu e encontrou nela dois pingentes de diamante.

— O que isso quer dizer? — perguntou ao cardeal.

— Nada — respondeu ele. — Apenas que se a rainha estiver com os pingentes, o que eu duvido, conte quantos são, Majestade, e se não encontrar mais do que dez, pergunte à rainha quem pode ter roubado os dois pingentes.

O rei olhou para o cardeal como se fosse interrogá-lo; mas não teve tempo de fazer nenhuma pergunta: um grito de admiração saiu de todas as bocas ali presentes. Se o rei parecia o primeiro cavalheiro de seu reino, a rainha era certamente a mulher mais bela de toda a França.

Sem dúvida o toque de caçador lhe caía bem; tinha um chapéu de feltro com plumas azuis, um gibão de veludo cinza perolado junto com os broches de diamantes, e uma saia de cetim azul toda bordada de prata. No seu ombro esquerdo brilhavam os diamantes presos por um nó da mesma cor das plumas e da saia. O rei estremecia de alegria e o cardeal de ódio; porém, como estavam longe da rainha, não podiam contar os pingentes; ela estava com eles, mas eram dez ou doze?

Naquele momento, os violinistas começaram a tocar as músicas do baile. O rei se aproximou da senhora presidenta, com quem deveria dançar, e o Monsenhor com a rainha. Ficaram em seus lugares e o baile começou.

O rei estava de frente para a rainha, e cada vez que passava ao seu lado, devorava os pingentes com o olhar, mas não conseguia contar quantos eram.

Um suor frio cobria o rosto do cardeal.

O baile durou uma hora: tinha dezesseis intervalos.

Quando chegou ao fim, arrancou aplausos de toda a sala, mas o rei aproveitou o privilégio de abandonar as suas palmas e avançou depressa em direção à rainha.

— Eu agradeço, senhora, a deferência que mostrou em relação aos meus desejos, mas acredito que estejam faltando dois pingentes. Vou devolvê-los.

Dizendo essas palavras, entregou à rainha os dois pingentes que o cardeal havia lhe entregado.

— Como, Majestade? — exclamou a jovem rainha fingindo surpresa. — Está me dando mais dois pingentes? Então com esses, terei catorze.

Realmente, o rei contou e havia doze pingentes sobre os ombros de Sua Majestade.

O rei chamou o cardeal.

— Bem, o que significa isso, Sr. Cardeal? — perguntou o rei em tom severo.

— Isso significa, senhor — respondeu o cardeal —, que eu desejava que Sua Majestade aceitasse esses dois pingentes, e não me atreveria a oferecê-los eu mesmo.

— Eu fico muito agradecida a Vossa Eminência — respondeu Ana de Áustria com um sorriso que provava que ela não era vítima daquele engenhoso galanteio. — Tenho certeza de que esses dois pingentes foram tão caros quanto os outros doze.

Em seguida, cumprimentando o rei e o cardeal, a rainha tomou o caminho do quarto onde tinha se vestido para se despir.

A atenção que fomos obrigados a dar no começo desse capítulo aos personagens ilustres, afastou-nos um pouco daquele a quem Ana de Áustria devia o triunfo que acabava de obter sobre o cardeal, que, confuso, ignorado e perdido na multidão espremida em uma das portas, olhava dali a cena que era compreensível apenas para quatro pessoas: o rei, a rainha, Sua Eminência e ele.

A rainha acabou de chegar a seu quarto, e D'Artagnan se arrumava para sair quando sentiu que foi ligeiramente tocado no ombro; virou-se e viu uma mulher jovem que indicava para ele que a seguisse.

Aquela jovem tinha o rosto coberto por uma máscara de veludo negra, mas mesmo com essa precaução, tomada mais para os outros, D'Artagnan reconheceu no mesmo instante a sua guia habitual, a ligeira e inteligente Sra. Bonacieux.

Na véspera tinha-a visto no posto do suíço Germain, onde ele a chamou. A pressa que a jovem tinha para levar à rainha a excelente notícia do retorno do seu mensageiro fez com que os dois apaixonados trocassem apenas algumas palavras. D'Artagnan seguiu a Sra. Bonacieux movido por um duplo sentimento: o amor e a curiosidade. Durante todo o caminho, e à medida que os corredores ficavam mais desertos, D'Artagnan queria deter a jovem, segurá-la, contemplar a sua beleza, mesmo que fosse só por um instante; mas vivaz como um pássaro, ela deslizava sempre de suas mãos, e quando ele queria falar, ela punha o dedo em sua boca com um leve gesto imperativo e cheio de encanto, para lembrar que ele estava sob o império de uma potência a que ele deveria obedecer cegamente, o que proibia, inclusive, a menor queixa.

Por fim, depois de um minuto ou de duas voltas, a Sra. Bonacieux abriu uma porta e pôs o jovem em um gabinete completamente escuro. Ali, fez um novo sinal para que ele ficasse calado, e abrindo uma segunda porta por uma tapeçaria cujas aberturas deixavam a luz entrar, desapareceu.

D'Artagnan permaneceu imóvel por um instante, perguntando-se onde estava, mas um raio de luz entrava naquele cômodo. O ar cálido e perfumado chegava até ele, e a conversa de duas ou três mulheres, em uma linguagem elegante e respeitosa, a palavra Majestade dita tantas vezes, indicavam claramente que ele estava em um gabinete contíguo ao quarto da rainha.

O jovem permaneceu na sombra e esperou.

A rainha se mostrava feliz, parecia assustar as pessoas que a acompanhavam e estavam acostumadas a vê-la com ares de preocupação. Ana de Áustria achava aquele sentimento apropriado à beleza da festa, ao prazer que experimentou no baile; e como não era permitido contrariar uma rainha, feliz ou triste, todos ponderavam a elegância dos políticos da Prefeitura de Paris.

Mesmo que D'Artagnan não conhecesse a rainha, distinguiu a sua voz das outras; em primeiro lugar, pelo seu leve acento estrangeiro, depois por um sentimento de dominação, impresso em todas as palavras soberanas. Ouviu-a se aproximar e se afastar daquela porta aberta, duas ou três vezes, vendo inclusive um corpo interceptar a luz.

De repente, uma mão e um braço adoráveis passaram pela tapeçaria; D'Artagnan compreendeu que aquela era a sua recompensa: ajoelhou-se, pegou aquela mão e encostou respeitosamente em seus lábios; depois aquela mão se retirou deixando nas suas mãos um objeto que ele reconheceu como um anel; era evidente que a missão não havia terminado.

Depois da recompensa da sua abnegação, vinha a recompensa do seu amor. O baile tinha terminado, mas a noite estava apenas começando.

O jantar seria às três horas, e o relógio de Saint-Jean marcava duas horas e quarenta e cinco minutos.

Pouco a pouco, o ruído das vozes diminuiu no quarto vizinho; era possível ouvi-las se afastando; logo a porta do gabinete onde D'Artagnan estava se abriu e a Sra. Bonacieux entrou.

— Você, finalmente! — exclamou D'Artagnan.

— Silêncio! — disse a jovem, apoiando sua mão sobre os lábios do cavalheiro. — Silêncio! E volte pelo mesmo caminho que veio.

— Mas quando voltarei a vê-la? — perguntou D'Artagnan.

— Estará em um bilhete que o senhor encontrará quando chegar a sua casa. Ande, vá, ande!

E com essas palavras abriu a porta do corredor e empurrou D'Artagnan para fora do gabinete.

D'Artagnan obedeceu como uma criança, sem resistência e sem nenhuma opção, o que provou que ele estava realmente muito apaixonado.

CAPÍTULO 19

O encontro

D'Artagnan voltou para casa correndo, e embora fosse mais de três da manhã e ele tenha atravessado os piores bairros de Paris, nada de mau lhe aconteceu. Já se sabe que há um Deus que vela pelos bêbados e pelos apaixonados.

Encontrou a porta de sua casa entreaberta, subiu a escada, e chamou suavemente o seu lacaio, conforme combinado. Planchet, que duas horas antes havia voltado do palácio da Prefeitura com a recomendação de esperá-lo, veio abrir a porta.

— Alguém deixou uma carta para mim? — perguntou D'Artagnan.

— Ninguém deixou carta nenhuma, senhor — respondeu Planchet —, mas chegou uma aqui por conta própria.

— O que você quer dizer, imbecil?

— Quero dizer que ao voltar para cá, embora estivesse com a chave da casa em meu bolso e eu tenha ficado com ela o tempo todo, encontrei uma carta sobre a toalha verde da mesa, em seu quarto.

— E onde está essa carta?

— Deixei-a onde estava, senhor. Não é natural que as cartas entrem assim na casa das pessoas. Se a janela estivesse aberta, ou somente entreaberta, não digo que não; mas não! Tudo estava hermeticamente fechado. — Senhor, tenha cuidado, porque certamente há algum encantamento nela.

Durante esse tempo, o jovem correu para o quarto e abriu a carta; era da Sra. Bonacieux e estava escrita nestes termos:

> *Devo-lhe muitos agradecimentos, e espero o senhor para fazê-los. Esteja esta noite por volta das dez em Saint-Cloud, em frente ao pavilhão que se ergue na esquina da casa do Sr. D'Estrées.*
>
> *C.B.*

Ao ler aquela carta, D'Artagnan sentia seu coração aumentar e encolher com o doce espasmo que tortura e acaricia o coração dos amantes. Era o primeiro bilhete que ele recebia, era o primeiro encontro que lhe era concedido. Seu coração, cheio de embriaguez pela alegria, sentia-se pronto a desfalecer sobre o limiar daquele paraíso terrestre que se chamava amor.

Às sete da manhã, levantou-se e chamou Planchet que, na segunda vez, abriu a porta, o rosto ainda preocupado com as inquietações da noite anterior.

— Planchet — disse-lhe D'Artagnan —, ficarei fora o dia todo; fico livre às sete da noite; então nesse horário esteja a postos com dois cavalos.

— Ah! — disse Planchet. — Parece que ainda teremos nossas peles furadas em vários lugares.

— Pegará o seu mosquetão e as suas pistolas.

— Bem... o que dizia eu? — murmurou Planchet. — Tinha certeza; essa maldita carta...

— Relaxe, imbecil, é só uma diversão. — Além disso, se tiver medo, Sr. Planchet — prosseguiu D'Artagnan —, irei sem você; prefiro viajar sozinho a ter um companheiro medroso.

— O senhor me injuria — disse Planchet. — Parece-me, no entanto, que me viu em ação.

— Sim, mas acho que gastou toda a sua coragem de uma só vez.

— O senhor verá que, quando a ocasião se apresentar, ainda me resta um pouco; só imploro ao senhor para que não precise que ela seja usada por muito tempo.

— Você acha que ainda tem algum dinheiro para gastar esta noite?

— Eu espero que sim.

— Bem, eu conto com você.

— Na hora indicada estarei a postos; só que eu pensei que o senhor não tivesse mais do que um cavalo na estrebaria dos guardas.

— Talvez neste momento não tenha mais do que um, à noite haverá quatro.

— Parece que nossa viagem foi um retorno.

— Exatamente — disse D'Artagnan.

E depois de fazer a Planchet um último gesto de saudação, o jovem cavalheiro saiu.

O Sr. Bonacieux o esperava em sua porta. A intenção de D'Artagnan era passar sem falar com ele, mas ele fez uma saudação tão leve e tão bondosa que seu inquilino não só a devolveu, como tratou de travar uma conversa com ele.

Por outro lado, como não ter um pouco de condescendência com um marido cuja mulher lhe entregou um bilhete para um encontro em Saint-Cloud naquela noite, em frente ao pavilhão do Sr. D'Estrées? D'Artagnan aproximou-se com o ar mais amável que pôde adotar.

A conversa recaiu naturalmente no encarceramento do pobre homem. O Sr. Bonacieux ignorava que D'Artagnan tivesse ouvido a sua conversa com o homem de Meung, e contou ao seu jovem inquilino as perseguições daquele monstro do Sr. de Laffemas, a quem não cessou de qualificar durante todo seu relato de carrasco do cardeal, e se estendeu longamente sobre a Bastilha, os ferrolhos, os postigos, as claraboias, as grades e os instrumentos de tortura.

D'Artagnan ouviu-o com uma complacência exemplar; depois, quando terminou:

— A Sra. Bonacieux disse finalmente se sabe quem a raptou? Porque não esqueço que graças a essa circunstância incômoda tive a felicidade de tê-los conhecido.

— Ah! — disse o Sr. Bonacieux. — Não me disseram nada, e minha mulher, por sua vez, me jurou por todos os deuses que não sabia quem era. Mas e você — continuou o Sr. Bonacieux, em tom de ingenuidade perfeita —, o que aconteceu com você nesses dias todos? Não vi você nem os seus amigos, e não me lembro de ter sido nas ruas de Paris que pegaram todo o pó que Planchet tirava ontem de suas botas...

— Tem razão, meu caro Sr. Bonacieux, meus amigos e eu fizemos uma pequena viagem.

— Fica muito longe daqui?

— Oh, meu Deus, não, a umas quarenta léguas só! Fomos levar o Sr. Athos às águas de Forges, onde meus amigos ficaram.

— E você voltou, não é? — prosseguiu o Sr. Bonacieux dando à sua fisionomia seu ar mais maligno. — Um bom rapaz como você não consegue longas permissões de sua amante, e era impacientemente esperado em Paris, não é mesmo? — continuou o dono do armazém, com uma ligeira alteração na voz.

D'Artagnan não notou a mudança, como também não havia notado a nuvem que um instante atrás tinha tomado conta do rosto do Sr. Bonacieux.

— Ah! O senhor vai me dar um sermão? — disse D'Artagnan rindo.

— Não, só digo isso — respondeu Bonacieux—, e é só para saber se voltará muito tarde.

— Bem, a noite se aproxima, graças a Deus! E talvez você a esteja esperando com tanta impaciência como eu. Talvez esta noite a Sra. Bonacieux visite o endereço conjugal.

— A Sra. Bonacieux não está livre esta noite — respondeu o seu marido com uma entonação grave —, ela está presa no Louvre graças ao seu serviço.

— Muito pior para você, meu caro senhorio; quando estou feliz gostaria que todo mundo estivesse; mas parece que não é possível.

O jovem se afastou dando gargalhadas, que só ele, segundo pensava, podia compreender.

D'Artagnan já estava muito longe para ouvir o Sr. Bonacieux e, embora o tivesse ouvido, no ânimo em que estava, certamente não o teria notado.

Dirigiu-se ao palácio do Sr. de Tréville; sua visita da véspera tinha sido como será lembrada, muito curta e pouco explicativa.

Encontrou o Sr. de Tréville com a alma alegre. O rei e a rainha foram encantadores com ele no baile. Embora o cardeal fosse um tanto quanto desagradável.

— Agora — disse o Sr. de Tréville, baixando a voz e buscando com o olhar todos os ângulos do quarto para ver se estavam completamente a sós —, agora falemos de você, meu jovem amigo, porque é evidente que o seu feliz retorno tem alguma coisa a ver com a alegria do rei, com o triunfo da rainha e com a humilhação de Sua Eminência. Trate de se proteger.

— O que devo temer — perguntou D'Artagnan — enquanto tiver a alegria de contar com o favor de Vossas Majestades?

— Você deve temer tudo, acredite em mim. O cardeal não é homem que esqueça uma disputa enquanto não tenha saldado suas contas com o seu adversário, e ao que me parece, neste caso, o adversário é um jovem gascão.

— O senhor acha que o cardeal está tão adiantado quanto você e sabe que eu estive em Londres?

— Diabos! Você esteve em Londres? Foi de lá que você trouxe esse belo diamante que brilha em seu dedo? Tenha cuidado, meu caro D'Artagnan, não há nada pior que o presente de um inimigo.

— Esse diamante não vem de um inimigo, senhor respondeu D'Artagnan —, vem da rainha.

— Da rainha! Ora, ora! — disse o Sr. de Tréville. — De fato é uma autêntica joia real, que vale pelo menos mil moedas de ouro. Por quem ela entregou esse presente para o senhor?

— Pois ela mesma me entregou.

— É isso, onde?

— No armário ao lado do quarto onde trocou de roupa.

— O que você fez?

— Ela me deu a mão para que eu a beijasse.

— Você beijou a mão da rainha! — exclamou o Sr. de Tréville olhando para D'Artagnan.

— Sua Majestade me deu a honra de me conceder essa graça!

— E isso, na presença de testemunhas? Imprudente, três vezes imprudente.

— Não, senhor, acalme-se... — E contou ao Sr. de Tréville como tinham ocorrido as coisas.

— Equivale a dizer, jovem, que quem dorme sobre uma mina cujo pavio está aceso deve-se considerar seguro em comparação a você.

— Diabos! — disse D'Artagnan, a quem o tom de segurança do Sr. de Tréville começava a inquietar. — Diabos! O que devo fazer?

— Estar vigilante sempre e ante qualquer coisa. O cardeal tem a memória tenaz e a mão longa; creia-me, vai lhe pregar uma peça.

— Mas como?

— E o que sei eu? Não tem acaso a seu serviço todas as armadilhas do demônio? O mínimo que pode acontecer é que sejam presos.

— Como! Ousariam prender um homem a serviço de Sua Majestade?

— Por Deus! Preocuparam-se muito com Athos. Em todo caso, jovem, acredite em um homem que está há trinta anos na corte; para a sua segurança não durma, ou estará perdido. Saiba reconhecer seus inimigos em todas as partes. Se alguém procurar briga, evite, ainda que seja uma criança de dez anos que a procure; se o atacarem à noite ou de dia, saia em retirada e não se acanhe. Desconfie de todo mundo, do seu amigo, do seu irmão, do seu amor amante, sobretudo do seu amor.

D'Artagnan ficou vermelho.

D'Artagnan pensou no convite da Sra. Bonacieux para a mesma noite; mas devemos dizer, em elogio ao nosso herói, que a má opinião que o Sr. de Tréville tinha das mulheres em geral, não lhe inspirou a menor suspeita contra sua preciosa hóspede.

— Ah, as mulheres, as mulheres! — exclamou o velho soldado. — Reconheço em todas elas uma imaginação novelesca; tudo que cheira a mistério as deixa encantadas; você se encontraria com a rainha e não a reconheceria, ela o encontraria e não saberia quem é você.

— Não, mas graças a este diamante... — respondeu o jovem.

— Escute — disse o Sr. de Tréville. — Você quer que eu o aconselhe, como um amigo?

— Será uma honra — disse D'Artagnan.

— Pois bem, vá ao primeiro ourives que encontrar e venda esse diamante pelo preço que ele pedir; por mais judeus que eles sejam, sempre têm, pelo menos, oitocentas moedas de ouro. As moedas não têm nome, jovem, e esse anel carrega um terrível, que pode trair quem o carrega.

— Vender este anel! Um anel que veio da minha soberana! Jamais! — respondeu D'Artagnan.

— Então guarde essa peça encrustada, seu jovem louco, porque todos sabem que um cadete da Gasconha não encontra joias parecidas no baú de sua mãe.

— O que eu devo temer? — perguntou D'Artagnan.

— Equivale a dizer, jovem, que quem dorme sobre uma mina que está a todo vapor está mais seguro que você. Mas, a propósito — prosseguiu o Sr. de Tréville —, o que aconteceu aos seus três companheiros?

— Ia perguntar se o senhor sabia de alguma notícia.

— Não sei nada, senhor.

— Eu os deixei pelo caminho: Porthos em Chantilly, com um duelo nas mãos, Aramis em Crévocoeur, com uma bala no ombro, e Athos ficou em Amiens, sendo acusado de falso moedeiro.

— Mas veja! — disse o Sr. de Tréville. — E você, como conseguiu escapar?

— Por um milagre, senhor, devo dizer, com uma estocada no peito e cravando o dorso do conde de Wardes na rota de Calais, como uma mariposa em uma tapeçaria.

— Pense, todavia! Wardes é um homem do cardeal, primo de Rochefort. Veja, meu amigo, tive uma ideia.

— Diga, senhor.

— No seu lugar, eu faria uma coisa.

— O quê?

— Enquanto Sua Eminência for me buscar em Paris, eu, sem tambor nem trombeta, tomaria a rota da Picardia, e buscaria notícias dos meus três companheiros. Eles merecem essa atenção da sua parte.

— O seu conselho é bom, senhor, e partirei amanhã.

— E por que não vai esta noite?

— Esta noite, senhor, estou preso em Paris para cuidar de um assunto indispensável.

— Qual assunto, jovem? Algum amor? Cuidado, repito; foi a mulher que nos levou à perdição, e a mulher que continuará nos levando à bancarrota. Acredite em mim, saia esta noite.

— Impossível, senhor!

— Já deu a sua palavra?

— Sim, senhor.

— Então é outra coisa; mas me prometa que se não for morto esta noite, partirá amanhã de manhã.

— Prometo.

— Precisa de dinheiro?

— Ainda tenho cinquenta moedas de ouro. É tudo o que eu preciso.

— Mas e os seus companheiros?

— Acho que eles não devem precisar de dinheiro. Saímos de Paris com setenta e cinco moedas nos bolsos.

— Voltarei a vê-lo antes da sua partida?

— Não, acho que não, senhor, a não ser que aconteça algo novo.

— Desejo uma boa viagem, então!

— Obrigado, senhor.

D'Artagnan se despediu do Sr. de Tréville, motivado, como nunca havia acontecido, pela busca paterna dos seus companheiros.

Ele passou sucessivamente pelas casas de Athos, Porthos e Aramis. Nenhum dos três tinha regressado. Seus criados também estavam ausentes, e não havia notícias de nenhum deles.

— Ah, senhor... — disse Planchet quando viu D'Artagnan. — Que bom ver o senhor!

— Por que, Planchet? — perguntou ao seu criado.

— O senhor confia no Sr. Bonacieux, o nosso convidado?

— Eu? Não tenho a menor confiança!

— E tem razão, senhor!

— Mas por que a pergunta?

Enquanto você falava com ele, eu o observava, senhor, o seu rosto mudou de cor duas ou três vezes.

— Não é possível!

— O senhor não podia perceber, pois estava preocupado com a carta que acabara de receber; mas, pelo contrário, eu, que vi o jeito estranho como a carta chegou, fiquei de guarda, não perdi nenhum gesto da fisionomia daquele homem.

Depois da breve conversa, D'Artagnan saiu; às nove horas estava no palácio dos guardas; encontrou Planchet armado com um mosquetão e uma pistola.

D'Artagnan carregava sua espada e duas pistolas em sua cintura; então os dois montaram cada um em um cavalo e saíram com calma. A noite estava nublada, e ninguém os viu sair. Planchet seguiu o seu mestre e andava dez passos atrás dele.

O jovem cavalheiro atravessou o cais, saiu pelo portão do palácio e depois seguiu a estrada, na época mais bonita que hoje, que leva a Saint-Cloud.

Enquanto eles estavam na cidade, Planchet manteve respeitosamente a distância que tinha sido imposta; mas, quando a estrada começou a ficar mais deserta e obscura, ele se aproximou lentamente; de modo que quando eles entraram na floresta de Boulogne, ele estava caminhando ao lado do seu mestre. Com efeito, não devemos esconder o fato de que a oscilação das árvores corpulentas e o reflexo da lua nos arbustos sombrios deixaram os dois muito ansiosos. D'Artagnan percebeu que algo estranho se passava com o seu lacaio.

— Bem, Sr. Planchet — perguntou —, está acontecendo algo de errado?

— O senhor não acha que os bosques são como igrejas?

— Por que, Planchet?

— Porque ninguém se atreve a falar em voz alta quando está dentro deles.

— Por que não se atreve a falar em voz alta, Planchet? Por que você tem medo? Medo de ser ouvido! Nossa conversa não tem nada de imoral, meu caro Planchet, e ninguém teria nada a dizer sobre ela.

— Ah, senhor! — respondeu Planchet, voltando à conversa anterior. — Esse cavalheiro Bonacieux tem algo de falsidade em suas sobrancelhas, e tem um aspecto desagradável no conjunto dos seus lábios.

— O que o faz pensar em Bonacieux?

— Senhor, pense no que pode, e não no que quer.

— Fala isso porque é um covarde, Planchet.

— Senhor, não devemos confundir prudência com covardia; a prudência é uma virtude.

— E você é virtuoso, não é, Planchet?

— Não é o canhão de um mosquete que brilha? Devemos abaixar nossas cabeças!

— Corra! — disse D'Artagnan, que se lembrou das recomendações do Sr. de Tréville, "realmente esse idiota vai acabar me assustando".

E continuou trotando em seu cavalo.

Planchet seguiu o movimento do seu mestre, como se fosse a sua sombra.

— Vamos andar assim a noite toda, senhor? — perguntou ele.

— Não, Planchet, porque você já chegou.

— Como assim cheguei? E o senhor?

— Ainda vou dar alguns passos.

— E o senhor vai me deixar aqui sozinho?

— Está com medo, Planchet?

— Não, mas só peço que o senhor observe que a noite será muito fria, que ficar ao relento dá reumatismo, e um lacaio com reumatismo é um criado triste, especialmente no caso daqueles que têm um mestre tão ativo quanto o senhor.

— Bem, se tiver frio, escolha uma taberna das que vê lá embaixo e espere por mim às seis da manhã em frente à porta.

— Senhor, com todo o respeito, comi e bebi com a moeda que o senhor me deu esta manhã, então não tenho nem um centavo para me abrigar se sentir frio.

— Aqui está: leve uma moeda. Até amanhã!

D'Artagnan desceu de seu cavalo, jogou o reio no braço do Planchet e rapidamente se afastou, enrolado em seu manto.

— Meu Deus, estou com tanto frio! — exclamou Planchet, quando perdeu o seu mestre de vista, e, sentindo que se aproximava de um lugar mais quente, correu para bater na porta de uma casa decorada de forma a indicar que se tratava de uma taberna de bairro.

No entanto, D'Artagnan, que tinha tomado um pequeno atalho, ainda estava a caminho de Saint-Cloud; mas em vez de seguir a estrada principal, virou por trás do castelo, chegou a uma espécie de beco isolado e logo se encontrou em frente ao pavilhão indicado. Ele ficava situado em um lugar completamente deserto. Uma grande muralha, na esquina da qual aquele pavilhão dominava um lado do beco, e no outro uma cerca, protegiam um pequeno jardim dos caminhantes. No fundo dele ficava uma cabana humilde.

D'Artagnan chegou na hora marcada e, como não foi avisado que deveria anunciar a sua presença com algum sinal, esperou.

Nenhum barulho foi ouvido, poderíamos dizer que estava a cem léguas da capital. D'Artagnan se aproximou da cerca depois de ter olhado por trás dela. Sobre essa cerca, estava um jardim e uma cabana, envoltos em um nevoeiro negro nos becos da imensidão de Paris, vazia e aberta, onde brilhavam alguns pontos luminosos, estrelas no meio do tormento da cidade.

Mas, para D'Artagnan, todos os aspectos estavam de alguma forma alegres, todas as ideias carregavam um sorriso, toda a escuridão era translúcida. A hora do encontro se aproximava.

Na verdade, depois de alguns instantes, a torre do sino de Saint-Cloud deu dez golpes lentos. Havia algo terrível naquela voz de bronze se lamentando no meio da noite.

Mas cada uma daquelas horas que antecediam o encontro esperado vibrava harmoniosamente no coração do jovem.

Seus olhos estavam fixos no pequeno pavilhão da esquina, cujas janelas estavam todas fechadas com cortinas, exceto uma no primeiro andar.

Dessa vez, sem que D'Artagnan entendesse o motivo, um tremor percorreu as suas veias. Talvez também fosse o frio que começava a tomar conta dele e transformasse em uma sensação da alma o que era físico.

Ele se aproximou da janela, ficou num raio de luz, tirou a carta do bolso e a leu novamente; ele não havia cometido nenhum erro, o encontro estava marcado às dez horas.

Voltou a se posicionar no mesmo lugar, e começou a se preocupar com o silêncio e a solidão da noite.

D'Artagnan começou a temer que algo tivesse acontecido à Sra. Bonacieux.

Ele bateu palmas três vezes, o sinal comum dos amantes; mas ninguém lhe respondeu, nem mesmo o eco. Então ele pensou, com algum ressentimento, que talvez a jovem mulher tivesse dormido enquanto esperava por ele.

Ele se aproximou da parede e tentou subir, mas ela tinha sido rebocada recentemente, e D'Artagnan quebrou suas unhas em vão.

Naquele momento ele notou as árvores, cujas folhas eram iluminadas pela lua, e quando uma delas se destacou pensou que do centro de seus ramos ele poderia penetrar no pavilhão.

Subir na árvore era simples. Além disso, D'Artagnan tinha apenas vinte anos de idade. Em um instante ele estava no meio dos galhos, e pelos vidros transparentes seus olhos obervavam o interior do pavilhão.

Através dessa janela, uma luz suave brilhava, platinando a folhagem trêmula de duas ou três árvores de tília que se levantavam para formar um arvoredo fora do parque. Evidentemente, por trás daquela pequena janela, tão graciosamente iluminada, a Sra. Bonacieux esperava por ele.

Amparado por essa ideia, D'Artagnan esperou meia hora sem qualquer impaciência, com os olhos fixos naquela casinha na qual ele percebeu uma parte do teto de molduras douradas, testemunhando a elegância do resto da habitação.

A torre do sino de Saint-Cloud tocou às dez e meia.

Aconteceu uma coisa estranha, que fez D'Artagnan tremer da planta dos pés à raiz dos cabelos: sob uma luz suave, uma lâmpada silenciosa iluminou uma cena de desordem espantosa; um dos vidros das janelas foi quebrado, a porta da sala afundou e ficou pendurada em suas dobradiças; a mesa que serviria para um jantar elegante estava no chão; havia frascos triturados e frutas esmagadas cobriam o chão; tudo naquela sala dava sinais de uma luta violenta e desesperada.

D'Artagnan pensou que poderia até mesmo reconhecer, no meio daquela estranha desordem, peças de roupa e algumas manchas de sangue sujando a toalha de mesa e as cortinas.

Apressou-se em descer a rua com uma horrível palpitação no coração; queria ver se conseguia encontrar outros vestígios de violência.

A breve e suave luz continuava brilhando na calmaria noturna. D'Artagnan percebeu então, o que ele não tinha observado desde o início, porque nada o levava àquela conclusão. O chão, batido aqui, pisado ali, tinha marcas confusas de botas de homens e de patas de cavalo. Além disso, havia indícios de rodas de uma carruagem, que parecia vir de Paris, cavada na terra macia uma marca profunda que não passava do pavilhão e voltava para a cidade.

Finalmente, continuando suas buscas, D'Artagnan encontrou ao lado da muralha a luva rasgada de uma mulher. No entanto, aquela luva, com todos aqueles indícios de que não tinha tocado a terra enlameada, era de um frescor irrepreensível. Era uma daquelas luvas perfumadas que os amantes gostam de tirar de uma bela mão.

Enquanto D'Artagnan continuava suas investigações, um suor cada vez maior e mais gelado percorria sua testa, o seu coração era oprimido por uma angústia horrível, a sua respiração estava palpitante; mas ele disse a si mesmo para se assegurar de que aquele pavilhão não tinha nada em comum com a Sra. Bonacieux; que a jovem o havia chamado antes de ser mantida em Paris por causa do seu serviço, talvez pelo ciúme do seu marido.

Mas todo aquele pensamento foi severamente destruído por uma dor íntima que, em certas ocasiões, toma todo o nosso ser como se gritasse dentro de nós que uma grande desgraça está a caminho.

O beco ainda estava deserto, e a mesma luz suave e calma saía pela janela.

D'Artagnan então pensou naquele chalé sem dizer nenhuma pala vra, mas ele sem dúvida tinha visto, e talvez pudesse falar com alguém.

A porta do chalé estava fechada, mas ele saltou sobre a sebe, e apesar do latido do cão acorrentado, aproximou-se da cabana.

Depois dos primeiros golpes dados na porta, ninguém respondeu.

Um silêncio mortal reinava tanto na cabana como no pavilhão; no entanto, como essa cabana era seu último recurso, ele insistiu. Logo pareceu ouvir um leve barulho interior, um barulho de medo, e temia o que ouvia.

Então D'Artagnan parou de bater e implorou com um sotaque tão cheio de inquietação e promessas, de terror e lisonja, que sua voz era capaz de acalmar os mais temerosos. Finalmente, um velho ferrolho deteriorado abriu, ou melhor, quase se abriu, e fechou novamente quando a claridade da capa refletiu o punho da espada das pistolas de D'Artagnan. Por mais rápido que tenha sido o movimento, D'Artagnan teve tempo de vislumbrar a cabeça de um velho.

— Em nome de Deus, escute-me! Estava à espera de alguém que não veio, estou morrendo de ansiedade. O senhor sabe se aconteceu alguma desgraça por aqui? Por favor, me diga!

A janela se abriu devagar novamente, e o mesmo rosto apareceu, só que agora estava ainda mais pálido do que da primeira vez.

D'Artagnan contou ingenuamente a sua história, excluiu nomes; disse que tinha um encontro com uma jovem mulher naquele pavilhão e que, sem ver a jovem chegar, tinha subido na árvore e, à luz da lâmpada, visto a desordem da sala.

O velho ouviu o cavalheiro atentamente, enquanto sinalizava que tudo estava bem; então, quando D'Artagnan terminou, sacudiu a cabeça com um ar que não trazia bons prenúncios.

— O que você quer dizer? — perguntou D'Artagnan. — Em nome de Deus, explique-se!

— Senhor — disse o velhote —, não me peça nada! Porque se eu lhe disser o que vi, tenho a certeza de que nada de bom me acontecerá.

— O senhor viu alguma coisa, então? — perguntou D'Artagnan. — Nesse caso, em nome de Deus — continuou ele, entregando-lhe uma pistola —, diga-me o que viu, e eu lhe dou a minha palavra de cavalheiro de que as suas palavras ficarão dentro do meu coração.

O velho viu tanta fragilidade e dor no rosto de D'Artagnan que gesticulou para ele ouvir e disse em voz baixa:

— Eram nove horas, quando eu ouvi algum barulho na rua e queria saber o que poderia ser; aproximei-me da porta e percebi que alguém estava tentando entrar. Como sou pobre e não tenho medo de ser roubado, fui abri-la e vi três homens a poucos passos de distância. Na sombra havia uma carruagem com cavalos curvados e cavalos na correia. Aqueles cavalos na correia pertenciam obviamente aos três homens que estavam vestidos de cavalheiros. "Ah, meus bons senhores", exclamei eu, "o que é que vocês querem?"

— "Você deve ter uma escada", disse aquele que parecia ser o líder da comitiva.

— "Sim, senhor, tenho uma para colher frutas".

— "Nos dê sua escada e volte para casa. Deixaremos uma moeda de ouro pelo transtorno que causamos ao senhor; apenas lembre-se de que se você disser uma palavra sobre o que você vai ver e ouvir (porque você vai ver e ouvir apesar das ameaças que lhe fazemos, tenho certeza), você está perdido".

— Ditas essas palavras, ele me jogou uma moeda que eu peguei, e ele levou minha escada. Depois de ter fechado a porta da sebe atrás deles, fiz um gesto para voltar para casa; mas logo saí pela porta dos fundos e, deslizando na sombra, cheguei àquele sabugueiro do centro, pelo qual podia ver tudo sem ser visto. Os três homens tinham levado a carruagem adiante sem qualquer ruído, tiraram dele um homem pequeno, gordo, de cabelos grisalhos, vestido de preto. Ele subiu as escadas com cuidado, olhou dissimuladamente dentro da sala, desceu correndo como um lobo e murmurou em voz baixa: "É ela!".

E o velho continuou:

— Aproximou-se da porta do pavilhão, abriu-a com uma chave que carregava com ele, fechou-a novamente e desapareceu; ao mesmo tempo, os outros dois subiram as escadas. O ancião ficou na porta; o condutor segurava os cavalos na carruagem, e o lacaio segurava os cavalos da sela. De repente, grandes gritos ecoaram no pavilhão, uma mulher correu para a janela e abriu a como se fosse pular através dela. Mas, percebendo que havia dois homens embaixo, desistiu; os dois homens se lançaram sobre ela. Depois não vi mais nada, mas ouvi o som dos móveis se partindo. A mulher gritava e pedia ajuda, mas logo os seus gritos foram abafados; os três homens se aproximaram da janela, levando a mulher nos braços; dois desceram as escadas e a transportaram para a carruagem, e o ancião entrou ao lado dela. O homem que tinha ficado no pavilhão fechou novamente a janela, saiu pela porta um instante depois e certificou-se de que a mulher estava na carruagem: seus dois companheiros já estavam esperando por ele com o cavalo, ele saltou; o lacaio tomou seu lugar ao lado do cocheiro; e a carruagem partiu a galope escoltada pelos três senhores. Tudo havia acabado.

A partir daquele momento, D'Artagnan não via e não ouvia mais nada, enquanto todos os demônios da raiva e do ciúme uivavam no seu coração.

— Mas, cavalheiro — continuou o velhote —, em quem aquele desespero certamente produziria mais afeição do que gritos e lágrimas?

— Você sabe me dizer, aproximadamente — disse D'Artagnan —, quem foi o homem que conduziu essa missão infernal?

— Eu não o conheço.

— Mas desde que ele falou com o senhor, é possível que me diga os principais traços dele.

— São os traços dele que você me pede?

— Sim.

— Era um homem alto, magro, negro, com bigodes pretos, olhos negros e postura de cavalheiro.

— É ele! — exclamou D'Artagnan. — Outra vez ele! Sempre ele! Aparentemente me persegue como o diabo. E o outro?

— Qual deles?

— O pequenino.

— Não era um cavalheiro, garanto para você! Além disso, ele não tinha espada, e os outros o tratavam sem a menor consideração.

— Um lacaio — murmurou D'Artagnan. — Pobre mulher! Pobre mulher! O que fizeram com você? Eu renovo a minha promessa ao senhor, fique tranquilo, eu sou um cavalheiro. Um cavalheiro só tem uma palavra, e eu lhe dei a minha.

D'Artagnan rumou para o barco novamente, com a alma aflita. Ele se recusava a acreditar que a Sra. Bonacieux tinha passado por aquilo, e esperava encontrá-la no Louvre no dia seguinte, pois temia que ela tivesse alguma intriga com outra pessoa e que um homem ciumento a tivesse surpreendido e sequestrado.

D'Artagnan hesitou, estava desolado, desesperado.

— Ah, se ao menos eu tivesse um dos meus amigos por perto!

Ele teria pelo menos alguma esperança de encontrá-los novamente, mas quem sabe o que lhes teria acontecido? "Você prometeu guardar segredo", lembrou-se ele.

CAPÍTULO 20

Porthos

Determinado a pôr em prática o conselho do Sr. de Tréville naquele instante preciso, D'Artagnan se dirigiu à rua Fossoyeurs a fim de tratar da arrumação de sua bagagem. Ao se aproximar de sua casa, reconheceu o Sr. Bonacieux em pé, diante da soleira de sua porta. Tudo o que o prudente Planchet havia lhe contado no dia anterior sobre a personalidade sinistra do seu hóspede voltou à memória de D'Artagnan, que o observava com mais atenção do que nunca. De fato, além da pele amarelada e doente que indica a filtração da bílis no sangue e que, por outro lado, só poderia ser acidental, D'Artagnan percebeu uma tendência traiçoeira pelas rugas em seu rosto. Um malandro não ri da mesma forma que um homem honesto, um hipócrita não chora as mesmas lágrimas de um homem de boa-fé. Cada falsidade é uma máscara, e não importa que a máscara seja bem-feita; com um pouco de atenção, é possível distingui-la no rosto.

D'Artagnan pensava que o Sr. Bonacieux usava uma máscara, e, mesmo assim, era uma feição das mais desagradáveis de se olhar.

Vencido pela sua repugnância por aquele homem, decidiu ignorá-lo, como no dia anterior, mas o Sr. Bonacieux o interrogou:

— Bem, rapazinho — disse ele —, parece que acabamos em mais uma bebedeira! Inferno, já são sete horas da manhã! Parece-me que você se desvia das ordens recebidas e volta no momento em que os outros partem.

— Não farei a mesma reprovação, Sr. Bonacieux — disse o jovem —, o senhor é um modelo de pessoa que segue ordens. Quando uma mulher jovem e bela se apaixona por você, não há necessidade de correr atrás da felicidade; é a felicidade que vem buscá-lo, não é, Sr. Bonacieux?

Bonacieux ficou pálido como a morte e deu um sorriso.

— Ah, ah! — disse Bonacieux. — Você é um grande brincalhão. Mas em que raio de lugar você se meteu essa noite, meu jovem amigo? Acho que o tempo não estava muito firme nos atalhos que você pegou.

D'Artagnan baixou os olhos para suas botas, todas cobertas de lama; mas nesse movimento seu olhar se voltou ao mesmo tempo para os sapatos e meias do dono do armazém; e poderia dizer que eles foram encharcados no mesmo pântano; ambos tinham manchas muito semelhantes.

Então, uma ideia repentina passou pela cabeça de D'Artagnan. Aquele homem pequeno e gordinho, cujos cabelos já estavam grisalhos, aquele tipo de lacaio vestido com um terno escuro e tratado sem consideração pelos espadachins que compunham a escolta, era o próprio Sr. Bonacieux. O marido tinha organizado o rapto da mulher.

— Bem, quem está brincando é você, meu corajoso amigo! — disse D'Artagnan. — Parece-me que se minhas botas precisam de um bom esfregão, as suas meias e seus sapatos também precisam de uma boa lavagem. Você também esteve em uma farra, Sr. Bonacieux? Diabos! Isso seria imperdoável para um homem da sua idade que, além de tudo, tem uma bela jovem mulher como a sua.

— Ah, meu Deus, não! — disse Bonacieux. — Ontem estive em Saint-Mandé para saber de uma empregada que não posso dispensar, e como as estradas estavam em mau estado, trouxe toda essa lama que ainda não tive tempo de limpar.

O lugar designado por Bonacieux era uma nova prova em apoio às suspeitas que D'Artagnan tinha levantado.

Bonacieux tinha dito Saint-Mandé porque Saint-Mandé fica exatamente na direção oposta de Saint-Cloud.

Essa probabilidade foi a sua primeira consolação. Se Bonacieux soubesse onde sua esposa estava, seria sempre possível, usando medidas extremas, forçar o dono da mercearia a abandonar o seu segredo. Era apenas uma questão de transformar esta probabilidade em certeza.

— Desculpe-me, meu caro Sr. Bonacieux, se eu lhe dispenso os modos — disse D'Artagnan —, mas nada mexe tanto comigo como não dormir; tenho uma sede implacável; deixe-me tomar um copo de água em sua casa; você sabe que isso não é negado entre vizinhos.

E sem esperar a permissão de seu convidado, D'Artagnan rapidamente entrou na casa e deu uma rápida olhada na cama. Ela não estava desfeita.

Bonacieux não tinha ido para a cama, tinha acabado de voltar havia uma ou duas horas; tinha acompanhado a sua mulher até ao local para onde tinha sido levada, ou pelo menos até o primeiro mensageiro.

— Obrigado, Sr. Bonacieux — disse D'Artagnan esvaziando seu copo —, era tudo o que eu queria do senhor. Agora vou voltar para minha casa para ver se Planchet vai limpar as minhas botas, e, quando terminar, envio-o para cá, se o senhor quiser limpar os seus sapatos.

E deixou o dono da mercearia todo atordoado com aquela despedida específica. Ele se perguntava se não havia caído em sua própria armadilha.

Ao chegar a casa, encontrou Planchet perplexo em cima da escada.

— Ah, senhor! — exclamou Planchet quando viu o seu mestre. — Temos outro problema agora, e estava ansiosamente à espera de sua volta.

— Bem, do que se trata? — perguntou D'Artagnan.

— Aposto cem moedas, senhor. Aposto mil. Aposto mil se adivinhar a visita que recebi na sua ausência.

— Quando?

— Há cerca de meia hora, enquanto estava com o Sr. de Tréville.

— E quem veio? Diga lá, fale!

— O Sr. Decavois.

— O Sr. Decavois?

— Em pessoa.

— O capitão dos guardas de Sua Eminência?

— Ele mesmo.

— Ele veio para me prender?

— É disso que tenho medo, senhor, apesar do ar lisonjeador que ele usou.

— Ele foi amável?

— Foi um doce, senhor.

— Mesmo?

— Ele disse que veio em nome de Sua Eminência, que gostou muito do senhor, e pediu que você o seguisse até o Palácio Real.

— E o que você respondeu?

— Que era impossível, já que você estava longe de casa, como ele mesmo podia ver.

— Então o que é que ele disse?

— "Diga a seu mestre que Sua Eminência está completamente disponível para ele, e que sua sorte talvez dependa dessa entrevista".

— Essa armadilha está muito desajeitada para ser do cardeal — disse o jovem sorridente.

— Também percebi a armadilha e respondi que ia esperar pelo seu regresso. "Para onde ele foi?", perguntou o Sr. Decavois. "Para Troyes, em Champagne", respondi. "E quando foi que ele saiu?", continuou. "Ontem... à tarde" — disse eu.

— Planchet, meu amigo — interrompeu D'Artagnan —, você é realmente um homem de confiança.

— Entende, senhor? Eu pensei que haveria tempo; se você quiser ver o Sr. Decavois, para me desmentir dizendo que não tinha partido; nesse caso, seria eu quem teria mentido, e como eu não sou um cavalheiro, eu posso mentir.

— Acalme-se, Planchet! — Vai manter a sua reputação de homem fiel: dentro de vinte minutos partimos.

— Esse é o conselho que eu daria ao senhor. E para onde vamos, se é que posso saber?

— Que inferno! Para o lado oposto ao que você disse que eu havia partido, homem! — Além disso, você não está com pressa para receber notícias de Grimaud, de Mousqueton e de Bazin, como eu tenho de saber o que aconteceu com Athos, Porthos e Aramis?

— Claro, senhor — disse Planchet —, e partirei quando quiser; o ar da província é melhor para nós, penso eu, neste momento, do que o ar de Paris. É por isso que...

— Então vamos fazer nossas malas, Planchet, e sair; eu vou em frente com minhas mãos nos bolsos para que ninguém suspeite de nada. Encontre-se comigo no Palácio dos Guardas. A propósito, Planchet, acho que você tem razão sobre o nosso convidado, ele é definitivamente um canalha horrível.

— Acredite, senhor, quando eu lhe disser alguma coisa, sou um bom fisionomista.

D'Artagnan desceu primeiro, como havia combinado; depois, para não ter nada pesando em sua consciência, foi mais uma vez à casa dos seus três amigos, mas nenhuma notícia sobre eles havia sido recebida; apenas uma carta toda perfumada com um elegante e pequeno escrito tinha chegado para Aramis.

D'Artagnan tratou de cuidar dela. Dez minutos depois, Planchet estava nos estábulos do Palácio dos Guardas. D'Artagnan, para não perder tempo, já tinha selado o seu próprio cavalo.

— Está tudo certo — disse ele a Planchet, agora sele três cavalos, e vamos partir.

— Não acha que iríamos mais depressa com dois cavalos cada um? — perguntou Planchet com um ar zombeteiro.

— Não, senhor palhaço — respondeu D'Artagnan —, mas com os nossos quatro cavalos podemos trazer os nossos três amigos de volta, se ainda os encontrarmos vivos.

— O que será uma grande sorte! — respondeu Planchet —, mas, no final, devemos ter esperança na misericórdia de Deus.

— Homens! — disse D'Artagnan. — A cavalo!

Os nossos dois viajantes chegaram a Chantilly sem qualquer acidente e desembarcaram em frente ao albergue Grand Saint Martin, o mesmo em que tinham parado durante a sua primeira viagem.

O estalajadeiro, vendo o jovem seguido por seu lacaio e por dois cavalos no reio, avançou respeitosamente até a soleira da porta. Agora, como já tinha feito onze léguas, D'Artagnan julgou que seria adequado parar para ver se Porthos estava ou não na pousada. Além disso, a princípio poderia não ser inteligente descobrir o que acontecera com o mosqueteiro. D'Artagnan, sem pedir nenhuma notícia do que havia se passado, desceu, confiou os cavalos ao seu lacaio, entrou numa pequena sala destinada a receber aqueles que desejavam ficar sozinhos, e pediu ao dono da estalagem uma garrafa do seu melhor vinho e o melhor almoço possível; um pedido que corroborava ainda mais a boa opinião quc o anfitrião tinha feito do seu viajante à primeira vista.

E foi por isso que D'Artagnan foi servido com uma velocidade impressionante.

O regimento dos guardas foi recrutado entre os primeiros homens gentios do reino, e D'Artagnan, seguido de um lacaio e viajando com quatro magníficos cavalos, não podia, apesar da simplicidade do seu uniforme, deixar de causar alguma sensação. O estalajadeiro queria servi-lo pessoalmente.

— Tenho fé, meu querido estalajadciro — disse D'Artagnan, enchendo os dois copos —, eu pedi o seu melhor vinho e, se me enganar, será castigado pelo seu pecado, pois, como eu odeio beber sozinho, você beberá comigo. Então pegue esse copo e vamos beber.

— Por que deveríamos beber, para não deixar nenhum de nós vulnerável?

— Vamos beber à prosperidade do seu estabelecimento!

— A sua deferência me honra — disse o estalajadeiro — e lhe agradeço sinceramente pelos seus votos.

— Mas não se deixe enganar — disse D'Artagnan —, talvez haja mais egoísmo do que você pensa em meu brinde: só nos estabelecimentos que prosperam você será bem recebido; nos albergues decadentes tudo vai de mau a pior, e o viajante é vítima das dificuldades de seu anfitrião; mas eu, que viajo muito e especialmente por este caminho, gostaria de ver todos vocês fazerem fortuna.

— Parece-me que esta não é a primeira vez que tenho a honra de ver o cavalheiro.

— Bem, já passei por Chantilly umas dez vezes, talvez, e das dez vezes, três ou quatro pelo menos parei em sua casa. Veja bem, a última vez foi há uns dez ou doze dias; eu estava com alguns amigos, mosqueteiros, e a prova é que um deles estava envolvido em uma disputa com um estranho, um homem que o procurava, mas não sei qual era o assunto.

— Sim, é verdade...! — disse o estalajadeiro. — Eu me lembro perfeitamentc. O scnhor quer falar comigo sobre Porthos?

— Esse é exatamente o nome do meu companheiro de viagem. — Ah, meu Deus! Querido anfitrião, diga-me, aconteceu alguma desgraça?

— Não, mas ele deveria perceber que não podia continuar a viagem.

— Realmente, ele tinha prometido se encontrar conosco, e nunca mais o vimos.

— Ele nos deu a honra de ficar aqui.

— A honra de ficar aqui?

— Sim, senhor, e ficamos muito incomodados no albergue.

— E por quê?

— Por causa das despesas que ele fez.

— Bom, ele vai pagar todas as despesas que fez!

— Ah, senhor, você é realmente um bálsamo para o meu sangue! Fizemos grandes progressos, e esta manhã até o cirurgião nos disse que se o Sr. Porthos não lhe pagasse, eu é que teria de pagar a conta, pois fui eu que o tinha mandado chamar.

— Mas, então, Porthos está ferido?

— Não sei ao certo, senhor.

— Como pôde não me contar? Você deveria estar mais bem informado do que qualquer outra pessoa.

— Sim, mas na nossa situação não dizemos tudo, senhor, principalmente porque o senhor nos advertiu de que nossos ouvidos responderiam por nossa língua.

— Bem, posso ver Porthos?

— Claro, senhor. Vá pelas escadas, suba até o primeiro andar e bata à porta número um. Avise que é o senhor.

— Como posso avisá-lo de que sou eu?

— Avise, porque um infortúnio pode acontecer.

— Qual infortúnio?

— O Sr. Porthos pode pensar que alguém invade o seu quarto, o movimento de raiva pode atravessar o seu corpo através da espada e arrancar a tampa de seu cérebro.

— O que fizeram a ele, senhor?

— Pedimos o nosso pagamento.

— Ah, diabos! — Eu entendo, é um pedido que Porthos recebe muito mal quando não tem dinheiro, mas eu sei que ele deveria ter moedas.

— Foi o que pensamos, senhor; como a casa é muito regular e fazemos nossas contas todas as semanas, depois de oito dias lhe apresentamos nossa nota; mas parece que chegamos em um mau momento, porque a primeira palavra que pronunciamos sobre o assunto, ele nos enviou ao diabo; é verdade que no dia anterior ele tinha jogado.

— Como poderia ele ter jogado no dia anterior? E com quem?

— Ah, meu Deus! Quem sabe? Com um cavalheiro que estava de passagem e a quem propôs um jogo de cartas.

— É isso, o infeliz perdeu tudo o que tinha.

— O seu cavalo, senhor, porque quando o estranho estava prestes a sair, reparamos que o seu lacaio selava o cavalo do Sr. Porthos. Então fizemos a observação, mas ele respondeu que estávamos entrando em um assunto que era importante para nós e que o cavalo era dele. Informamos imediatamente o Sr. Porthos sobre o que estava acontecendo, mas ele nos disse que éramos tolos por duvidar da palavra de um cavalheiro, e que, como ele havia dito que o cavalo era dele, tinha que ser assim.

— Eu o reconheço perfeitamente nessas atitudes — disse D'Artagnan.

— Então — continuou o estalajadeiro — eu o avisei que, desde o início, ele teria sido um bom homem, e quando parecíamos destinados a não nos entendermos mutuamente em matéria de pagamento, esperava que pelo menos ele tivesse a gentileza de conceder a honra de seu tratamento ao meu colega proprietário da Pousada Águia de Ouro; mas o Sr. Porthos me respondeu que o meu albergue era o melhor e que queria ficar nele. Tal resposta foi muito lisonjeira para que eu insistisse na sua partida. Só lhe pedi que me devolvesse o quarto, que era o mais bonito do hotel, e que se contentasse com um belo dormitório no terceiro andar. Mas o Sr. Porthos respondeu que, enquanto esperava pela sua amante, que era uma das maiores senhoras da corte, eu tinha que entender que o quarto que ele me deu a honra de ficar em minha casa ainda era medíocre para tal pessoa. Sem se preocupar em entrar em uma discussão comigo, ele pegou sua arma, colocou-a em sua mesa de cabeceira, e declarou que a primeira palavra sobre movimento que fosse dita, fosse dentro ou fora da pousada, seria motivo para ele abrir a tampa do cérebro de qualquer um que fosse imprudente o suficiente para entrar nesse assunto. É por isso, senhor, que a partir desse momento, já ninguém entra no quarto dele, exceto seu lacaio.

— Então, Mousqueton está aqui?

— Sim, senhor; cinco dias depois de sua partida, ele voltou com o pior humor possível; parece que ele também teve problemas durante sua viagem. Infelizmente, ele é mais rápido do que seu mestre, o que faz com que Porthos vire tudo de cabeça para baixo, pois, pensando que nada pode ser negado a ele, toma o que precisa sem pedir.

— Não é assim, porque o Porthos vai lhe pagar.

— Sei! — disse o estalajadeiro em um tom de dúvida.

— Ele é o favorito de uma grande dama que não o abandonaria por causa de uma miséria como a que ele lhe deve...

— Se me atreve a dizer no que acredito...

— O que você acha?

— Eu diria ainda mais: o que eu sei.

— O que você sabe?

— E até do que tenho a certeza.

— Vamos ver, do que tem certeza?

— Eu diria que conheço essa grande senhora.

— Você?

— Sim.

— E como o senhor a conhece?

— Ah, senhor! Se eu achasse que podia confiar ao senhor a minha discrição...

— Fale pela fé de um gentio, para que não se arrependa da sua confiança.

— Bem, senhor, a inquietação faz muitas coisas... O Sr. Porthos nos deu um bilhete para aquela duquesa, e estamos encarregados de enviá-lo para os correios. O seu lacaio ainda não tinha chegado. Como ele não podia sair do quarto, tivemos de tratar dos recados dele.

— E então?

Em vez de enviar a carta para o correio, o que nunca é certo, aproveitei a oportunidade de um dos meus garçons que iria a Paris e ordenei-lhe que a entregasse pessoalmente à duquesa. Fiz isso para cumprir as intenções do Sr. Porthos, que nos confiou essa carta, não foi?

— Mais ou menos.

— Bem, o senhor sabe quem é aquela grande senhora?

— Não, só ouvi o Porthos falar dela.

— Sabe quem é essa provável duquesa?

— Repito, não a conheço, senhor.

— Ela é uma antiga procuradora do Châtelet, senhor, chamada Sra. Coquenard, que tem pelo menos cinquenta anos e é muito ciumenta. Uma princesa que vive na rua Aux Ours, parece bem esquisito.

— Como o senhor sabe disso?

— Porque ela estava muito zangada, quando recebeu a carta, dizendo que o Sr. Porthos era um catavento e que ele deve ter encontrado outra mulher.

— Mas então, ele recebeu um tratamento?

— Meu Deus! O que foi que eu disse?

— Disse que Porthos tinha recebido um tratamento.

— Sim, mas ele me proibiu de falar.

— E por que isso?

— Raio que o parta! Senhor, porque ele tinha se gabado de perfurar aquele estranho com quem lutou, mas foi o contrário, o estrangeiro que, apesar de todos as ameaças, o fez comer poeira. Mas desde que o Sr. Porthos é um homem muito honrado, exceto para a duquesa, para quem ele tinha pensado em contar a história de sua aventura, ele não quer confessar a ninguém que foi golpeado.

— Então, é o tratamento que o mantém na cama?

— Um tratamento magistral, garanto ao senhor. O seu amigo deve ter sete vidas, assim como gatos.

— O senhor esteve lá?

— Senhor, eu os segui por curiosidade, então eu vi a luta sem que os lutadores me vissem.

— E como as coisas aconteceram?

— Ah, não foi uma batalha muito longa, eu lhe digo, ambos ficaram de guarda, o estrangeiro fingiu e se arriscou até o fim; tudo isso tão rápido que, quando o Porthos chegou e se aproximou, recebeu três centímetros de ferro no peito. Porthos caiu de costas. O estrangeiro afiou a ponta de sua espada em sua garganta, e Porthos, vendo-se à mercê de seu adversário, declarou-se derrotado. O estrangeiro perguntou o seu nome e, ao saber que era Porthos e não D'Artagnan, ofereceu-lhe o seu braço, levou-o à estalagem, montou em seu cavalo e desapareceu.

— Então o estrangeiro procurava o Sr. D'Artagnan?

— Parece que sim.

— Sabe o que aconteceu com ele?

— Não, não o tinha visto até então, e ainda não o vimos.

— Muito bem, agora já sei o que precisava saber. O senhor disse que o quarto do Porthos fica no primeiro andar, número um?

— Sim, senhor, o quarto mais bonito do albergue, um quarto que eu já teria tido dez chances de alugar.

— Calma! — disse D'Artagnan rindo. — Porthos vai lhe pagar com o dinheiro da duquesa Coquenard.

— Ah, senhor! Procuradora ou duquesa, se ela abrisse as cordas de sua bolsa, nada mais importaria; mas ela respondeu taxativamente que estava farta das exigências e das infidelidades do Sr. Porthos, e que não lhe enviaria um centavo.

— O senhor deu essa resposta ao seu convidado?

— Nós guardamos essa informação para nós mesmos; ele teria descoberto como fizemos o trabalho.

— Então ele ainda está à espera do dinheiro.

— Ah, meu Deus, claro! Ontem até escreveu outra carta, mas dessa vez foi o seu lacaio que a colocou no correio.

— E você diz que ela é velha e feia?

— Tem pelo menos cinquenta anos, senhor, não é muito bonita, segundo o que me disse Pathaud.

— Nesse caso, fique descansado, ela ficará tocada; além disso, Porthos não pode ficar devendo muito.

— O que você quer dizer com isso? Já são por volta de vinte moedas de ouro, isso sem contar o médico. Ele não se priva de nada, está habituado a viver bem.

— Bem, se a sua amante o abandonar, ele vai encontrar amigos, garanto-lhe. Então, meu querido estalajadeiro, não se preocupe, e continue a tomar todos os cuidados que sua condição exige.

— O senhor prometeu não falar sobre a procuradora e não dizer uma palavra sobre a ferida.

— Está combinado, você tem a minha palavra.

— Ah, isso me mataria!

— Não tenha medo, ele não é tão ruim como parece.

Ao dizer essas palavras, D'Artagnan subiu as escadas, deixando seu anfitrião um pouco mais à vontade com duas coisas que pareciam preocupá-lo: sua dívida e sua vida.

No alto das escadas, em cima da porta mais visível do corredor, estava desenhado, com tinta preta, um gigantesco número um; D'Artagnan deu uma batida e, após o convite para entrar, que veio de dentro, ele estava dentro do quarto.

Porthos estava deitado e jogava cartas com Mousqueton para exercitar a mão, enquanto um espeto carregado de perdizes rodava em frente ao fogo, e, em cada canto de uma grande chaminé, havia duas panelas cozinhando em dois fogões, de onde saía o duplo cheiro de guisado de coelho e guisado de peixe que alegrava o sentido do olfato. Além disso, o topo de um cofre e o mármore de um gaveteiro estavam cobertos com garrafas vazias.

Ao ver o seu amigo Porthos, proferiu um grande grito de alegria, e Mousqueton, levantando-se respeitosamente, cedeu-lhe o lugar, indo ver as caçarolas das quais parecia estar particularmente encarregado.

— Por Deus, é você! — disse Porthos a D'Artagnan. — Seja bem-vindo, e me desculpe se eu não for até você. Mas — acrescentou, olhando para D'Artagnan com algum receio — você sabe o que aconteceu comigo.

— Não.

— O dono do albergue não lhe disse nada?

— Perguntei por você e subi imediatamente.

Porthos parecia respirar mais livremente.

— O que aconteceu com você, meu caro Porthos? — perguntou D'Artagnan.

— O que aconteceu comigo foi que, quando me atirei profundamente contra o meu adversário, a quem eu já tinha dado três golpes e com quem eu queria terminar, o meu pé bateu em uma pedra e eu torci um joelho.

— Mesmo?

— Palavra de honra! Felizmente para o patife, porque eu não o teria deixado, mas no seu lugar o teria matado, eu garanto.

— E o que aconteceu com ele?

— Ah, eu não sei de nada! Ele teve o suficiente, e saiu sem perguntar o que estava faltando. Mas o que aconteceu com você, meu caro D'Artagnan?

— Então, meu caro Porthos — continuou D'Artagnan —, o que o mantém é essa torção?

— Ah, meu Deus, sim, é por isso! Daqui a alguns dias estarei em pé.

— Então por que não pediu que o levassem a Paris? Você deve estar cruelmente irritado aqui.

— Era minha intenção, mas, caro amigo, devo lhe confessar uma coisa.

— Qual delas?

— Como eu estava terrivelmente entediado, como você mesmo disse, e eu tinha no bolso as setenta e cinco moedas que você me deu, para me distrair eu trouxe ao meu quarto um cavalheiro que estava passando e lhe propus jogar um jogo de cartas. Ele aceitou e, por minha honra, minhas setenta e cinco pistolas foram da minha bolsa para a dele, assim como o meu cavalo, que ele também levou consigo. Mas e você, meu caro D'Artagnan?

— O que você quer, meu caro Porthos? Você não pode ter sorte em tudo — disse D'Artagnan. — Você conhece o provérbio: "Azar no jogo, sorte no amor". Você é muito sortudo em amar o jogo para não se vingar; mas você se importa com os contratempos da sorte? Você não se importa, seu patife, você não tem a sua duquesa, ela não pode vir em seu auxílio?

— Bem, então, meu querido D'Artagnan... para lhe mostrar minha má sorte — respondeu Porthos com o ar mais calmo do mundo —, eu escrevi para ela me enviar cinquenta moedas, das quais eu precisava pela situação em que me encontrava...

— E?

— E... ela não deve estar em casa, porque não me respondeu.

— É sério?

— Sim! Ontem até lhe enviei uma segunda carta, ainda mais urgente que a primeira. Mas você está aqui, meu querido amigo, vamos falar sobre isso. Confesso que estava começando a ficar ansioso por sua causa.

— Mas o dono do albergue se comportou bem com você, meu caro Porthos — disse D'Artagnan, apontando para as panelas cheias e as garrafas vazias.

— Mousqueton — disse D'Artagnan —, você terá que me fazer um favor.

— Qual deles, senhor?

— Dê a sua receita ao Planchet; eu também poderia ficar sitiado, e não me importaria que me dessem os mesmos cuidados que você dá ao seu mestre.

— Ah, meu Deus, senhor! — disse Mousqueton com um ar modesto. — Nada poderia ser mais fácil. É simples como escrever com a mão direita. Fui educado no campo, e meu pai, em seus momentos de pressa, foi um pouco espertalhão.

— E no resto do tempo, o que ele fazia?

— Senhor, ele adotava uma prática que sempre me pareceu bastante afortunada.

— Qual delas?

— Como era no período das guerras entre os católicos e os huguenotes, e como ele viu os católicos exterminarem os huguenotes, e os huguenotes exterminarem os católicos, e tudo em nome da religião, uma crença mista foi criada, o que lhe permitiu ser católico e huguenote ao mesmo tempo.

Ele costumava andar com uma espingarda no ombro, atrás das cercas que beiravam as estradas, e quando via chegar um único católico, a religião protestante dominava o seu espírito. Abaixava sua espingarda na direção do viajante; então, quando estava a dez passos de distância, iniciava um diálogo que quase sempre terminava com o viajante abandonando a sua bolsa para salvar sua vida. Naturalmente, quando chegava um huguenote, via-se envolvido num zelo católico tão ardente que não entendia como, minutos antes, tinha duvidado da superioridade da nossa santa religião. Porque eu, senhor, sou católico; mas meu pai, fiel aos seus princípios, fez do meu irmão mais velho um huguenote.

— E como é que esse homem digno acabou? — perguntou D'Artagnan.

— Da maneira mais miserável possível, senhor. Um dia foi apanhado numa encruzilhada entre um huguenote e um católico com quem já tinha se encontrado e eles o reconheceram, de modo que se uniram contra ele e o penduraram numa árvore; depois vieram gabar-se do belo erro que tinham cometido na taberna da primeira aldeia, onde nós, meu irmão e eu, estávamos a beber.

— E o que você fez? — disse D'Artagnan.

— Nós os deixamos se gabarem — continuou Mousqueton. — Então, quando todos saíram da taberna pela estrada oposta, meu irmão fez uma emboscada na estrada católica, e eu na estrada protestante. Duas horas depois, o assunto estava resolvido com cada um deles, admirando ao mesmo tempo a previdência de nosso pobre pai, que havia tomado a precaução de educar cada um de nós em uma religião diferente.

— Na verdade, como você diz, Mousqueton, seu pai me parece ter sido um jovem muito inteligente. E você diz que, em alguns momentos, esse homem bom era sorrateiro?

— Sim, senhor, e foi ele quem me ensinou a amarrar um arco e a atirar uma flecha. É por isso que, quando vi que o nosso estalajadeiro malandro estava nos dando muita comida grosseira, boa apenas para os canalhas, e que não servia para dois estômagos tão enfraquecidos como o nosso, comecei a me lembrar de algo sobre o meu antigo trabalho. Enquanto eu andava pelos bosques do Príncipe, eu tinha laços no passado; e se eu me deitava nos lagos de Sua Alteza, eu deixava a seda deslizar em suas águas. Mas agora, graças a

Deus, nada está nos faltando, como o senhor pode assegurar, há perdizes e coelhos, carpas e enguias, uma comida leve e saudável, adequada para os doentes.

— Mas e o vinho? — perguntou D'Artagnan. — Quem fornece o vinho? O seu estalajadeiro?

— Ou seja, sim e não.

— Como assim, sim e não?

— Ele fornece, é verdade, mas não sabe que tem essa honra.

— Explique-se, mosqueteiro, a sua conversa está cheia de informações.

— Olhe, senhor. O acaso fez com que eu encontrasse em minhas peregrinações um espanhol que tinha visitado muitos países, entre eles o Novo Mundo.

— E bem... — disse Porthos. — Vá para a mesa, Mousqueton, e enquanto tomamos o café da manhã, D'Artagnan nos dirá o que aconteceu com ele desde que nos deixou há oito dias.

CAPÍTULO 21

A tese de Aramis

Como D'Artagnan estava mais ou menos em paz com Porthos, e como ele aguardava ansiosamente notícias de seus outros dois amigos, ele deixou o homem doente e avisou-o para partir em sua busca quando melhorasse. Caso contrário, como ele esperava voltar pela mesma estrada, e se em sete a oito dias Porthos ainda estivesse no albergue Grand Saint Martin, ele o buscaria quando retornasse.

Porthos respondeu que, provavelmente, sua torção não permitiria que ele saísse dali. Além disso, deveria ficar em Chantilly para esperar uma resposta de sua duquesa.

D'Artagnan lhe desejou uma recuperação boa e rápida; e depois de reafirmar os cuidados de Porthos a Mousqueton, e pagar suas despesas ao estalajadeiro, partiu com Planchet, já livre de um dos cavalos que levavam a mais.

D'Artagnan não tinha contado nada a Porthos sobre a sua ferida ou a sua procuradora. O nosso bearnês era um rapaz muito prudente, apesar de ser jovem. Tinha fingido acreditar em tudo o que o glorioso mosqueteiro lhe dissera, convencido de que não há amizade que sustente um segredo descoberto, sobretudo quando ele afeta o orgulho; além disso, há sempre uma superioridade moral sobre aqueles cujas vidas são conhecidas.

E D'Artagnan, em seus futuros projetos de intriga, e determinado a fazer de seus três companheiros os instrumentos de sua sorte, não se preocupou em reunir em suas mãos os fios invisíveis com a esperança de dirigi-los.

No entanto, ao longo do caminho, uma profunda tristeza oprimia o seu coração; ele pensava na bela jovem Bonacieux, que tinha de lhe pagar o preço da sua paixão; mas, digamos, essa tristeza não era causada pela dor da sua felicidade perdida, mas pela ansiedade de imaginar o que poderia ter acontecido àquela pobre mulher. Não havia dúvidas em sua mente: ela fora vítima de uma vingança do cardeal, e, como sabemos, a vingança de Sua Eminência era terrível. Como ele a tinha encontrado com a ajuda do ministro é o que ele mesmo não sabia. Sem dúvida seria a revelação que o Sr. Decavois teria feito ao capitão dos guardas se o tivesse encontrado em sua casa.

Nada faz o tempo passar mais rápido ou encurta o caminho como um pensamento que absorve em si todas as funções do corpo de quem pensa.

A existência do mundo parece ser um sonho onde só existe esse pensamento. Graças à sua influência, o tempo não tem medidas, o espaço é imensurável. Nada permanece presente em sua memória nesse intervalo percorrido, exceto um vago nevoeiro em que mil imagens confusas de árvores, montanhas e paisagens são apagadas conforme o nosso cavaleiro avança.

E foi assim, preso em seus pensamentos, que D'Artagnan galopou as seis ou oito léguas que separavam Chantilly do Crèvecceur, sem se lembrar de nada que havia encontrado em seu caminho.

Só ali teve a sua memória de volta, balançou cabeça, viu a taberna onde havia deixado Aramis e, deixando seu cavalo a trote, parou na frente da porta.

Dessa vez, não era um dono, mas a dona da estalagem quem o recebia. D'Artagnan era um fisionomista; ele observou em um relance o largo rosto alegre da estalajadeira, e compreendeu que não havia necessidade de disfarce, nem deveria temer nada diante de uma fisionomia tão contente.

— Minha boa senhora — perguntou D'Artagnan —, poderia me dizer o que aconteceu a um de meus amigos, a quem fomos obrigados a deixar aqui há uma dúzia de dias?

— Um jovem de vinte e três a vinte e quatro anos, doce, gentil, muito bonito? E também ferido no ombro?

— Isso mesmo. Precisamente.

— Bem, senhor, ele ainda está aqui.

— Oh, minha querida senhora! — disse D'Artagnan pondo os pés no chão e lançando o freio do cavalo nos braços do Planchet. — Por favor, devolva a minha vida. Onde está o meu querido Aramis, para que eu possa abraçá-lo? Porque, confesso, estou com pressa em vê-lo novamente.

— Desculpe, senhor, mas duvido que ele possa recebê-lo neste momento.

— Por quê? Ele está com uma mulher?

— Jesus! Não diga isso! O pobre rapaz! Não, senhor, ele não está com uma mulher. Ele está com o sacerdote de Montdidier e com o superior dos jesuítas de Amiens.

— Meu Deus! — exclamou D'Artagnan. — O pobre rapaz está muito pior!

— Não, senhor, pelo contrário! Mas como resultado da sua doença, a graça o tocou e ele está determinado a entrar na religião.

— É justo — disse D'Artagnan. — Eu tinha me esquecido de que ele seria mosqueteiro apenas por um curto período de tempo.

— O senhor insiste em vê-lo?

— Mais do que nunca.

— Bem, senhor, vá pelas escadas que ficam à direita no pátio, ele está no segundo andar, número cinco.

D'Artagnan correu na direção certa e encontrou uma daquelas escadas exteriores como as que ainda hoje vemos nos pátios dos antigos abrigos. Bazin estava no corredor e o impediu de passar sem medo porque, depois de muitos anos de provocações, ele estava finalmente à beira de alcançar o resultado que ele sempre havia desejado.

Na verdade, o sonho do pobre Bazin sempre foi servir a um homem da igreja, e ele aguardava ansiosamente o momento quando Aramis finalmente jogaria sua capa para as urtigas e pegaria a sua batina. A promessa renovada todos os dias pelo jovem de que o tempo não poderia esperar era a única coisa que o mantinha a serviço do mosqueteiro, um serviço em que, como ele dizia, não podia deixar de perder a sua alma.

Entende-se que, na disposição em que se encontrava, nada poderia ser mais desagradável para Bazin do que a chegada de D'Artagnan, que poderia levar seu mestre de volta ao turbilhão de ideias mundanas que o haviam arrastado por tanto tempo. Ele resolveu, então, defender corajosamente a porta; e como foi traído pela dona da pousada, não pôde dizer que Aramis estava ausente. Ele tentou provar ao recém-chegado que seria o cúmulo da indiscrição perturbar seu mestre durante a piedosa conferência que ele havia realizado desde a manhã e que, segundo Bazin, ele não poderia terminar antes do anoitecer.

Mas D'Artagnan não se deu conta do discurso eloquente do lacaio, e como ele não se importava em se envolver em polêmicas com o servo do seu amigo, simplesmente o afastou com uma mão e com a outra rodou a maçaneta da porta número cinco.

A porta abriu e D'Artagnan entrou na sala. Aramis, numa espécie de túnica preta, com a cabeça enfiada em uma touca redonda e achatada, que não se parecia muito com um chapéu, estava sentado em uma mesa longa coberta de rolos de papel e enormes livros com folhas desdobradas; à sua direita estava o superior dos jesuítas e à sua esquerda o sacerdote de Montdidier. As cortinas foram esticadas até o meio da janela, para deixar apenas uma luz misteriosa penetrar, bem aproveitada para uma devota meditação. Todos os objetos mundanos que podem surpreender o olhar quando se entra no quarto de um jovem, e especialmente quando esse jovem é um mosqueteiro, tinham desaparecido como por magia, e por medo. Sem dúvida, o seu olhar de mosqueteiro não levaria seu mestre de volta para as ideias do mundo; Bazin tinha apreendido a espada, as pistolas, o chapéu de penas, os brocados e as armas de todos os tipos e todas as espécies.

Em seu lugar, D'Artagnan pensou ver em um canto escuro uma forma de plano de estudos pendurada em um prego na parede.

Ao som de D'Artagnan abrindo a porta, Aramis levantou a cabeça e reconheceu seu amigo. Mas, para grande espanto do jovem, a sua visão não parecia causar grande impressão no mosqueteiro, tão distante estava o seu espírito das coisas da Terra.

— Bom dia, querido D'Artagnan — disse Aramis. — Acredite que estou feliz por vê-lo.

— Eu também — disse D'Artagnan —, embora eu ainda não saiba se é com Aramis que estou falando.

— Sou eu mesmo, meu amigo, mas o que poderia causar essa dúvida em você?

— Eu estava com medo de ter entrado no quarto errado, e pensei que tivesse entrado no quarto de algum religioso; e então outro erro se apoderou de mim quando eu o encontrei na companhia desses senhores; pensei que você estivesse gravemente doente.

Os dois homens vestidos com roupas pretas lançaram sobre D'Artagnan, cuja intenção logo perceberam, um olhar quase ameaçador; mas D'Artagnan não se preocupou com eles.

— Talvez os incomode, meu caro Aramis — continuou D'Artagnan —, porque, pelo que percebo, sou tentado a acreditar que você se confessa a esses senhores.

Aramis ficou notadamente vermelho.

— Ah, muito pelo contrário, meu caro amigo, eu lhe juro; e como prova do que eu digo, demonstro minha felicidade em vê-lo são e salvo.

"Ah, ele finalmente se lembrou!", pensou D'Artagnan. "A situação não está tão ruim".

— Este cavalheiro, que é meu amigo, acaba de escapar de um grande perigo — continuou Aramis fazendo uma unção e apontando D'Artagnan para os dois eclesiásticos.

— Louvado seja Deus, senhor! — responderam eles, curvando-se em uníssono.

— Eu não deixei de fazer isso, reverendos — respondeu o jovem, devolvendo a bênção.

— Você chegou de propósito, querido D'Artagnan — disse Aramis —, e você vai nos iluminar participando da discussão trazendo a sua luz. O diretor de Amiens, o sacerdote de Montdidier e eu estávamos discutindo sobre algumas questões teológicas, cujo interesse guardamos por muito tempo.

— A opinião de um homem de espada não tem peso — respondeu ele.

D'Artagnan estava começando a se preocupar com o rumo que as coisas estavam tomando.

— Pelo contrário — continuou Aramis —, a sua opinião será preciosa para nós.

— Eis o que se passa: o homem mais importante daqui pensa que a minha tese deve ser, sobretudo, dogmática e didática.

— A sua tese, então você está fazendo uma tese?

— Claro — respondeu o jesuíta —, para o exame que precede a ordenação é necessário apresentar uma tese.

— A ordenação!... — exclamou D'Artagnan, que não podia acreditar no que a dona da estalagem e Bazin já haviam dito. — A ordenação!

E ele fincou os olhos atônitos sobre os três personagens à sua frente.

— Agora — continuou Aramis, sentando-se em sua poltrona com a mesma pose graciosa que ele teria tomado se estivesse em uma cadeira, examinando sua mão branca e gordinha como a de uma mulher —, agora, como você ouviu, D'Artagnan, o sacerdote principal gostaria que minha tese fosse dogmática, enquanto eu gostaria que fosse ideal. É por isso que ele me propôs aquele ponto que ainda não fora tratado, no qual reconheço que há matéria existente para desenvolvimentos magníficos: "Utraque manus in benedicendo clericis inferioribus necessaria est".

D'Artagnan, cuja erudição conhecemos, não pestanejou com essa citação, assim como o Sr. de Tréville não fez com os presentes que D'Artagnan alegou ter recebido do Sr. de Buckingham.

— Isso significa — continuou Aramis para facilitar as coisas para ele — que as duas mãos são indispensáveis aos sacerdotes das ordens inferiores quando dão a bênção.

— Que sujeito adorável! — exclamou o jesuíta.

— É indesejável e dogmático! — repetiu o padre, que sabia tanto quanto D'Artagnan de latim, observando cuidadosamente o jesuíta para pisar em seus calcanhares e repetir suas palavras como um eco.

Quanto a D'Artagnan, ficou completamente indiferente ao entusiasmo dos dois homens vestidos de negro.

— Sim, admirável! *Prorsus admirabile*! — continuou Aramis. — Mas requer um estudo aprofundado dos padres da Igreja e das escrituras bíblicas.

— Agora, confessei a esses sábios eclesiásticos, e isso com toda humildade, que as vigílias do corpo de guardas e o serviço do rei me fizeram negligenciar um pouco o estudo. Eu me encontraria, portanto, mais a meu gosto, *facilius natans*, em um assunto de minha escolha, que seria para essas questões teológicas ásperas o que a moralidade é para a metafísica na filosofia.

D'Artagnan e o padre pareciam lisonjeados. O jesuíta persistiu em sua opinião.

— Cuidado com o gosto profano no estilo teológico. O que diz em efeito?

— Santo Agostinho? *Severus sit clericorum sermo.*

— Sim, que o sermão seja claro! — disse o padre. — Mas ele apressou-se a acrescentar o jesuíta, vendo que o seu auxiliar estava se desviando... — Sua tese agradará às senhoras, a todos; terá o êxito de um apelo do Mestre Patru.

— Rezem a Deus! — exclamou Aramis, animado.

— Veja! — exclamou o jesuíta. — Ainda há a voz do mundo na sua voz, ela está alta, altíssima. Você ainda segue o mundo, meu jovem amigo, e eu temo porque a graça não é eficaz.

— Acalme-se, Reverendo, eu respondo por mim mesmo.

— Presunção mundana!

— Eu me conheço, meu Pai, a minha resolução é irrevogável!

— Então, insiste em continuar com essa tese?

— Sinto-me chamado a tratar dessa tese, e não de outra; vou continuar com ela, e amanhã espero que fique satisfeito com as correções que farei seguindo o seu conselho.

— Trabalhe devagar — disse o padre —, nós o deixaremos em excelentes condições.

— Sim, o chão está completamente semeado — disse o jesuíta —, e não devemos temer que uma parte do grão tenha caído sobre a pedra, outra ao lado da estrada, e que as aves do céu tenham comido o resto, pássaros *célio illam.*

Os dois homens vestidos de preto se levantaram, cumprimentaram Aramis e D'Artagnan e avançaram em direção à porta. Bazin, que tinha ficado em pé e escutado toda aquela discussão com uma alegria piedosa, correu em direção a eles, tomou o breviário do sacerdote, o missal do jesuíta, e caminhou respeitosamente na frente deles para acompanhar a saída dos dois.

Aramis os acompanhou até o começo da escada e subiu de novo ao lado de D'Artagnan, que ainda estava pensando.

Uma vez sozinhos, os dois amigos ficaram primeiro em um silêncio embaraçoso; porém, era necessário que um deles começasse a falar, e como D'Artagnan parecia determinado a deixar essa honra para seu amigo:

— Veja — disse Aramis —, você me trouxe de volta às minhas ideias fundamentais.

— Sim, a graça efetivamente o tocou, como aquele cavalheiro disse há pouco.

— Esses planos do retiro estão atrasados, você me ouviu, não ouviu, meu amigo?

— Claro, mas confesso que pensei que você estivesse brincando.

— Com esse tipo de coisa! Vamos, D'Artagnan!

— Que raios o partam! A morte também é uma piada.

— E você cometeu um erro, D'Artagnan, porque a morte é a porta que leva à perdição ou salvação.

— Tudo bem, mas se lhe agrada, não teologize, Aramis; você deve ter o suficiente para o resto do dia; quanto a mim, esqueci-me do pouco latim que nunca conheci; e devo confessar que não comi nada desde esta manhã às dez horas, e que tenho fome de todos os demônios.

— Agora vamos comer, meu caro amigo; só que, como você sabe, é sexta-feira, e em tal dia eu não posso ver nem comer carne. Se você se contentar com a minha comida... é feita de tetrágonos cozidos e frutas.

— O que quer dizer com tetrágono? — perguntou D'Artagnan ansiosamente.

— Eu entendo como espinafre — disse Aramis —, mas para você eu vou adicionar ovos, e é uma séria violação da regra, porque ovos são considerados carne, porque deles nascem os frangos.

— Essa refeição não é suculenta, mas não importa; para estar com você, eu faço esse sacrifício.

— Eu lhe agradeço pelo sacrifício — disse Aramis —, mas se ele não se aproveitar do nosso corpo, aproveitará, com certeza, da sua alma.

— Então, decididamente, Aramis, você entrou na religião. O que dirão os nossos amigos, o que dirá o Sr. de Tréville? Vão tratá-lo como um desertor, eu o aviso.

— Não vou entrar na religião, vou voltar para ela. É da igreja de onde eu tinha desertado pelo mundo inteiro, porque, como você sabe, eu tive que me violar para pegar o casaco do mosqueteiro.

— Não sei de nada.

— Ignora como deixei o seminário?

— Completamente.

— Aqui está a minha história; por outro lado, as Escrituras dizem: "Confessai-vos uns aos outros", e eu me confesso para você, D'Artagnan.

— E eu lhe dou a absolvição de antemão, você vê que eu sou bom.

— Não brinque com coisas sagradas, meu amigo.

— Vamos conversar, estou ouvindo-o.

— Eu estava no seminário desde os nove anos, e em três dias eu ia fazer vinte anos, ia ser abade e tudo estava certo. Uma noite, quando eu estava, segundo o meu costume, numa casa que frequentava com prazer (quando somos jovens, somos fracos!), um oficial, que me olhou com ciúmes por ler "As Vidas dos Santos" à dona da casa, entrou de repente e sem ser anunciado. Precisamente naquela noite eu tinha traduzido um episódio de Judith e tinha acabado de comunicar meus versículos à senhora, que me fez todo tipo de elogios e, inclinando-se sobre meu ombro, fez a releitura comigo. Ele não disse nada, mas, quando saí, ele estava atrás de mim e, quando se aproximou, disse-me: "Senhor, você gosta de dar golpes?". "Não posso dizer, senhor, porque nunca ninguém se atreveu a me bater". "Ouça-me, Sr. Abade, se você voltar para casa em que o encontrei esta tarde, farei isso". Acho que tive medo, fiquei muito pálido, senti que as minhas pernas me abandonavam, procurei uma resposta que não encontrei, e fiquei em silêncio. O oficial esperou por essa resposta e, vendo que estava demorando um pouco, riu, virou as costas para mim e voltou para casa. Voltei para o seminário. Eu sou um bom cavalheiro e tenho sangue ardente, como você viu, meu caro D'Artagnan; o insulto era terrível, e não importava quão desconhecido ele pudesse ser para o resto do mundo, eu o sentia vivo e agitado nas profundezas do meu coração. Declarei aos meus superiores que não me sentia suficientemente preparado para a ordenação, e, a meu pedido, adiou-se a cerimônia por um ano. Fui em busca do melhor mestre de armas de Paris, concordei com ele em ter uma aula de esgrima todos os dias, e durante um ano tive essa aula. Então, no aniversário daquele dia no qual eu tinha sido insultado, pendurei minha batina em um prego, vesti uma roupa de cavalheiro completa, e fui a uma festa dada por uma senhora amiga minha, onde eu sabia que aquele homem deveria estar. Foi na rua des Francs-Burgeois, ao lado da Force. De fato, meu oficial estava lá; aproximei-me dele, que lançou um olhar de amor, um olhar terno para uma mulher, enquanto cantava, e eu o interrompi no meio da segunda estrofe:

— Senhor, você ainda não gosta que eu volte a uma certa casa na rua Payenne, e você vai me dar bengaladas se eu receber o capricho da desobediência?

O oficial olhou-me estupefato e disse:

— O que você quer, senhor? Não o conheço.

— Eu sou — respondi — o pequeno abade que lê "A Vida dos Santos" e que traduz Judith em versículos.

— Ah, ah! Eu me lembro — disse o oficial zombando. — O que você quer?

— Eu gostaria que você tivesse tempo suficiente para dar um passeio comigo.

— Amanhã de manhã, se quiser, e será com o maior prazer.

— Amanhã de manhã, não; se lhe agrada, agora mesmo.

— Se você exige... Sim, tenho. Então vamos sair. Senhoras — disse o oficial —, não se incomodem. É hora de ajudar este senhor, e eu voltarei para terminar a última estrofe.

Saímos. Levei-o à rua Payenne, onde um ano antes, no mesmo lugar, ele tinha me dito tudo aquilo. Deixei bem claro que o deixei no mesmo lugar.

— Raios me partam! — exclamou D'Artagnan.

— Mas — continuou Aramis — como as senhoras não viram seu cantor voltar e ele foi encontrado na rua Payenne com uma grande estocada no corpo, pensaram que fosse eu quem o havia deixado assim, e o caso terminou em escândalo. Fui forçado a desistir da minha batina durante algum tempo. Athos, com quem me encontrei nessa altura, e Porthos, que tinha me ensinado, além de algumas aulas de esgrima, uns golpes de espadas, decidiram me dar uma capa de mosqueteiro. O rei tinha apreciado muito o meu pai, que morreu na guerra de Arras, e eles me deram o uniforme. Agora chegou o momento de eu voltar ao seio da Igreja.

— E por que hoje ao invés de ontem ou amanhã? O que aconteceu com você hoje que lhe dá ideias tão ruins?

— Esta ferida, meu caro D'Artagnan, foi para mim um aviso do céu.

— Esta ferida? Ah, está quase curada e tenho certeza de que não é a que mais o faz sofrer!

— Qual delas, então? — perguntou Aramis, envergonhado.

— Tem uma no seu coração, Aramis, mais viva e mais sangrenta, uma ferida feita por uma mulher.

Os olhos de Aramis brilhavam, apesar do seu coração.

— Ah — disse ele, disfarçando sua emoção sob uma falsa negligência. — Não fale dessas coisas. Vou pensar nisso! Nas tristezas do amor! *Vanitas vanitatum*! Eu teria enlouquecido, na sua opinião. E por quem? Por uma costureira, por uma criada a quem eu teria feito a corte na soleira de uma porta.

— Desculpe-me, meu caro Aramis, mas pensei que você estivesse mirando mais para cima.

— E quem sou eu para ter tanta ambição? Um pobre mosqueteiro, muito desonesto e muito obscuro, que odeia servidões e está muito deslocado no mundo!

— Aramis, Aramis! — exclamou D'Artagnan, olhando para o seu amigo com um ar de dúvida.

— Do pó vim, ao pó voltarei. A vida está cheia de dores e humilhações — continuou —, todos os fios que a ligam à felicidade são continuamente rompidos nas mãos dos homens, especialmente os fios de ouro. Ah, meu querido D'Artagnan! — continuou Aramis, dando por sua vez uma ligeira coloração à amargura. — Acredite em mim, esconda bem as suas feridas quando as tiver. O silêncio é a última alegria dos infelizes; cuidado para não colocar alguém, seja ele quem for, atrás da pegada das suas dores; os curiosos embebem as nossas lágrimas como moscas, e retiram sangue de uma ferida de bala.

— Ah, meu querido Aramis! — disse D'Artagnan, que por sua vez suspirou profundamente. — É a minha própria história que você resume aqui.

— Como?

— Sim, uma mulher que eu amava, que eu adorava, acaba de ser raptada. Não sei onde ela está, para onde foi levada, talvez seja uma prisioneira, talvez esteja morta.

— Mas pelo menos você tem o consolo de dizer a si mesmo que ela não o abandonou voluntariamente; que você não ouviu falar dela porque toda comunicação entre vocês está proibida por enquanto...

— Embora...

— Nada — respondeu Aramis —, nada.

— Então você renuncia ao mundo; é uma decisão tomada, uma resolução firme?

— Para sempre. Hoje você é o meu melhor amigo, amanhã não será para mim mais do que uma sombra; melhor ainda, não existirá. Quanto ao mundo, é um túmulo e nada mais.

— Raios! O que você me diz é muito triste!

— O que você quer? A minha vocação me atrai, me conduz.

D'Artagnan sorriu e não respondeu nada. Aramis continuou:

— Mesmo assim, enquanto permaneço na Terra, gostaria de ter falado com você sobre os nossos amigos.

— E eu — disse D'Artagnan — gostaria de ter falado com você sobre si mesmo, mas vejo você tão separado de tudo: você rejeitou o amor, os amigos se tornaram sombras, o mundo é um sepulcro.

— Infelizmente, você mesmo pode ver — disse Aramis lançando um suspiro.

— Não falemos mais nada — disse D'Artagnan —, vamos queimar esta carta que, sem dúvida, traz uma nova infelicidade sobre a sua costureira ou donzela.

— Que carta? — exclamou Aramis.

— Uma carta que chegou à sua casa quando você não estava.

— Mas de quem é a carta?

— Talvez seja da donzela de Chevreuse, que foi forçada a voltar para Tours com a sua senhora, e que, para lhe entregar, pegou um papel perfumado e selou sua carta com a coroa de uma duquesa.

— O que você diz?

— Bem, talvez eu tenha perdido...! — disse o jovem, fingindo que procurava a carta. — Felizmente, o mundo é um sepulcro e, portanto, as mulheres são sombras, e o amor é um sentimento, como você mesmo diz, do mundo!

— D'Artagnan, D'Artagnan! — exclamou Aramis. — Você me faz morrer.

— Bem, aqui está — disse D'Artagnan.

E tirou a carta do bolso.

Aramis saltou sobre ele, tomou a carta, leu, ou melhor, devorou-a; e o seu rosto resplandeceu.

— Obrigado, D'Artagnan — disse Aramis quase em delírio. — Ela foi forçada a voltar para Tours; ela não é infiel, ela ainda me ama. Venha, meu amigo, venha e deixe-me lhe dar um abraço, estou cheio de felicidade! E os dois amigos começaram a dançar ao redor do venerável São Crisóstomo, pisando nas páginas da tese que havia rolado no chão.

Nesse momento Bazin entrou com o espinafre e a tortilha.

— Fuja, seu desgraçado!... — exclamou Aramis, atirando seu chapéu sobre a sua cara. — Volte para o lugar de onde veio, leve esses legumes horrorosos embora. Traga uma lebre assada, uma galinha gorda, uma perna de cordeiro com alho e quatro garrafas de vinho envelhecido. — Bazin, que olhou para seu mestre e não entendeu nada dessa mudança, deixou a tortilha deslizar melancolicamente sobre o espinafre e cair no chão.

— Este é o momento de consagrar sua existência ao rei dos reis — disse D'Artagnan —, você deve lhe dar uma cortesia: *desiderium in oblatione.*

— Vá para o inferno com o seu latim! Meu caro D'Artagnan, vamos beber, meu amigo, vamos beber muito, fale-me um pouco do que se passa com você.

CAPÍTULO 22

A esposa de Athos

No dia seguinte, quando D'Artagnan entrou no quarto de Aramis, encontrou seu amigo na janela.

— Para onde está olhando? — perguntou D'Artagnan.

— Pela minha fé! Admiro aqueles três magníficos cavalos de freio que os meninos da estrebaria têm; deve ser um prazer para um príncipe viajar em tais selas.

— Então, meu querido Aramis, você terá esse prazer, porque um desses cavalos é seu.

— Qual deles?

— Qualquer um que você escolher, não tenho preferência.

— E uma das belas carapaças que cobrem os animais também será minha?

— Claro que sim.

— Quer dar risada, D'Artagnan?

— Eu não ria desde que você falava francês.

— São minhas aquelas capas douradas, aquela manta de veludo, aquela sela cravejada de prata?

— São para você, como o cavalo que bate as batas no chão é meu, e o que relincha é de Athos.

— Peste! São três animais soberbos.

— Sinto-me lisonjeado por eles serem do seu agrado.

— Foi o rei que lhe deu esse presente?

— Certamente não foi o cardeal, mas não se preocupe de onde eles vieram, e apenas pense que um dos três agora pertence a você.

— Eu fico com o animal que está com o rapaz ruivo da estrebaria.

— Maravilha!

— Deus seja louvado! — exclamou Aramis. — Ah, pela minha alma, que estribo mais lindo.

Aramis saltou para a sela com graça e ligeireza habituais, mas, depois de algumas voltas sobre o nobre animal, sentiu dores insuportáveis, empalideceu e cambaleou. D'Artagnan, que não o perdera de vista, correu para ele, tomou-o nos braços e levou-o para o quarto.

— Pronto, meu amigo Aramis, trate-se que eu vou sozinho à procura de Athos.

Despediram-se e minutos depois D'Artagnan, após ter recomendado o amigo a Bazin e à estalajadeira, saiu em direção a Amiens.

Será que encontraria Athos vivo?

Tinha por aquele cavalheiro uma preferência notável. O ar nobre e distinto de Athos, esses vislumbres de grandeza que brotavam de vez em quando da sombra em que se fechava voluntariamente, essa inalterável regularidade de humor que o tornava o companheiro mais fácil da Terra, essa alegria forçada e mordaz, essa coragem que seria considerada cega se não fosse o resultado do mais raro sangue frio; tantas qualidades cativaram mais que a estima, mais que a amizade de D'Artagnan: cativaram sua admiração.

De fato, tendo a mesma consideração que recebiam do Sr. de Tréville, o elegante cortesão Athos, em seus dias de bom humor, levava vantagem: ele era de tamanho médio, mas esse tamanho era tão admiravelmente talhado e tão bem proporcionado, que mais de uma vez, em suas lutas com Porthos, ele tinha dobrado o joelho do gigante, cuja força física tinha se tornado proverbial entre os mosqueteiros; sua cabeça, de olhos penetrantes, de nariz reto, de queixo desenhado como o de Brutus, tinha um caráter indefinível de grandeza e graça. O som de sua voz era ao mesmo tempo penetrante e melodioso e, além disso, o que era indefinível em Athos, que se fazia sempre obscuro e pequeno, era essa delicada ciência do mundo e dos usos da sociedade mais brilhante, esses hábitos de boa criação que ele mostrava como se não fosse intencional em suas ações menores.

Se fosse uma refeição, Athos organizava tudo melhor do que qualquer outro no mundo, colocando cada hóspede no lugar certo, posto que seus antepassados haviam conquistado ou que ele mesmo havia conseguido. Quando se tratava de ciência heráldica, Athos conheceu todas as famílias nobres do reino, sua genealogia, suas alianças, suas armas e a origem de suas armas. Ele sabia quais eram os direitos dos grandes proprietários, conhecia a caça e a falcoaria e, um dia, falando dessa grande arte, tinha surpreendido o próprio rei Luís XIII que, no entanto, era um mestre do assunto.

Como todos os grandes senhores da época, montou cavalos e praticou esgrima com perfeição. E mais: sua educação tinha sido tão pouco negligenciada, mesmo do ponto de vista dos estudos escolásticos, tão raros naquela época entre os cavalheiros, que ele sorria para os fragmentos de latim que Aramis liberava e que Porthos pretendia entender. Duas ou três vezes até, para espanto de seus amigos, aconteceu-lhe, quando Aramis deixou escapar algum erro rudimentar, como colocar um verbo novamente em seu tempo ou um nome em seu caso. Além disso, sua probidade era inatacável naquele século em que os homens de guerra se comprometiam tão facilmente com sua religião ou consciência, os amantes com a delicadeza rigorosa de nossos dias e os pobres com o sétimo mandamento de Deus. Athos era, portanto, um homem extraordinário.

E, no entanto, via-se essa natureza distinta, essa bela criatura, essa fina essência tornarem-se insensíveis à vida material, à medida que o velho se voltava para a imbecilidade física e moral. Athos, em suas horas de privação, e essas horas eram frequentes, foi extinto de toda a sua parte luminosa, e seu lado brilhante desapareceu como em uma noite profunda.

Então, quando o semideus se foi, em seu lugar havia apenas um homem. Com a cabeça para baixo, os olhos sem brilho, as palavras pesadas e dolorosas, Athos olhava por longas horas para sua garrafa e seu copo, ou para Grimaud que, acostumado a obedecê-lo por sinais, lia no olhar atônito de seu senhor até mesmo o seu menor desejo, que satisfazia na medida exata. O encontro dos quatro amigos havia ocorrido em um desses momentos: uma palavra, escapada com um esforço violento, era tudo o que eventualmente Athos proporcionava à conversa.

Em troca, Athos bebeu pelos quatro, e fez isso sem ser notado!

No presente, ele estava leve e encolhia os ombros quando lhe perguntavam sobre o futuro; o seu segredo estava no passado, como ele havia dito vagamente a D'Artagnan.

— Bem! — disse D'Artagnan. — O pobre Athos está quase morto neste momento, e morto por culpa minha, porque fui em quem o enfiou nessa história, cuja origem ele ignorava, e cujo resultado vai ignorar sem que possa tirar proveito nenhum.

— Sem contar, senhor — respondeu Planchet —, que provavelmentente lhe devemos nossas vidas. Acordamos quando gritou: "Larguem, D'Artagnan! Me pegaram!". E depois de descarregar suas duas pistolas, que ruído terrível fazia com a sua espada! Disseram que eram vinte homens, ou melhor, vinte demônios raivosos.

Essas palavras redobravam o ardor de D'Artagnan, que ferroava o seu cavalo, que sem necessidade das ferroadas, levava o seu cavalheiro a galope.

Às onze da manhã cruzaram Amiens; às onze e meia estavam na porta do maldito albergue.

D'Artagnan havia premeditado contra o estalajadeiro pérfido uma de suas boas vinganças que consolam, mesmo que seja só pela esperança. Entrou na hospedagem, com o chapéu sobre os olhos, na mão esquerda, a espada em punho, fazendo sibilar o chicote com a mão direita.

— O senhor me conhece? — perguntou ao estalajadeiro, que avançava para cumprimentá-lo.

— Não tenho essa honra, Monsenhor — respondeu aquele com os olhos deslumbrados pelo brilhante equipamento que D'Artagnan apresentava.

— Ah, claro que me conhece!

— Não, Monsenhor.

— Bom, duas palavras trarão a sua memória de volta. O que aconteceu ao cavalheiro que você teve a audácia, há mais ou menos quinze dias, de tentar acusar de moedeiro falso?

O dono da hospedagem empalideceu, porque D'Artagnan adotava uma atitude ameaçadora, e Planchet fazia o mesmo que o seu amo.

— Ah, Monsenhor, não me fale dele! — exclamou o estalajadeiro com o seu tom de voz mais choroso. — Ah, senhor, como eu paguei por esse erro. Como fui desgraçado!

— E o cavalheiro, o que foi feito dele?

— Escute-me, Monsenhor, e seja clemente; vejamos, vamos nos sentar, por favor.

D'Artagnan, mudo de raiva e de inquietação, sentou-se como um juiz ameaçador. Planchet pegou orgulhosamente a sua poltrona.

— Esta é a história, Monsenhor — prosseguiu o estalajadeiro, trêmulo —, porque eu o reconheci agora: foi você que partiu quando eu tive aquela disputa desgraçada com esse cavalheiro de quem você fala. Eu fui avisado pelas autoridades de que um célebre moedeiro falso chegaria ao meu albergue com vários companheiros, todos disfarçados com roupas de guarda ou de mosqueteiros. Os seus cavalos, os seus lacaios, as suas figuras, tudo, senhor, estava de acordo com o que me haviam descrito.

— E depois, depois? — disse D'Artagnan, que reconheceu em seguida de onde procediam aquelas informações dadas com exatidão.

— Tomei então, segundo as ordens da autoridade que me enviou um reforço de seis homens, as medidas necessárias para prender os dois prováveis moedeiros falsos.

— Todavia! — disse D'Artagnan, para quem as acusações de moedeiro falso aquecia terrivelmente as orelhas.

— Perdoe-me, Monsenhor, por dizer tais coisas, mas são minhas desculpas. A autoridade me deixou com medo, e você sabe que um dono de albergue deve ter cuidado com a autoridade.

— Mais uma vez, esse cavalheiro? Onde está? O que foi feito dele? Está morto? Está vivo?

— Paciência, Monsenhor, que já chegamos. Aconteceu, pois, o que você sabe, e a sua chegada precipitada — acrescentou o dono da hospedagem, com uma gentileza que não passou ilesa por D'Artagnan — parecia autorizar o desfecho da história. Esse cavalheiro, seu amigo, defendeu-se desesperadamente. O seu criado, que por um desgraçado imprevisto foi procurar briga com os agentes da autoridade, disfarçados de moços de homens de guarda...

— Ah, miserável! — exclamou D'Artagnan. — Estava tudo de acordo, e não sei como me conter e não matar a todos.

— Ah, não, Monsenhor, nem todos estávamos de acordo, e vai vê-lo em seguida. O senhor seu amigo (perdão por não chamá-lo pelo seu honrado nome, que sem dúvida ele carrega, mas nós ignoramos esse nome), o senhor seu amigo, depois de travar batalha contra dois homens de pistola, bateu em retirada se defendendo com sua espada, com a qual deixou um de meus homens aleijado, e com um jogo de cintura que me deixou atordoado.

— Mas, carrasco, você vai acabar? — perguntou D'Artagnan. — Athos, o que foi feito de Athos?

— Ao bater-se em retirada, como lhe disse, senhor, encontrou atrás da hospedagem a escada que leva à bodega, e como a porta estava aberta, tirou a chave e se fechou por dentro. Como estavam seguros de encontrarem Athos ali, deixaram-no em paz.

— Sim — disse D'Artagnan —, não se tratava de matá-lo, só queriam deixá-lo preso.

— Santo Cristo! Deixá-lo preso, Monsenhor? Ele mesmo se aprisionou, eu juro. Em primeiro lugar, havia trabalhado bravamente: um homem estava morto com um golpe, e outros dois ficaram gravemente feridos. O morto e os dois feridos foram levados pelos seus camaradas, e não deve ouvir falar nunca mais deles, nem de um nem dos outros. Eu mesmo, quando recuperei a consciência, fui procurar o senhor governador, e contei tudo o que havia acontecido, e quando perguntei o que deveria fazer com o prisioneiro, o senhor governador fingiu estar com a cabeça nas nuvens e disse que não sabia do que eu falava, que as ordens que chegavam não dependiam dele e que se eu dissesse a quem quer que fosse o que tinha acontecido, ele me prenderia. Parece que eu estava enganado, senhor, que haviam trocado um pelo outro, e que quem deveria estar preso estava a salvo.

— Mas e Athos? — perguntou D'Artagnan, cuja impaciência foi agravada pelo abandono com a qual a autoridade deixou o assunto. — O que aconteceu com Athos?

— Já que eu estava com pressa para libertar o prisioneiro — continuou o anfitrião —, fui até o porão para restaurar a sua liberdade. Ah, senhor, aquilo não era um homem, era um demônio! Quando propus a liberdade, declarou que se tratava de uma armadilha e que tinha de impor as suas condições antes de partir. Disse-lhe muito humildemente, porque não escondi a má situação em que ele me tinha colocado, pondo a mão em um mosqueteiro de Sua Majestade; disse-lhe que estava disposto a submeter-me às suas condições. “Primeiro”, disse ele, “quero que o meu servo seja totalmente armado e volte para mim”. Corremos para obedecer a essa ordem porque, como o senhor entenderá, estávamos prontos para fazer o que o seu amigo quisesse. O Sr. Grimaud (ele disse o seu nome, embora não fale muito), o Sr. Grimaud foi então levado para o porão, ferido como estava; depois de o receber, o seu mestre trancou novamente a porta e ordenou-nos que ficássemos na nossa tenda.

— Mas onde está ele? — perguntou D’Artagnan. — Onde está Athos?

— Na bodega, senhor.

— Que infelicidade, o senhor o manteve na bodega desde então?

— Jesus amado! Não, senhor, ele se manteve no porão! Você não sabe o que ele está fazendo no porão! Se você pudesse tirá-lo daqui, senhor, eu lhe agradeceria toda a minha vida, eu o adoraria como a um mestre!

— Então, ele está lá, vou encontrá-lo lá?

— Sem dúvida, senhor, ele insistiu para ficar. Todos os dias, o pão passa pela claraboia no final de uma forquilha e a carne chega quando ele a pede, mas, infelizmente, não é o pão e a carne o que eles mais consomem. Uma vez tentei descer com dois dos meus empregados, mas ele ficou terrivelmente zangado. Ouvi o som das suas pistolas e do seu mosquetão. Então, quando lhe perguntamos quais eram as suas intenções, o mestre respondeu que ele e o seu servo tinham quarenta tiros para nos acertar, e que eles iriam atirar até o final antes de permitir que um de nós pusesse os pés no porão. Então, senhor, fui me queixar ao governador, que me respondeu que eu não tinha nada além do que merecia, e que isso me ensinaria a não insultar os honrados senhores que se abrigavam em minha casa.

D’Artagnan mostrou, sem conseguir impedir, o riso do rosto diante do miserável estalajadeiro.

— Assim, desde então, senhor — continuou —, vivemos a vida mais triste que já tivemos, porque o senhor deve saber que nossas provisões estão na adega; lá está todo o nosso vinho engarrafado e em barris, além da cerveja, do azeite, das especiarias, do bacon e das salsichas; e desde que fomos proibidos de entrar lá, fomos obrigados a negar comida e bebida aos viajantes que vêm a nós, de modo que cada dia que passa nossa pousada fica mais abandonada. Mais uma semana com o seu amigo na bodega e ficaremos arruinados.

— E seria justo, seu canalha. Você não vê em nossos rostos que somos pessoas de bem e não moedeiros falsos?

— Sim, senhor, sim, você tem razão — disse o estalajadeiro —, mas veja, veja como isso é cobrado.

— Eles devem ter se sentido incomodados — disse D'Artagnan.

— Mas nos incomodamos — disse o estalajadeiro —, acabamos de receber dois senhores ingleses.

— E?

— Bem, os ingleses gostam de bom vinho, como o senhor sabe, e pediram o melhor da casa. Minha esposa pediu permissão ao Sr. Athos para entrar e contentar esses senhores, e, como de costume, ele recusou o pedido. Infelizmente, pela bondade divina, temos outro escândalo!

De fato, D'Artagnan ouviu um grande barulho vindo do lado da adega; levantou-se, precedido pelo estalajadeiro, que estava torcendo as mãos, e seguido por Planchet, que tinha seu mosquetão carregado, aproximou-se do local da cena.

Os dois cavalheiros ficaram exasperados, fizeram uma longa viagem e estavam morrendo de fome e sede.

— Mas isto é tirania! — exclamaram em bom francês, embora com um sotaque estrangeiro, aquele louco não quer que estas boas pessoas usem o seu vinho. Vamos arrombar a porta e, se estiver muito zangado, vamos matá-lo.

— Cuidado, cavalheiros! — disse D'Artagnan, sacando as pistolas. — Se vocês preferem, não matarei ninguém. Planchet — disse D'Artagnan carregando suas pistolas —, estou no comando dos de cima, você cuida dos que estão embaixo. Ah, senhores, vocês querem batalha! Bem, lhe daremos isso.

— Meu Deus! — exclamou a voz oca de Athos. — Parece que eu ouço D'Artagnan.

— De fato — disse D'Artagnan levantando a voz —, sou eu, meu amigo.

— Ah, está bem! — Então — disse Athos — vamos trabalhar naquela porta.

Os cavalheiros estavam com a espada na mão, mas ficaram no meio do fogo cruzado; hesitaram mais um momento, mas, assim como na primeira ocasião, o orgulho prevaleceu e um segundo pontapé fez a porta tremer em toda a sua altura.

— Para trás, D'Artagnan, para trás — gritou Athos —, para trás, eu vou atirar.

— Cavalheiros — disse D'Artagnan, que sempre foi acompanhado pela reflexão —, pensem nisso. Paciência, Athos. Vão entrar em um mau negócio e ficarão cheio de balas. Só daqui, o meu criado e eu vamos disparar três vezes.

— Ainda temos as nossas espadas, que o meu amigo e eu, asseguro-lhe, passaremos a manusear.

— Deixe-me tratar dos meus assuntos e dos seus. Em breve terá o que beber, dou-lhe a minha palavra.

— Se ela permanecer... — gritava a voz brincalhona de Athos.

O estalajadeiro sentiu um suor frio por toda a espinha dorsal.

— Mas que raios! — continuou D'Artagnan. — Vai ficar tudo bem, vocês dois não beberam a adega toda. Cavalheiros, devolvam as espadas às suas bainhas e voltem a pôr as armas na cintura — pediu ele aos homens que o acompanhavam.

E D'Artagnan deu o exemplo. Depois, voltando-se para Planchet, fez um sinal para ele desarmar o mosquetão.

Os ingleses, convencidos, guardaram as suas espadas de volta na bainha.

Foi-lhes contada a história do aprisionamento de Athos. E, sendo homens de bem, tiraram a razão do estalajadeiro.

— Agora, senhores — disse D'Artagnan —, voltem para seus quartos, e em dez minutos eu prometo que eles vão levar o máximo que puderem.

Os ingleses o cumprimentaram e saíram.

— Agora estou sozinho, meu querido Athos — disse D'Artagnan.

— Certo agora — disse Athos.

Em seguida, houve um grande barulho de trás, como se tivesse algo se entrechocando e vigas gemendo: era o interior da bodega e os bastiões de Athos, que o prisioneiro destruía por si mesmo.

Um instante depois, a porta cambaleou e a cabeça pálida de Athos apareceu; com um olhar rápido ele explorou os arredores.

D'Artagnan se atirou no seu pescoço e lhe deu um abraço terno; em seguida quis tirá-lo daquele lugar úmido, mas ele percebeu que Athos estava hesitante.

— Eu, nada disso! Estou totalmente bêbado, é só isso, e nenhum homem teve tanto quanto precisava para isso. Viva Deus! Pelas minhas contas, parece que sozinho bebi 150 garrafas.

— Misericórdia! — exclamou o estalajadeiro. — Se o servo bebeu apenas metade do que o seu mestre, estou arruinado.

— Grimaud é um lacaio de uma boa casa, que não teria se permitido fazer o que eu fiz: beber direto do barril; bem, acho que ele se esqueceu de colocar a torneira. Está ouvindo? Ele está fugindo.

D'Artagnan explodiu em uma gargalhada que transformou o tremor do estalajadeiro em uma febre ardente.

Athos levantou-se e, quando fez isso, D'Artagnan o viu pálido; ele estava naquele período de embriaguez em que os bêbados vulgares caem e dormem. Ele sonhava em voz alta sem dormir. Havia algo de assustador no sonambulismo da embriaguez.

— Você quer? — perguntou-lhe.

— Eu lhe imploro — disse D'Artagnan.

— Seja como quiser. Um dos meus amigos, um dos meus amigos ... ouça-me bem — disse Athos, interrompendo D'Artagnan com um sorriso sombrio —, um dos condes da minha província, o conde de Berry, nobre como um Dandolo ou um Montmorency, apaixonou-se aos vinte e cinco anos por uma jovem de dezesseis, bela como o amor. Por meio da ingenuidade de sua idade, despontava um espírito ardente, não era um espírito de mulher, mas de poeta; ela não agradava, inebriava, e, vivia em uma aldeia junto com seu irmão, que era padre. Os dois haviam chegado àquela região, vindos sabe-se lá de onde; mas ao vê-la tão linda, e o seu irmão tão piedoso, ninguém pensou em perguntar de onde tinham vindo. Além disso, todos supunham que eles eram de boa família. Meu amigo, que era o senhor daquela região, podia seduzi-la ou tomá-la à força, porque era o amo. Quem ajudaria dois estrangeiros, dois desconhecidos? Infelizmente ele era um homem honesto, casou-se com ela. O tolo, o tolo, o imbecil!

— Mas por que, se ele a amava? — perguntou D'Artagnan.

— Espere — disse Athos. — Ele a levou ao seu castelo, e fez dela a primeira dama da sua província; e é preciso lhe fazer justiça, ela cumpriu perfeitamente a sua patente.

— E? — perguntou D'Artagnan.

— E um dia, quando ela estava caçando com o marido — continuou Athos com uma voz baixa e muito triste —, ela caiu de seu cavalo e perdeu os sentidos. O conde correu em seu socorro, e como ela sufocava nas suas roupas, ele rasgou-as com o punhal e seu ombro foi exposto. Adivinhe o que tinha em seu ombro, D'Artagnan? — perguntou Athos dando uma grande gargalhada.

— Posso saber? — perguntou D'Artagnan.

— Uma flor-de-lis — disse Athos. — Ela estava marcada!

E Athos esvaziou o copo em sua mão em um único gole.

— Que horror! — exclamou D'Artagnan. — O que você me diz sobre isso?

— A verdade, meu querido. O anjo era um demônio. A pobre jovem o tinha roubado.

— E o que o conde fez?

— O conde era um grande senhor, tinha nas suas terras o direito de fazer justiça. Acabou de rasgar as roupas da condessa, amarrou-lhe as mãos atrás das costas e enforcou-a em uma árvore.

— Por Deus, Athos! Um homicídio! — exclamou D'Artagnan.

— Sim, um assassinato, apenas isso — disse Athos, pálido como a morte. — Mas acho que vocês estão me deixando sem vinho. — E Athos pegou pelo gargalo a última garrafa que restava, colocou-a na boca e esvaziou-a em um gole, como se fosse uma taça.

Então ele se deixou cair com a cabeça entre as duas mãos; D'Artagnan, aterrorizado, pôs-se em pé diante dele.

— Isso me curou de mulheres bonitas, poéticas e amorosas — disse Athos, levantando-se. — Deus lhe conceda tudo! Vamos beber!

— Então ela morreu? — murmurou D'Artagnan .

— Raios o partam! — disse Athos. — Seu patife! — gritou — Não podemos beber mais. Ham, seu patife! Não podemos beber mais.

— E o irmão dela? — acrescentou D'Artagnan, timidamente.

— O irmão dela? — respondeu Athos.

— Sim, o padre.

— Ele pediu para enforcá-lo também, mas ele tinha posto os pés na estrada e deixado de ser vigário na véspera.

— Pelo menos sabiam quem era aquele desgraçado?

— Ele foi, sem dúvida, o primeiro amante e cúmplice da bela moça, um homem digno que tinha fingido ser um sacerdote, talvez para se casar com sua amante e conseguir uma fortuna. Espero que tenha sido feito em pedaços.

— Ah, meu Deus, meu Deus! — disse D'Artagnan, assustado com a nova aventura.

— Coma este presunto, D'Artagnan, está delicioso — disse Athos, cortando uma fatia que colocou no prato do jovem. — Que pena que só havia quatro desses no porão!

D'Artagnan não suportava mais a conversa, que o deixava louco; deixou a cabeça cair entre as duas mãos e fingiu dormir.

— Os jovens não sabem beber — disse Athos, olhando para ele com pena. — E, no entanto, este garoto é um dos melhores jovens que eu conheço...

CAPÍTULO 23

O regresso

D'Artagnan tinha ficado atordoado com a terrível confissão de Athos; no entanto, muitas coisas pareciam obscuras naquela espécie de revelação; em primeiro lugar, tinha sido feita por um homem completamente embriagado a um homem que estava meio bêbado, e, ainda assim, apesar daquela onda provocada por duas ou três garrafas de Borgonha subir para a cabeça, D'Artagnan, ao acordar no dia seguinte, tinha cada palavra de Athos tão presente em seu espírito como se elas tivessem saído de sua boca e sido impressas em seu espírito.

— Meu querido D'Artagnan, eu estava muito bêbado ontem — disse ele. — Notei nesta manhã pela minha língua, que ainda estava muito grossa, e pelo meu coração, que ainda batia agitado; aposto que disse mil absurdos.

E quando disse essas palavras, olhou para o amigo com um olhar que o impressionou.

— Não — disse D'Artagnan —, se bem me lembro, você não disse nada de extraordinário.

— Estou surpreso! Pensei que tivesse contado uma das histórias mais lamentáveis.

E olhou para o jovem como se quisesse ler o fundo do seu coração.

— Eu acredito — disse D'Artagnan. — Parece que eu estava ainda mais bêbado do que você, pois não me lembro de nada.

Athos não confiou nas palavras que ouvia e continuou:

— Você não terá deixado de notar, meu caro amigo, que cada um tem seu próprio tipo de embriaguez: triste ou alegre; eu tenho a embriaguez triste, e quando eu me embriago, minha mania é contar todas as histórias sombrias que a tola da minha ama colocou na minha cabeça. Esse é o meu defeito, um pecado capital, admito; mas deixando isso de lado, sou um bom bebedor. A propósito, agradeço pelo cavalo que você me trouxe.

— É do seu agrado? — perguntou D'Artagnan.

— Sim, mas não é um cavalo de resistência.

— Você está errado; eu fiz dez léguas com ele em menos de uma hora e meia, e ele não parecia mais cansado do que se tivesse dado a volta em Saint-Sulpice Square.

— Você me dá um grande desgosto.

— Um grande desgosto?

— Sim, porque me livrei dele.

— O que você quer dizer com isso?

— Aqui estão os fatos: esta manhã acordei às seis horas, você estava dormindo como um pedaço de pau, e eu não sabia o que fazer; ainda estava completamente atordoado da nossa festa de ontem; fui até a sala de estar e vi um de nossos ingleses montando um cavalo de um tratante por ter matado o seu com vômitos de sangue. Aproximei-me dele e quando vi que ele estava oferecendo cem moedas de ouro por uma castanha tostada, pensei e disse: "Pelo amor de Deus, cavalheiro, eu também tenho um cavalo para vender".

— E ele é muito bom até — disse o homem —, eu o vi ontem, quando o criado do seu amigo o trouxe pela mão.

— Acha que vale cem moedas?

— Sim. E quer me vender por esse preço?

— Não, mas eu aposto com você.

— Aposta?

— Sim.

— Como?

— Com os dados.

— Eu disse e fiz; acabei de perder o cavalo. — Ah, mas também — continuou Athos — voltei a ter uma sela!

D'Artagnan fez um gesto de reprovação.

— Você é contra isso? — perguntou Athos.

— Confesso que sim — continuou D'Artagnan. — Aquele cavalo devia fazer com que nós reconhecêssemos um dia de batalha; era um presente, uma memória. Athos, você cometeu um grande erro.

D'Artagnan franziu a testa.

— Deixa-me contrariado — prosseguiu Athos — que estime tanto esses animais, eu não terminei de contar a minha história.

— Bem, o que mais você fez?

— Depois de perder meu cavalo (nove contra dez, veja que sorte), veio até mim a ideia de apostar o seu.

— Sim, mas espero que tenha ficado apenas com a ideia.

— Não, eu a coloquei em prática naquele momento ali.

— Nossa! — exclamou D'Artagnan, inquieto.

— Eu joguei e perdi.

— O meu cavalo?

— O seu cavalo; sete contra oito, por falta de um ponto... você conhece o provérbio.

— Athos, você não está pleno de seus juízos, eu juro!

— Querido, ontem quando contava as minhas histórias bobas, era o momento de me dizer isso, não esta manhã. Eu perdi todos os cavalos e todos os arreios possíveis.

— Mas é horrível!

— Espere, você não sabe de tudo; eu seria um excelente jogador se não fosse terrivelmente teimoso; mas eu já sou assim, e quando bebo então...

— Mas o que você jogaria se não tivesse mais nada?

— Sim, meu amigo, sim, foi ele; eu tinha aquele diamante que brilhava no seu dedo, aquele que eu notei ontem à noite.

— Este diamante... — exclamou D'Artagnan, pegando sua mão rapidamente para procurar o seu anel.

— E, pelo que sei, considerando alguns que já tive, calculei que ele valia mil moedas.

— Eu espero — disse D'Artagnan seriamente, horrorizado — que você não tenha mencionado meu diamante.

— Pelo contrário, meu caro amigo, compreenda que o diamante era o nosso único recurso; com ele eu poderia recuperar os nossos arreios e os nossos cavalos, mais o dinheiro para a estrada.

— Athos, você me faz tremer! — exclamou D'Artagnan.

— Então eu falei do seu diamante ao meu adversário, que também o havia notado. Que diabos, querido, você carrega uma estrela no céu em seu dedo, e você não quer que eles prestem atenção? É impossível!

— Termine, meu querido, termine — disse D'Artagnan —, porque pela minha honra, com seu sangue frio, você me deixa morto!

— Dividimos o diamante em dez partes, cada uma ficou com cem moedas.

— Ah! Você quer provar que sabe me fazer rir? — perguntou D'Artagnan a quem o ódio começava a tomar conta dos cabelos, como Minerva faz com Aquiles na Ilíada.

— Não, não estou brincando, por todos os diabos. — Eu gostei de ver você! Fazia quinze dias que eu não via um rosto humano e que estava só me embrutecendo, encharcando-me com uma garrafa atrás da outra.

— Isso não é motivo para apostar um diamante — respondeu D'Artagnan apertando sua mão com uma crispação nervosa.

— Escute, pois, o final: dez partes de cem moedas cada uma, em dez partidas sem revanche. Em treze partidas perdi tudo! Em treze partidas! O número treze sempre foi fatal para mim, era dia treze de julho quando...

— Maldito seja! — exclamou D'Artagnan levantando-se da mesa. — A história do dia o fará esquecer essa noite.

— Paciência — disse Athos —, e eu tinha um plano. O inglês era um extravagante, e eu o tinha visto falar com Grimaud pela manhã. Ele tinha me avisado que o inglês havia feito propostas para ter o seu serviço. Apostei no silencioso Grimaud. Como você vai entender, tendo muita vontade, cheguei ao ponto de apostar o diamante.

— Raios! — disse D'Artagnan, ficando sombrio novamente.

— Eu ganhei os seus arreios de novo, em seguida o seu cavalo, então os meus arreios e meu cavalo, mas depois o perdi novamente. Em suma, tenho o seu arreio e o meu. E cá estamos nós. Fui soberbo em uma partida e perdi tudo.

D'Artagnan respirou como se a pousada tivesse caído em cima do seu peito.

— De qualquer forma, ainda tenho o diamante — disse ele timidamente. — Intocado, meu querido amigo! Além dos arreios do seu cavalo e do meu.

— Mas o que faremos com os nossos arreios sem cavalos?

— Tenho uma ideia para eles.

— Athos, você me deixa nervoso!

— Ouça, você não joga há muito tempo, D'Artagnan.

— E não tenho vontade de jogar.

— Não vamos jurar. Você não joga há muito tempo — disse ele — e é por isso que deve ter uma boa mão.

— E então?

— Bem, o inglês e seu companheiro ainda estão lá. Reparei que eles lamentaram muito a perda dos arreios. Parecem querer muito o seu cavalo. No seu lugar, eu apostaria os seus arreios contra o seu cavalo.

— Mas ele não vai querer um único arreio.

— Apostem os dois, pelo amor de Deus! — Não sou tão egoísta como você.

— Você faria isso? — disse D'Artagnan indeciso, tanto que começou a ganhar confiança com as palavras de Athos. — Uma palavra de honra, de uma só vez. Mas depois de ter perdido os cavalos, gostaria de manter os arreios.

— Então, aposte o seu diamante.

— Isso já é outra coisa. Nunca, nunca.

— Que raios o partam! — disse Athos. — Sugiro que aposte Planchet, mas como isso já está feito, talvez o inglês não queira.

— Decididamente, meu caro Athos — disse D'Artagnan —, prefiro não arriscar nada.

— É uma pena! — disse ele friamente. — O inglês está cheio de armas. Ah, meu Deus! Tente um lançamento.

— E se eu perder?

— Você vai ganhar.

— Mas e se eu perder?

— Depois, vai entregar os arreios.

— Que role, então — disse D'Artagnan.

Athos procurou o inglês e o encontrou no bloco, onde examinou os arreios com olhos ambiciosos. A oportunidade foi boa. Ele estabeleceu suas condições: os dois arreios contra um cavalo ou cem moedas para escolher. Os ingleses calcularam rapidamente: os dois arreios valiam trezentas moedas cada um; eles aceitaram.

D'Artagnan lançou os dados tremendo e tirou um número três; sua palidez assustou Athos, que se contentou em dizer:

— Terá cavalos com arreios, senhor.

O inglês, triunfante, nem sequer se preocupou em rolar o dados, jogou-os sobre a mesa sem olhar para eles, tão certo de sua vitória. D'Artagnan havia se virado para esconder o seu mau humor.

— Uau, uau, uau, uau! — disse Athos em voz baixa — esse lançamento de dados é extraordinário, só o vi quatro vezes na minha vida: dois ases.

O inglês olhou e ficou atônito; D'Artagnan olhou e ficou encantado.

— Sim — continuou Athos —, apenas quatro vezes: uma vez com o Sr. de Créquy; outra vez na minha casa, no campo, no meu castelo de... quando eu tinha um castelo; uma terceira vez com o Sr. de Tréville, quando ele surpreendeu a todos e, finalmente, uma quarta vez na taberna, onde foi a minha vez e onde eu perdi para ele cem moedas e uma ceia.

— Então o senhor recuperou o seu cavalo — disse o inglês.

— Isso mesmo — disse D'Artagnan. — As nossas condições não estipulavam nenhuma revanche, o senhor se lembra?

— É verdade, o cavalo será devolvido ao seu criado, senhor.

— Um momento — disse Athos. — Com a sua permissão, senhor, peço para dizer algumas palavras ao meu amigo.

— Diga.

Athos afastou-se com D'Artagnan.

— Bem... — disse-lhe D'Artagnan. — O que quer agora, seu tentador? Quer que eu jogue, não quer?

— Não, quero que você reflita.

— Sobre o quê?

— Vai levar o cavalo, não vai?

— Claro que sim.

— Você está errado, eu pegaria as cem moedas; você sabe que já jogou arreios contra o cavalo ou cem moedas, ficando à sua escolha.

— Sim.

— Eu ficaria com as cem moedas.

— Mas eu fico com o cavalo.

— Está enganado, repito. O que faríamos com um cavalo para nós dois? Eu não vou cavalgar na corcova, nós dois ficaríamos parecidos com os dois filhos de Aymon, que perderam seus irmãos; você não pode me humilhar cavalgando ao meu lado, cavalgando naquele magnífico cavalo. Eu, sem hesitar um momento, pegaria as cem moedas; precisamos de dinheiro para regressar a Paris.

— Eu vou ficar com o cavalo, Athos.

— Bem, você está errado, meu amigo: um cavalo tem problemas, um cavalo tropeça e quebra suas patas, um cavalo come numa manjedoura onde comeu outro cavalo doente. Isso significa que um cavalo são cem moedas perdidas; o mestre deve alimentar o seu cavalo, no entanto, cem moedas alimentam seu mestre.

— Mas como vamos voltar?

— Nos cavalos dos nossos lacaios, por Deus! — Sempre ficará no ar que somos pessoas de condição.

— Que figura vamos fazer montados em éguas, enquanto Aramis e Porthos dão meia volta em seus cavalos?

— Aramis! Porthos! — exclamou Athos, rindo.

— O quê? — perguntou D'Artagnan, que não entendia nada sobre os gracejos do seu amigo.

— Bem, bem, vamos continuar — disse Athos.

— Por outro lado, a sua opinião...

— É pegar as cem moedas D'Artagnan; com as cem moedas vamos festejar até o final do mês: nos livramos da fadiga; será bom para nós todos descansar um pouco.

— Descansar! Ah, não, Athos, assim que estiver em Paris, vou começar a procurar aquela pobre mulher.

— Bem, acha que o seu cavalo será tão útil para você? Pegue as cem moedas, meu amigo, pegue as cem moedas. Isso mesmo!

D'Artagnan só precisava de um motivo para se render, e aquele lhe pareceu excelente! Além disso, resistindo por tanto tempo, ele temia parecer egoísta aos olhos de Athos; então ele concordou e pegou as cem moedas que o inglês lhe dera no local.

Então ele só pensava em ir embora. D'Artagnan e Athos tomaram os cavalos de Planchet e de Grimaud, e os dois servos partiram a pé, carregando as selas sobre as suas cabeças.

Não importa quão mal montados estivessem os dois amigos, eles logo assumiram a liderança sobre os seus servos e chegaram ao Crèvecoeur. De longe eles viram Aramis melancolicamente encostado em sua janela, vendo, como minha irmã Anne, o pó se levantar no horizonte.

— Ei, Aramis! Que diabos está fazendo aí? — gritaram os dois amigos.

— É você, D'Artagnan; é você, Athos! — disse o jovem. — Pensei na rapidez com que os bens deste mundo vão embora, e no meu cavalo inglês, que acaba de aparecer no meio de um redemoinho de pó; era uma imagem viva da fragilidade das coisas terrenas. A própria vida pode ser resumida em três palavras: " Erat, est, fuit".

— E o que significa isso no final? — perguntou D'Artagnan, que começava a suspeitar da verdade.

— Isso significa que ele acaba de fazer uma barganha de tolo: sessenta luíses por um cavalo que, pelo caminho, pode trotar cinco léguas por hora.

D'Artagnan e Athos explodiram em gargalhadas.

— Meu querido Athos — disse Aramis —, não me culpe, eu lhe peço; a necessidade não tem lei; além disso, eu sou o primeiro a ser punido, já que esse infame vendedor de cavalos me roubou pelo menos cinquenta luíses. Vocês cuidaram bem de si mesmos; vieram sobre os cavalos dos seus lacaios que trouxeram pelas mãos os seus luxuosos cavalos, lentamente e em poucos dias.

Nesse mesmo momento, um carroção que vinha ao longo da rota dos Amiens parou e Grimaud e Planchet foram vistos saindo com suas selas na cabeça. O carroção regressava vazio a Paris e os dois lacaios tinham se comprometido, em troca de seu transporte, a aplacar a sede do carroceiro durante o caminho.

— O que aconteceu? — perguntou Aramis. – Só trouxeram as selas?

— Compreende agora? — perguntou-lhe Athos.

— Amigos, eu também conservei as selas — respondeu Aramis. — Bazin! Coloque as minhas selas novas junto das deles!

— Aramis, o que aconteceu com os padres? — perguntou D'Artagnan.

— Ah, convidei-os para jantar no dia seguinte e embebedei-os! O padre me proibiu de continuar com a tese e o jesuíta pediu-me que o ajudasse a ser mosqueteiro.

— De jeito nenhum! — disse D'Artagnan. — E exijo que sua tese seja extinta!

— Desde então — continuou Aramis — estou bem e comecei a escrever um poema em versos de uma sílaba — quatrocentos versos. Ah, meus amigos, vamos voltar para Paris?

— Bravo, estou pronto; vamos ver Porthos de novo, é muito melhor. Acha que sinto falta daquele grande tolo? Ele não teria vendido o seu cavalo, nem mesmo em troca de um reino. Eu queria vê-lo agora sobre o seu animal e a sua sela. Tenho certeza de que ele ficaria parecido com o Grande Mongol.

Aramis pagou suas contas, colocou Bazin no carroção com seus camaradas e partiu em busca de Porthos.

Encontraram-no em pé, menos pálido do que D'Artagnan tinha visto durante a sua primeira visita, e sentado à mesa na qual, embora estivesse sozinho, tinha comida para quatro pessoas; essa comida consistia em alimentos bem escolhidos, vinhos nobres e frutas excelentes.

— Por Deus! — disse ele, em pé. — Eu estava indo jantar e vocês vão comer comigo.

— Ah, ah, ah — disse D'Artagnan. — Não foi Mousqueton que pegou essas garrafas a laço? Além disso, temos aqui um cozido e um bom pedaço de carne de boi...

— Estou me recuperando — disse Porthos —, nada enfraquece mais do que essas malditas torções. Você já teve torções, Athos?

— Nunca; lembro-me apenas que, na pequena batalha da rua Férou, fui atingido por uma estocada que, ao fim de quinze ou dezoito dias, produziu exatamente o mesmo efeito.

— Mas essa comida não era só para você, meu caro Porthos — disse Aramis.

— Não — disse Porthos. — Eu estava esperando por alguns cavalheiros do bairro que acabaram de me dizer que não virão; vocês vão substituí-los. Mousqueton! Traga cadeiras e dobre as garrafas de vinho!

— Vocês sabem o que estamos comendo? — perguntou Athos depois de dez minutos.

— Por Deus! — respondeu D'Artagnan — Eu como carne de boi com peixes e tutano.

— E eu como costeletas de cordeiro — disse Porthos.

— E eu como um peito de ave — disse Aramis.

— Estão todos enganados, cavalheiros — respondeu Athos —, vocês comem carne de cavalo.

— Ora, vamos! — disse D'Artagnan.

— Cavalo? — perguntou Aramis com uma careta repugnante.

Só Porthos não respondeu.

— Sim, cavalo, não é, Porthos? Comemos cavalo? Talvez... com sela e tudo.

— Não, senhores, eu guardei a sela — disse Porthos.

— Acredito que somos todos iguais — disse Aramis —, estamos de acordo.

— O que você quer? — disse Porthos. — Este cavalo era embaraçoso para os meus visitantes, e eu não queria humilhá-los.

— E quanto à sua duquesa, ela ainda está nas águas, não está? — continuou D'Artagnan.

— Ainda está lá — respondeu Porthos. — Por outro lado, diz-se que o governador da província, um dos cavalheiros que eu esperava para a ceia de hoje, parecia querer tanto o cavalo que o dei para ele.

— Deus! — exclamou D'Artagnan.

— Ah, meu Deus! Sim, dei! Essa é a palavra — disse Porthos —, porque certamente valia cento e cinquenta moedas, e o ladrão só me pagou oitenta.

— Sem a sela? — perguntou Aramis.

— Sim, sem a sela.

— Vamos ver, senhores — disse Athos —, porque Porthos tem sido o melhor negociante de todos nós, apesar de tudo.

Em seguida, houve uma onda de risos que deixou o pobre Porthos completamente estupefato; mas logo a razão das brincadeiras foi explicada a ele, que compartilhou os seus jogos.

— Vamos tirar a sorte; com as quatrocentas libras vamos deixar a metade para um dos que estão sem montaria, ou então vamos deixar as migalhas de nossos bolsos para D'Artagnan, que tem uma boa mão e que vai apostá-las na primeira oportunidade. Agora vamos jantar então — disse Porthos —, a comida vai esfriar.

Os quatro amigos, agora mais calmos sobre o seu futuro, fizeram honras à comida, cuja sobra foi deixada para os senhores Mousqueton, Bazin, Planchet e Grimaud.

Ao chegar a Paris, D'Artagnan encontrou uma carta do Sr. de Tréville comunicando-lhe que, a seu pedido, o rei acabava de conceder a ele, DÁrtagnan, um benefício: tornar-se mosqueteiro.

CAPÍTULO 24

Milady

D'Artagnan tinha seguido *Milady* sem ser notado por ela; viu-a embarcar na sua carruagem e dar ao seu motorista a ordem de ir para Saint-Germain.

Era inútil tentar seguir a pé uma carruagem levada por dois cavalos vigorosos. D'Artagnan voltou à rua Férou.

Na rua de Seine, encontrou Planchet em frente a uma confeitaria; ele parecia extasiado diante de um apetitoso brioche.

Ordenou que selasse dois cavalos nas estrebarias do Sr. de Tréville, um para ele, D'Artagnan, e outro para si mesmo, e que se encontrasse com ele na casa de Athos, porque o Sr. de Tréville havia colocado todos os seus estábulos de uma vez por todas a serviço de D'Artagnan.

Planchet andava em direção à rua Colombier e D'Artagnan em direção à rua Férou. Athos estava em casa esvaziando uma das garrafas daquele famoso vinho espanhol que tinha trazido da sua viagem à Picardia. Ele chamou Grimaud para trazer um copo para D'Artagnan e Grimaud obedeceu como de costume.

Então D'Artagnan contou a Athos tudo o que havia acontecido na igreja entre Porthos e a procuradora, Sra Coquenard, e como seu companheiro estava provavelmente a caminho para se equipar.

— Bem, estou muito calmo — respondeu Athos sobre toda a história —, não serão as mulheres que pagarão pela minha sela.

— E mesmo assim: belo, educado, um grande cavalheiro como você é, meu caro Athos, não há nenhuma princesa ou rainha a salvo de seus dardos de amor?

— Como é jovem esse D'Artagnan! — disse Athos, encolhendo os ombros.

E chamou Grimaud para trazer uma segunda garrafa.

Nesse momento, Planchet humildemente passou pela porta entreaberta e anunciou ao seu senhor que os dois cavalos já estavam lá.

— Que cavalos? — perguntou Athos.

— Dois que o Sr. de Tréville me empresta para o passeio, com os quais vou dar uma volta em Saint-Germain.

— O que vai fazer em Saint-Germain? — perguntou.

Então D'Artagnan lhe contou sobre o encontro que tivera na igreja, e como fora o reencontro com aquela mulher que, junto ao senhor da capa preta e a cicatriz ao lado da têmpora, era a sua eterna preocupação.

— Ou seja, você está tão apaixonado por ela como está pela Sra. Bonacieux — disse Athos, encolhendo os ombros desdenhosamente, como se tivesse piedade da fraqueza humana.

— Eu? Nada disso! — exclamou D'Artagnan. — Estou apenas curioso para esclarecer o mistério com o qual ela está relacionada. Não sei por que, mas imagino que essa mulher, por mais desconhecida que seja para mim e por mais desconhecida que eu seja para ela, tem alguma influência na minha vida.

— Na verdade, você tem razão — disse Athos. — Não conheço uma mulher que valha a pena procurar quando está perdida. A Sra. Bonacieux está perdida, que ruim para ela! Deixe que ela se encontre!

— Não, Athos, não, você está enganado! — disse D'Artagnan. — Eu amo minha pobre Constance mais do que nunca, e se eu soubesse onde ela está, mesmo que fosse no fim do mundo, eu jamais deixaria de tirá-la das mãos de seus carrascos; mas eu não sei, todas as minhas buscas foram inúteis. O que você quer? Tenho que me distrair.

— Distraia-se, portanto, com *Milady*, meu querido D'Artagnan; desejo de todo o meu coração, se isso puder diverti-lo.

— Ouça, Athos — disse D'Artagnan —, em vez de ficar aqui trancado como se estivesse na prisão, monte em um cavalo e venha comigo passear em Saint-Germain.

— Meu querido — respondeu Athos —, eu monto meus cavalos quando os tenho; se não tiver, vou a pé.

— Bem — respondeu D'Artagnan, sorrindo para a misantropia de Athos, que em outro momento certamente o teria ferido —, eu sou menos orgulhoso do que você, eu monto o que encontrar. Então, adeus, meu caro Athos.

— Até logo — disse o mosqueteiro, chamando Grimaud para abrir a garrafa que ele tinha acabado de trazer.

D'Artagnan e Planchet cavalgaram e tomaram a estrada para Saint--Germain.

Durante o caminho, o que Athos disse ao jovem sobre a Sra. Bonacieux lhe veio à mente. Embora D'Artagnan não fosse muito sentimental, a bela comerciante tinha deixado uma impressão real em seu coração; como ele disse, estava disposto a ir até o fim do mundo para procurá-la. Mas o mundo tem muitos fins, porque é redondo; assim ele não sabia o caminho que deveria seguir.

Entretanto, ia tentar saber quem era *Milady*. Ela tinha falado com o homem de capa preta, então ela o conhecia. Agora, na mente de D'Artagnan, era o homem de capa preta que tinha raptado a Sra. Bonacieux pela segunda vez, tal como a raptou pela primeira vez.

D'Artagnan, então, mentiu apenas sem convicção, o que significa mentir muito pouco, quando ele disse que ia se dedicar à busca de *Milady*; ele estava ao mesmo tempo procurando Constance.

Enquanto pensava assim e ocasionalmente dava um golpe de esporão em seu cavalo, D'Artagnan percorreu a estrada e chegou a Saint-Germain. Atravessou uma rua muito deserta, olhando para a esquerda e para a direita, caso reconhecesse algum vestígio de seu inglês, quando, na entrada de uma bela casa que, seguindo o costume da época, não tinha janela para a rua, viu aparecer uma figura bem conhecida. Essa figura caminhou por uma espécie de terraço adornado com flores. Planchet foi o primeiro a reconhecê-lo.

— Ei, senhor! — disse ele a D'Artagnan. — O senhor não se lembra dessa fisionomia? A cara de um sapo?

— Não — disse D'Artagnan —, e ainda assim tenho certeza de que não é a primeira vez que vejo esse rosto.

— É o pobre Lubin, o lacaio do conde Wardes, que nos atacou há um mês em Calais, quando estávamos a caminho da casa de campo do governador.

— Ah, claro! — disse D'Artagnan. — Agora eu o reconheço! Você acha que ele vai reconhecê-lo?

— Tenho certeza, senhor, que ele estava tão confuso que duvido que ele tenha guardado uma memória muito clara de mim.

— Então, vá falar com aquele menino — disse D'Artagnan —, e descubra na conversa se o seu mestre está realmente morto.

Planchet desceu do cavalo e se dirigiu diretamente para Lubin que, de fato, não o reconheceu, e os dois criados começaram a falar com o melhor entendimento do mundo, enquanto D'Artagnan empurrou os dois cavalos para um beco e, virando uma casa, voltou para assistir à conversa atrás de uma cerca.

Depois de um momento de observação atrás da sebe, ouviu o som de rodas e viu a carruagem de *Milady* parar na frente dele. Ele não podia cometer um erro, *Milady* estava lá dentro. D'Artagnan deitou-se no dorso do seu cavalo para ver tudo sem ser visto.

Milady pôs a sua linda cabeça loira para fora da porta e deu ordens à sua criada.

Esta última, uma jovem de vinte a vinte e dois anos, esperta e viva, criada de uma grande senhora, saltou do estribo em que estava sentada, segundo o costume da época, e foi para o terraço no qual D'Artagnan tinha visto Lubin.

D'Artagnan seguiu a criada com os olhos e viu-a dirigir-se para o terraço. Mas, por acaso, uma ordem de dentro tinha chamado Lubin, de forma que Planchet foi deixado sozinho, observando por todos os lados para saber por que D'Artagnan havia desaparecido.

A criada aproximou-se de Planchet e, segurando um bilhete, disse:

— Para o seu mestre.

— Para o meu mestre? — respondeu Planchet, estupefato.

— Sim, e é urgente. Saia logo.

Dito isso, fugiu para a carruagem, voltou de antemão para o lugar de onde tinha vindo; lançou-se no estribo e partiu de novo.

Planchet passou os dedos sobre o bilhete algumas vezes e, acostumado à obediência passiva, saltou do terraço, entrou no beco e depois de vinte passos encontrou D'Artagnan que, tendo visto tudo, ia ao seu encontro.

— Para você, senhor — disse Planchet, entregando o bilhete ao jovem.

— Para mim? — perguntou D'Artagnan. — Tem certeza disso?

— Claro que tenho certeza, a criada disse: — "Para o seu mestre". E eu não tenho outro amo a não ser o senhor... assim que... que moça sincera!

D'Artagnan abriu a carta e leu estas palavras:

> *Uma pessoa que está mais interessada em você do que pode dizer, gostaria de saber que dia vocês poderiam passear no bosque. Amanhã, no Portal del Champdu Drap d'Or, um lacaio de preto e vermelho aguardará sua resposta.*

— Ah, ah, oah, isso é direto! — Parece que a *Milady* e eu nos preocupamos com a saúde da mesma pessoa. Então, Planchet, como está o bom Sr. Wardes? Ele não está morto?

— Não, senhor, está indo tão bem quanto pode ir alguém que levou quatro estocadas no corpo, porque, sem nenhuma reprovação, você acertou quatro golpes naquele homem bom; ele ainda está fraco, porque perdeu quase todo o seu sangue. Como eu tinha dito ao senhor, Lubin não me reconheceu, e me contou sobre toda a aventura de ponta a ponta.

— Muito bem, Planchet, você é o rei dos lacaios. Agora volte para o cavalo e vamos seguir a carruagem.

Não demorou muito; e depois de cinco minutos eles viram a carruagem parada do outro lado da estrada; um cavalheiro bem vestido estava na porta.

A conversa entre *Milady* e o cavalheiro estava tão animada que D'Artagnan parou do outro lado da carruagem sem que ninguém, além da bela criada, pudesse reparar na sua presença.

A conversa aconteceu em inglês, uma língua que D'Artagnan não conhecia; mas pelo sotaque o jovem pensou que podia adivinhar que o belo inglês estava com raiva; terminou com um gesto que não deixava margem para dúvidas sobre a natureza dessa conversa: um sopro de leque aplicado com tanta força que o pequeno enfeite feminino voou em mil pedaços.

O cavalheiro riu em voz alta e pareceu preocupar *Milady*.

D'Artagnan pensou que era hora de intervir; então ele se aproximou da outra porta, descobrindo-se respeitosamente, e disse:

— Madame, posso lhe oferecer os meus serviços? Parece que esse cavalheiro irritou a senhora. Diga-me uma palavra, madame, e vou castigá-lo pela sua falta de cortesia.

Nas primeiras palavras ditas, *Milady* tinha se voltado, olhando para o jovem com um olhar estranho e, quando ele acabou, disse:

— Senhor — disse ela em bom francês —, eu me colocaria de todo coração sob sua proteção se a pessoa que me incomoda não fosse meu irmão.

— Ah, desculpe-me então — disse D'Artagnan —, como você pode compreender, eu não sabia, madame.

— Por que esse senhor confuso se aproxima — perguntou o cavalheiro que *Milady* havia designado como seu parente — e por que ele não está na estrada?

D'Artagnan disse, curvando-se sobre o pescoço do cavalo e respondendo de lado pela porta: "Eu não estou na estrada porque quero parar aqui".

O cavalheiro disse algumas palavras em inglês à sua irmã.

— Eu falo com você em francês — disse D'Artagnan —, então, por favor, me dê o prazer de responder na mesma língua. É o irmão da senhora, sim, mas felizmente não é meu.

Poderíamos acreditar que *Milady*, temerosa como qualquer mulher geralmente é, iria intervir naquele início de provocação a fim de impedir que a briga avançasse; mas, ao contrário, ela atirou-se para o fundo da sua carruagem e gritou friamente para o cocheiro.

— Depressa, para o palácio!

A bela donzela olhou para D'Artagnan, cuja boa aparência parecia ter surtido efeito sobre ela. A carruagem partiu, deixando os dois homens de frente um para o outro, sem que nenhum obstáculo material os separasse.

O cavalheiro fez um movimento para seguir a carruagem, mas D'Artagnan, cuja raiva já em efervescência tinha aumentado ainda mais quando reconheceu no inglês o homem que havia tomado o seu cavalo em Amiens, e estava prestes a ganhar de Athos seu diamante, pulou no freio e o parou.

— Ei, senhor! Você me parece ainda mais atordoado do que eu, porque você se esqueceu de que há uma pequena discussão entre nós.

Ele então perguntou:

— É você, meu senhor? Mas você sempre se diverte em vários jogos?

— Sim, e isso me lembrou que tenho uma revanche para fazer. Vejo, senhor, que se trata de um sujeito muito habilidoso com o copo.

— Eu não tenho espada — disse o inglês. — Você quer demonstrar coragem contra um homem sem armas?

— Espero que você tenha uma em casa — respondeu D'Artagnan. — Seja como for, tenho duas, e se quiser, empresto-lhe uma.

— Inútil — disse o inglês —, eu tenho muitas dessas ferramentas.

— Bem, meu digno cavalheiro — continuou D'Artagnan —, escolha a mais longa e venha me mostrar esta tarde.

— Onde está bom para o senhor?

— Atrás do Palácio de Luxemburgo, é um bairro encantador para passeios do tipo que lhe proponho.

— Está bem, estarei lá.

— Que horas?

— Às seis.

— A propósito, você provavelmente também tem um ou dois amigos.

— Tenho três que ficarão muito honrados por jogar o mesmo jogo que eu.

— Três? Perfeito. Que coincidência! — disse D'Artagnan. — São a minha conta!

— E agora, quem é você? — perguntou o inglês.

— Sou o Sr. D'Artagnan, cavalheiro gascão, que serve a companhia de guarda do Sr. des Essarts. E você, quem é?

— Eu sou o conde de Winter, Barão de Sheffield.

— Muito bem, eu sou seu servo, Barão — disse D'Artagnan —, mesmo que você tenha nomes difíceis de pronunciar.

E montando no seu cavalo, galopou e tomou a estrada para Paris. Como costumava fazer em tais ocasiões, D'Artagnan foi direto para a casa de Athos.

Encontrou Athos deitado em um grande canapé no qual, como tinha dito, esperava que a sua equipe o encontrasse.

Ele contou a Athos tudo o que tinha acabado de acontecer, exceto sobre a carta que lhe havia sido entregue na casa do Sr. de Wardes.

Athos ficou encantado quando soube que ia lutar contra um inglês. Já dissemos que era o sonho dele.

Porthos e Aramis foram imediatamente avisados pelos criados sobre a situação.

Porthos tirou sua espada da bainha e duelou contra a parede, recuando de vez em quando e fazendo flexões como um dançarino.

Aramis, que ainda estava trabalhando em seu poema, trancou-se no gabinete de Athos e pediu para não ser incomodado até o momento do duelo.

Athos pediu a Grimaud uma garrafa.

Quanto a D'Artagnan, ele preparou para si mesmo um pequeno plano cuja execução veremos mais tarde, o que prometia ser uma aventura engraçada, como podia ser visto pelos sorrisos que ocasionalmente cruzaram o seu rosto durante o seu sonho iluminado.

CAPÍTULO 25

Ingleses e franceses

Chegada a hora, os quatro criados se dirigiram até Luxemburgo, a um lugar destinado para as cabras. Athos deu uma moeda para o cuidador do rebanho para que ele se afastasse. Os lacaios ficaram de sentinelas.

Imediatamente uma tropa silenciosa se aproximou do mesmo recinto, entrou naquele espaço e se uniu aos mosqueteiros; logo começaram as apresentações segundo os costumes ultramarinos.

Os ingleses eram pessoas da maior qualidade; os nomes estranhos dos seus adversários, para eles, não eram uma surpresa, mas geraram curiosidade.

— Mas para tudo isso — disse o lorde de Winter quando os três amigos disseram os seus nomes —, não sabemos quem são, e não vamos duelar com nomes assim, pois são nomes de pastores.

— Como o senhor bem supôs Milorde, são nomes falsos — disse Athos.

— O que me dá mais vontade de conhecer os seus nomes verdadeiros — respondeu o inglês.

— Você se arriscou de boa vontade contra nós sem nos conhecer — disse Athos —, e com esse distintivo ganhou nossos dois cavalos.

— Certo, mas não arriscávamos mais do que nossas pistolas; dessa vez arriscamos o nosso sangue. Aposta-se com todo mundo, mas apenas um duela com os seus iguais.

— Isso é justo — disse Athos. — E separou, entre os quatro ingleses, o cavalheiro com quem iria duelar. Em voz baixa lhe disse o seu nome.

Porthos e Aramis fizeram a mesma coisa.

— É o suficiente? — perguntou Athos ao seu adversário —, acredita que é digno para me dar a honra de cruzar a espada com você?

— Sim, senhor — disse o inglês curvando-se.

— Bem, agora quer que eu diga uma coisa? — perguntou friamente Athos.

— O quê?

— Nunca deveria ter exigido que eu me apresentasse.

— Por quê?

— Porque se acreditam que eu estou morto, tenho razões para desejar que não saibam que vivo, e porque serei obrigado a matá-lo, para que o meu segredo não corra por aí.

O inglês mirou em Athos, acreditando que ele brincava; mas Athos não brincava por nada neste mundo.

— Senhores — disse ele, dirigindo-se ao mesmo tempo aos seus companheiros e aos seus adversários —, estamos prontos?

— Sim — responderam em uníssono os ingleses e os franceses.

— Então, fiquem em guarda — disse Athos.

No mesmo momento, oito espadas brilharam nos raios do sol, e o combate começou com um escarnecimento muito natural entre homens duas vezes inimigos. Athos lutava com tanta calma e método que parecia estar em uma sala de armas.

Porthos, tomado, sem dúvida, pela sua excessiva confiança depois de sua aventura em Chantilly, fazia um jogo sutil e prudente.

Aramis, que estava preocupado com a terceira estrofe do seu poema, apressava-se para terminar o duelo, como um homem muito ocupado.

Athos foi o primeiro a matar o seu adversário: não foi preciso mais do que uma estocada, mas como ele havia avisado, o golpe foi mortal, a espada atravessou o coração do inglês.

Porthos foi o segundo a deitar o seu adversário sobre a grama: primeiro atravessou sua coxa; então, como o inglês entregou sua espada sem resistência, Porthos o pegou pelos braços e o levou até a sua carruagem.

Aramis pressionou o seu com tanto vigor, que depois de ter cedido cerca de cinquenta passos, terminou por empreender uma fuga correndo e desaparecendo entre as vaias dos lacaios.

D'Artagnan fazia pura e simplesmente um jogo defensivo; logo, quando deixou o adversário muito cansado, deu um ataque em seu quadril que o fez soltar a espada. O barão, vendo que estava desarmado, deu dois ou três passos para trás, mas com esse movimento, o seu pé se enroscou e ele caiu com a boca para cima.

D'Artagnan deu um salto sobre ele e colocando a espada em sua garganta, disse:

— Eu poderia matá-lo, senhor, está em minhas mãos, mas eu lhe concedo a vida por amor à sua irmã.

D'Artagnan estava em estado de graça; acabara de realizar o plano que havia projetado de antemão, e cujo desenvolvimento fez aflorar em seu rosto os sorrisos dos quais falamos.

O inglês, encantado com o enfrentamento contra um cavalheiro tão complacente, deu um abraço em D'Artagnan, fazendo mil elogios aos três mosqueteiros, e, como o adversário de Porthos estava instalado na carruagem e o de Aramis havia fugido em polvorosa, não fez mais do que pensar no inglês que estava morto.

Quando Porthos e Aramis tiraram sua roupa com a esperança de que a sua ferida não fosse mortal, uma grossa bolsa escapou de sua cintura. D'artagnan a pegou e mostrou ao lorde de Winter.

— O que diabos o senhor quer que eu faça com isso? — perguntou o inglês.

— Que o senhor entregue à família dele — disse D'Artagnan.

— A família dele não se preocupa com essa miséria: tem mais de mil luíses de renda; guarde essa bolsa para os seus criados.

D'Artagnan meteu a bolsa no bolso de sua calça.

— E agora, meu jovem amigo, porque espero que me permita chamá-lo assim — disse o lorde de Winter —, essa noite, se o senhor desejar, eu o apresentarei à minha irmã, Lady Clarick, porque quero que ela conceda os seus favores, e como não está mal vista na corte, talvez no futuro uma palavra dita por ela não seja de todo inútil.

D'Artagnan ficou vermelho de tanta felicidade e se inclinou em sinal de assentimento.

Entretanto, Athos acabara de cercar D'Artagnan.

— O que pensa em fazer com essa bolsa? — perguntou em voz baixa ao pé do ouvido.

— Pensava em entregá-la, meu querido Athos.

— Para mim? E por quê?

— Pegue! Você o matou: são sobras excelentes.

— Eu, herdeiro de um inimigo! — disse Athos. — O que pensa que eu sou?

— É costume de guerra —disse D'Artagnan. — Por que não poderia ser costume de um duelo?

— Não faça isso nem no campo de batalha — disse Athos.

Porthos encolheu os ombros. Aramis, com um movimento de lábios, aprovou o que Athos disse.

— Então — disse D'Artagnan —, daremos esse dinheiro aos criados, como o lorde de Winter nos disse para fazer.

— Sim — disse Athos —, daremos essa bolsa não aos nossos lacaios, mas aos lacaios ingleses.

Athos pegou a bolsa e a jogou nas mãos do cocheiro.

— Para você e para os seus companheiros.

Essa grandeza nos modos em um homem privado de tudo, surpreendeu até mesmo Porthos, e essa generosidade francesa, contada pelo lorde de Winter e o seu amigo, obteve grande sucesso em todas as partes, exceto entre os senhores Grimaud, Mousqueton, Planchet e Bazin.

Lorde de Winter deu a D'Artagnan, ao se despedir, a direção de sua irmã; ela vivia na praça Royale, que era um bairro da moda, no número 6. Além disso, comprometia-se a apresentá-los.

D'Artagnan marcou às oito, na casa de Athos.

Aquela apresentação a *Milady* preocupava muito o nosso gascão. Lembrava-se de que maneira estranha aquela mulher tinha cruzado o seu destino. Estava convencido de que ela era uma criatura do cardeal e, sem dúvida, sentia-se preso a ela por um sentimento que uma pessoa só não dá conta.

O seu único medo era que *Milady* reconhecesse o homem de Meung e de Drouves. Nesse caso, ela saberia que ele era um dos amigos do Sr. de Tréville, e, em consequência, que pertencia de corpo e alma ao rei, o que, nesse momento, faria perder parte de suas vantagens. Porque conhecendo *Milady* como ela o conheceria, fariam o mesmo jogo. Em relação ao princípio de intriga entre ela e o lorde de Wardes, o nosso cavalheiro se preocupava bem pouco, porque o marquês era jovem, bonito, rico e forte defensor do cardeal.

D'Artagnan foi para casa se arrumar de maneira esplendorosa; logo de dirigiu à casa de Athos e, segundo seu costume, contou-lhe tudo. Athos escutou o seu plano, em seguida balançou sua cabeça e pediu prudência, com um certo ar de amargura.

— Veja! — disse-lhe. — Acabou de perder uma mulher que era boa, encantadora e perfeita, e já está correndo atrás de outra.

D'Artagnan se deu conta da verdade daquela bronca.

— Eu amava a Sra. Bonacieux de coração, enquanto amo a *Milady* com a razão; ao conhecer sua casa, vou procurar tudo sobre o papel que ela exerce na corte.

— O papel que faz! Não é difícil adivinhar depois de tudo o que você me disse. É uma emissária do cardeal: uma mulher que o atrairá a uma armadilha e que deixará a sua cabeça a perigo.

— Diabos, meu querido Athos! Você vê as coisas de uma maneira muito negativa, na minha opinião.

— Meu querido, eu desconfio das mulheres. O que você quer? Estou pagando por isso, sobretudo das mulheres loiras, e pelo que você me disse, *Milady* é loira.

— Tem os fios loiros mais lindos que já encontrei.

— Ah, meu pobre D'Artagnan — exclamou Athos.

— Escute, quero saber; logo, quando souber o que desejo, me afastarei.

— Está se iludindo — disse Athos, com calma.

Lorde de Winter chegou à hora marcada, mas Athos, prevenido a tempo, passou para o segundo quarto. Portanto, D'Artagnan estava sozinho, e como era cerca de oito horas, levou o jovem consigo.

Uma elegante carruagem os esperava embaixo, e como era guiada por dois excelentes cavalos, em um instante estavam na praça Royale.

Milady Clarick recebeu D'Artagnan graciosamente. O seu palacete era notadamente luxuoso; e mesmo que a maioria dos ingleses, expulsos pela guerra, abandonassem a França ou estivessem a ponto de deixá-la, *Milady* acabara de fazer em sua casa novos gastos: prova que a situação geral que expulsava os ingleses não a atingia.

— Você pode ver aqui — disse o lorde de Winter apresentando D'Artagnan a sua irmã — um cavalheiro que teve a minha vida em suas mãos, e que não quis abusar de suas vantagens, mesmo que fôssemos inimigos, por eu tê-lo insultado e por ser inglês. Agradeça-o, senhora, caso tenha algum sentimento por mim.

Milady franziu ligeiramente a testa; uma nuvem passou na sua frente e surgiu um sorriso em seus lábios, tão estranho para o jovem, que, ao vê-lo, sentiu um calafrio.

O seu irmão não viu nada; já havia se virado para jogar com o macaco favorito de *Milady*.

— Seja bem-vindo, senhor — disse *Milady* com uma voz cuja doçura contrastava com os sintomas de mau humor que ele havia acabado de observar. — D'Artagnan —, hoje você ganhou direitos eternos pela minha gratidão.

O inglês se virou novamente e contou todos os detalhes do combate. *Milady* escutou tudo com a maior atenção, mas era visível que, por maior esforço que ela fizesse, o resultado final não a agradava. O sangue lhe subiu à cabeça e os seus pés pequenos se agitavam impacientemente embaixo da saia.

Lorde de Winter não percebeu nada. Quando terminou, aproximou-se de uma mesa, onde estavam servidos uma garrafa de vinho espanhol e copos. Com um gesto, convidou D'Artagnan para beber.

O jovem cavalheiro sabia que negar o brinde a um inglês era uma ofensa terrível. Aproximou-se da mesa e pegou um copo. Mesmo assim, não deixava de observar *Milady*, e através do cristal vislumbrou a mudança de humor em seu rosto. Agora que ela se via livre dos olhares, um sentimento semelhante à ferocidade tomava conta da sua fisionomia. Ela dava dentadas de ódio em seu lenço.

A linda criada que D'Artagnan tinha visto entrou no salão; disse algumas palavras ao Lorde de Winter, que pediu permissão ao mosqueteiro e se retirou, desculpando-se pela urgência do assunto que o chamava e pedindo perdão à sua irmã.

Os dois cavalheiros trocaram um aperto de mãos e D'Artagnan voltou para perto de *Milady*. O rosto daquela mulher, com uma flexibilidade incrível, tinha recuperado a expressão cheia de graça, e apenas algumas manchas vermelhas em seu lenço indicavam que ela tinha mordido os lábios até eles sangrarem.

Os seus lábios eram magníficos, como se fossem feitos de coral.

A conversa tomou ares joviais. *Milady* estava inteiramente refeita. Contou que o lorde de Winter era seu cunhado, e não seu irmão; ela havia se casado com o segundo lorde da família, que a deixara viúva e com um filho. Esse filho era o único herdeiro do lorde de Winter, se ele não se casasse. Tudo isso deixava D'Artagnan com um nó na cabeça, mas ainda não conseguia enxergar nada além dele.

Depois de meia hora de conversa, D'Artagnan estava convencido de que *Milady* era sua compatriota: falava francês com uma pureza e uma elegância que não deixavam dúvida a esse respeito.

D'Artagnan se desmanchou em palavras galantes e em frases afetuosas. A todas as sandices que dizia o nosso gascão, *Milady* sorria com benevolência. Chegou a hora de se retirar. D'Artagnan se despediu de *Milady* e saiu do salão como o mais feliz dos homens.

Na escada encontrou a linda donzela, que se encostou suavemente nele ao passar e, ficando vermelha até o branco dos olhos, pediu perdão por tocá-lo, com uma voz tão doce que o perdão foi concedido no mesmo instante.

D'Artagnan voltou no dia seguinte e foi recebido ainda melhor do que na véspera. Lorde de Winter não estava, e foi *Milady* quem fez todos as honras da visita. Parecia muito interessada nele, perguntou de onde era, quem eram seus amigos, e se alguma vez já havia pensado em servir ao cardeal.

D'Artagnan que, como sabemos, era muito prudente para um gascão de vinte anos, lembrou-se de suas suspeitas sobre *Milady* e fez um grande elogio à Sua Eminência. Disse-lhe que, se tivesse conhecido o Sr. Decavois antes do Sr. de Tréville, sem dúvida serviria ao cardeal.

Milady mudou o assunto da conversa e perguntou de forma trivial se alguma vez ele estivera na Inglaterra.

D'Artagnan respondeu que fora enviado uma vez pelo Sr. Tréville para tratar sobre a venda de cavalos, e que havia levado quatro como amostra.

Durante a conversa, *Milady* beliscou duas ou três vezes os lábios: disputava com um gascão que jogava muito bem.

D'Artagnan se retirou à tarde. No corredor voltou a encontrar a linda Ketty, esse era o nome da criada. Ela olhava para ele com uma expressão misteriosa de benevolência, não havia dúvidas. Mas D'Artagnan estava tão preocupado com a sua ama que não observava nada que viesse dela.

Ele voltou à casa da *Milady* no dia seguinte, e no seguinte, e cada vez mais ela lhe oferecia uma acolhida mais graciosa.

Cada vez mais, também, na antecâmara, no corredor na escada, ele voltava a encontrar a linda criada.

Mas, como já dissemos, D'Artagnan não prestava atenção à persistência da pobre Ketty.

CAPÍTULO 26

A donzela e a senhora

Enquanto isso, como já dissemos, apesar dos gritos de sua consciência e do sábio conselho de Athos, D'Artagnan se apaixonou por *Milady* na hora; por isso nunca deixou de ir a uma corte para a qual o aventureiro gascão estava convencido de que, mais cedo ou mais tarde, ela não poderia deixar de aparecer.

Uma noite ele chegou orgulhoso, leve como um homem à espera de uma chuva dourada, e encontrou a criada na porta da garagem; mas dessa vez a bela Ketty não se contentou em sorrir para ele enquanto ela passava: ela pegou sua mão docemente.

— Bem! — disse D'Artagnan para si mesmo. — Ela será responsável por alguma mensagem para mim de minha amante; ela vai me dar alguma citação que ela não ousará me dar em sua própria voz.

E ele olhou para a linda garota com o ar mais encantador que podia adotar.

— Gostaria de lhe dizer duas palavras, senhor cavalheiro... — balbuciou a donzela.

— Fale, minha filha, fale — disse D'Artagnan, eu a ouço.

— Aqui é impossível: o que tenho para lhe dizer é muito longo e, acima de tudo, muito secreto.

— Bem! Então, o que podemos fazer?

— Se o cavalheiro quiser me seguir — disse Ketty timidamente.

— Para onde você quiser, minha linda menina.

— Venha então.

E Ketty, que não tinha largado a mão de D'Artagnan, arrastou-o por uma pequena e escura escadaria em espiral, e depois de tê-lo feito subir quinze ou mais degraus, abriu uma porta.

— Entre, cavalheiro — disse ela —, aqui estaremos sozinhos e poderemos conversar.

— E de quem é este quarto, linda menina? — perguntou D'Artagnan.

— É meu, cavalheiro, comunico-me com a minha ama através desta porta. Mas não se preocupe, ela não vai conseguir ouvir o que estamos dizendo, nunca vai para a cama antes da meia-noite.

D'Artagnan deu uma vista de olhos. A pequena sala era encantadora em termos de aroma e limpeza; mas, apesar disso, seus olhos estavam fixos naquela porta que Ketty lhe dissera que levava ao quarto de *Milady*.

Ketty adivinhou o que se passava na alma do jovem e suspirou.

— Então você está apaixonado pela minha ama, cavalheiro! — disse ela.

— Mais do que eu poderia dizer! Sou louco por ela!

Ketty suspirou uma segunda vez.

— Ah, senhor — disse ela —, é uma pena!

— E que diabos você vê nela que é tão irritante? — perguntou D'Artagnan.

— Senhor — continuou Ketty —, ela não ama o senhor.

— Como assim? — perguntou D'Artagnan. — Ela pediu para você me dizer?

— Ah, não, senhor! — Fui eu que, por estar interessada no senhor , tomei a decisão de avisá-lo.

— Obrigado, minha boa Ketty, mas só pela intenção, porque você vai entender que a confidência não é agradável.

— Então não acredita no que eu lhe disse, senhor?

— É sempre difícil acreditar nessas coisas, linda menina, mesmo que seja só por amor próprio.

— Então você não acredita em mim?

— Confesso que desconfio até obter alguma prova.

Ketty tirou uma pequena nota do seio.

— É para mim? — disse D'Artagnan, que rapidamente pegou a carta.

— Não, é para outra pessoa.

— Para outra pessoa?

— Sim.

— É o nome dele, o nome dele! — exclamou D'Artagnan.

— Olhe para o destinatário.

— Sr. Conde de Wardes. — A cena de Saint-Germain voltou de repente à memória do presunçoso gascão; com um movimento tão rápido como o pensamento, ele rasgou o envelope apesar do grito de Ketty quando viu o que ia fazer, ou melhor, o que estava prestes a fazer.

— Ah, meu Deus, cavalheiro! — O que você está fazendo?

— Eu não faço nada! — disse D'Artagnan, e leu:

O senhor não respondeu à minha primeira carta. Está doente ou esqueceu-se dos olhares que me lançou no baile da Sra. Guise? Eis a sua oportunidade, Conde, não a deixe escapar.

D'Artagnan ficou pálido, ele estava ferido no seu amor próprio.

— Pobre Sr. D'Artagnan! — disse Ketty numa voz cheia de compaixão, apontando novamente para a mão do jovem.

— Tem pena de mim, pequenina? — disse D'Artagnan.

— Sim, sim, de todo o coração, porque eu também sei o que é o amor!

— Você sabe o que é o amor? — disse D'Artagnan olhando para ela pela primeira vez com atenção.

— Ah, sei!

— Bem, em vez de ter pena de mim, é melhor me ajudar na vingança contra a sua ama.

— Em que tipo de vingança você pensa?

— Gostaria de triunfar sobre ela e suplantar o meu rival.

— Sabe que eu nunca o ajudarei, cavalheiro — disse Ketty vividamente.

— Por que isso? — perguntou D'Artagnan.

— Por dois motivos.

— Quais?

— A primeira é que a minha senhora nunca o amará.

— Como você sabe?

— Você machucou o seu coração.

— Como pude magoá-la, eu, que vivo a seus pés como um escravo desde que a conheço? — Diga-me, eu lhe imploro.

— Nunca confessarei isso, exceto ao homem... que enxergar o fundo da minha alma.

D'Artagnan olhou para Ketty uma segunda vez. A jovem mulher era de um frescor e de uma beleza que muitas duquesas teriam comprado com sua coroa.

— Ketty — disse ele —, eu verei até o fundo da sua alma sempre que você quiser; não se preocupe com isso, querida criança.

E ele lhe deu um beijo que deixou a pobre garota vermelha como uma cereja.

— Ah, não — exclamou Ketty. — Você não me ama! Você ama a minha senhora, você disse isso há pouco!

— E isso impede que você me diga o segundo motivo.

— O segundo motivo, cavalheiro — continuou Ketty, encorajada primeiro pelo beijo e depois pela expressão dos olhos do jovem — é que o amor quer cada um para si.

Só então D'Artagnan se lembrou dos olhares lânguidos de Ketty e dos seus encontros na antecâmara, na escadaria, no corredor, no seu atrito com a mão cada vez que o encontrava e nos seus suspiros que a afogavam; mas estava absorvido pelo desejo de agradar à grande senhora que havia negligenciado a donzela: "Aquele que caça a águia não se importa com o pardal".

Mas nessa altura o nosso gascão viu num relance todos os benefícios que podia retirar desse amor que Ketty tinha acabado de confessar de uma forma tão ingênua ou flagrante: a intercepção das cartas dirigidas ao conde de Wardes, deixadas a qualquer momento no quarto de Ketty, que ficava ao lado do quarto de sua ama. Pérfido, D'Artagnan já sacrificava mentalmente a pobre menina para conquistar *Milady* de bom grado ou pela força.

— Bem! — O que quer de mim, querida Ketty? Que eu lhe dê provas desse amor?

— De que amor fala? — perguntou a jovem mulher.

— Aquele que estou disposto a sentir por você.

— E qual seria essa prova?

— Você quer que eu passe com você esta noite o tempo que costumo ficar aqui ?

— Ah, sim! — disse Ketty batendo palmas. — Com prazer.

— Bem, querida menina — disse D'Artagnan sentado em uma poltrona —, venha até aqui e deixe-me dizer que você é a donzela mais bonita que eu já vi.

E ele disse tantas coisas, e tão bem, que a pobre menina relutava para acreditar naquelas palavras... Para espanto de D'Artagnan, a jovem Ketty se defendia com determinação.

O tempo passa depressa quando se está entre ataques e defesas.

Soou meia-noite, quase ao mesmo tempo em que a campainha tocou no quarto da *Milady*.

— Por Deus! — Ketty exclamou — Minha senhora está me chamando! Vá embora, rápido!

D'Artagnan se levantou, pegou seu chapéu como se fosse obedecer; então, abriu a porta de um grande armário rapidamente e em vez de abrir a porta que dava para a escadaria, ele se escondeu no meio dos vestidos da senhora.

— O que você está fazendo? — exclamou Ketty.

D'Artagnan, que havia pegado a chave antes, trancou-se no armário sem responder.

— Querida! — gritou *Milady* com uma voz azeda. — Está dormindo? Por que não vem quando eu chamo?

E D'Artagnan ouviu a porta de comunicação ser aberta com violência.

— Aqui estou eu, minha senhora, aqui estou eu — exclamou Ketty, correndo para encontrar sua ama.

As duas entraram no quarto juntas, e como a porta de comunicação permaneceu aberta, D'Artagnan pôde ouvir por algum tempo *Milady* repreender a sua serva; então ela se acalmou, e a conversa recaiu sobre ele enquanto Ketty preparava a sua ama.

— Bem! — disse *Milady*. — Esta noite não vi o nosso gascão.

— Como assim, minha senhora? — disse Ketty. — Ele não veio? Será infiel antes de ser feliz?

— Não, o Sr. de Tréville ou o Sr. des Essarts devem ter impedido. Eu me conheço, Ketty, e sei o que tenho.

— O que a senhora fará?

— Acalme-se, Ketty, entre mim e esse homem existe algo que ele ignora... Ele quase me fez perder o crédito que tenho com sua Eminência... Ah! Eu vou me vingar.

— Pensei que a senhora o amasse.

— Eu amá-lo? Eu odeio aquele homem. Um tolo, que teve a vida do Lorde de Winter em suas mãos e que não quis matá-lo; portanto, me fez perder 300 mil libras.

— Verdade— disse Ketty —, seu filho era o único herdeiro de seu tio, e a maioria de vocês teria desfrutado a sua fortuna.

D'Artagnan tremeu até a medula de seus ossos ao ouvir que aquela criatura adorável o reprovava, com aquela voz estridente que ela lutava para esconder na conversa, por não ter matado um homem que ele considerava como um amigo.

— Desse modo — continuou *Milady* — eu teria me vingado dele se o cardeal, não sei por que, não tivesse recomendado que eu o tratasse com respeito.

— Sim, mas a senhora não tratou a mulher que ele amava com respeito.

— A vendedora da rua dos Fossoyeurs! Mas ele já não se esqueceu que ela existia? Que bela vingança!

Um suor frio correu pela testa de D'Artagnan: aquela mulher era um monstro.

Ele voltou a escutar, mas, infelizmente, o tempo do asseio tinha acabado.

— Tudo bem — disse *Milady* —, volte para seu quarto e amanhã tente buscar uma resposta para a carta que lhe dei.

— Para o conde de Wardes? — perguntou Ketty.

— Claro, para o conde de Wardes.

— Parece-me — disse Ketty — uma pessoa que deve ser contra tudo o que significa esse pobre Sr. D'Artagnan.

— Saia, menina — disse *Milady* —, não gosto dos seus comentários.

D'Artagnan ouviu a porta se fechar, então o som de duas fechaduras sendo fechadas por *Milady* para se trancar em seu quarto; por sua parte, mas tão suavemente quanto possível, Ketty virou a chave; então D'Artagnan empurrou a porta do armário.

— Ah, meu Deus! — O que acontece com o senhor? — Está tão pálido!

— Aquela criatura abominável! — murmurou D'Artagnan.

— Silêncio, silêncio, saia! — Há apenas uma repartição entre o meu quarto e o da *Milady*, uma ouve tudo o que é dito na outra.

— É exatamente por isso que não vou embora — disse D'Artagnan.

— Como? — disse Ketty, ficando vermelha.

— Ou pelo menos vou embora mais tarde.

Ele atraiu Ketty para si; não havia meios de resistir — a resistência faz tanto ruído — e Ketty cedeu.

Foi um movimento de vingança contra *Milady*. D'Artagnan descobriu que eles tinham razão em dizer que a vingança é o prazer dos deuses. Portanto, com algum sentimento ele teria se contentado com essa nova conquista; mas D'Artagnan tinha apenas ambição e orgulho.

No entanto, e isso deve ser dito em seu louvor, o primeiro uso que ele fez de sua influência sobre Ketty foi tentar saber por ela o que tinha acontecido com a Sra. Bonacieux; mas a pobre menina jurou pelo crucifixo de D'Artagnan que ela era ignorante de tudo, pois sua senhora nunca deixara que mais da metade de seus segredos passasse por ela; ela acreditava que só podia responder que a pobre comerciante não estava morta.

Quanto à causa que estava prestes a fazer *Milady* perder o seu crédito para o cardeal, Ketty não sabia de mais nada; mas, nessa ocasião, D'Artagnan estava mais adiantado do que ela: como tinha visto *Milady* no seu navio aquartelado, quando ele estava prestes a sair de Inglaterra, ele suspeitou que dessa vez se tratava dos pingentes de diamante.

Mas a coisa mais clara de tudo isso é que o verdadeiro ódio de *Milady*, ódio profundo, ódio inveterado, vinha do fato de que ele não tinha matado seu cunhado.

D'Artagnan voltou no dia seguinte à casa da *Milady*. Ela estava de muito mau humor; D'Artagnan suspeitava que fosse pela falta de resposta do conde de Wardes que a incomodava tanto. Ketty entrou e *Milady* recebeu-a duramente.

Lançou um olhar para D'Artagnan que queria dizer: "Veja o quanto eu sofro por você!".

No entanto, no final do olhar, a bela leoa estava mais mansa, ouviu as doces frases de D'Artagnan sorrindo, e até lhe estendeu a mão para que ele a beijasse.

D'Artagnan saiu sem saber o que pensar, mas como ele era um jovem que não foi facilmente feito para perder a cabeça, enquanto fazia sua corte para *Milady*, ele tinha esboçado em sua mente um pequeno plano.

Milady encontrou Ketty na porta e, na véspera, foi ao quarto dela para ouvir as notícias. Ketty teve uma discussão difícil com ela, que acusou-a de negligência.

Milady não entendeu nada sobre o silêncio do conde de Wardes, e tinha ordenado que ela entrasse em seu quarto às nove horas da manhã para levar uma terceira carta.

D'Artagnan fez Ketty prometer levar essa carta para ele na manhã seguinte; a pobre jovem prometeu tudo o que seu amante queria: estava louca.

As coisas aconteceram assim no dia anterior; D'Artagnan trancou-se no seu armário. *Milady* bateu à porta, fez o seu asseio, despediu-se de Ketty e fechou a porta. Como no dia anterior, D'Artagnan não voltou para casa antes das cinco da manhã.

Às onze horas, ele viu Ketty chegar trazendo na mão uma nova carta de *Milady*. Naquela hora, a pobre menina sequer tentou disputá-la com D'Artagnan: ela pertencia de corpo e alma ao seu belo soldado.

D'Artagnan abriu a carta e leu o seguinte:

> *Esta é a terceira vez que escrevo para lhe dizer que o amo. Cuidado para que eu não escreva uma quarta para lhe dizer que eu o odeio.*

Caso você se arrependa do modo como se comporta comigo, a jovem que lhe entregou este bilhete lhe dirá como um homem galante pode obter o perdão.

D'Artagnan ficou vermelho e pálido várias vezes enquanto lia esse bilhete.

— Ainda ama *Milady*! — disse Ketty, que não tinha tirado os olhos do rosto do jovem por um momento.

— Não, Ketty, você está errada, não a amo mais, mas quero vingar o seu desprezo.

— Sim, conheço a sua vingança, já me disse.

— O que lhe importa, Ketty? Sabe muito bem que amo só você.

— Como posso saber isso?

— Pelo meu desprezo por ela.

Ketty suspirou.

D'Artagnan pegou uma caneta e escreveu:

Senhora, até agora eu tinha duvidado que eu fosse o destinatário dos seus bilhetes, tão indigno que acredito ser de tal honra; além disso, eu estava tão doente que teria hesitado em responder em qualquer caso.

Mas hoje devo acreditar no excesso da sua bondade, porque não só a sua carta mas também a sua serva me garante que tenho a alegria de ser amado por você.

Ela não precisa me dizer como é que um homem galante pode obter o seu perdão. Portanto, virei pedir a sua misericórdia esta noite, às onze horas.

Atrasar mais um dia seria aos meus olhos fazer mais uma nova ofensa para a senhora.

Aquele a quem você fez o mais feliz dos homens.

CONDE DE WARDES

Esse bilhete era, em primeiro lugar, falso; em segundo lugar uma indelicadeza, do ponto de vista dos nossos costumes atuais, algo como uma infâmia; mas não houve tantos julgamentos nessa altura como há hoje. Por outro lado, D'Artagnan, por sua própria confissão, sabia que *Milady* era culpada de traição em episódios mais importantes e tinha apenas uma estima muito fraca por ela. Mesmo assim, apesar dessa baixa estima, ele sentia uma paixão sem sentido por aquela mulher, que o queimava. Uma paixão embriagada de desprezo, paixão ou sede, como desejar.

A intenção de D'Artagnan era muito simples; através do quarto de Ketty ele alcançaria o da sua amante; ele se beneficiaria do primeiro momento de surpresa, de vergonha, de terror, a fim de triunfar sobre ela; talvez pudesse falhar, mas algo tinha que ser deixado ao acaso. Dentro de oito dias a campanha começaria e ele teria que partir.

D'Artagnan não tinha tempo para fiar o amor perfeito.

— Tome — disse o jovem entregando a Ketty o bilhete completamente fechado —, entregue este bilhete a *Milady*; é a resposta do conde de Wardes.

A pobre Ketty ficou pálida como a morte, ela suspeitou do que estava escrito no bilhete.

— Ouça, minha querida menina — disse D'Artagnan —, você entende que isso deve terminar de uma forma ou de outra; *Milady* pode descobrir que você deu o primeiro bilhete ao meu servo em vez de ao servo do conde; que eu sou aquele que abriu os outros que deveriam ter sido abertos pelo Sr. de Wardes; então *Milady*, você já a conhece, não é mulher para ficar nessa vingança.

— Infelizmente — disse Ketty. — Por que fui exposta a tudo isso?

— Por minha causa, minha bela jovem — disse o cavalheiro —, e por isso sou muito grato a você, eu juro.

— Mas o que tem neste bilhete?

Milady lhe dirá.

— Ah, você não me ama — disse Ketty —, e eu sou muito infeliz!

D'Artagnan respondeu de tal forma que Ketty permaneceu no erro.

Mas ela chorou muito antes de decidir entregar o bilhete a *Milady*; finalmente se decidiu, já que era tudo o que D'Artagnan queria.

Ele também prometeu a ela que deixaria a casa de sua amante mais cedo naquela noite e que, quando saísse do dormitório de sua amante, iria para o quarto dela.

Essa promessa acabou por consolar a pobre Ketty.

CAPÍTULO 27

À noite todos os gatos são pardos

Como de costume, D'Artagnan apresentou-se por volta das nove horas na casa de *Milady*. Encontrou-a de um humor encantador; nunca ela o recebera tão bem. O nosso gascão viu à primeira vista de olhos que o seu bilhete fora entregue e produzia o seu efeito.

Ketty entrou com sorvetes. A ama mostrou-lhe uma expressão encantadora e sorriu-lhe com o seu mais gracioso sorriso, mas a pobre garota estava tão triste que nem sequer reparou na benevolência de *Milady*.

D'Artagnan olhava uma após outra as duas mulheres e era forçado a confessar que a natureza se enganara ao formá-las: dera à grande dama uma alma vil e à criada o coração de uma duquesa.

Às dez horas, *Milady* começou a parecer inquieta, e D'Artagnan compreendeu o que isso significava. Ela olhava o relógio, levantava-se, tornava a sentar-se e sorria a D'Artagnan com um ar que queria dizer: "É muito amável, sem dúvida, mas seria um amor se fosse embora!".

D'Artagnan levantou-se e pegou o chapéu, e *Milady* deu-lhe a mão a beijar. O jovem sentiu que ela a apertava e compreendeu que o não fazia por um sentimento de paixão, mas sim de reconhecimento por ele ir embora.

"Ama-o endiabradamente", murmurou. Depois saiu.

Dessa vez, Ketty não o esperava em parte alguma, nem na antecâmara, nem no corredor, nem no portão. D'Artagnan teve de encontrar a escada que levava ao quarto sem a ajuda dela.

Ketty estava sentada, com o rosto escondido nas mãos e chorava.

Ouviu D'Artagnan entrar, mas não levantou a cabeça. O jovem foi ao seu encontro e pegou-lhe nas mãos; então ela rompeu em soluços.

Como D'Artagnan presumira, *Milady*, ao receber a carta, tinha, no delírio da sua alegria, contado tudo à criada; depois, como recompensa da maneira como dessa vez ela desempenhara sua missão, dera-lhe uma bolsa. Mas Ketty, ao regressar ao seu quarto, atirara a bolsa para um canto, onde ficara aberta e espalhara três ou quatro moedas de ouro no tapete.

Ao ouvir a voz de D'Artagnan, a pobre garota levantou a cabeça. Ele próprio ficou assustado ao ver-lhe o rosto transtornado. Ketty juntou as mãos com ar suplicante, mas sem ousar dizer palavra.

Por pouco sensível que fosse o coração de D'Artagnan, ele se sentiu comovido ao ver aquela dor muda, mas prezava demais os seus projetos, e sobretudo aquele, para alterar, fosse no que fosse, o programa que traçara antecipadamente. Portanto, não deu a Ketty nenhuma esperança de ceder, apenas lhe apresentou a sua ação como uma simples vingança.

Vingança de resto tanto mais fácil quanto era certo que *Milady*, sem dúvida, para ocultar o seu rubor ao amante, recomendara a Ketty que apagasse todas as luzes dos seus aposentos, mesmo do quarto. O Sr. de Wardes deveria sair antes de amanhecer, sempre no escuro.

Pouco depois ouviram *Milady* entrar no quarto dela. D'Artagnan se meteu imediatamente no armário. Mal se escondeu, a campainha tocou.

Ketty entrou no quarto da ama, mas não deixou a porta aberta. No entanto, a parede era tão delgada que se ouvia quase tudo o que as duas mulheres diziam. *Milady* parecia ébria de alegria e obrigava Ketty a repetir os pormenores de sua pretensa conversa com Wardes: como recebera a sua carta, como respondera, qual era a expressão do seu rosto, se parecia muito apaixonado... E a todas as perguntas a pobre Ketty, obrigada a manter a presença de espírito, respondia com voz abafada, na qual nem sequer notava o acento doloroso, de tal modo a felicidade é egoísta.

Por fim, como se aproximasse a hora do seu encontro com o conde, *Milady* mandou apagar todas as luzes do quarto e ordenou a Ketty que voltasse para o seu e introduzisse Wardes assim que ele chegasse.

A espera de Ketty não foi longa. Logo que D'Artagnan viu através do buraco da fechadura do armário que se encontrava tudo mergulhado na escuridão, saiu do seu esconderijo no preciso momento em que Ketty fechava a porta de comunicação.

— Que barulho é esse? — perguntou-lhe *Milady*.

— Sou eu — respondeu D'Artagnan a meia-voz. —Eu, o conde de Wardes.

"Oh, meu Deus, meu Deus!", murmurou Ketty. "Nem sequer esperou pela hora que ele próprio marcara!"

— Então, por que não entra? — perguntou *Milady*, com voz trêmula. — Conde, conde — acrescentou —, bem sabe que o espero!

Perante esse apelo, D'Artagnan afastou suavemente Ketty e entrou no quarto de *Milady*.

Se a raiva e a dor podem torturar uma alma, é a do amante que recebe sob um nome que não é o seu os protestos de amor que se dirigem ao seu feliz rival. D'Artagnan encontrava-se numa situação dolorosa que não previra, o ciúme mordia-lhe o coração e ele sofria quase tanto como a pobre Ketty, que chorava naquele momento no quarto contíguo.

— Sim, conde — dizia *Milady* na sua voz mais terna, apertando-lhe carinhosamente a mão nas suas —, sim, sinto-me feliz pelo amor que os seus olhos e as suas palavras me exprimiram todas as vezes que nos encontramos. Também o amo. Oh, amanhã quero qualquer penhor seu que me prove que pensa em mim; e, para que me não esqueça, tome!

E passou um anel do seu dedo para o de D'Artagnan. O jovem lembrou-se de ter visto aquele anel na mão de *Milady*: era uma safira magnífica rodeada de brilhantes. O primeiro movimento de D'Artagnan foi de lhe devolver, mas *Milady* acrescentou:

— Não, guarde esse anel por amor a mim. Aliás, aceitando-o, presta-me um serviço muito maior do que poderia imaginar — acrescentou em tom comovido.

"Esta mulher está cheia de mistérios...", pensou D'Artagnan. Nesse momento quase revelou tudo. Abriu a boca para dizer a *Milady* quem era e com que intenções vingativas estava ali, mas ela acrescentou:

— Pobre anjo, que esse monstro gascão quase matou!

O monstro era ele.

— Os seus ferimentos ainda o fazem sofrer? — continuou *Milady*.

— Sim, muito — respondeu D'Artagnan, sem saber que dizer.

— Fique tranquilo que eu o vingarei, e cruelmente! — disse *Milady* em voz baixa.

"Irra, o momento das confidências ainda não chegou!", pensou D'Artagnan.

O jovem precisou de algum tempo para se recompor desse pequeno diálogo, mas todas as ideias de vingança que trouxera tinham se desvanecido por completo. Aquela mulher exercia sobre ele um poder incrível, odiava-a e adorava-a ao mesmo tempo, e ele nunca imaginara que dois sentimentos tão contrários pudessem habitar o mesmo coração e, confundindo-se, formar um amor estranho e de certo modo diabólico.

Entretanto, acabava de dar uma hora, tinham de se separar. No momento de deixar *Milady*, D'Artagnan sentiu apenas um vivo pesar, e, depois de uma despedida apaixonada, combinaram de se encontrar de novo na semana seguinte. A pobre Ketty esperava poder trocar algumas palavras com D'Artagnan quando ele passasse pelo seu quarto, mas *Milady* acompanhou-o pessoalmente na escuridão e só o deixou na escada.

No dia seguinte de manhã, D'Artagnan correu para a casa de Athos. Estava metido numa aventura singular e queria lhe pedir conselho. Contou-lhe tudo. Athos franziu várias vezes a sobrancelha.

— A sua *Milady* — declarou — parece-me uma criatura infame, mas nem por isso você agiu menos mal enganando-a. Agora, você terá de uma maneira ou de outra uma inimiga terrível nos braços.

Enquanto falava, Athos olhava com atenção a safira rodeada de diamantes que estava no dedo de D'Artagnan em lugar do anel da rainha, cuidadosamente guardado num estojo.

— Está olhando este anel? — perguntou o gascão, muito orgulhoso de exibir aos olhos dos amigos tão rico presente.

— Olho — respondeu Athos. — Recorda-me uma joia de família.

— É belo, não é verdade? — perguntou D'Artagnan.

— Magnífico! — respondeu Athos. — Não sabia que houvesse duas safiras de tão bela água. Trocou-a pelo diamante?

— Não — respondeu D'Artagnan. — É um presente da minha bela inglesa, ou antes, da minha bela francesa, porque, embora não tenha lhe perguntado, estou convencido de que nasceu na França.

— Esse anel lhe foi dado por *Milady*? —perguntou Athos, num tom de voz em que era fácil distinguir uma grande emoção.

— Pessoalmente. Deu-me esta noite.

— Mostre-me esse anel — pediu Athos.

— Aqui está — respondeu D'Artagnan, tirando-o do dedo. Athos examinou-o e ficou muito pálido; depois experimentou-o no anelar da mão esquerda: ficava nesse dedo como se tivesse sido feito para ele. Uma nuvem de cólera e de vingança passou pela fronte habitualmente calma do gentil-homem.

— É impossível que seja o mesmo — murmurou. — Como iria este anel parar nas mãos de *Milady*? E, no entanto, é muito difícil que haja entre duas joias tal semelhança.

— Conhece esse anel? — perguntou-lhe D'Artagnan.

— Julguei reconhecê-lo, mas, sem dúvida, enganei-me — respondeu Athos.

E devolveu-o a D'Artagnan, sem deixar, no entanto, de olhá-lo.

— Por favor — disse passado um instante —, tire esse anel do dedo ou vire o engaste para dentro, ele me traz à memória recordações tão cruéis que não teria cabeça para conversar com você. Não veio me pedir conselho? Não me disse que estava embaraçado, sem saber o que devia fazer?... Mas espere... me dê essa safira: aquela a que me referi tinha uma das faces lascada devido a um acidente.

D'Artagnan tirou de novo o anel do dedo e entregou-o a Athos. Este estremeceu:

—Tome — disse. — Veja, não é estranho?

E mostrava a D'Artagnan a falha que ele lembrava existir.

— Mas de quem recebeu essa safira, Athos?

— Da minha mãe, que a recebera da mãe dela. Como lhe disse, trata-se de uma velha joia... que nunca devia sair da família.

— E você... vendeu-a? — perguntou D'Artagnan, hesitante.

— Não — respondeu Athos, com um sorriso singular. — Dei-a durante uma noite de amor, como foi dada a você.

D'Artagnan ficou por sua vez pensativo, parecia-lhe ver na alma de *Milady* abismos de profundezas sombrias e desconhecidas. Em vez de colocar de novo o anel no dedo, guardou-o na algibeira.

— Escute — disse-lhe Athos, pegando-lhe na mão. — Sabe que o amo, D'Artagnan; se tivesse um filho, não o amaria mais do que a você. Pois bem, acredite-me, renuncie a essa mulher. Não a conheço, mas uma espécie de intuição me diz que é uma criatura perdida e que há algo fatal nela.

— E tem razão — disse D'Artagnan. — Por isso vou deixá-la; confesso que essa mulher também me assusta.

— Terá essa coragem? — perguntou Athos.

— Terei — respondeu D'Artagnan —, e imediatamente.

— Ainda bem, meu filho, que pensa assim — disse o gentil-homem, apertando a mão do gascão quase paternalmente. — Deus queira que essa mulher, que ainda mal entrou na sua vida, não deixe nela um rastro funesto!

E Athos despediu-se de D'Artagnan com uma inclinação de cabeça, como um homem que deseja dar a entender que não se importa de ficar só com os seus pensamentos.

Quando voltou para casa, D'Artagnan encontrou Ketty à sua espera. Um mês de febre não teria modificado mais a pobre criança do que aquela noite de insônia e dor.

Era enviada pela ama ao falso Wardes. *Milady* estava louca de amor, ébria de alegria, e queria saber quando o conde lhe concederia o segundo encontro. E a pobre Ketty, pálida e trêmula, esperava a resposta de D'Artagnan.

Athos tinha grande influência sobre o jovem. Os conselhos do amigo juntamente com os protestos do seu próprio coração tinham-no decidido, agora que o seu orgulho estava salvo e a sua vingança satisfeita, a não tornar a ver *Milady*. Pegou portanto a pena e escreveu a seguinte carta:

Não conte comigo, senhora, para o próximo encontro, pois desde a minha convalescença tenho tantas ocupações desse gênero que preciso lhes dar certa ordem. Quando chegar a sua vez, ficarei honrado em lhe informar.

Beijo-lhe as mãos.

CONDE DE WARDES

A respeito da safira nem uma palavra. Quereria o gascão conservar uma arma contra *Milady*? Ou, sejamos francos, não conservaria a safira como último recurso para comprar o equipamento?

Seria incorreto julgar as ações de uma época do ponto de vista de outra época. O que hoje seria olhado como uma desonra para um homem galante era naquele tempo coisa muito simples e muito natural, e os filhos mais novos das melhores famílias eram em geral mantidos pelas amantes.

D'Artagnan entregou a carta aberta a Ketty, que a leu, primeiro sem a compreender, e quase enlouqueceu de alegria ao lê-la pela segunda vez.

Ketty não podia acreditar em tamanha felicidade, e D'Artagnan teve de lhe renovar de viva voz as garantias que a carta lhe dava por escrito. E fosse qual fosse, dado o temperamento exaltado de *Milady*, o perigo que corresse a pobre criança em entregar semelhante bilhete à ama, nem por isso ela deixou de regressar tão depressa quanto as pernas lhe permitiram à Praça Royale. O coração da melhor das mulheres é implacável para com os sofrimentos de uma rival.

Milady abriu a carta com uma pressa igual à que Ketty tivera em trazê-la, mas, ao ler a primeira palavra, ficou lívida. Depois amarrotou o papel e, em seguida, virou-se para a criada com os olhos relampejando:

— Que carta é esta? — perguntou.

— Mas... é a resposta à da senhora — respondeu Ketty, toda trêmula.

— Impossível! — gritou *Milady*. — É impossível que um gentil-homem tenha escrito a uma mulher semelhante carta!

Depois, subitamente, estremecendo:

— Meu Deus, terá acontecido de... — E deteve-se.

Rangia os dentes e estava cor de cinza. Quis dar um passo para a janela, a fim de tomar ar, mas só conseguiu estender os braços; as pernas faltaram-lhe e ela caiu.

Ketty julgou que ela se sentisse mal e precipitou-se para desapertar o seu corpete. Mas *Milady* endireitou-se vivamente.

— Que quer? — perguntou. — Por que me toca?

— Pensei que a senhora estivesse indisposta e quis socorrê-la — respondeu a criada, assustadíssima com a expressão terrível que adquirira o rosto da ama.

— Indisposta eu, eu? Acha que sou uma mulherzinha fraca? Quando me insultam, não fico indisposta, vingo-me, entendeu?

E fez sinal com a mão a Ketty para que ela saísse

CAPÍTULO 28

Sonho de vingança

À noite, *Milady* deu ordem para introduzirem o Sr. D'Artagnan assim que chegasse, conforme o seu hábito. Mas ele não veio.

No dia seguinte, Ketty procurou de novo o jovem e contou-lhe tudo o que se passara na véspera. D'Artagnan sorriu: a cólera ciumenta de *Milady* era a sua vingança.

De novo, *Milady*, ainda mais impaciente do que na véspera, renovou a ordem relativa ao gascão, mas como na véspera esperou-o inutilmente.

No outro dia, Ketty apresentou-se em casa de D'Artagnan; já não alegre e viva como nos dois dias anteriores, pelo contrário, muito triste. D'Artagnan perguntou à pobre garota o que tinha acontecido, mas ela, como única resposta, tirou uma carta da algibeira e entregou-a.

Era uma carta do punho de *Milady*; e dessa vez endereçada a D'Artagnan e não ao Sr. de Wardes. D'Artagnan abriu-a e leu:

Caro Sr. D'Artagnan:

Não está certo abandonar assim os seus amigos, sobretudo no momento em que vai deixá-los por tanto tempo. O meu cunhado e eu o esperamos ontem e anteontem inutilmente. Acontecerá o mesmo esta noite?

Sua muito reconhecida,

LADY CLARICK

— É muito simples — disse D'Artagnan —, e já esperava esta carta. O meu crédito sobe à medida que baixa o do conde de Wardes.

— E irá? — perguntou Ketty.

— Escute, minha querida — disse o gascão, que procurava desculpar-se a seus próprios olhos de faltar à promessa que fizera a Athos —, não compreende que seria impolítico não corresponder a um convite tão positivo? Não me vendo voltar, *Milady* não compreenderia a interrupção das minhas visitas, poderia desconfiar de qualquer coisa. E quem pode dizer até onde iria a vingança de uma mulher de seu tipo?

— Oh, meu Deus, sabe apresentar as coisas de uma forma que tem sempre razão! — protestou Ketty. — Mas vai novamente fazer-lhe a corte, e, se desta vez lhe agradar sob o seu verdadeiro nome e sob o seu verdadeiro rosto, seria muito pior do que da primeira vez!

O instinto permitia à pobre garota adivinhar o que ia acontecer. D'Artagnan tranquilizou-a o melhor que pôde e prometeu-lhe ficar insensível às seduções de *Milady*. Pediu-lhe que dissesse a ela que estava reconhecidíssimo pelas suas atenções e que iria receber as suas ordens; mas não ousou escrever-lhe com receio de não conseguir disfarçar suficientemente a sua letra a olhos tão experientes como os de *Milady*.

Ao darem nove horas, D'Artagnan estava na Praça Royale. Era evidente que os criados que esperavam na antecâmara estavam prevenidos, pois logo que D'Artagnan apareceu, ainda antes de perguntar se *Milady* estava, um deles correu para anunciá-lo.

— Que entre — disse *Milady* numa voz breve, mas tão penetrante que D'Artagnan a ouviu na antecâmara. Introduziram-no.

— Não estou para ninguém — disse *Milady* ao criado. — Para ninguém.

O lacaio saiu, e D'Artagnan lançou um olhar curioso a *Milady*: estava pálida e tinha os olhos mortiços, por ter chorado ou por não ter dormido. Intencionalmente tinham diminuído o número habitual de luzes, mas, mesmo assim, a jovem não conseguia esconder os vestígios da febre que a devorara durante dois dias.

D'Artagnan aproximou-se dela com a sua galanteria habitual, e *Milady* fez então um esforço supremo para lhe corresponder, mas nunca fisionomia mais transtornada desmentiu sorriso mais amável. D'Artagnan lhe perguntou sobre sua saúde, e ela respondeu:

— Má, muito má. — Mas então — disse D'Artagnan — sou importuno, precisa de repouso, sem dúvida, e vou me retirar.

— Não — opôs-se *Milady*. — Pelo contrário, fique, Sr. D'Artagnan, a sua amável companhia me distrairá.

"Oh, oh, nunca foi tão encantadora! Melhor ficar alerta...", pensou D'Artagnan.

Milady tomou o ar mais afetuoso que lhe foi possível e imprimiu ao diálogo todo o brilho que pôde. Ao mesmo tempo, a febre que a abandonara um instante voltava a restituir-lhe o fulgor aos olhos, as cores às faces e o carmim aos lábios. D'Artagnan reencontrou a Circe que já o envolvera nos seus encantamentos. O seu amor, que julgava extinto, mas que estava apenas adormecido, acordou no seu coração.

Milady sorria e D'Artagnan sentia que se perderia por aquele sorriso, e até por um momento teve algo como um remorso do que fizera àquela mulher. Pouco a pouco, *Milady* tornou-se mais comunicativa. Perguntou a D'Artagnan se tinha alguma amante.

— Meu Deus — respondeu D'Artagnan com o ar mais sentimental que conseguiu —, como pode ser tão cruel que me faça semelhante pergunta, a mim que desde que a vi só vivo e suspiro para você e por você?...

Milady sorriu estranhamente.

— Você me ama, portanto...

— Terei necessidade de dizer, ainda não notou?

— Decerto. Mas como sabe, quanto mais orgulhosos são os corações mais difíceis de conquistar.

— Oh, as dificuldades não me assustam! — respondeu D'Artagnan. — Só as impossibilidades me metem medo.

— Nada é impossível a um verdadeiro amor — observou *Milady*.

— Nada, senhora?

— Nada — repetiu *Milady*.

"Demônio, a nota mudou!", pensou D'Artagnan. "Por acaso a caprichosa terá se apaixonado por mim e estará disposta a me dar outra safira igual à que me deu tomando-me por Wardes?" D'Artagnan aproximou vivamente sua cadeira da de *Milady*.

— Vejamos. O que faria para provar esse amor de que fala? — perguntou ela.

— Tudo o que se exigisse de mim. Ordene e estou pronto.

— Para tudo?

— Para tudo! — exclamou ele, que sabia antecipadamente não arriscar grande coisa em semelhante compromisso.

— Bom, conversemos um pouco... — sugeriu *Milady*, aproximando também sua cadeira.

— Estou escutando, senhora. — *Milady* ficou um pouco concentrada, como se estivesse indecisa; depois, pareceu tomar uma resolução e disse: —Tenho um inimigo.

— Como, a senhora?! — exclamou D'Artagnan, fingindo-se surpreso. — Será possível, meu Deus? Bela e boa como é...

— Um inimigo mortal.

— Realmente?

— Um inimigo que me insultou tão cruelmente que existe entre mim e ele uma guerra de morte. Posso contar com você para me ajudar?

D'Artagnan compreendeu aonde a vingativa criatura queria chegar.

— Pode, senhora — respondeu com ênfase. — O meu braço e a minha vida pertencem-lhe como o meu amor.

— Sendo assim, já que é tão generoso como está apaixonado... — Deteve-se.

— Que devo fazer? — perguntou D'Artagnan.

— Deixar, a partir de hoje, de falar de impossibilidades — respondeu *Milady* após um momento de silêncio.

— Não me mate de felicidade! — exclamou D'Artagnan, caindo de joelhos e cobrindo de beijos as mãos dela.

"Vingue-me desse infame Wardes", murmurou *Milady* entre dentes, "e eu saberei desembaraçar-me de você em seguida, duplo idiota, lâmina de espada!"

"Cai voluntariamente em meus braços, depois de ter escarnecido de mim tão afrontosamente, hipócrita e perigosa mulher, e eu rirei de você com aquele que quer matar por minha mão", pensava D'Artagnan. Em seguida, levantou a cabeça e disse:

— Estou pronto.

— Ainda bem que me compreendeu, caro Sr. D'Artagnan — declarou *Milady*.

— Adivinharia um dos seus olhares.

— Portanto porá a meu serviço o seu braço, que já adquiriu tanta fama?

— Imediatamente.

— Mas como pagarei semelhante serviço? Conheço os apaixonados, são pessoas que não fazem nada desinteressadamente...

— Sabe a única resposta que desejo — respondeu D'Artagnan —, a única que é digna de você e de mim! E puxou-a suavemente para si.

Ela quase não resistiu, disse apenas, sorrindo:

—Interesseiro!...

— Oh! — exclamou D'Artagnan, verdadeiramente arrebatado pela paixão que aquela mulher tinha o dom de despertar no seu coração. — Oh, é como se a minha felicidade me parecesse inverossímil!

— Merece sem dúvida essa pretensa felicidade.

— Estou às suas ordens — disse D'Artagnan.

— Tem certeza? — perguntou *Milady*, com uma derradeira dúvida.

— Indique-me o infame que foi capaz de fazer chorar seus belos olhos.

— Quem disse que chorei?

— Pareceu-me...

— As mulheres como eu não choram.

— Tanto melhor! Vamos, diga-me como se chama. Lembre-se de que o seu nome é todo o meu segredo. No entanto, é necessário que eu o conheça.

— Sim, é necessário e será uma prova de que tenho confiança em você...

— Enche-me de alegria. Como se chama?

— Conhece-o...

— É mesmo?

— Sim.

— Não é nenhum dos meus amigos? — perguntou D'Artagnan, fingindo hesitação para fazê-la crer na sua ignorância.

— Se fosse um dos seus amigos, hesitaria — respondeu *Milady*. — E um relâmpago de ameaça passou-lhe pelos olhos.

— Não. Nem que fosse meu irmão! — exclamou D'Artagnan, como que arrebatado pelo entusiasmo. O nosso gascão avançava sem se arriscar, porque sabia aonde queria chegar.

— Aprecio sua dedicação — declarou *Milady*.

— Meu Deus, e não aprecia mais nada em mim? — perguntou D'Artagnan.

— Também o aprecio — acrescentou ela, pegando-lhe na mão. E a ardente pressão fez D'Artagnan tremer, como se, pelo simples fato de lhe tocar, a febre que queimava *Milady* passasse para ele.

— Quer dizer que me ama? — perguntou ansioso. — Oh, se fosse verdade seria motivo para perder a razão! —E envolveu-a nos braços.

Quando ele a beijou, ela não tentou afastar os lábios dos dele, apenas não lhe correspondeu. Seus lábios estavam tão frios, que pareceu a D'Artagnan que acabara de beijar uma estátua. Mas nem por isso ficou menos ébrio de alegria, menos eletrizado de amor; quase acreditava no amor de *Milady*, quase acreditava no crime de Wardes. Se o tivesse naquele momento ao alcance da mão, o mataria.

Milady aproveitou a oportunidade:

— Chama-se... — começou.

— Wardes! — exclamou D'Artagnan. - Já sabia que era ele.

— E como sabe? — perguntou *Milady*, pegando-lhe nas mãos e tentando ler, através dos seus olhos, o fundo da alma. D'Artagnan sentiu que se excedera e cometera um erro.

— Diga, diga, vamos, diga! — repetia *Milady*. — Como sabia?

— Como sabia?...

— Sim.

— Sabia porque ontem, num salão onde me encontrava, Wardes mostrou um anel que disse ter-lhe sido dado.

— Miserável! — gritou *Milady*.

— Então a vingarei desse miserável — declarou D'Artagnan, dando-se ares de D. Jafeth da Armênia.

— Obrigada, meu bravo amigo! — exclamou *Milady*. — E quando serei vingada?

— Amanhã... imediatamente... quando quiser.

Milady ia gritar: "Imediatamente!", mas refletiu que semelhante precipitação seria pouco agradável para D'Artagnan. Aliás, tinha mil precauções a tomar, mil conselhos a dar ao seu defensor, para que evitasse explicações com o conde diante de testemunhas. Mas uma palavra de D'Artagnan tudo resolveu:

— Amanhã estará vingada ou eu estarei morto.

— Não! Me vingará, mas não morrerá: é um covarde.

— Com as mulheres, talvez; mas com os homens, não. Sei alguma coisa a esse respeito.

— Mas parece-me que na sua luta com ele não teve de se queixar da sorte.

— A sorte é uma cortesã: favorável ontem, pode trair-me amanhã.

— O que quer dizer que hesita agora...

— Não, não hesito, Deus me defenda, mas seria justo deixar-me ir para uma morte possível sem me ter dado ao menos um pouco mais do que esperança?...

Milady respondeu com um olhar que queria dizer: "Só isso? Diga". Depois, acompanhando o olhar de palavras explicativas, disse ternamente:
— É justíssimo.

— Oh, é um anjo! — exclamou o jovem.

— Portanto, está tudo combinado?

— Exceto o que lhe pedi, querido amor!

— Mas se digo que pode confiar na minha ternura...

— Não tenho amanhã para esperar.

— Silêncio! Ouço o meu irmão, é inútil que o encontre aqui. — Tocou,

Ketty apareceu. — Saia por essa porta — disse, empurrando uma portinha disfarçada — e volte às onze horas para acabarmos nossa conversa. Ketty o introduzirá no meu quarto.

A pobre criança pensou cair redonda no chão ao ouvir essas palavras.

— Que faz aí, menina, imóvel como uma estátua? Vamos, acompanhe o cavaleiro — ordenou-lhe *Milady*. —E você, às onze horas, como ouviu!.

"Parece que os seus encontros amorosos são todos às onze horas", pensou D'Artagnan. "Deve ser um hábito adquirido...". *Milady* estendeu--lhe a mão, que ele beijou ternamente. "Cuidado", disse para si mesmo enquanto se retirava sem quase responder às censuras de Ketty, "cuidado, não sejamos burros! Decididamente, essa mulher é uma grande celerada e todo o cuidado é pouco".

CAPÍTULO 29

O segredo de *Milady*

D'Artagnan saíra do palácio em vez de subir imediatamente ao quarto de Ketty, apesar dos pedidos insistentes da jovem, e isso por duas razões: a primeira, *porque* assim evitava as censuras, as recriminações e as súplicas; a segunda, porque queria analisar um pouco as suas ideias e, se possível, as daquela mulher.

Tudo o que havia de mais claro no caso era que D'Artagnan amava *Milady* como um louco e que ela não o amava. Por instantes, D'Artagnan concluiu que o melhor que tinha a fazer era voltar para casa e escrever a *Milady* uma longa carta confessando-lhe que ele e Wardes eram até ali a mesma pessoa, e que, portanto, não podia comprometer-se, sob pena de suicídio, a matar Wardes. Mas também o instigava um feroz desejo de vingança que o levava a desejar aquela mulher sob o seu próprio nome. Como tal vingança lhe parecia conter certa doçura, não queria de modo algum renunciar a ela.

Ele deu cinco ou seis voltas pela praça Royale, voltando a cada dez passos para olhar para a luz do andar em que ficava *Milady*, vislumbrada através das grades; era evidente que a jovem estava com menos pressa para voltar ao seu quarto.

Finalmente a luz se apagou.

Com essa luz a última incerteza no coração de D'Artagnan se extinguiu; ele se lembrou dos detalhes da primeira noite, e do seu coração batendo, sua cabeça queimando; então entrou no palácio e correu para o quarto de Ketty.

A moça, pálida como a morte, tremendo o corpo todo, queria deter o seu amante; mas a senhora, com os seus ouvidos à espreita, tinha ouvido o ruído de D'Artagnan e abriu a porta.

— Venha — disse ela.

Tudo isso foi um descaramento incrível, uma ousadia tão monstruosa que D'Artagnan mal podia acreditar no que via e ouvia. Ele julgou que estivesse sido envolvido por algumas daquelas intrigas fantásticas, como as que acontecem em sonhos. Isso não significa que ele não tenha saltado na direção de *Milady*, cedendo à atração que o ímã exerce sobre o ferro.

A porta se fechou atrás deles.

Ketty, por sua vez, ficou atirada na porta. Ciúmes, raiva, orgulho ofendido, todas as paixões que, no final, disputam o coração de uma mulher apaixonada, impeliam-na a uma revelação; mas ela estaria perdida se confessasse ter se rendido ao plano; e, acima de tudo, ela perderia D'Artagnan para sempre. Este último pensamento de amor aconselhou-a a fazer o derradeiro sacrifício.

D'Artagnan, por sua vez, estava no auge de todos os seus desejos: ele já não era um rival para a sua amante, era ele mesmo quem ela parecia amar. Uma voz secreta disse-lhe profundamente em seu coração que não, que ele não passava de um instrumento de vingança, que ela o acariciava esperando o momento de sua morte; mas o orgulho, o amor próprio e a loucura silenciaram essa voz, que acabou em um murmúrio. Então o nosso gascão, com a dose de confiança que já conhecemos, comparou-se ao conde de Wardes e se perguntou por que, afinal, ela não o amaria por ele mesmo.

Então ele abandonou-se inteiramente às sensações do momento. *Milady* não era para ele aquela mulher de intenções fatais que o tinha assustado por um momento, ela era uma amante ardente e apaixonada que se entregava por inteiro ao amor que ela mesma parecia experimentar. Passaram-se cerca de duas horas.

No entanto, o êxtase dos dois amantes se acalmou. *Milady*, que não tinha as mesmas razões que D'Artagnan para esquecê-lo, foi a primeira a voltar à realidade e perguntou ao jovem se o plano que deveria levar o conde de Wardes e ele a um encontro no dia seguinte tinha sido preparado antecipadamente por ele.

Mas D'Artagnan, cujas ideias tinham adquirido um curso muito diferente, esqueceu-se como um imbecil e respondeu galantemente que era tarde demais para lidar com duelo.

Aquela frieza pelos únicos interesses que o preocupavam assustou *Milady*, cujas perguntas se tornaram mais esmagadoras. Então D'Artagnan, que nunca tinha pensado seriamente naquele duelo impossível, quis desviar a conversa, mas não tinha mais força.

Milady o mantinha dentro dos limites que ela tinha estabelecido com o seu espírito irresistível e a sua vontade de ferro.

D'Artagnan achava-se muito engenhoso em aconselhar *Milady* a renunciar, perdoando o conde de Wardes e os planos furiosos que ela havia tido.

Mas nas primeiras palavras que disse, a jovem estremeceu e se afastou.

— Tem medo, querido D'Artagnan? — disse ela com uma voz afiada e zombeteira, que ressoava estranhamente na escuridão.

— Nem pense nisso, querida! — respondeu D'Artagnan. — E se, em última instância, o pobre Wardes for menos culpado do que você pensa?

— Em todo caso — disse *Milady* seriamente — ele me enganou, e desde o momento em que ele me enganou, ele merece a morte.

— Ele vai morrer porque você o condena! — disse D'Artagnan num tom tão firme que para *Milady* parecia ser a expressão de uma fidelidade a toda prova. Até o ponto em que ela se aproximou dele.

Não podíamos dizer quanto tempo durou a noite para *Milady*, mas D'Artagnan pensou que ele estivesse ao seu lado havia apenas duas horas quando a luz começou a aparecer nas fendas das grades e logo invadiu o quarto com uma claridade suave.

Então *Milady*, vendo que D'Artagnan ia deixá-la, lembrou-o da promessa que ele tinha feito de ajudá-la na vingança contra o conde de Wardes.

— Estou completamente preparado — disse D'Artagnan —, mas primeiro gostaria de ter certeza de uma coisa.

— De qual delas? — perguntou *Milady*.

— De que me ama.

— Parece-me que eu já lhe dei as provas.

— Sim, eu também sou seu corpo e alma.

— Obrigado, meu bravo amante! Mas da mesma forma que eu lhe provei o meu amor, você vai provar o seu, não vai?

— Claro que sim. Mas se você me ama como diz — respondeu D'Artagnan —, não teme por mim?

— O que posso temer?

— Bem, podem me deixar terrivelmente ferido, até mesmo morto.

— Impossível — disse *Milady* —, você é um homem muito corajoso e tem uma espada muito afiada.

— Você não preferiria, então — respondeu D'Artagnan — um meio de vingá-lo e, ao mesmo tempo, tornar o combate inútil?

Milady olhou para o seu amante em silêncio: aquela luz suave dos primeiros raios do dia dava aos seus olhos claros uma expressão estranhamente sombria.

— De verdade — disse ela —, acho que agora você tem dúvidas.

— Não, eu não tenho dúvidas; é que o pobre conde de Wardes realmente me entristece, pois você já não o ama, e parece-me que um homem deve ser tão cruelmente punido pela perda do seu amor que ele não precisa de outro castigo.

— Quem lhe disse que eu o amava? — perguntou *Milady*.

— Pelo menos agora posso acreditar, sem muita dificuldade, que você ama outro — disse o jovem carinhosamente —, e repito, estou interessado no conde.

— Você? — perguntou *Milady*.

— Sim, eu.

— E por quê?

— Porque só eu sei...

— O quê?

— Que ele está longe de ser, ou melhor, que está longe de ter sido tão culpado quanto parece.

— Mesmo? — disse *Milady* com um ar inquieto. — Explique-se, porque eu não sei mesmo o que você quer dizer.

E ela olhou para D'Artagnan, que a tinha abraçado com olhos que pareciam flamejantes.

— Sim, sou um homem galante! — disse D'Artagnan, determinado a ir até o final. — E como o seu amor é meu, porque tenho certeza de possuí-lo, porque o possuo, não é mesmo?

— Sim, continue.

— Bem, sinto-me como se eu estivesse mais pesado antes de fazer uma confissão.

— Uma confissão?

— Se eu tivesse duvidado do seu amor, eu não a teria feito; mas você me ama, não é, minha bela amante? Não é verdade que me ama?

— Sem dúvida.

— Então, se por excesso de amor eu declarar minha culpa em relação a você, serei perdoado?

— Talvez!

D'Artagnan tentou, com o sorriso mais doce que pôde adotar, aproximar seus lábios dos lábios de *Milady*, mas ela o afastou.

— Essa confissão — disse ela ficando pálida —, o que é isso?

— O conde de Wardes esteve nesta mesma sala na quinta-feira passada, não foi?

— Não, eu não! Isso não é verdade! — disse *Milady* com um tom de voz tão firme e um rosto tão impassível que, se D'Artagnan não tivesse essa certeza total, ele teria hesitado.

— Não minta, meu anjo — disse D'Artagnan sorrindo —, seria inútil.

— Diga, então! Você me faz morrer!

— Acalme-se, você não é culpada na minha frente, e eu já lhe perdoei!

— E depois, depois!

— Conde de Wardes pode ser vangloriar por nada.

— Por quê? Você mesmo me disse que esse anel...

— Esse anel, meu amor, sou eu que o tenho. O conde de Wardes de quinta-feira passada e o D'Artagnan de hoje são a mesma pessoa.

O jovem cavalheiro esperava uma surpresa misturada com modéstia, uma pequena tempestade que seria resolvida em lágrimas, mas ele esta va completamente enganado, e o seu erro não durou muito tempo.

Pálida e terrível, *Milady* se levantou e rejeitou D'Artagnan com um violento golpe no peito, correndo para fora da cama.

D'Artagnan segurou-a pelo seu manto de tecido indiano para implorar o seu perdão; mas ela, com um movimento poderoso e resoluto, tentou fugir. Então a bela mulher se desvencilhou, deixando os belos e redondos ombros nus, e D'Artagnan, com uma admiração inexprimível, reconheceu a flor-de-lis, essa marca indelével que imprime a desonra na mão do carrasco.

— Por Deus! — exclamou D'Artagnan, deixando cair o roupão.

E permaneceu mudo, imóvel e congelado na cama.

Mas *Milady* sentiu-se denunciada pelo próprio horror de D'Artagnan.

Agora o jovem conhecia o seu segredo, um segredo terrível que todos, menos ele, ignoravam.

Ela virou-se, não como uma mulher furiosa, mas como uma pantera ferida.

— Miserável! — gritava. — Você me traiu, covarde, e você também sabe o meu segredo! Você vai morrer!

E correu para o baú de madeira em cima do penteadeira, abriu-o com a mão febril e trêmula, tirou dele uma pequena adaga de cabo de ouro, lâmina afiada e fina, e pulou de volta sobre D'Artagnan.

Embora o jovem fosse corajoso, como se sabe, ele estava amedrontado por aquele rosto alterado, aquelas pupilas horrivelmente dilatadas, aquelas bochechas pálidas e aqueles lábios sangrentos; ele recuou até ficar entre a cama e a parede, como teria feito antes da proximidade de uma cobra que rastejava até ele, e, encontrando sua espada embaixo de sua mão suada, puxou-a para fora do coldre.

Mas sem se preocupar com a espada, *Milady* tentou subir na cama para bater nele, e não parou até sentir a pontada aguda em seu peito.

Então ela tentou agarrar aquela espada com as mãos; mas D'Artagnan a tirou de suas garras, e se deixou deslizar da cama, tentando sair pela porta que conduzia ao quarto de Ketty.

Durante este tempo, *Milady* correu em sua direção com uma fúria horrível, rugindo de uma maneira formidável!

Como isso parecia um duelo, D'Artagnan estava se recuperando aos poucos.

— Muito bem, linda senhora, muito bem! — disse ele. — Mas, pelo amor de Deus, acalme-se, ou vou desenhar uma segunda flor-de-lis no outro ombro.

— Infame, infame! — urrava *Milady*.

Mas D'Artagnan, sempre à procura da porta, ficava na defensiva.

Ouvindo o barulho que faziam, arrastando e derrubando os móveis, Ketty abriu a porta. D'Artagnan, que tinha se esquivado incessantemente para chegar perto daquela porta, estava a apenas três passos de distância e com um único salto saiu do quarto de *Milady* para o da criada, tão rápido quanto um raio, e fechou a porta, contra a qual ele se apoiou com todo o seu peso enquanto Ketty trancava as fechaduras.

Milady tentou derrubar a fortaleza que a trancava no seu quarto com forças muito superiores às de uma mulher; então, quando percebeu que era impossível, atirou a faca contra a porta, e algumas estocadas atravessaram a espessura da madeira.

Cada golpe foi acompanhado por uma terrível maldição.

— Depressa, depressa, Ketty — disse D'Artagnan, a meia-voz, quando os parafusos foram removidos. — Tire-me do palácio; se ela tiver tempo para se preparar, vai ordenar que os lacaios me matem.

— Mas você não pode sair assim — disse Ketty —, você está completamente nu.

— É verdade — disse D'Artagnan, que só então percebeu o que estava vestindo.

Ketty não entendeu muito bem; e de uma vez só, pôs sobre ele um vestido de flores, uma manta larga e uma toalha de mesa; deu-lhe as pantufas, nas quais ele pôs os pés descalços, e o empurrou para os degraus.

Ao mesmo tempo, *Milady* já tinha tocado o sino e despertado todo o palácio. O porteiro puxou a corda ao ouvir Ketty, no exato momento em que *Milady*, também seminua, gritava pela janela:

— Não abra!

CAPÍTULO 30

Como Athos, sem grandes problemas, conseguiu comprar todo o equipamento

O jovem fugiu enquanto ela continuava a ameaçá-lo com um gesto impotente. No momento em que o perdeu de vista, *Milady* desapareceu no seu quarto.

D'Artagnan ficou tão alterado que, sem se preocupar com o que aconteceria a Ketty, correu meia Paris e não parou até chegar à porta de Athos. O desvio de sua mente, o terror que o travava, os gritos de algumas patrulhas que o perseguiam e as vaias de alguns transeuntes, que apesar da hora tardia, saíam para tratar de seus negócios, não fizeram nada além de precipitar a sua corrida.

Ele atravessou o pátio, subiu os dois andares de Athos e bateu na porta como se fosse quebrá-la.

Grimaud a abriu com os olhos cheios de sono. D'Artagnan apressou-se tanto para entrar na antecâmara que quase o derrubou.

Apesar do silêncio habitual do pobre rapaz, dessa vez as palavras o atingiram.

— Ei, ei, ei, ei! O que quer, fugitivo? O que quer, seu patife?

D'Artagnan levantou o capuz e tirou as mãos que estavam debaixo da toalha de mesa; à vista do bigode e da sua espada, o pobre diabo percebeu que se tratava de um homem.

Então ele pensou que fosse um assassino.

— Socorro! Socorro! Socorro! Socorro! — gritou ele.

— Fique quieto, seu filho da mãe! — disse o jovem. — Sou D'Artagnan, não me reconhece? Onde está o seu mestre?

— É você, Sr. D'Artagnan?! — exclamou Grimaud com medo. — Impossível!

— Grimaud — disse Athos ao deixar o quarto em seu roupão de banho —, acredito que você me deixe falar.

— Ah, senhor, é que...

— Silêncio.

Grimaud contentou-se em apontar D'Artagnan ao seu mestre com o dedo.

Athos reconheceu seu camarada e, por mais lerdo que fosse, riu alto da estranha fantasia na frente de seus olhos: um capuz transpassado, saias caindo por cima dos sapatos, mangas arregaçadas e o bigode duro pela emoção.

— Não ria, meu amigo — exclamou D'Artagnan. — Pelo amor de Deus, não ria, porque pela minha alma eu lhe digo, não há nada para rir.

E ele proferiu essas palavras com um ar tão solene e com um terror tão verdadeiro que Athos levou as mãos ao rosto exclamando:

— Está ferido, meu amigo? Está muito pálido!

— Não, mas acabou de me acontecer uma coisa terrível. Está sozinho, Athos?

— Quem imaginou que estivesse na minha casa a esta hora?

— Bem, bem, bem...

E D'Artagnan correu para o quarto de Athos.

— Vá lá, diga! — pediu Athos, fechando a porta e trancando as fechaduras para não ser incomodado. — O rei morreu? Você matou o cardeal? Você está completamente diferente; vamos ver, vamos ver, diga... porque eu estou realmente morrendo de curiosidade.

— Athos — disse D'Artagnan livrando-se do vestido de mulher e aparecendo em um camisão de dormir —, prepare-se para ouvir uma história incrível, inédita.

— Ponha a túnica primeiro — disse o mosqueteiro ao seu amigo.

D'Artagnan vestiu a túnica, ele ainda estava tão animado!

— Bem? — disse Athos.

— Bem — respondeu D'Artagnan, inclinando-se em direção ao ouvido de Athos e baixando sua voz —, *Milady* está marcada com uma flor-de-lis no ombro.

— Ah! — gritou o mosqueteiro como se tivesse sido atingido no coração.

— Vejamos — disse D'Artagnan —, tem certeza de que a outra está morta?

— A outra? — disse numa voz tão baixa que D'Artagnan mal o ouviu.

— Sim, aquela de que me falaste em Amiens.

Athos deu um gemido e deixou cair a cabeça entre as mãos.

— Esta — continuou D'Artagnan — é uma mulher de vinte e seis a vinte e oito anos de idade.

— Loira — disse Athos —, não é verdade?

— Sim.

— Olhos azuis claros, estranhamente claros, com cílios e sobrancelhas pretos?

— Sim.

— Alta, bem feita? Com um dente faltando ao lado do canino, à esquerda?

— Isso!

— A flor-de-lis é pequena, avermelhada e quase apagada pelas camadas de creme que lhe são aplicadas?

— Sim!

— Mas você disse que ela é inglesa!

— O nome dela é *Milady*, mas ela pode ser francesa. O lorde de Winter não é seu irmão, é seu cunhado.

— Quero vê-la, D'Artagnan.

— Cuidado, Athos, cuidado; você queria matá-la, ela é uma mulher para se vingar e não falhar.

— Ela não se atreveria a dizer nada porque seria como denunciar a si mesma.

— Ela é capaz de tudo! Alguma vez a viu furiosa?

— Não — disse Athos.

— É uma tigresa, uma pantera! — Ah, meu caro Athos, receio que tenha atraído uma terrível vingança para nós dois!

D'Artagnan então disse tudo: a raiva sem sentido da senhora e suas ameaças de morte.

— Tem razão em temer e, pela minha alma, juro que não darei a minha vida por nada — disse Athos. — Felizmente, depois de amanhã, saímos de Paris, provavelmente vamos para La Rochelle, e uma vez fora daqui...

— Ela o seguiria até o fim do mundo, Athos, se o reconhecesse; deixe que seu ódio se concentre apenas sobre mim.

— Querido amigo! O que me importa se ela me matar? — disse Athos. — Você acha que eu amo a vida?

— Há um mistério terrível nisso tudo, Athos. Essa mulher é a espiã do cardeal, eu tenho certeza!

— Nesse caso, tenha cuidado. Se o cardeal não tem grande estima por nós pelo caso de Londres, deve ter um grande ódio; mas como não pode nos censurar por nada, o seu ódio deve ser satisfeito, especialmente por se tratar do ódio de um cardeal. Tenha cuidado! Se você sair, não saia sozinho; se você comer, tome suas precauções; em suma, desconfie de tudo, mesmo de sua sombra.

— Felizmente — disse D'Artagnan —, é apenas uma questão de chegar ao dia depois de amanhã à noite sem tropeçar, porque, uma vez no exército, espero que só tenhamos que temer os homens.

— Enquanto isso — disse Athos —, renuncio aos meus planos de reclusão, e irei com você por onde for; se tiver que voltar para a rua des Fossoyeurs, eu irei com você.

— Mas não importa quão perto eu esteja daqui — respondeu D'Artagnan —, eu não posso voltar assim.

— Não mesmo — disse Athos. — E puxou o sino.

Grimaud entrou.

Athos fez um gesto para Grimaud ir à casa de D'Artagnan e trazer roupas de lá.

Grimaud respondeu com outro sinal de que compreendia perfeitamente e partiu.

— Ah, com tudo isso não fizemos nenhum progresso no que diz respeito ao equipamento, meu caro amigo — disse Athos —, porque, se não me engano, você deixou seu terno na casa de *Milady*, que certamente não terá o cuidado de devolvê-lo. Ainda bem que você tem a safira.

— A safira é sua, meu caro Athos. Não me disse que era um anel de família?

— Sim, o meu pai comprou por dois mil escudos, como me disse no passado; fazia parte dos presentes de casamento que deu à minha mãe; é magnífico. A minha mãe me deu e eu, louco como eu era, em vez de guardar aquele anel como uma relíquia sagrada, dei-o àquela infeliz.

— Então, querido, pegue este anel, eu entendo que você deve tê-lo de volta.

— Devo pegar este anel depois de ter passado pelas mãos daquela infame mulher? Nunca! Esse anel está manchado, D'Artagnan.

— Então venda!

— Vender uma safira que era da minha mãe? Confesso que consideraria isso uma profanação.

— Então penhore, e tenho certeza que lhe emprestarão mais de mil escudos. Com essa soma, você terá muito dinheiro; então, com o primeiro dinheiro que vier a você, você o executará e se livrará das suas velhas manchas, porque terá passado pelas mãos dos usuários.

Athos sorriu.

— Você é um camarada encantador — disse ele —, querido D'Artagnan; com sua eterna alegria você encoraja os pobres espíritos em aflição. Bem, sim, vamos penhorar esse anel, mas com uma condição!

— Qual delas?

— Que tenha quinhentos escudos para você e quinhentos escudos para mim.

— Tem certeza, Athos? Não preciso de um quarto dessa soma, eu, que estou na guarda, quando vender a minha sela, terei esse dinheiro. Do que mais eu preciso?

— De um cavalo para Planchet, só isso. — Você se esquece que eu também tenho um anel.

— Aquele que você aprecia mais, acho eu, do que eu aprecio o meu; pelo menos foi o que eu percebi.

— Sim, porque em uma circunstância extrema ele pode não só nos livrar de um grande problema, mas também nos tirar de algum grande perigo; não é apenas um diamante precioso, mas também um talismã encantado.

— Não o entendo, mas acredito no que você me diz. Voltemos então ao meu anel, ou melhor, ao seu anel; ou você aceita metade da soma que nos oferecem, ou eu o jogo no Sena; e duvido muito que, tal como Polícatres, tenha algum peixe que seja suficientemente generoso para nos devolver.

— Bem, eu aceito! — disse D'Artagnan.

Nesse momento Grimaud vinha acompanhado de Planchet. O lacaio, inquieto com o seu mestre e curioso para saber o que havia acontecido, aproveitou a circunstância e trouxe ele mesmo as roupas.

D'Artgnan vestiu-se, Athos fez o mesmo; então, quando os dois estavam prontos para sair, Grimaud fez o sinal de um homem que parte para uma campanha; ele pegou seu mosquete e se preparou para acompanhar seu mestre. Athos e D'Artagnan, seguidos pelos seus servos, chegaram sem incidentes à rua des Fossoyeurs. Bonacieux estava na porta e olhou para D'Artagnan com um ar debochado.

— Bem, meu caro inquilino! — disse ele. — Apresse-se, você tem uma bela mulher esperando você, e você sabe que as mulheres não gostam de ficar esperando.

— É a Ketty! — exclamou D'Artagnan.

E ele correu pelo beco.

Na verdade, no corredor que levava ao quarto dele, encontrou-a agachada em sua porta; a pobre garota estava toda abalada. Quando ela o viu, implorou:

— Prometa-me a sua proteção, prometa-me salvar da ira de Milady. — suplicou ela. — Lembre-se de que foi você que fez com que eu me perdesse.

— Sim, claro — disse D'Artagnan. — Acalme-se, Ketty. O que aconteceu depois que eu saí?

— Como posso saber? — disse Ketty. — Ela estava louca de raiva, jogou contra você todo o maldizer que existe. Então pensei que ela se lembraria de que foi pelo meu quarto que você chegou ao quarto dela, e então me julgaria sua cúmplice; peguei o pouco dinheiro que tinha, minhas melhores roupas, e fugi.

— Pobre menina! Mas o que vou fazer com você? Vou embora depois de amanhã.

— O que quiser, cavalheiro, só me tire de Paris, tire-me da França!

— No entanto, não posso levá-la comigo para La Rochelle — disse D'Artagnan.

— Não, mas você pode me colocar em alguma província, ao lado de alguma senhora que você conheça em sua região, por exemplo.

— Ah, minha querida amiga! Na minha região, as senhoras não têm donzelas. Mas espere, eu cuido disso. Planchet, vá buscar Aramis, ele virá imediatamente. Temos algo muito importante para lhe dizer.

— Eu entendo! — disse Athos. — Mas por que não o Porthos? Parece-me que a sua duquesa...

— A duquesa de Porthos é servida pelos transeuntes de seu marido — disse D'Artagnan rindo. — Além disso, a Ketty não ia querer ficar na rua Aux Ours, não é Ketty?

— Eu fico onde você quiser — disse Ketty —, desde que eu esteja bem escondida e ela não saiba onde estou.

— Agora, Ketty, nós vamos nos separar e por isso não precisa ter ciúmes de mim...

— D'Artagnan, perto ou longe — disse Ketty —, eu sempre o amarei.

— Eu também — disse D'Artagnan —, eu também a amarei para sempre. Mas, vejamos, me responda. A pergunta que lhe faço é muito importante: Você já ouviu falar sobre uma jovem que foi raptada em uma noite?

— Espere... — Meu Deus! Senhor, ainda ama aquela mulher?

— Não, um dos meus amigos a ama. Veja, é o Athos, lá está ele.

— Eu... — hesitou Athos, com uma voz semelhante à de um homem que se dá conta de que vai pisar numa cobra.

— Claro, você! — disse D'Artagnan, apertando a mão de Athos. — Sabe muito bem o interesse que todos temos pela pobre Sra. Bonacieux. Além disso, a Ketty não vai dizer nada, não é mesmo, Ketty? Entenda, minha filha — continuou D'Artagnan —, ela é a esposa daquele idiota horroroso que você viu na porta quando entrou aqui.

— Ah, meu Deus! Faz com que eu me lembre do medo que tinha de ser reconhecida por ele!

— Já viu aquele homem antes?

— Ele foi duas vezes à casa da *Milady*.

— Quando?

— Há cerca de quinze ou dezoito dias.

— Exatamente.

— E ele voltou ontem à tarde.

— Ontem à tarde.

— Sim, um momento antes de você chegar.

— Meu caro Athos, estamos envolvidos numa rede de espiões. — E acha que ele o reconheceu?

— Baixei o capuz quando o vi, mas talvez fosse tarde demais.

— Venha cá, Athos, ele desconfia menos de mim do que eu dele, e veja se ainda está à porta.

Athos desceu e subiu outra vez.

— Ele se foi, a casa está fechada. Ele foi se informar e dizer que todos os pombos se encontram no pombal neste momento.

— Bem, então vamos voar — disse Athos —, vamos deixar apenas Planchet aqui para nos dar notícias!

— Espera um minuto! E o Aramis, a quem fomos procurar?

— Tudo bem — disse Athos —, vamos esperar pelo Aramis.

Foi quando o mosqueteiro entrou.

Deixaram-no a par do assunto e pediram para que encontrasse um lugar para Ketty entre todos os conhecidos que tinha.

Aramis pensou por um momento e disse, corando:

— Seria realmente um grande favor para você, D'Ártagnan?

— Tão grande que ficaria agradecido por toda a vida.

— Bem, a Sra. de Bois-Tracy me pediu, creio que para uma das suas amigas que vive na província, uma criada de quarto de confiança; e se você, meu querido D'Artagnan, puder me responder pela senhora...

— Ah, senhor! — exclamou Ketty. — Eu seria totalmente fiel, tenha certeza disso, para a pessoa que me der os meios para que eu deixe Paris!

— Então — disse Aramis —, tudo está arranjado.

Ele se sentou à mesa e escreveu algumas cartas, que depois selou com um anel, e deu o bilhete a Ketty.

— Agora, minha filha — disse D'Artagnan —, você sabe que aqui está tão insegura como nós. Vamos nos separar. Voltaremos a nos encontrar em tempos melhores.

— No momento em que nos encontrarmos, e onde quer que seja — disse Ketty —, você terá em mim a sua amante.

— Juramento de jogador — disse Athos enquanto D'Artagnan acompanhava Ketty às escadas.

Depois de se encontrarem na casa de Athos, às quatro horas, os três jovens se separaram e deixaram Planchet cuidando da casa.

Aramis voltou a Buys, e Athos e D'Artagnan se preocuparam com a venda da safira.

Como o nosso gascão tinha previsto, encontraram facilmente alguém que pagasse trezentas moedas pelo anel. Além disso, o judeu anunciou que, como combinava maravilhosamente com uns brincos que ele daria de presente, se eles quisessem vender, ele pagaria até quinhentas moedas.

Athos e D'Artagnan, com a atividade de dois soldados e a ciência de dois conhecedores, levaram apenas três horas para comprar todo o equipamento dos mosqueteiros. Além disso Athos foi cordial e agiu como um grande senhor até a ponta dos dedos. Sempre que algo lhe convinha, ele pagava o preço exigido sem sequer tentar negociar. D'Artagnan queria fazer algumas observações, mas Athos, sorridente, colocava a mão em seu ombro, e D'Artagnan entendia que era bom para ele, um pequeno cavalheiro gascão, regatear, mas não para um homem com ares de um príncipe.

O mosqueteiro encontrou um soberbo cavalo andaluz, preto como azeviche, de narinas de fogo e pernas finas e elegantes, com seis anos de idade. Ele examinou o animal e não encontrou nenhum defeito. Custou mil libras.

Talvez ele tivesse comprado por menos, mas enquanto D'Artagnan discutia o preço com o vendedor, Athos deixou as cem moedas em cima da mesa.

Grimaud tinha um cavalo robusto e forte, que custava trezentas libras.

Mas como Athos comprou a sela deste último cavalo e as armas de Grimaud, não havia um centavo das suas cinquenta moedas. D'Artagnan ofereceu ao seu amigo a parte que lhe pertencia, com a obrigação de devolver mais tarde o que tinha emprestado.

Mas Athos só encolhia os ombros para qualquer resposta.

— Quanto o judeu deu para guardar a safira? — perguntou.

— 500 moedas.

— Ou seja, mais duzentas moedas; cem moedas para você, cem moedas para mim. Se isso for uma verdadeira fortuna, meu amigo, volte para a casa do judeu.

— Quer voltar?

— Esse anel, decididamente, trouxe-me de volta lembranças que eram muito tristes; além disso, nunca teríamos trezentas moedas para voltar a ele, então perderíamos duas mil libras nesse assunto. Vá e diga que o anel é dele, D'Artagnan, e volte com as 200 moedas.

— Reflita, Athos.

— O dinheiro é necessário hoje em dia, e temos que fazer sacrifícios. Vá, D'Artagnan, vá; Grimaud, acompanhe o seu senhor com o seu mosquetão.

Meia hora depois, D'Artagnan voltou com as duas mil libras e nenhum acidente lhe aconteceu.

Foi assim que Athos encontrou recursos que não eram esperados.

CAPÍTULO 31

Uma visão

Às quatro horas da tarde, os quatro amigos estavam reunidos na casa de Athos. Suas preocupações com os equipamentos haviam desaparecido completamente, e cada rosto não conservava outra expressão a não ser a de suas próprias preocupações secretas, pois por trás de toda felicidade presente está o medo do futuro.

De repente, Planchet entrou com duas cartas dirigidas a D'Artagnan.

Uma delas tinha um pequeno bico gentilmente dobrado junto com um belo selo de cera verde no qual foi impressa uma pomba trazendo um buquê verde.

A outra era uma grande epístola retangular e brilhante, com as terríveis armas de Sua Eminência, o cardeal.

Ao ver a letra pequena, o coração de D'Artagnan saltou, porque ele havia acreditado que reconhecia a escrita; e embora não tivesse visto essa escrita mais de uma vez, a sua memória permanecia na parte mais profunda do seu coração.

Então ele pegou a pequena carta e a abriu rapidamente.

Ande (eu lhe digo) na próxima quarta-feira, entre as seis e as sete horas da noite, ao longo da estrada de Chaillot, e olhe cuidadosamente para as carruagens que passam; mas se você ama sua vida e a das pessoas que o amam, não diga uma palavra, não faça um movimento que possa levá-lo a acreditar que você reconheceu quem se expõe para vê-lo por um momento.

Sem assinatura.

— É uma armadilha — disse Athos —, não vá, D'Artagnan.

— No entanto — disse D'Artagnan — parece que reconheço a escrita.

— Talvez seja falsificada — respondeu Athos. — Às seis ou sete horas, a essa hora, a rota de Chaillot está completamente deserta; seria o mesmo que dar um passeio na floresta de Bondy.

— Mas e se formos todos juntos? — disse D'Artagnan. — Que se dane! Não seremos devorados os quatro! Além do mais, há os quatro lacaios, e os cavalos e as armas...

— E também será uma chance de mostrarmos os nossos equipamentos — disse Porthos.

— Mas se é uma mulher que escreve — disse Aramis — e essa mulher não quer ser vista, pense que você a compromete, D'Artagnan, o que é errado por parte de um cavalheiro.

— Seremos deixados para trás — disse Porthos —, e só ele avançará.

— Sim, mas um tiro de pistola pode ser disparado facilmente de uma carruagem galopante.

— Ah! — disse D'Artagnan. — Eles vão errar. — Então chegaremos à carruagem e mataremos aqueles que estão lá dentro. Teremos menos inimigos.

— Ele tem razão — disse Porthos. — Ao combate! — Além disso, temos de testar as nossas armas.

— Bem, teremos esse prazer! — disse Aramis com o seu ar doce e despreocupado.

— Como queiram — disse Athos.

— Cavalheiros — disse D'Artagnan, são quatro e meia; temos apenas o tempo para chegar às seis na estrada Chaillot.

— Se sairmos tarde demais, eles vão nos ver, o que é prejudicial.

— Vamos nos preparar, cavalheiros.

— Mas essa segunda carta — disse Athos —, você a esquece, mas me parece que o selo indica que ela merece ser aberta; quanto a mim, meu caro D'Artagnan, estou muito mais preocupado do que a pequena bobagem que acabou de passar pelo seu coração.

D'Artagnan ficou vermelho.

— Bem — disse o jovem —, vejamos, cavalheiros, se Sua Eminência me ama.

D'Artagnan abriu a carta e leu:

O Sr. D'Artagnan, guarda do rei, da companhia des Essarts, é esperado no Palácio do cardeal esta noite às oito horas.

LA HOUDINIÈRE,
Capitão dos Guardas.

— Diabos! — disse Athos. — Aí tem uma citação tão perturbadora como a outra, mas de uma maneira diferente.

— Eu vou para o segundo compromisso quando sair do primeiro — disse D'Artagnan. — Um é às sete, o outro às oito; haverá tempo para tudo.

— Hum! Eu não iria — disse Aramis. — Um cavalheiro galante não pode faltar a um compromisso com uma dama, mas um cavalheiro sábio pode desculpar-se por não ir à casa de Sua Eminência, especialmente quando tem motivos para acreditar que não será festejado.

— Eu concordo com Aramis — disse Porthos.

— Cavalheiros — respondeu D'Artagnan —, já recebi do Sr. Decavois um convite semelhante ao de Sua Eminência. Constance desapareceu; irei até onde for possível.

— Se for essa a sua decisão — disse Athos —, faça isso.

— Mas e a Bastilha? — disse Aramis.

— Ah, vocês me tiram de lá! — respondeu D'Artagnan.

— Claro — responderam Aramis e Porthos, com admirável desenvoltura e como se fosse a coisa mais simples —, claro que vamos tirá-lo de lá; entretanto, como temos de sair depois de amanhã, é melhor não correr o risco de parar na Bastilha.

— Façamos algo melhor — disse Athos —, não vamos perdê-lo de vista durante a noite, e cada um de nós vai esperá-lo numa porta do palácio com três mosqueteiros atrás de nós; se virmos uma carroça saindo com a porta fechada e ficarmos desconfiados, vamos para cima dela. Há muito tempo que não discutimos com os guardas do cardeal, e o Sr. de Tréville deve pensar que estamos mortos.

— Decididamente, Athos — disse Aramis — você é perfeito para um general do exército. — O que vocês dizem sobre o plano, senhores?

— Admirável! — disseram os jovens em coro.

— Bem — disse Porthos —, eu corro para o palácio, aviso os nossos companheiros para que estejam prontos às oito horas; o encontro será na praça do palácio do cardeal; durante esse tempo, mande selar os cavalos para os lacaios.

— Mas eu não tenho cavalo — disse D'Artagnan. — Vou montado em um até a casa do Sr. de Tréville.

— Não adianta — disse Aramis —, você vai levar um dos meus.

— Quantos você tem então? — perguntou D'Artagnan.

— Três — respondeu Aramis sorrindo.

— Meu querido — disse Athos —, é claro que você é o melhor poeta montado entre França e Navarra.

— Ouça, meu caro Aramis, você não sabe o que fazer com três cavalos, pois não? Não sei nem por que você comprou três cavalos.

— Claro, pois só comprei dois — disse Aramis.

— E o terceiro, caiu do céu?

— Não, o terceiro foi trazido esta mesma manhã por um servo que não me disse a quem pertencia e que me garantiu que tinha recebido a ordem do seu amo.

— Ou da sua ama — interrompeu D'Artagnan.

— Dá na mesma — disse Aramis ficando vermelho... — Ele me assegurou que tinha recebido de sua ama a ordem de colocar aquele cavalo na minha estrebaria sem me dizer de quem ele estava vindo.

— Essas coisas só acontecem com os poetas — replicou Athos gravemente.

— Bem, nesse caso, vamos fazer o melhor que pudermos — disse D'Artagnan.

— Em qual dos dois cavalos você vai montar, naquele que comprou ou naquele que lhe foi dado?

— No que me deram, sem discussão. Você vai entender, D'Artagnan, que eu não posso fazer essa desfeita...

— Ao doador desconhecido — respondeu D'Artagnan.

— Ou ao misterioso doador — disse Athos.

— Então os que comprou são inúteis para você ?

— Quase.

— E foi você mesmo que escolheu?

— E com o maior cuidado, como você sabe, a segurança do cavaleiro depende quase sempre do seu cavalo.

— Venda-me pelo preço que lhe custou.

— Eu ia lhe oferecer, meu querido D'Artagnan, dando a você o tempo que precisar para me devolver essa bagatela.

— E quanto custou?

— Oitocentas libras.

— Aqui você tem quarenta moedas duplas, meu caro amigo — disse D'Artagnan, tirando a quantia de seu bolso; eu sei que esta é a moeda com a qual seus poemas são pagos a você.

— Então, você tem fundos? — perguntou Aramis.

— Muitos, muitos, meu querido.

E D'Artagnan colocou o resto das suas moedas em um saco.

— Leve a sua sela para o palácio dos mosqueteiros e eles trarão o seu cavalo para ficar com os nossos.

— Muito bem, mas logo serão cinco horas, vamos nos apressar.

Um quarto de hora depois, Porthos apareceu na esquina da rua Férou num magnífico cavalo da costa berbere; Mousqueton o seguia em um pequeno, mas sólido cavalo de Auvergne. Porthos brilhava de alegria e orgulho.

Ao mesmo tempo, Aramis apareceu na outra esquina da rua montando um soberbo corcel inglês; Bazin o seguia em um cavalo baio ruano, usando um vigoroso cavalo de Mecklenburg: era a montaria de D'Artagnan.

Os dois mosqueteiros encontraram-se à porta; Athos e D'Artagnan olhavam pela janela.

— Raios o partam! — disse Aramis. — Você tem um cavalo soberbo, querido Porthos.

— Sim — respondeu Porthos —, deveriam ter enviado desde o início;

em uma das jogadas do marido, substituiu-o por outro; mas ele, marido, foi castigado e desde então eu tenho conquistado satisfações.

Planchet e Grimaud apareceram então segurando em suas mãos as selas de seus mestres; D'Artagnan e Athos desceram, montaram com seus companheiros, e os quatro partiram: Athos no cavalo que devia à sua mulher, Aramis no cavalo que devia à sua amante, Porthos no cavalo que devia à sua procuradora, e D'Artagnan no cavalo que devia à sua boa sorte, a melhor das amantes.

Foram seguidos pelos criados.

Como Porthos havia pensado, o passeio teve um bom efeito; e se a Sra. Coquenard o tivesse encontrado na estrada, e tivesse sido capaz de ver o grande aspecto que tinha o seu belo berberisco espanhol, ela não teria se arrependido da sangria feita no cofre do seu marido.

Perto do Louvre os quatro amigos encontraram o Sr. de Tréville que voltava de Saint-Germain; parou-os para felicitá-los pelo seu equipamento, que num instante atraiu os olhares de algumas centenas de viajantes à sua volta.

D'Artagnan aproveitou a circunstância para falar ao Sr. de Tréville sobre a carta de grande selo vermelho e das armas do duque; claro, da outra ele não soprou uma palavra.

O Sr. de Tréville aprovou a resolução que ele havia tomado e assegurou-lhe que, se ele não tivesse reaparecido no dia seguinte, ele saberia como encontrá-lo onde quer que estivesse.

Naquele momento, o relógio bateu as seis; os quatro amigos se desculparam por ter um compromisso e se despediram-se do Sr. de Tréville.

Um tempo a galope os levou à rota de Chaillot; a luz começou a baixar, as carruagens passavam e passavam mais de uma vez; D'Artagnan, mantido a poucos passos de distância dos seus amigos, afundou seus olhos sobre o interior das carruagens, e não viu nenhum rosto familiar.

Finalmente, depois de quinze minutos de espera, e quando o crepúsculo havia caído por completo, apareceu uma carruagem, galopando a toda velocidade pelo caminho de Sèvres; uma premonição disse antecipadamente a D'Artagnan que ela trazia a pessoa que havia marcado o encontro, o jovem ficou completamente surpreso ao sentir seu coração batendo tão violentamente. No local exato, a cabeça de uma mulher saiu pela portinhola, com dois dedos sobre a boca, como se fosse para recomendar o silêncio, ou mandar um beijo; D'Artagnan proferiu um leve grito de alegria: aquela mulher, ou melhor, aquela aparição, porque o carro tinha passado com a velocidade de uma visão, era a Sra. Bonacieux.

Por um movimento involuntário e apesar da recomendação feita, D'Artagnan galopou em seu cavalo e com poucos saltos se aproximou da carruagem; mas o vidro da pequena porta estava hermeticamente fechado: a visão tinha desaparecido.

D'Artagnan lembrou-se da recomendação:

> *"Se ama a sua vida e a vida das pessoas que o amam, fique quieto e aja como se não tivesse visto nada".*

Portanto, ele parou de tremer, não por ele, mas pela pobre mulher que, evidentemente, tinha se exposto a um grande perigo ao marcar esse compromisso.

A carruagem continuou sua rota rapidamente, entrou em Paris e desapareceu.

D'Artagnan tinha ficado perplexo e não sabia o que pensar. Se fosse a Sra. Bonacieux e se ela estava voltando para Paris, por que essa nomeação fugitiva, por que essa simples mudança de olhar, por que esse beijo perdido? E se por outro lado não fosse ela, o que era muito possível porque a escassa luz que restava tornava o erro fácil... se não fosse ela, não seria o início de um ataque planejado contra ele com a isca daquela mulher cujo amor que ele sentia era conhecido?

Os três companheiros se aproximaram dele. Os três tinham visto perfeitamente a cabeça de uma mulher aparecer na escotilha, mas nenhum deles, exceto Athos, conhecia a Sra. Bonacieux.

A opinião de Athos, aliás, confirmava que era ela; mas menos preocupado do que D'Artagnan por aquele belo rosto, acreditava ter visto uma segunda cabeça de um homem, na parte inferior da carroça.

— Se for assim — disse D'Artagnan —, eles certamente a levarão de uma prisão para outra. Mas o que vão fazer com essa pobre criatura, e quando a verei novamente?

— Amigo — disse Athos gravemente —, lembre-se de que os mortos são os únicos que você não encontrará novamente na terra. Sabe alguma coisa sobre isso, assim como eu sei, não sabe? Agora, se a sua amante não está morta, se for ela quem acabamos de ver, você vai encontrá-la um dia ou outro. E talvez, meu Deus... — acrescentou com um ar soturno — antes do que deseja.

Eram sete e meia, a carruagem estava vinte minutos atrasada em relação à hora marcada. Os amigos de D'Artagnan o lembraram da visita que ele tinha para fazer, notando que ainda era tempo de recuar.

Mas D'Artagnan era obstinado e curioso. Tinha colocado em sua cabeça que iria ao palácio do cardeal para saber o que Sua Eminência queria. Nada mudaria a sua determinação.

Chegaram à rua Saint-Honoré, e na praça do palácio do cardeal encontraram os doze mosqueteiros convocados, que já estavam à espera dos seus camaradas. Eles já sabiam do que se tratava.

D'Artagnan era bem conhecido no honorável corpo dos mosqueteiros do rei, onde se sabia que um dia ele ocuparia um posto; ele era visto como um prodígio e como um companheiro. Dito isso, cada um aceitou de bom grado a missão para a qual foi convidado; por outro lado, de acordo com todas as probabilidades, tratava-se de pregar uma peça no cardeal e nos seus homens, e para essas missões os mosqueteiros estavam sempre prontos.

Então Athos os dividiu em três grupos, tomou o comando de um, deu o segundo a Aramis e o terceiro a Porthos; em seguida cada grupo fez uma emboscada em cada uma das saídas.

D'Artagnan entrou corajosamente pelo portão principal. Embora se sentisse vigorosamente apoiado, o jovem não estava inquieto ao subir a escada passo a passo. Sua conduta com *Milady* foi muito parecida com uma traição, e ele suspeitou das relações políticas que existiam entre aquela mulher e o cardeal; além disso, Wardes, a quem ele havia tratado tão mal, era um dos fiéis de Sua Eminência, e D'Artagnan sabia que ele era terrível contra os seus inimigos, assim como era muito fiel aos seus amigos.

"Se o conde de Wardes disse ao cardeal toda a nossa história, o que não é de se espantar, e se ele me reconheceu, o que é provável, devo me considerar mais ou menos um homem condenado", pensou D'Artagnan acenando com a cabeça. "Mas por que ele esperou até hoje? É muito simples, *Milady* deve ter se queixado de mim com essa dor hipócrita que a torna tão interessante, e este último crime teria feito o copo transbordar. Felizmente, os meus bons amigos estarão lá em baixo e não deixarão que me levem sem me defender. No entanto, a companhia de mosqueteiros do Sr. de Tréville não pode fazer a guerra sozinha contra o cardeal, que tem o apoio da França toda, diante de quem a rainha não tem poder e o rei não tem vontade. D'Artagnan, meu amigo, você é corajoso, tem excelentes qualidades, mas as mulheres vão levá-lo à bancarrota!"

Ele chegava a uma conclusão muito triste quando entrou na antecâmara. Entregou a carta ao contínuo de serviço, que o colocou na sala de espera e entrou no palácio.

Naquela sala de espera havia cinco ou seis guardas do cardeal que, reconhecendo D'Artagnan e sabendo que era ele que tinha ferido Jussac, olhavam para ele com sarcasmo.

Esse sorriso parecia a D'Artagnan um mau presságio; só que, como o nosso gascão não era fácil de se intimidar, ou melhor, graças ao orgulho natural do povo de sua região, ele não deixava ver facilmente o que estava acontecendo em sua alma, quando estava tomado pelo medo; ele orgulhosamente se plantou diante dos guardas e esperou com a mão em seu quadril, em uma atitude na qual não faltava majestade.

O contínuo voltou e chamou D'Artagnan para segui-lo. Ao jovem parecia que os guardas sussurravam um para o outro ao vê-lo se afastar.

Ele seguiu um corredor, atravessou um grande salão, entrou em uma biblioteca e encontrou-se diante de um homem sentado em uma mesa, escrevendo.

O contínuo o deixou dentro da sala e saiu sem dizer uma palavra. D'Artagnan levantou-se e examinou o homem.

D'Artagnan acreditou no início que teria que lidar com algum juiz examinando seu arquivo, mas percebeu que o homem do escritório escrevia, ou melhor, corrigia linhas de comprimento desigual, contando as palavras com os dedos; viu que ele estava na frente de um poeta; depois de um instante, o poeta fechou seu manuscrito em cuja capa estava escrito: "Olhe para mim, tragédia em cinco atos", e levantou sua cabeça.

D'Artagnan reconheceu o cardeal.

CAPÍTULO 32

O cardeal

O cardeal apoiou o cotovelo no seu manuscrito, e com as mãos segurando a bochecha, olhou para o jovem por um momento. Ninguém tinha um olhar mais profundo do que o cardeal, e D'Artagnan sentiu que ele percorria suas veias como uma febre.

No entanto, fez uma boa feição, segurando seu chapéu em suas mãos e esperando a vontade de Sua Eminência, sem muito orgulho, mas também sem muita humildade.

— Senhor — disse o cardeal, —, você é o tal D'Artagnan de Béarn?

— Sim, Monsenhor — respondeu o jovem.

— Há muitas ramificações de D'Artagnan em Tarbes e arredores — disse o cardeal.

— Eu sou filho daquele que travou guerras religiosas com o grande rei Henrique, pai de Sua graciosa Majestade.

— Tudo bem. O senhor deixou a sua região há cerca de sete a oito meses para vir à capital atrás de sua sorte?

— Sim, Monsenhor.

— Você veio por Meung, onde algo aconteceu com você, eu não sei muito bem o que, mas sei de algo...

— Monsenhor — disse D'Artagnan —, o que aconteceu comigo?

— É inútil, inútil — respondeu o cardeal com um sorriso indicando que conhecia a história, assim como aquela que ele iria contar —, você foi recomendado pelo Sr. de Tréville, não foi?

— Sim, Monsenhor, mas precisamente nessa infeliz questão de Meung...

— A carta foi perdida — continuou Sua Eminência. — Sim, eu sei disso; mas o Sr. de Tréville é um fisionomista hábil que conhece os homens à primeira vista, e o colocou na companhia de seu cunhado, o Sr. des Essarts, deixando-o com a esperança de que um dia o senhor entre para a companhia dos mosqueteiros.

— O Monsenhor está perfeitamente informado — disse D'Artagnan.

— Desde então, muitas coisas lhe aconteceram: andou atrás do Chartreux um dia, o que teria sido melhor se tivesse estado em outro lugar; depois fez com os seus amigos uma viagem às águas de Forges; eles pararam no caminho, mas você seguiu a sua jornada. É muito simples, você tinha negócios na Inglaterra.

— Monsenhor — disse D'Artagnan em estado de completa perplexidade —, eu estava...

— Indo caçar em Windsor, ou em outro lugar, isso não importa para ninguém. Eu sei disso, porque o meu dever é saber tudo. Na sua volta, você foi recebido por um uma pessoa angelical e vejo com prazer que guardou a memória que ela lhe deu.

D'Artagnan carregava em sua mão o diamante que ele ganhou da rainha, e rapidamente o colocou para dentro; mas era tarde demais.

— No dia seguinte a essa data, você recebeu a visita de Decavois — continuou o cardeal. — Eu pedi para que viesse ao palácio; mas você não fez essa visita, e cometeu um erro.

— Monsenhor, eu temia ter caído em desgraça com Sua Eminência.

— Por que, senhor? Por ter seguido as ordens dos seus superiores da maneira mais inteligente e corajosa do que qualquer outra pessoa teria feito? Caiu em minha desgraça quando mereceu louvor? E a prova... Lembre-se do dia em que eu lhe disse para vir me ver? Procure na sua memória o que aconteceu naquela mesma noite. Foi a mesma noite em que a Sra. Bonacieux foi raptada. — D'Artagnan tremeu e lembrou-se de que meia hora antes a pobre mulher tinha passado ao seu lado, sem dúvida arrastada pela mesma pessoa que a tinha feito desaparecer.

— Finalmente — continuou o cardeal —, como já não ouvia falar de você há algum tempo, queria saber o que estava fazendo. Além disso, você me deve alguma gratidão: você mesmo deve ter visto com que olhos foi tratado em todas as circunstâncias.

D'Artagnan curvou-se respeitosamente.

— Isso — continuou o cardeal — foi graças não só a um sentimento de igualdade natural, mas também a um plano que eu tinha elaborado para você.

D'Artagnan estava cada vez mais espantado.

Queria lhe contar esse plano no dia em que você recebeu o meu primeiro convite, mas você não veio. Felizmente, nada se perdeu com esse atraso, e hoje você vai ouvi-lo. Sente-se ali, à minha frente, Sr. D'Artagnan. É suficientemente bom cavalheiro para não ouvi-lo em pé.

E o cardeal apontou o dedo a uma cadeira para o jovem, que estava tão assustado com o que estava acontecendo que, para obedecer, esperou por uma segunda indicação do seu interlocutor.

— Você é corajoso, Sr. D'Artagnan — continuou Sua Eminência —, você é prudente, o que vale mais. Eu gosto de homens que têm cabeça e coração; não tenha medo — disse ele com um sorriso —, por homens de coração quero dizer homens de coragem; mas apesar de ser jovem e ter entrado neste mundo recentemente, tem inimigos poderosos; se não tiver cuidado, estará perdido!

— Monsenhor! — respondeu o jovem. — Fazem isso facilmente, sem dúvida, porque são fortes e têm apoio, enquanto eu estou sozinho.

— Sim, é verdade, mas não importa se você está sozinho, você já fez muito, e você vai fazer ainda mais, eu não tenho dúvida. No entanto, na minha opinião, é preciso que você se oriente na carreira aventureira que iniciou, pois, se não estou enganado, veio a Paris com a ambiciosa ideia de fazer fortuna.

— Estou vivendo o tempo das loucas paixões, Monsenhor — disse D'Artagnan.

— Não existe paixão louca, exceto para tolos, senhor, e você é... inteligente. Vejamos o que diria de ensinar aos meus guardas e assumir uma campanha depois?

— Monsenhor!

— Você aceita, não aceita?

— Monsenhor — respondeu D'Artagnan apressadamente.

— Como assim? Você se recusa? — exclamou o cardeal espantado.

— Estou na guarda de Sua Majestade, Monsenhor, e não tenho razões para estar infeliz.

— Mas me parece — disse Sua Eminência — que os meus guardas também são guardas de Sua Majestade, e que, quando se serve em um corpo francês, se serve ao rei.

— Monsenhor, Vossa Eminência entendeu mal as minhas palavras.

— Quer um pretexto, não quer? — Eu compreendo. Bem, tem esse pretexto. A ascensão para campanha que começa é oferecida para você: isso é para o povo; para você, existe a necessidade de proteções seguras; porque é bom que você saiba, Sr. D'Artagnan, que eu recebi sérias queixas contra você, pois o senhor não dedica seus dias e noites exclusivamente ao serviço do rei.

D'Artagnan ficou vermelho.

— Para o descanso — continuou o cardeal, alisando os papéis com as mãos. — Eu tenho um relatório inteiro sobre você, mas antes de ler, eu quis falar com você. Você é um homem de resolução, e os seus serviços, se forem bem dirigidos, em vez de prejudicá-lo, podem lhe trazer muitas vantagens. Vejamos, vamos refletir e decidir.

— A sua bondade me confunde, meu senhor — respondeu D'Artagnan —, e reconheço em Vossa Eminência uma grandeza de alma que me faz tão pequeno quanto um verme; mas, em suma, porque Vossa Eminência me permite falar francamente com o senhor...

D'Artagnan parou.

— Sim, diga.

— Bem, então, direi a Vossa Eminência que todos os meus amigos estão no corpo dos mosqueteiros e nos guardas do rei, e que meus inimigos, por uma fatalidade inconcebível, estão com Vossa Eminência; portanto, seria mal recebido e mal visto se eu aceitasse o que Monsenhor me oferece.

— Tem a ideia orgulhosa de que não ofereço o que o senhor vale? — disse o cardeal com um sorriso desdenhoso.

— Monsenhor, Vossa Eminência é cem vezes bom para mim, e, pelo contrário, penso que ainda não fiz o suficiente para ser digno de sua bondade. A campanha de La Rochelle está prestes a começar, Monsenhor; servirei diante dos olhos de Vossa Eminência; e se eu tiver a sorte de me comportar de tal maneira que mereça atrair seus olhares, então pelo menos terei atrás de mim alguma ação brilhante para justificar a proteção com a qual Vossa Eminência tem a gentileza de me honrar. Tudo deve ser feito ao seu tempo, Monsenhor; talvez mais tarde eu tenha o direito de me entregar; neste momento parece que estou me vendendo.

— Ou seja, o senhor se recusa a me servir, senhor — disse o cardeal com um tom de ressentimento que, no entanto, demonstrava um certo tipo de estima. — Portanto, permaneça livre e guarde o seu ódio e as suas simpatias.

— Monsenhor...

— Bem, bem... — disse o cardeal — não quero; mas como você entende o suficiente para que alguém tenha que defender seus amigos e recompensá-los, você não deve nada aos seus inimigos. Vou lhe dar um conselho: — Fique alerta, Sr. D'Artagnan, porque no momento em que eu tirar a minha mão, a sua vida não valerá nem para caridade.

— Vou tentar, Monsenhor — respondeu o gascão com nobre segurança.

— Mais tarde, e se alguma desgraça lhe acontecer a qualquer momento — disse Richelieu com alguma intenção —, pense que eu sou aquele que foi procurar por você, e que fez tudo o que pôde para evitar que essa desgraça o atingisse.

— O que quer que aconteça — disse D'Artagnan, colocando a mão no peito e se curvando —, eu terei gratidão eterna a Vossa Eminência pelo que está fazendo por mim neste momento.

— Bem, como você disse, Sr. D'Artagnan, nos encontraremos novamente na campanha; seguirei-o com meus olhos, porque eu estarei lá — continuou o cardeal, apontando para D'Artagnan uma magnífica armadura para ser endossada —, e sobre o seu retorno, bem, falaremos...

— Monsenhor! Poupe-me do peso do seu infortúnio; permaneça neutro, Monsenhor, se lhe parecer que estou agindo como um homem galante.

— Jovem — disse Richelieu —, se eu puder lhe dizer mais uma vez o que lhe disse hoje, prometo que o farei.

Essa última frase de Richelieu expressou uma terrível dúvida e consternou mais D'Artagnan do que uma ameaça, porque era um aviso. O cardeal tentava protegê-lo de um infortúnio que o ameaçava. Abriu a boca para responder, mas com um gesto arrogante o cardeal o dispensou.

D'Artagnan saiu; mas o seu coração estava prestes a falhar na porta, e ele quase voltou atrás. No entanto, o rosto grave e severo de Athos apareceu-lhe: se ele fizesse com o cardeal o pacto que propunha, Athos não apertaria novamente a sua mão, Athos o renegaria.

Foi esse medo que o deteve: tão poderosa é a influência de um personagem verdadeiramente grande em tudo o que o rodeia! D'Artagnan desceu a mesma escadaria por onde tinha entrado e encontrou Athos e os quatro mosqueteiros à espera de sua volta, começando a ficar inquietos. Com uma palavra D'Artagnan os tranquilizou, e Planchet correu para avisar os outros postos que era inútil montar uma guarda mais longa, já que seu mestre tinha saído são e salvo do palácio.

Quando voltaram para a casa de Athos, Aramis e Portos foram informados das causas dessa estranha nomeação; mas D'Artagnan contentou-se em lhes dizer que o cavalheiro de Richelieu o havia convidado a entrar para a sua guarda, e que ele havia recusado.

— E fez muito bem! — exclamaram Porthos e Aramis.

Athos caiu em profunda reflexão e não disse nada. Mas assim que ele ficou sozinho com D'Artagnan, disse:

— Você fez o que devia fazer, D'Artagnan — disse Athos —, mas talvez você tenha feito mal.

D'Artagnan suspirou, pois aquela voz respondeu a uma voz de sua alma dizendo-lhe que grandes infortúnios o esperavam.

O dia seguinte transcorreu no preparo para a partida; D'Artagnan foi despedir-se do Sr. de Tréville. Naquela época ainda se acreditava que a separação dos guardas e dos mosqueteiros seria momentânea, porque naquele dia o rei tinha seu parlamento e eles tinham que partir no dia seguinte. O Sr. de Tréville se contentou em perguntar a D'Artagnan se ele precisava de alguma coisa dele, mas D'Artagnan orgulhosamente respondeu que tinha tudo o que precisava.

A noite reuniu todos os camaradas da companhia dos guardas do

Sr. des Essarts e da companhia dos mosqueteiros do Sr. de Tréville, que tinham se tornado amigos. A noite foi, portanto, uma das mais ruidosas, como se pode supor, porque nesses casos, a extrema cautela só pode ser combatida com extremo descuido.

No dia seguinte, ao primeiro som das trombetas, os amigos partiram: os mosqueteiros correram para o palácio do Sr. de Tréville e os guardas para o do Sr. des Essarts. Os dois capitães conduziram suas companhias ao Louvre, onde o rei os revistava.

O rei estava triste e parecia doente, o que lhe tirava algo do seu gesto orgulhoso. Na verdade, na véspera da campanha, ele tinha sido apanhado pela febre no meio do parlamento, enquanto ocupava a presidência. Não era por isso que ele estava menos determinado a partir naquela mesma noite; e, apesar das observações que haviam sido feitas, ele queria fazer a revista, esperando que o primeiro golpe de vigor derrotasse a doença que começava a tomar conta dele.

Terminada a revista, os guardas partiram sozinhos; os mosqueteiros tiveram que sair apenas com o rei, o que permitiu a Porthos dar um passeio, com seu soberbo equipamento, pela rua aux Ours.

A procuradora o viu passar no seu novo uniforme e no seu belo cavalo. Ela amava demais Porthos para deixá-lo ir assim; fez sinal para que ele saísse e viesse para o seu lado. Porthos estava magnífico; ressoavam as suas esporas, ressoava a sua armadura, a sua espada batia orgulhosamente em suas pernas. O mosqueteiro foi apresentado ao lado do Sr. Coquenard, cujos olhos cinzentos brilharam de raiva quando viu seu primo totalmente inflamado. No entanto, uma coisa o consolava interiormente: em todas as partes diziam que a campanha seria dura; no fundo do seu coração ele esperava docemente que Porthos morresse nela.

Porthos prestou homenagem ao Sr. Coquenard e se despediu dele, que lhe desejou todo tipo de prosperidade. Quanto à Sra. Coquenard, ela não pôde conter suas lágrimas, mas ninguém interpretou mal sua dor, pois ela era conhecida por ser muito ligada aos seus parentes, o que a levava ter brigas cruéis com seu marido.

Mas as verdadeiras despedidas foram feitas no quarto da Sra. Coquenard, e foram de partir o coração.

Durante o tempo em que a procuradora foi capaz de seguir seu amante com os olhos, ela balançou um lenço inclinado para fora da janela, a ponto de pensar que iria pular. Porthos recebeu todos esses sinais de ternura como um homem acostumado a tais manifestações. Só quando virou a esquina da rua, tirou o chapéu e acenou com um sinal de despedida.

Por seu lado, Aramis escreveu uma longa carta. Para quem? Ninguém sabia de nada.

No quarto ao lado, Ketty, que devia sair na mesma noite para Tours, estava à espera daquela carta misteriosa. Athos bebeu a última garrafa do seu vinho espanhol.

D'Artagnan, entretanto, desfilava com a sua companhia.

CAPÍTULO 33

La Rochelle

La Rochelle foi um dos grandes acontecimentos políticos de Luís XIII e uma das grandes campanhas militares do cardeal. Por conseguinte, é interessante, e mesmo necessário, que digamos algumas palavras, dado que muitos detalhes dessa empreitada estão ligados à história que começamos a contar para que não falemos sobre ela.

As ambições políticas do cardeal quando começou a planejar esse cerco eram consideráveis.

Espanhóis, ingleses, italianos descontentes, aventureiros de todas as nações, soldados de toda sorte e de qualquer seita chegaram sob o primeiro chamado das bandeiras protestantes e se organizaram como uma vasta associação cujos ramos divergiram por capricho em todos os cantos da Europa.

Richelieu, como todos sabem, tinha se apaixonado pela rainha; e se esse amor tivesse um simples objetivo político ou fosse, naturalmente, uma daquelas paixões profundas, como as inspiradas por Ana de Áustria, aos que a rodeavam, não saberíamos dizer; mas em todo caso, pelos desenvolvimentos anteriores desta história, vimos que Buckingham havia triunfado sobre ele e que em duas ou três circunstâncias, e sobretudo na dos pingentes de diamante, graças à vigilância dos três mosqueteiros e à coragem de D'Artagnan, ele tinha sido cruelmente ridicularizado.

Para Richelieu, portanto, não era apenas uma questão de livrar a França de um inimigo, mas de se vingar de um rival; caso contrário, a vingança tinha que ser grande e clamorosa, digna de todo homem que tem em suas mãos uma espada de combate contra as forças de um reino inteiro.

Richelieu sabia que na luta contra a Inglaterra ele estava lutando contra Buckingham, e que derrotar a Inglaterra era o mesmo que derrotar Buckingham e humilhar os ingleses não só aos olhos diante da Europa, mas principalmente humilhar Buckingham aos olhos da rainha.

Buckingham, por sua vez, embora tenha colocado a honra da Inglaterra em primeiro lugar, foi movido por interesses absolutamente semelhantes aos do cardeal; Buckingham também tinha uma vingança particular: sob nenhum pretexto tinha conseguido entrar na França como embaixador, ele queria entrar como conquistador.

De onde se conclui que o motivo da disputa entre os dois reinos mais poderosos era feita de acordo com o capricho de dois homens apaixonados pelo simples olhar de Ana de Áustria.

A primeira vantagem foi dada ao duque de Buckingham: inesperadamente chegou à ilha de Ré com noventa naus e vinte mil homens aproximadamente; ele tinha surpreendido o Conde Toiras, que comandava a ilha em nome de seu pai; depois de um combate sangrento, ele fez o seu desembarque.

Esse acontecimento tinha acelerado as decisões do cardeal; e na esperança de que o rei e ele pudessem ir assumir o comando do cerco de La Rochelle, ficou decidido que *Monsieur* partiria para dirigir as primeiras operações, e tinha que enviar para o local da guerra todas as tropas de que pudesse dispor.

Esse destacamento do qual fazia parte o nosso amigo D'Artagnan foi enviado como vanguarda.

O rei, como já dissemos, deveria segui-lo assim que a solene sessão real terminasse, mas quando se levantou do trono, no dia 28 de junho, sentiu-se febril; gostaria de ter saído também, mas como a sua condição piorou, foi obrigado a parar em Villeroi.

Onde o rei parou, os mosqueteiros também pararam; e isso resultou em que D'Artagnan, que era puramente e simplesmente um guarda, tinha se separado, pelo menos por um momento, dos seus bons amigos Athos, Porthos e Aramis; essa separação, que para ele não era nada mais do que um revés, teria certamente se tornado uma preocupação séria se ele fosse capaz de adivinhar os perigos desconhecidos que o cercavam.

Ele chegou, sem incidentes, ao acampamento montado em frente a La Rochelle, por volta de 10 de setembro de 1627.

Tudo estava no mesmo estado: o duque de Buckingham e os seus proprietários ingleses da ilha de Ré continuavam a ocupar, embora sem sucesso, a cidadela de Saint-Martin e o forte de La Prée; e as hostilidades com La Rochelle tinham começado dois ou três dias antes, logo após o término da construção de um forte pelo duque de Angoulême, perto da cidade.

Mas como sabemos, D'Artagnan, preocupado com a ambição de se tornar um mosqueteiro, raramente fazia amizade com seus companheiros; estava, portanto, sozinho e dedicado às suas próprias reflexões.

As suas reflexões não eram felizes; havia um ano, ele havia chegado a Paris e se misturado aos assuntos públicos; os seus assuntos privados não tinham avançado muito, nem no amor, nem na fortuna.

No amor, a única mulher que ele amava era a Sra. Bonacieux, e ela havia desaparecido sem que ele pudesse descobrir o que tinha de fato acontecido.

Felizmente, ele havia se tornado, por mais frágil que fosse, um inimigo do cardeal, ou seja, de um homem diante do qual os anciãos do reino temiam, a começar pelo rei.

Aquele homem podia esmagá-lo, mas não o fez; para uma ingenuidade tão perspicaz como a de D'Artagnan, essa indulgência era uma luz.

Então, havia outro inimigo menos temido, pensou ele, mas sentiu instintivamente que não devia desprezá-lo: esse inimigo era *Milady*.

Em troca de tudo isso tinha obtido a proteção e a benevolência da rainha, mas essa benevolência era, a essa altura, mais um motivo para perseguições; e a sua proteção, como sabemos, era muito ruim; tomemos como exemplo Chalais e a Sra. Bonacieux.

No dia seguinte, às nove horas, chamaram as tropas. O duque de Orleãs visitava os postos. Os guardas correram às armas e D'Artagnan tomou o seu lugar no meio dos seus camaradas.

Monsieur passou à frente da batalha; então, todos os oficiais superiores o cercaram para acompanhá-lo, tanto o Sr. des Essarts, capitão dos guardas, como os demais.

Depois de um momento D'Artagnan tinha a impressão de que o Sr. des Essarts estava chamando-o para se aproximar: ele esperou por um novo gesto de seu superior, temendo cometer um erro; mas ele repetiu o gesto, então o jovem deixou as fileiras e deu um passo à frente para ouvir a ordem.

— O senhor vai pedir aos homens que se voluntariem para uma missão perigosa, mas será uma honra para aqueles que a realizarem; eu fiz este sinal para que você esteja preparado.

— Obrigado, capitão! — disse D'Artagnan, que não queria mais nada a não ser se distinguir aos olhos do tenente-general.

De fato, os homens de La Rochelle tinham saído durante a noite e recuperado um bastião que o exército real tinha apreendido dois dias antes; tratava-se de fazer um reconhecimento de corpo descoberto para ver como o exército cuidava desse bastião.

Na verdade, depois de alguns momentos, *Monsieur* levantou a voz e disse:

— Precisaria, para esta missão, de três ou quatro voluntários guiados por um homem seguro.

— Quanto ao homem seguro, eu o tenho à mão, *Monsieur* — disse des Essarts, mostrando D'Artagnan —, e quanto aos quatro ou cinco voluntários, Monsieur, reconhecendo as intenções, ele não ficará sem homens.

— Quatro homens de boa vontade para virem e serem mortos comigo! — disse D'Artagnan segurando a sua espada.

Dois de seus camaradas dos guardas correram imediatamente, e tendo se juntado a eles dois soldados, ele pensou que o número solicitado fosse suficiente; D'Artagnan, portanto, rejeitou todos os outros, sem querer atropelar aqueles que tinham prioridade.

Não se sabia se, após a tomada do bastião, os homens de Rochelle tinham abandonado ou deixado ali uma guarnição.

D'Artagnan saiu com seus quatro companheiros e seguiu a trincheira: os dois guardas marchavam na mesma velocidade e os soldados o seguiam.

Assim, cobrindo-se com o revestimento do terreno, chegaram a cem passos do bastião. Lá, quando D'Artagnan se virou , percebeu que os dois soldados tinham desaparecido.

Ele pensou que por medo eles tinham sido deixados para trás e continuou a seguir em frente.

Em volta da vala, estava o bastião, a cerca de sessenta passos de distância.

Ninguém foi visto, e o bastião parecia abandonado.

Os três precipitados e ousados estavam deliberando se deveriam prosseguir quando, de repente, um cinturão de fumaça cingia o gigante de pedra e uma dúzia de balas começou a sibilar em torno de D'Artagnan e seus dois companheiros.

Eles descobriam o que queriam saber: o bastião estava guardado. D'Artagnan e os dois guardas deram as costas e começaram uma retirada que parecia uma fuga.

Ao chegar no ângulo da trincheira que ia servir de muralha, um dos guardas caiu: uma bala atravessou o seu peito. O outro, que estava são e salvo, continuou o seu caminho de volta ao acampamento.

D'Artagnan não quis abandonar o seu companheiro e se inclinou até ele para levantá-lo e ajudá-lo a alcançar as linhas; mas naquele momento chegaram dois disparos de fuzil: uma bala ricocheteou sobre a rocha e passou a duas polegadas de D'Artagnan.

O jovem virou-se rapidamente porque esse ataque não podia vir do bastião, que estava escondido pelo ângulo da trincheira. A ideia dos dois soldados que o abandonaram veio à sua mente; ele resolveu, portanto, esperar, e caiu sobre o corpo do seu companheiro como se estivesse morto.

Viu cabeças que se levantavam em cima de uma obra abandonada que estava a trinta passos dali; eram as dos soldados. D'Artagnan não estava enganado: aqueles dois homens o haviam seguido para assassiná-lo, esperando que a morte do jovem fosse para a conta do inimigo.

Mas, como ele estava ferido e denunciaria o crime, juntaram-se para matá-lo. Por sorte, foram enganados pela artimanha de D'Artagnan e esqueceram-se de voltar e carregar os seus fuzis.

Quando estavam a dez passos dele, D'Artagnan, que ao cair teve grande cuidado de não deixar a sua espada se soltar, levantou-se e deu um salto de encontro aos dois.

Os assassinos entenderam que, se fugissem para o acampamento sem ter matado aquele homem, seriam acusados por ele; então sua primeira ideia era se juntar ao inimigo. Um deles pegou seu rifle pelo cano e o usou como um macete: ele deu um golpe terrível em D'Artagnan, que se deviou atirando para o lado; mas com esse movimento ele deu lugar ao bandido, que o jogou em direção ao bastião. Como as guardas de La Rochelle que o observavam desconheciam a intenção do homem para com eles, atiraram, e o homem foi ferido por uma bala que lhe partiu o ombro.

Nesse momento, D'Artagnan atirou-se sobre o segundo soldado, atacando-o com sua espada; a luta não foi longa, aquele miserável não tinha como se defender com o seu fuzil descarregado; a espada do guarda escorregou sobre o cano da arma inútil e foi cruzar a coxa do assassino, que caiu. D'Artagnan colocou imediatamente a ponta do ferro em seu peito.

— Não me mate! — disse o assassino. — Por favor, por favor, eu conto tudo!

— Pelo menos o segredo vale que eu poupe a sua vida? — perguntou o jovem, segurando-o pelo braço.

— Sim, se você considerar que a existência é algo quando você tem vinte e dois anos de idade, e como você pode alcançar tudo, sendo corajoso e forte como é.

— Seu desgraçado! — disse D'Artagnan. — Vá, diga-me depressa quem o encarregou de me matar?

— Uma mulher que não conheço, mas que se chamava *Milady*.

— Mas se não conhece essa mulher, como sabe o nome dela?

— Meu camarada a conheceu e a chamou assim; foi ele quem teve o caso com ela e não eu; ele até tem em sua bolsa uma carta daquela pessoa que deve ser de grande importância para você, pelo que eu ouvi.

— Mas como é que você se meteu nessa história?

— Ela me pediu para dar o golpe, e eu aceitei.

— E quanto é que ela lhe deu por esta bela missão?

— Cem luíses.

— Bem, na hora certa — disse o jovem rindo —, eu valho cem luíses. É uma grande soma para duas pessoas miseráveis como vocês, então eu entendo e os perdoo com uma condição.

— Qual delas? — perguntou o soldado incansável, vendo que não estava tudo acabado.

— Vai buscar a carta que o seu camarada tem no bolso.

— Mas isso — exclamou o bandido — é outra forma de me matar; como quer que eu pegue essa carta debaixo do fogo cruzado do bastião?

— No entanto, tem que ir à procura dele, ou juro que morre pela minha mão.

— Em nome daquela senhora que ama, e que pensa que está morta, mas que não está... — exclamou o bandido, ajoelhado e apoiado em sua mão, porque começava a perder a pressão sanguínea.

— E por que você sabe que há uma mulher que eu amo e que eu pensava que ela estivesse morta? — perguntou D'Artagnan.

— Por causa da carta que o meu camarada tem no bolso.

— Você entende então que eu preciso ter essa carta — disse D'Artagnan. — E então, sem atrasos ou dúvidas, porque mesmo que eu não goste de usar a minha espada contra um homem miserável como você, juro pela minha palavra de homem honrado...

E a essas palavras D'Artagnan fez um gesto tão ameaçador que o ferido se levantou.

— Pare! Pare! — implorou ele, recuperando a coragem pela força do medo. — Eu vou, eu vou!

D'Artagnan pegou o fuzil do soldado, fê-lo passar na frente dele e o empurrou para seu companheiro, furando suas costas com a ponta de sua espada.

Foi horrível ver aquele infeliz deixar um longo rastro de sangue na estrada, cada vez mais pálido diante da morte, tentando rastejar sem ser visto até o corpo de seu cúmplice que estava a vinte passos dali.

O terror estava pintado em seu rosto coberto de suor frio para que D'Artagnan sentisse pena e olhasse para ele.

— Bem, então — disse D'Artagnan —, eu vou lhe mostrar a diferença entre um homem de coração e um covarde como você: fique e eu vou.

E com um passo ágil, o olhar atento, observando os movimentos do inimigo e ajudando a si mesmo com todos os acidentes no chão, D'Artagnan chegou ao segundo soldado.

Havia dois meios para alcançar seu objetivo: buscá-lo lá ou levá-lo embora fazendo um escudo com seu corpo na trincheira.

D'Artagnan preferiu a segunda opção e carregou o assassino em seus ombros no momento em que o inimigo estava atirando.

Com uma sacudidela, o barulho seco de três balas perfuraram a carne do homem que estava quase morto; um último grito, um tremor de agonia provou a D'Artagnan que o assassino não era o único que poderia ser morto. Ele tinha acabado de salvar sua vida.

D'Artagnan ganhou a trincheira e atirou o corpo ao lado do ferido tão pálido como um homem morto.

Ele começou o inventário imediatamente: uma carteira de couro, um saco que continha evidentemente parte da soma de dinheiro que haviam recebido, um cálice e dados formavam a herança do morto.

Ele deixou o cálice e os dados onde haviam caído, jogou o saco no ferido e avidamente abriu a carteira.

Em meio a alguns papéis sem importância, ele encontrou a seguinte carta, aquela que ele tinha ido procurar correndo risco de vida:

> *Já que perdeste o rastro daquela mulher e agora ela está segura naquele convento ao qual nunca deveria tê-la deixado chegar, tente ao menos não falhar com o homem; se não, você sabe que eu tenho braços longos e que pagará caro pelos cem luíses que lhe dei.*
>
> *Sem assinatura*

No entanto, era evidente que a carta vinha de *Milady*. Então ele a manteve como um pedaço de convicção e, seguro atrás do ângulo da trincheira, começou a questionar o homem ferido. Confessou que, com o seu camarada, o mesmo que acabara de morrer, estava encarregado de sequestrar uma jovem que teve de deixar Paris pela barreira de La Villete, mas que, tendo parado para beber numa taberna, tinha chegado dez minutos atrasado ao carro.

— Mas o que teria feito com aquela mulher? — perguntou D'Artagnan, com angústia.

— Tivemos que entregá-la em um palácio na praça Royale — disse o ferido.

— Sim! Sim! — murmurou D'Artagnan. — Isso mesmo, na mesma casa, *Milady*.

Então o jovem, tremendo, compreendeu que uma terrível sede de vingança levou aquela mulher a perdê-lo, e levava-o a perder aqueles que o amavam; o quanto ela sabia sobre os assuntos do corte, desde que descobriu tudo, sem dúvida devia aos relatórios do cardeal.

Mas, no meio de tudo isso, ele compreendeu, com um sentimento de alegria muito real, que a rainha tinha acabado de lhe dizer a prisão em que os pobres como a Sra. Bonacieux pagavam pela sua fidelidade; e que ela tinha tirado a jovem mulher da prisão, o que explicava a breve passagem pela rota Chaillot, uma passagem parecida com uma aparição.

E então, como Athos tinha previsto, seria possível encontrar novamente a Sra. Bonacieux, e um convento não era algo intransponível.

Essa ideia acabou por restaurar a clemência no seu coração. Ele virou-se para o ferido, que acompanhava ansiosamente todas as expressões do seu rosto, e lhe estendeu o braço:

— Vamos lá — disse ele — não quero deixar você assim. Apoie-se em mim e... vamos voltar para o acampamento.

— Sim — disse o ferido, que mal acreditava em tal magnanimidade... —, mas não vão me enforcar?

— Você tem minha palavra — disse D'Artagnan —, e pela segunda vez eu lhe perdoo.

O ferido ajoelhou-se e beijou novamente os pés do seu salvador; mas D'Artagnan, que não tinha razão para ficar tão perto do inimigo, abreviou as provas de gratidão.

O guarda que tinha regressado ao primeiro destacamento de La Rochelle anunciou a morte dos seus quatro companheiros.

Todos ficaram maravilhados, e ao mesmo tempo muito felizes, quando o jovem apareceu são e salvo.

D'Artagnan explicou a estocada de seu companheiro por uma saída que havia improvisado. Ele contou sobre a morte do outro soldado e os perigos que correram.

Essa história foi para ele a ocasião de um verdadeiro triunfo. Todo o exército falou daquela expedição por um dia, e o senhor mandou transmitir os seus parabéns.

Além disso, como toda bela ação carrega consigo sua recompensa, D'Artagnan tinha de volta a sua paz de espírito.

Na verdade, D'Artagnan acreditava que podia ficar calmo, já que dos seus dois inimigos, um estava morto e o outro era fiel aos seus interesses.

Essa tranquilidade provou uma coisa: D'Artagnan ainda não conhecia *Milady*.

CAPÍTULO 34

O vinho de Anjou

Depois das notícias quase desesperadas do rei, o rumor da sua convalescença começou a espalhar-se pelo acampamento; e como ele estava com muita pressa para chegar ao acampamento pessoalmente, foi dito que logo que pudesse montar um cavalo, ele estaria a caminho.

Naquela época, Monsieur, que sabia que de um dia para o outro seria substituído no seu comando ou pelo duque de Angoulême, ou por Bassompierre, ou por Schomberg, que disputava o comando, tinha recentemente perdido os seus dias em julgamentos, e não ousaria arriscar uma grande campanha para expulsar os ingleses da ilha de Ré, onde eles ocupavam constantemente a cidadela de Saint-Martin e o forte de La Prée, enquanto do seu lado os franceses ocupavam La Rochelle.

D'Artagnan, como dissemos, tinha se acalmado, como sempre fazia depois de passar por um perigo, e, quando ele parecia ter desaparecido, só havia uma preocupação: a de não ter nenhuma notícia de seus amigos.

Mas em uma manhã, no início de novembro, tudo foi explicado por esta carta, datada de Villeroi:

Sr. D'Artagnan:

Os senhores Athos, Porthos e Aramis, depois de terem jogado uma boa partida na minha casa e me divertirem muito, fizeram um escândalo tão grande que o dono do castelo, um homem muito rígido, já os deixou no quartel por alguns dias, mas cumpri as ordens que me foram dadas e envio doze garrafas do meu vinho de Anjou, que o senhor apreciou muito: eles querem que você brinde à nossa saúde com o seu vinho favorito.

Eu fiz a minha parte, meu senhor,

Com grande respeito, do seu humilde e obediente servo,

GODEAU
Estalajadeiro dos Senhores Mosqueteiros.

— Chegou em boa hora! — Eles pensam em mim nos seus momentos de prazer, como eu penso neles no meu tédio; é claro que beberei à sua saúde e de bom grado, mas não beberei sozinho.

E D'Artagnan correu para a casa de dois guardas com os quais tinha feito mais amizade, a fim de convidá-los a beber com ele o delicioso vinho de Anjou que tinha acabado de chegar de Villeroi. Um dos guardas foi convidado para a mesma noite e outro para o dia seguinte; a reunião foi marcada para dois dias depois.

Quando D'Artagnan voltou, enviou as doze garrafas de vinho para a cantina dos guardas, recomendando que fossem guardadas com cuidado; um tempo depois, no dia da celebração, pois o almoço estava marcado para o meio-dia, D'Artagnan enviou às nove horas as ordens para Planchet preparar tudo.

Planchet, muito orgulhoso de ser elevado à dignidade de *maître*, foi ajudado pelo servo de um dos convidados de seu mestre, chamado Fourreau, e por aquele falso soldado que quis matar D'Artagnan, e que, por não pertencer a nenhum corpo, estava ao seu dispor, ou melhor, ao de Planchet, já que D'Artagnan havia salvado sua vida.

Na hora da festa, os dois convidados chegaram, tomaram seus lugares e alinharam os pratos da mesa. Planchet os servia com guardanapo no braço, Fourreau desembrulhou as garrafas, e Brisemont, como era chamado o convalescente, transferiu para pequenas garrafas de vidro o vinho que parecia ter formado borras como resultado da agitação da estrada. A primeira garrafa estava um pouco nublada no final: Brisemont despejou as borras desse vinho em sua taça, e D'Artagnan permitiu que ele bebesse; porque o pobre diabo ainda não tinha muita força.

Os convidados, depois de terem comido a sopa, iam levar o primeiro copo para os lábios quando, de repente, o canhão ressoou em Fort Louis Neuf, ao ponto de acreditarem que se tratava de um ataque surpresa, fosse dos sitiados ou dos ingleses; portanto, os guardas saltaram com suas espadas.

D'Artagnan, não menos rápido, fez como eles e os três correram para ocupar os seus postos.

Mas eles mal saíram da cantina quando souberam a causa daquele grande tumulto; os gritos de "Viva o Rei! Viva o cardeal! Viva o cardeal!" ressoou em todas as direções.

Na verdade, o Rei, impaciente como estava, chegava naquele mesmo momento com toda a sua casa e um reforço de dez mil homens de tropas; os seus mosqueteiros precediam-no e o seguiam.

D'Artagnan estava na rua, em formação com a sua companhia, e cumprimentou com um gesto expressivo os seus amigos, que lhe devolveram o olhar, e o Sr. de Tréville, que o reconheceu instantaneamente.

No final da cerimônia de recepção, os quatro amigos estavam quase nos braços um do outro.

— Raios o partam! — exclamou D'Artagnan. — Vocês não poderiam ter vindo em melhor hora, a carne ainda não teve tempo de esfriar.

— Não é isso, cavalheiros? — perguntou o jovem, voltando-se para os dois guardas que se apresentavam aos seus amigos.

— Bem, bem, parece que teremos um banquete! — disse Porthos.

— Espero — disse Aramis — que não tenha mulheres na sua festa.

— Há vinho bebível na sua conveniência? — perguntaram.

— Raios, nós temos o de vocês, queridos amigos — respondeu D'Artagnan.

— O nosso vinho? — perguntaram maravilhados.

— Sim, aquele que vocês me mandaram.

— Já lhe enviamos vinho?

— Vocês sabem tudo sobre aquele vinho de Anjou.

— Sim, sabemos o que quer dizer com vinho.

— O vinho que preferimos.

— Bem, na ausência de champanhe, ficarei satisfeito com este.

— Em outras palavras, claro que ricos e bacantes como somos, enviamos vinho de Anjou — disse Porthos.

— Claro, é o vinho que vocês me enviaram.

— Aramis, você enviou vinho? — perguntou Athos.

— Não, e você, Porthos?

— Não, e você, Athos?

— Não.

— Se não for de vocês — disse D'Artagnan — pertence ao seu estalajadeiro.

— O nosso estalajadeiro?

— Claro, o seu estalajadeiro, Godeau, estalajadeiro dos mosqueteiros.

— Não importa de onde ele veio — disse Porthos. — Vamos experimentar, e se for bom, vamos beber.

— Não — disse Athos — não devemos beber o vinho de uma fonte desconhecida.

— Tem razão, Athos — disse D'Artagnan. — Nenhum de vocês instruiu o estalajadeiro a me mandar vinho?

— Não! E ainda assim, ele enviou por nós?

— Aqui está a carta — disse D'Artagnan.

E ele mostrou o bilhete aos seus camaradas.

— Esta não é a letra dele! — exclamou Athos. — Eu conheço, porque fui eu que, antes de partir, acertei as contas da hospedagem.

— A carta é falsa — disse Porthos —, não fomos para o quartel.

— D'Artagnan — perguntou Aramis num tom de reprovação —, como você poderia acreditar que tínhamos feito um alarido?

D'Artagnan empalideceu e um tremor convulsivo tomou conta de seus membros.

— Você me assusta — disse Athos —, que não o chamava pelo nome, exceto em grandes ocasiões.

— O que aconteceu então?

— Vamos correr, meus amigos! — exclamou D'Artagnan. — Uma suspeita terrível passa pela minha cabeça. — Será uma vingança daquela mulher outra vez?

Athos ficou paralisado.

D'Artagnan correu para a cantina. Os três mosqueteiros e os dois guardas o seguiram.

O primeiro a surpreender a visão de D'Artagnan ao entrar na sala de jantar foi Brisemont deitado no chão e se contorcendo no meio de convulsões atrozes.

Planchet e Fourreau, pálidos como mortos, tentaram ajudá-lo; mas era evidente que qualquer ajuda seria inútil: as expressões do moribundo estavam paralisadas de agonia.

Ele exclamou ao ver D'Artagnan:

— Isso é horrível, você finge que me perdoou e me envenena!

— Eu? — perguntou D'Artagnan. — Eu, miserável? Mas o que você diz?

— Eu digo que foi você que me serviu aquele vinho, eu digo que foi você que me disse para beber, eu digo que você queria se vingar de mim, eu digo que isso é horrível.

— Não acredite nisso, Brisemont — disse D'Artagnan — não acredite em nada disso, eu lhe juro, eu lhe garanto....

— Mas Deus está aqui, Deus vai castigar você! Meu Deus! Um dia você sofrerá como eu sofro.

— Pelo evangelho! — exclamou D'Artagnan, correndo em direção ao moribundo. — Juro que eu não sabia que esse vinho estava envenenado e que você beberia.

— Não acredito em você — disse o soldado.

E ele expirou quando a tortura ficou insuportável.

— Que horror! — murmuravam, enquanto Porthos quebrava as garrafas e Aramis dava ordens tardias para correrem em busca de um confessor.

— Ah, meus amigos! — Vocês vêm mais uma vez para salvar a minha vida, não só a minha, mas a desses senhores.

— Cavalheiros — pediu ele aos guardas —, eu imploro que permaneçam em silêncio sobre toda essa aventura; pode haver grandes personagens envolvidas no que viram e o mal de tudo isso recairia sobre nós.

— Ah, senhor! — balbuciou Planchet, mais morto do que vivo. — Senhor, me livrei de uma boa!

— Que patife! — exclamou D'Artagnan. — Então você ia beber o meu vinho?

— À saúde do rei, senhor, eu ia beber um pobre copo se Fourreau não me tivesse avisado que me chamavam.

— Infelizmente — disse Fourreau, cujos dentes rangiam de medo. — Eu queria afastá-lo para beber completamente sozinho.

— Senhores — disse D'Artagnan, dirigindo-se aos guardas —, vocês vão entender que essa festa seria muito triste depois do que acabou de acontecer; então recebam minhas desculpas e vamos deixar para outro dia, por favor.

Os dois guardas aceitaram educadamente as desculpas de D'Artagnan e, entendendo que os quatro amigos queriam ficar sozinhos, retiraram-se.

Quando o jovem guarda e os três mosqueteiros ficaram sem testemunhas, olharam-se de um modo que fez com que todos compreendessem a gravidade da situação.

— Primeiro de tudo — disse Athos —, vamos deixar esta sala. Não há pior companhia do que um homem que morreu de forma violenta.

— Eu confio ao Senhor o corpo deste pobre diabo — disse D'Artagnan. — Que seja enterrado em solo sagrado. É verdade que ele cometeu um crime, mas estava arrependido.

E os quatro amigos saíram da sala, deixando para Planchet e Fourreau o cuidado de prestar as honras mortuárias a Brisemont.

O estalajadeiro lhes entregou outro quarto no qual lhes serviu ovos cozidos em água e água que o próprio Athos ia buscar na fonte. Em poucas palavras Porthos e Aramis foram informados da situação.

— Bem! — disse D'Artagnan a Athos. — Sabe, querido amigo, é uma guerra até a morte.

Athos abanou a cabeça.

— Sim, sim — disse ele. — Eu vejo isso, mas você acha que é ela?

— Tenho certeza.

— Confesso que ainda tenho dúvidas.

— E aquela flor-de-lis no ombro?

— Ela é uma inglesa que cometeu algum delito na França e foi marcada como resultado de seu crime.

— Ela é a sua mulher, eu lhe digo. Não se lembra como as duas marcas coincidem?

— Mas eu teria jurado que a outra estava morta, e a esqueci muito bem.

Foi D'Artagnan quem abanou a cabeça dessa vez.

— Então, o que faremos? — perguntou o jovem.

— A verdade é que você não pode viver assim, com uma espada eternamente suspensa sobre sua cabeça — disse Athos. — Você tem que sair dessa situação.

— Mas como?

— Ouça, procure se encontrar com ela e ter uma explicação. Diga-lhe: Paz ou guerra! Palavra de cavalheiro, que eu nunca vou dizer nada sobre você, eu nunca vou fazer nada contra você; de sua parte, o juramento solene de permanecer neutro para mim; se não, eu vou em busca do chanceler, eu vou em busca do rei, eu vou em busca do carrasco, eu amotino o tribunal contra você, eu a denuncio como uma criminosa, eu faço você ser levada a julgamento, e se você for absolvida, então eu vou matá-la, palavra de cavalheiro, no canto de qualquer guarita, como eu mataria um chanceler.

— Essa resposta não é ruim — disse D'Artagnan —, mas como posso encontrá-la?

— O tempo, querido amigo, o tempo traz a ocasião, a ocasião é a sorte do homem; quanto mais determinado, mais se ganha se souber esperar.

— Sim, mas esperar rodeado de assassinos e envenenadores...

— Ah! — disse Athos. — Deus nos manteve até agora, Deus continuará a nos manter.

— Sim; além disso, somos homens e, considerando bem, é nosso dever arriscar nossa vida; mas ela... — acrescentou em voz alta.

— Quem é ela? — perguntaram.

— Constance.

— A Sra. Bonacieux. É isso mesmo — disse Athos. — Pobre amigo! — Eu me esqueci de que estava apaixonado.

— Bem — disse Aramis —, não viu na mesma carta que encontrou em cima do desgraçado morto, que ela estava em um convento?

— Assim que o cerco de La Rochelle terminar, prometo que vou procurá-la, no que me diz respeito.

— Bem! — disse Athos. — Sim, meu caro Aramis, sabemos que os seus desejos tendem para a religião.

— Enquanto isso, sou apenas um mosqueteiro — disse Aramis humildemente:

— Parece que havia muito tempo que ele não recebia notícias de sua amante — disse Athos em voz baixa —, mas não preste atenção, já sabemos disso.

— Bem — disse Porthos —, parece-me que há um meio muito simples.

— Qual deles? — perguntou D'Artagnan.

— Você diz que ela está em um convento? — continuou Porthos.

— Sim.

— Bem, assim que o cerco acabar, nós a raptamos.

— Mas seria necessário saber em que convento ela está.

— Claro — disse Porthos.

— Mas com isso em mente — disse Athos —, você não disse, querido D'Artagnan, que foi a rainha que escolheu o convento para ela?

— Sim, pelo menos acho que sim.

— Bem, Porthos vai nos ajudar com isso.

— Como?

— Através da sua marquesa, da sua duquesa, da sua princesa, ela deve ter um longo braço.

— Xiu! — disse Porthos, colocando um dedo em seus lábios. — Eu acredito nela, e o cardeal não deve saber de nada.

— Então — disse Aramis — vou receber as notícias.

— Você Aramis? — perguntaram os três amigos. — Como?

— Através da caridade da rainha, de quem sou um grande amigo — disse ele, ficando vermelho de vergonha.

CAPÍTULO 35

Sobre a utilidade dos tubos de estufa

A nossa intenção não é fazer um diário do acampamento, muito pelo contrário, queremos relatar apenas os acontecimentos relacionados à história que contamos, para grande espanto do rei e do cardeal. A conjuntura era favorável, pois os ingleses não tinham os suprimentos necessários, então comiam carne salgada pela água do mar e biscoitos de má qualidade. O mar, que andava agitado por toda costa atlântica, afundava os navios, e deixava destroços pela praia, anunciando que logo menos Buckingham seria obrigado a retirar suas tropas; portanto o cardeal não tinha nada a temer.

Os mosqueteiros não tinham muito o que fazer, estavam sem os equipamentos e aproveitavam os momentos tranquilos. Como eram amigos do senhor de Tréville, obtiveram autorização para voltarem ao acampamento depois do toque de recolher.

Em uma dessas noites, D'Artagnan estava de guarda nas trincheiras e não pôde acompanhá-los. Athos, Porthos e Aramis, montados em seus cavalos, trajando as capas de guerra e com as mãos em suas armas, voltavam da taverna que Athos havia descoberto na estrada de La Jarrie; quando faltava pouco para chegarem ao acampamento, ouviram o barulho de cavalgadas em sua direção; os três pararam imediatamente, e muito próximos uns dos outros, aguardaram no meio da estrada.

Pouco tempo depois, como se a lua saísse de trás de uma nuvem, viram surgir dois cavaleiros em uma das curvas do caminho, que pareciam discutir se continuariam o caminho. Ao observar a hesitação, Athos deu alguns passos à frente e gritou com sua voz firme:

– Quem são vocês?

– Quem são vocês é o que nós perguntamos! – respondeu um dos cavaleiros.

– Mas isso não é uma resposta! – retrucou Athos. – Apresentem-se ou atiramos.

– Pensem no que vão fazer, senhores – disse uma voz que parecia estar habituada a comandar.

– Deve ser algum superior fazendo a ronda noturna – disse Athos. – O que vocês desejam, senhores?

– Quem são vocês? – insistiu a voz com tom de comando. – Respondam ou a sua desobediência vai lhes custar caro!

– Somos mosqueteiros do rei – respondeu Athos, convencido que deveria obedecer a quem fazia a pergunta.

– De qual companhia?

– Da companhia do senhor de Tréville.

– Pois avancem em posição e me expliquem o que fazem aqui a esta hora.

Os três companheiros avançaram com a cabeça baixa, porque estavam certos de ter na sua frente alguém mais poderoso do que eles, e, por fim, deixaram Athos falar.

O cavaleiro com a voz altiva estava a dez passos do seu companheiro e fez um sinal para que Porthos e Aramis ficassem para trás.

– Oficial, peço perdão, pois não sabíamos com quem estávamos falando; como o senhor vê, estávamos a postos – disse Athos.

– Qual é o seu nome? – perguntou o oficial, que cobria parte do rosto com a capa.

– Qual é o seu? – Athos devolveu a pergunta, demonstrando sua impaciência com o interrogatório. – Prove que pode fazer tantas perguntas.

– Diga-me o seu nome – ordenou pela segunda vez o cavaleiro, deixando a capa cair.

– O cardeal! – exclamou o mosqueteiro, abismado.

– O seu nome? – perguntou pela terceira vez Sua Eminência.

– Athos – respondeu o mosqueteiro.

Ao sinal do cardeal, o escudeiro se aproximou.

– Esses três mosqueteiros vão nos acompanhar – disse em voz baixa.

– Não quero que ninguém saiba que deixei o acampamento, e nos acompanhando teremos certeza que não dirão nada.

– Somos mosqueteiros, Monsenhor – respondeu Athos. – Peça a nossa palavra e não se preocupe com mais nada. Graças a Deus, os segredos estão seguros conosco.

– Eu conheço os senhores – disse o cardeal. – Embora não sejam meus amigos, não são meus inimigos, são cavaleiros valentes e confiáveis, senhor Athos, portanto me acompanhem, você e seus dois amigos; dessa forma, terei uma escolta de causar inveja em Sua Majestade se nos encontrarmos.

Os três mosqueteiros se inclinaram.

– Pela minha honra, Vossa Eminência, o senhor está certo em nos deixar acompanhá-lo – disse Athos. – Na estrada encontramos homens terríveis e tivemos até uma disputa na taverna.

– Qual o motivo do duelo, senhores? – perguntou o cardeal. – Não gosto dessas disputas, como bem sabem!

– O meu amigo Aramis foi atingido por uma espada no braço, mas isso não o impedirá de lutar amanhã, caso o senhor o convoque.

– Mas vocês não são homens para se envolver em brigas triviais – observou o cardeal. – Sejam sinceros, senhores, confessem, pois sabem que posso absolvê-los.

– Monsenhor, eu nem empunhei a espada – declarou Athos. – Peguei o homem que praticamente caiu em cima de mim e o atirei pela janela – acrescentou, hesitante –, e ele quebrou uma perna.

– Ah! – exclamou o cardeal. – E você, senhor Portos?

– Sabendo que os duelos são proibidos, peguei uma banqueta e joguei em um daqueles bandidos; acredito que ele tenha quebrado o ombro.

– Muito bem! – disse o cardeal. – E você, Aramis?

– Como sou pacato, Monsenhor, tentei separar os meus companheiros, mas como uma espada atravessou o meu braço esquerdo, perdi a paciência e desembainhei a minha espada, quando ele se lançou sobre mim novamente; creio que a espada o trespassou, pois vi o seu corpo caído, porém os seus companheiros o tiraram dali.

– Senhores, temos três homens fora de combate por causa de um duelo na taverna! – Posso saber o motivo? – perguntou o cardeal.

– Eles estavam bêbados – respondeu Athos –, e como sabiam que à noite chegaria uma mulher na estalagem, queriam arrombar a porta a qualquer custo.

– Arrombar a porta! – exclamou o cardeal. – E para quê?

– Para violar a jovem, certamente – respondeu Athos. – Já disse para o senhor que eles estavam bêbados.

– A mulher era jovem e bonita? – perguntou, inquieto, o cardeal.

– Não a vimos – respondeu Athos.

– Não a viram... certo... – disse o cardeal, desconfiado. – Agiram bem defendendo a honra de uma mulher; conheço a estalagem, e vou perguntar se o que me disseram é verdade.

– Monsenhor – retrucou Athos –, somos mosqueteiros, mas sobretudo, somos homens, e não mentiríamos para nos livrar.

– Não duvido do que me dizem, Athos. Mas posso saber se a dama estava sozinha?

– A dama estava acompanhada por um cavalheiro, senhor, mas como ele não apareceu, deve ser um covarde.

– Não julgue o cavalheiro, Athos. E agora, senhores, já sei o que precisava saber, portanto, sigam-me.

Os três mosqueteiros saíram depois do cardeal, que cobriu o rosto novamente com seu manto e montou em seu cavalo a galope, mantendo-se oito ou dez passos à frente de seus companheiros.

Logo chegaram à silenciosa e solitária estalagem; sem dúvida o estalajadeiro sabia o que um ilustre visitante o esperava, e por isso dispensou todos os que pudessem importunar.

Dez passos antes de chegar à porta, o cardeal fez um sinal para o seu escudeiro e para os três mosqueteiros, que pararam. Um cavalo totalmente selado estava amarrado ao poste. O cardeal chamou três vezes de uma maneira específica.

Um homem envolto em uma capa veio ao ponto e trocou algumas palavras rápidas com o cardeal, depois voltou ao seu cavalo e saiu em direção de Surgères, que era a mesma de Paris.

— Avancem, cavalheiros — disse o cardeal.

O cardeal pôs os pés no chão, e os três mosqueteiros fizeram o mesmo; o cardeal largou o freio do seu cavalo nas mãos do seu escudeiro, e os três mosqueteiros ataram os freios dos seus cavalos às janelas.

O dono da hospedagem estava na porta; para ele, o cardeal nada mais era do que um oficial que vinha visitar uma senhora.

— Tem um lugar na planta baixa onde esses senhores podem esperar por mim em um fogo aconchegante? — perguntou o cardeal.

O estalajadeiro abriu a porta para uma grande sala, na qual tinham acabado de substituir uma estufa ruim por uma grande e excelente lareira.

E quando os três mosqueteiros entraram na sala do piso térreo, o cardeal, sem pedir mais informações, subiu as escadas como um homem que não precisa que lhe mostrem o caminho.

Era evidente que, sem suspeitas, e movidos apenas pelo seu caráter cavalheiresco e aventureiro, os nossos três amigos tinham acabado de prestar algum serviço a alguém a quem o cardeal honrava com a sua proteção particular.

Mas quem seria essa pessoa? Era a primeira pergunta feita pelos três mosqueteiros; depois, vendo que nenhuma das respostas que sua imaginação poderia supor era satisfatória, Porthos chamou o dono da hospedagem e pediu as informações.

Porthos e Aramis se sentaram em uma mesa e começaram a jogar, enquanto Athos andava de um lado para o outro refletindo.

Enquanto refletia e andava, Athos passava várias vezes na frente do tubo da estufa quebrada ao meio, cuja outra extremidade dava lugar à sala superior; e cada vez que ele passava, um sopro de palavras acabou chamando sua atenção. Athos aproximou-se e distinguiu algumas palavras que lhe pareciam, sem dúvida, merecedoras de um interesse tão grande que sinalizou aos seus companheiros para que se calassem, inclinando-se, com o ouvido colocado na altura de um orifício interior.

— Ouça, *Milady* — disse o cardeal —, a questão é cuidar; sente-se e vamos conversar. *Milady*! — murmurou ele.

Escuto a Sua Eminência com a maior atenção respondeu a voz feminina.

— Um pequeno navio com uma tripulação inglesa, cujo capitão está ao meu lado, está esperando por você na desembocadura de Charente, no forte de La Pointe: embarcará amanhã de manhã.

— Então, tenho que estar lá esta noite?

— Tem que ir agora mesmo, isto é, quando receberem as minhas instruções. Dois homens estarão na porta, e assim que sair, eles a escoltarão; primeiro me deixe sair; e depois de meia hora venha atrás de mim.

— Sim, Monsenhor. — Voltemos agora à missão que o senhor tem a bondade de me confiar; e como eu quero continuar a merecer a confiança de Vossa Eminência, por favor, explique-me em termos claros e precisos para que eu não cometa nenhum erro.

Houve um momento de profundo silêncio entre os dois interlocutores; era evidente que o cardeal pensava com cautela nos termos em que ia falar, enquanto *Milady* reunia todas as suas faculdades intelectuais para compreender as coisas que ia dizer e para registar em sua memória o que era dito.

Athos aproveitou esse momento para dizer aos seus dois companheiros que fechassem a porta por dentro e sinalizou para que viessem ouvir a conversa junto com ele.

Os dois mosqueteiros, que adoravam conforto, trouxeram uma cadeira para cada um deles e outra cadeira para Athos. Os três se sentaram com as cabeças coladas e as orelhas à espreita.

— Você vai para Londres — continuou o cardeal. — Quando chegares lá, vai procurar Buckingham.

— Eu observarei a Sua Eminência — disse *Milady*. — Desde o episódio dos pingentes de diamante, o duque sempre suspeitou que fosse obra minha. Sua Graça desconfia de mim.

— Desta vez — disse o cardeal —, não se trata de atrair a sua confiança, mas de nos apresentarmos franca e lealmente a ele como negociadores.

— Franca e lealmente — repetiu *Milady* com uma expressão indescritível de duplicidade.

— Sim, francamente e lealmente — respondeu o cardeal na mesma linha. — Toda negociação deve ser feita em aberto.

— Vou seguir todas as instruções de Vossa Eminência , e espero que o senhor me dê.

— Você vai procurar por Buckingham em meu nome, e você vai dizer a ele que eu conheço todos os preparativos que ele faz, mas eu me importo com isso, pois, no primeiro movimento que ele fizer, ele perde a rainha.

— Ele vai acreditar que Vossa Eminência está em posição de levar a cabo a ameaça que lhe faz?

— Sim, porque tenho provas.

— Devo ser capaz de apresentar essas provas à sua consideração.

— Claro, e você vai lhe dizer que eu estou publicando o relatório de Bois-Robert e do Marquês de Beutru sobre a conversa do duque com a rainha na noite em que a mulher do chefe do exército deu um baile de máscaras; você vai pedir para que ele não duvide de nada, que ele estava vestido de Grande Mongol, traje que deveria levar para o cavalheiro de Guisa, e que ele comprou pela soma de três mil moedas.

— Está bem, Monsenhor.

— Todos os detalhes de sua entrada no Louvre e de sua saída, durante a noite em que ele entrou no palácio com o traje feito pelas mãos do italiano Boaventura, são conhecidos por mim; você dirá, para que ele não duvide da autenticidade dos meus relatos, que ele tinha sob a sua capa um grande traje branco salpicado por lágrimas negras, de caveiras e de ossos em forma de aspas, porque em caso de surpresa ele deveria se fazer passar pelo fantasma da Dama Branca que, como todos sabem, retorna ao Louvre toda vez que ocorre um grande acontecimento.

— Isso é tudo, Monsenhor?

— Diga-lhe que também conheço todos os detalhes da aventura de Amiens, que terei um romance escrito, inteligentemente disfarçado, com um plano do jardim e os retratos dos principais atores daquela cena noturna.

— Direi isso.

— Diga-lhe que tenho Montague na minha mão, que ele está na Bastilha, que não foi surpreendido por nenhuma carta, é verdade, mas quem tortura pode fazê-lo dizer o que sabe, e até... o que não sabe.

— Tudo bem.

— Por fim, acrescente que Sua Graça, na pressa que tinha em sair da ilha de Ré, esqueceu em seu alojamento uma certa carta da Sra. de Chevreuse, na qual ela demonstra não só que Sua Majestade pode amar os inimigos do rei, mas que até conspira com os franceses. Lembra-se de tudo o que lhe disse, não?

— Julgue Vossa Eminência: o baile da mulher do chefe do exército, a noite do Louvre, a noite de Amiens, a prisão de Montague, a carta da Sra. de Chevreuse.

— É verdade — disse o cardeal —, é verdade; você tem uma memória afortunada, *Milady*.

— Mas — respondeu a mulher a quem o cardeal tinha acabado de dirigir a sua planejada adulação — se, apesar de todas essas razões, o duque não se render e continuar a ameaçar a França?

— O duque está apaixonado como um louco, ou melhor, como um tolo — respondeu Richelieu com profunda amargura. — Como os velhos paladinos, ele travou esta guerra apenas para ter um vislumbre de sua beleza. Se ele souber que esta guerra pode lhe custar a honra e talvez a liberdade da senhora dos seus pensamentos, como ele diz, eu duvido que ele pense duas vezes.

— Mas — disse *Milady* com uma persistência que provou que queria ver claramente até o fim na missão que ia empreender — será que ele persiste?

— Persiste — disse o cardeal —, não é possível.

— É possível — disse *Milady*.

— Se persistir — Sua Eminência fez uma pausa e continuou —, bem, se persistir, vou esperar por um desses acontecimentos que mudam a face dos Estados.

— Se Vossa Eminência quiser me citar alguns desses acontecimentos da história — disse *Milady* —, talvez eu compartilhe de sua confiança no futuro.

— Bem, olhe, por exemplo — disse Richelieu — quando em 1610, por uma razão mais ou menos semelhante a que moveu o duque, o rei Henrique IV, de gloriosa memória, ia invadir Flandres e Itália ao mesmo tempo para atacar a Áustria por dois lados, não houve um acontecimento que salvou a Áustria? Por que não deveria o rei de França ter o mesmo destino que o imperador?

— Vossa Eminência refere-se à faca na rua da Ferronerie?

— Precisamente — disse o cardeal.

— Em todos os tempos e em todos os países, especialmente se esses países estiverem divididos pela religião, haverá fanáticos que não pedirão nada além de se tornarem mártires. E veja, precisamente agora eu me lembro que os puritanos estão furiosos com o duque de Buckingham e que seus pregadores o designam como o Anticristo.

— Por quê? — perguntou *Milady*.

— Porque — continuou o cardeal com uma senhora indiferença — por enquanto não se tratava, por exemplo, de procurar uma mulher bela, jovem, hábil, que se vingasse do duque. Essa mulher pode ser encontrada: o duque é um homem de aventuras galantes, semeou muitos amores com suas promessas de devoção eterna; deve ter semeado muitos ódios também por causa de suas contínuas infidelidades.

— Sem dúvida — disse a senhora friamente —, pode-se encontrar uma mulher assim.

— Bem, essa mulher que colocaria a faca de Jaques Clément ou Ravaillac nas mãos de um fanático salvaria a França.

— Sim, mas ela seria cúmplice de homicídio.

— Os cúmplices de Ravaillac ou Jacques Clément já são conhecidos?

— Não, porque talvez fossem altos demais para que ousassem ir procurá-los onde estavam; e o Palácio da Justiça não seria queimado por todo mundo, Monsenhor.

— Acha, então, que o fogo no Palácio da Justiça tem outra causa que não seja o acaso? — perguntou Richelieu num tom como o de alguém fazendo uma pergunta sem importância.

— Eu, Monsenhor — respondeu *Milady* —, não acredito em nada, eu cito um fato, e isso é tudo; só estou dizendo que se eu fosse chamada de Sra. de Montpensier, ou rainha Maria de Médici, eu teria que tomar menos precauções do que me chamando Lady Clarick.

— Isso é justo — disse Richelieu. — O que você quer então?

Gostaria que uma ordem ratificasse antecipadamente tudo o que penso que devo fazer para o bem maior da França.

— Mas primeiro teríamos que procurar a mulher que eu disse que teria que se vingar do duque.

— Ela foi encontrada — disse *Milady*.

— Então teríamos que encontrar aquele fanático miserável que servirá como um instrumento da justiça de Deus.

— Ele será encontrado.

— Bem — disse o duque —, então agora é a hora de exigir o que você me pediu há pouco.

— Vossa Eminência tem razão — disse *Milady* —, sou eu quem está enganada ao ver na missão de que me sinto honrada algo diferente do que realmente é, a saber, anunciar a Sua Graça, em nome de Sua Eminência, e que conhece os diferentes disfarces com a ajuda dos quais ele conseguiu se aproximar da rainha durante a festa dada pela esposa do chefe do exército; que você tem provas da entrevista dada no Louvre pela rainha a um certo astrólogo italiano que não é outro senão o próprio duque de Buckingham; que você escreveu um romance, um dos mais engenhosos, sobre a aventura de Amiens, com o plano do jardim onde aquela aventura aconteceu e retratos dos atores que apareceram nele; que Montague está na Bastilha, e que a tortura pode fazê-lo dizer coisas que ele não sabe, e até mesmo que ele se lembre de coisas que teria esquecido; finalmente, que você possui uma carta específica da Sra. de Chevreuse, encontrada no alojamento de Sua Graça, que compromete de forma singular não só quem a escreveu, mas também quem a recebeu. Então, se apesar de tudo isso, ele persistir, como acabo de dizer, a minha missão é limitada; só terei de rezar a Deus para fazer um milagre para salvar a França. Será que basta, meu Senhor? Terei de fazer outra coisa?

— Chega disso — respondeu o cardeal.

— Bem, agora — disse *Milady* sem transparecer que tinha notado a mudança no tom de voz do cardeal em relação a ela —, agora que recebi as instruções de Vossa Eminência a respeito de seus inimigos, o bispo me permitirá que eu diga duas palavras minhas?

— Então tem inimigos? — perguntou Richelieu.

— Sim, Monsenhor, inimigos contra os quais o senhor me deve todo o seu apoio, porque os fiz para servir a Vossa Eminência.

— E quem são? — perguntou o cardeal.

— Em primeiro lugar, uma pequena intrigante chamada Bonacieux.

— Ela está na prisão de Nantes.

— Quer dizer, ela estava lá — continuou *Milady* —, mas a rainha foi surpreendida com uma ordem do rei, que a ajudou levá-la para um convento.

— Para um convento? — perguntou o cardeal.

— Sim, para um convento.

— Para qual deles?

— Não sei, o segredo foi bem guardado.

— Eu vou descobrir.

— E Vossa Eminência me dirá em que convento está essa mulher?

— Não vejo nenhum inconveniente nisso — disse o cardeal.

— Bem, agora tenho outro inimigo a quem temo muito por razões diferentes da Sra. Bonacieux.

— Quem é?

— O amante dela.

— Qual é o nome dele?

— Vossa Eminência o conhece bem — exclamou *Milady*, conduzida pela raiva. — Ele é o gênio mau de nós dois; foi ele quem, em uma reunião com os guardas de Vossa Eminência, decidiu a vitória dos mosqueteiros do rei; foi ele quem fez o plano dos diamantes falhar; foi ele que, finalmente, sabendo que fui eu quem sequestrou a Sra. Bonacieux, jurou a minha morte.

— Ah! — disse o cardeal. — Eu sei a quem se refere.

— Quero dizer, aquele miserável D'Artagnan.

— Ele é um companheiro atrevido — disse o cardeal.

— E justamente por ser um companheiro destemido que ele deve ser mais temido.

— Seria necessário — disse o cardeal — ter uma prova de sua inteligência contra Buckingham.

— Uma prova! — exclamou *Milady*. — Eu tenho dez.

Então, é a coisa mais simples do mundo; apresente-me essa prova e eu o envio para a Bastilha.

— Está bem, Monsenhor! Mas e depois?

— Quando se está na Bastilha, não se tem o depois, disse o cardeal em voz alta. — Ah, diabos — continuou ele —, se fosse tão fácil para mim me livrar dos meus inimigos como é para se livrar dos seus, e se fosse contra pessoas semelhantes para quem você pede impunidade!

— Monsenhor — respondeu *Milady* —, troca por troca, vida por vida, homem por homem, dê-me um e eu lhe darei o outro.

— Não sei o que quer dizer com isso — respondeu o cardeal — e nem quero saber; mas tenho o desejo de ser agradável para você e não vejo nenhum inconveniente em dar o que me pede, uma criatura tão pequena; além do mais, como você mesma disse, aquele D'Artagnan é um libertino, um duelista e um traidor.

— Um infame, Monsenhor, um infame!

— Dê-me um pedaço de papel, uma caneta e tinta — disse o cardeal.

— Estão aqui, Monsenhor.

Houve um momento de silêncio que provou que o cardeal estava ocupado procurando os termos em que a carta deveria ser escrita, ou mesmo se ele deveria escrevê-la. Athos, que não tinha perdido uma palavra da conversa, tomou cada um dos seus companheiros pela mão e os levou para a outra extremidade da sala.

— Bem! O que você quer e por que não nos deixa ouvir o fim da conversa?

— Xiu! — disse Athos, falando em voz baixa. — Ouvimos tudo o que é necessário, e não vou impedi-lo de ouvir o resto.

— Uau.

— Temos que ir! — disse Porthos. — Mas se o cardeal perguntar por você, o que vamos responder?

— Não espere que ele pergunte, eu lhe direi primeiro que vou partir como explorador, porque algumas palavras do estalajadeiro me fizeram pensar que o caminho não era seguro; primeiro direi duas palavras sobre ele ao escudeiro do cardeal; o resto é coisa minha, não se preocupe.

— Seja prudente, Athos! — disse Aramis.

— Fique calmo — respondeu Athos — Eu sei ser sangue frio.

Porthos e Aramis voltaram a tomar o seu lugar junto à estufa.

Quanto a Athos, ele saiu sem fazer qualquer mistério, foi pegar o seu cavalo, atado aos de seus amigos nos molinetes dos postes. Com quatro palavras convenceu o escudeiro sobre a necessidade de uma vanguarda para o retorno; ele inspecionou com afetação as balas de suas pistolas, colocou a espada nos dentes e seguiu, como um filho pródigo, a rota que levava ao acampamento.

CAPÍTULO 36

Cena conjugal

Como Athos havia previsto, o cardeal logo desceu; ele abriu o porta da sala onde os mosqueteiros tinham entrado e encontrou Porthos e Aramis em um disputado jogo de dados. Rapidamente espreitou todos os cantos da sala e viu que faltava um dos cavalheiros.

— O que aconteceu ao Sr. Athos? — perguntou ele.

— Monsenhor — respondeu Porthos —, ele partiu como um explorador depois de ouvir algumas palavras do nosso estalajadeiro, que o levaram a acreditar que a estrada não era segura.

— E o senhor, o que fez, Sr. Porthos?

— Eu ganhei cinco pistolas do Aramis.

— E agora, pode voltar comigo?

— Estamos às ordens de Vossa Eminência.

— Então, montem em seus cavalos, está ficando tarde.

O escudeiro estava à porta, segurando o cavalo do cardeal. Um pouco mais adiante, um grupo composto por dois homens aguardava todos com três cavalos: aqueles dois homens eram os que iriam liderar a missão de levar *Milady* para o forte de La Pointe e garantir o seu embarque.

O escudeiro confirmou ao cardeal o que os dois mosqueteiros já haviam dito sobre Athos. O cardeal fez um gesto de aprovação e se uniu à campanha, cercando-se das mesmas precauções que tinha tomado ao partir.

Vamos deixá-lo seguir o caminho para o acampamento, protegido pelo escudeiro e pelo mosqueteiro, e voltar a nossa atenção para Athos.

Por uma centena de passos, ele tinha andado no mesmo trote; mas uma vez que estava fora de vista, atirou o seu cavalo para a direita e fez um desvio, recuou cerca de vinte passos e se escondeu de uma pequena tropa no bosque; logo reconheceu os chapéus bordados dos seus companheiros e a franja dourada no manto do cardeal; esperou que eles completassem a curva da estrada e, quando os perdeu de vista, voltou galopando para o albergue, onde foi prontamente recebido.

O estalajadeiro o reconheceu.

— Meu oficial — disse Athos —, esqueceu-se de fazer à dama uma recomendação importante; fui enviado para reparar o seu esquecimento.

— Suba — disse o estalajadeiro —, ela ainda está no seu quarto.

Athos aproveitou a permissão, subiu as escadas com os seus passos mais ligeiros até chegar ao topo e pela porta semiaberta ele viu *Milady*, que segurava o seu chapéu.

Ele entrou na sala e fechou a porta.

Milady virou-se ao ouvir o barulho da fechadura.

Athos estava próximo à porta, envolto em sua capa, que cobria até os seus olhos.

Quando ela viu aquela figura muda e imóvel como uma estátua, sentiu medo.

— Quem é você? O que quer? — perguntou ela.

– Veja só, é ela! — murmurou Athos.

E largando a capa e levantando o chapéu, ele avançou em direção a *Milady*.

– Reconhece-me, minha senhora? — perguntou ele.

Milady deu um passo adiante, depois recuou como se estivesse vendo uma serpente.

— Ora, ora! — disse Athos. — Está tudo bem, vejo que você me reconhece.

— O Conde de La Fère! — murmurou *Milady*, empalidecendo e se afastando até chegar à parede.

— Sim, minha senhora — respondeu Athos —, sou o próprio Conde de La Fère, que veio diretamente do outro mundo para ter o prazer de vê-la. Vamos nos sentar e conversar, como diz o cardeal.

Milady, dominada por um enorme terror, sentou-se sem pronunciar uma única palavra.

— Você é um demônio enviado para a Terra? — perguntou Athos. — O seu poder é grande, mas com a ajuda de Deus os homens já derrotaram os demônios mais terríveis. Você já cruzou o meu caminho, senhora, e eu pensei que tivesse ganhado a batalha; mas ou estou errado ou o inferno a trouxe de volta.

Com essas palavras que trouxeram memórias terríveis, *Milady* baixou a cabeça com um gemido abafado.

— Sim, o inferno a ressuscitou — continuou Athos —, o inferno a ressuscitou, deixou-a rica; o inferno lhe deu outro nome, o inferno quase a refez por completo, deu-lhe outro rosto; mas ele não apagou as manchas da sua alma, nem do seu corpo.

Milady se levantou como se fosse movida por uma mola, e os seus olhos se fixaram em Athos, que permaneceu sentado.

— Você também achou que eu estivesse morto, da mesma forma que eu a considerava morta, não foi? O nome de Athos escondido no Conde de La Fère, assim como o nome de *Milady* Clarick tinha escondido Anna de Áustria! Não era assim que você se chamava quando o seu irmão honesto nos casou? A nossa situação é realmente estranha — continuou Athos, rindo —, nós só vivemos até agora, porque pensamos que estávamos mortos, e porque uma memória é menos incômoda que uma criatura, mesmo que por vezes ela seja mais voraz do que uma memória.

— Mas, de qualquer forma — disse a senhora com uma voz baixa —, o que o traz até mim? O que você quer de mim?

— Quero dizer que, embora eu permaneça invisível aos seus olhos, eu não a perdi de vista.

— Sabe o que eu fiz?

— Posso contar suas ações dia a dia, desde sua entrada ao serviço do cardeal até hoje à noite.

Um sorriso de incredulidade se formou nos lábios pálidos de *Milady*.

— Ouça: foi você quem cortou os dois pingentes de diamante do ombro do Duque de Buckingham; foi você que raptou a Sra. Bonacieux; foi você que, apaixonada pelo Sr. de Wardes, e acreditando que estava passando a noite com ele, abriu sua porta para D'Artagnan; foi você quem, crendo que Wardes a havia enganado, queria que ele fosse morto pelo seu rival; foi você que, quando esse rival descobriu o seu infame segredo, queria que ele fosse morto por dois assassinos que você enviou para persegui-lo; foi você que, vendo que as balas tinham falhado, mandou vinho envenenado com uma carta falsa para fazer a sua vítima pensar que o vinho era um presente dos seus amigos; foi você, por fim, quem esteve nesta sala, e sentada na cadeira onde estou, acabou de acertar com o cardeal Richelieu o compromisso de mandar assassinar o Duque de Buckingham, e que em troca prometeu lhe dar o direito de matar D'Artagnan.

Milady estava esquálida.

— Seria você Satanás? – perguntou ela.

— Talvez — respondeu Athos —, mas em todo caso, ouça isso com atenção: mandar matar ou ter matado o Duque de Buckingham, pouco me importa, ele é um inglês. Mas não toque com a ponta dos seus dedos em um fio de cabelo de D'Artagnan, que é um amigo fiel que eu amo e defendo, ou juro pela cabeça do meu pai que será o último crime que você cometerá.

— D'Artagnan me ofendeu cruelmente — disse *Milady* com uma voz quase inaudível. — O Sr. D'Artagnan vai morrer.

— É realmente possível que alguém ainda consiga ofendê-la, minha senhora? — disse Athos, rindo. — Ele a ofendeu e vai morrer?

— Ele vai morrer — disse *Milady* — ela primeiro, ele depois.

Athos foi levado por uma vertigem: a visão daquela criatura, que nada tinha de mulher, trouxe de volta memórias terríveis; ele pensou que um dia, em um situação menos perigosa do que aquela em que se encontrava, ele já tinha querido sacrificá-la em sua honra; o seu desejo de crime voltou para ele queimando e com uma febre ardente; ele se levantou, levou a mão à cintura, puxou uma arma e a apontou para *Milady*.

Pálida como um cadáver, *Milady* queria gritar, mas a sua língua gelada não podia emitir mais do que um som rouco que nada tinha a ver com a fala humana e que parecia o guizo da morte de uma besta; presa contra os estofos sombrios, com os cabelos espalhados, parecia uma imagem assustadora do terror.

Athos levantou lentamente a sua arma, estendeu o braço para que a arma tocasse quase na testa da *Milady* e depois, com uma voz ainda mais terrível que tinha a calma suprema de uma resolução intransigente, disse:

— Madame, a senhora vai me entregar agora mesmo o acordo assinado pelo cardeal, ou juro pela minha alma que arrebento os seus miolos.

Com outro homem, *Milady* poderia ter alguma dúvida, mas ela conhecia Athos; no entanto, ela permaneceu imóvel.

— Você tem um segundo para decidir — disse ela.

Milady viu na contração do seu rosto que o tiro seria dado; ela pôs a mão dentro do vestido, tirou do peito um pedaço de papel e entregou para Athos.

— Pegue isso — disse ela —, e maldito seja!

Athos pegou o papel, voltou a pôr a arma na cintura e aproximou o papel da lâmpada para ter certeza de que era o documento que ele precisava. Desdobrou o ofício e leu:

O portador deste ofício "fez o que fez" às minhas ordens e para o bem do Estado.

3 de dezembro de 1627.

RICHELIEU.

— E agora — disse Athos, recuperando sua capa e voltando a vesti-la. — Agora que eu arranquei os seus dentes, sua víbora, morda-me se puder.

E saiu da sala sem sequer olhar para trás.

Na porta encontrou os dois homens e o cavalo que tinham em mão.

— Cavalheiros — disse ele — a ordem do Monsenhor, vocês sabem, é para levar essa mulher, sem perder tempo, para o forte de La Pointe e não deixá-la até que ela esteja a bordo.

Uma vez que essas palavras foram ditas de maneira consistente, com a ordem recebida, os homens baixaram a cabeça e concordaram.

Quanto a Athos, ele cavalgou de leve e galopou; só que, em vez de seguir a rota, foi para o campo, acelerando vigorosamente o seu cavalo e parando de vez em quando para escutar.

Em uma dessas paradas, ele ouviu vários cavalos passando pelo caminho. Não duvidava que fosse o cardeal e a sua escolta. Então, ele começou um novo caminho, escondeu o seu cavalo com a urze e as folhas das árvores e ficou do outro lado da estrada, a aproximadamente duzentos passos do acampamento.

— Quem vem? — gritou de longe quando viu os cavalheiros.

— Creio que seja o nosso corajoso mosqueteiro — disse o cardeal.

— Sim, Monsenhor, é ele.

— Sr. Athos — disse Richelieu —, receba os meus agradecimentos pelo bem que fez a todos nós! Cavalheiros, chegamos: entrem pela porta à esquerda, a senha é rei e re.

Ao dizer essas palavras, o cardeal acenou para os três amigos e seguiu para a direita, seguido pelo seu escudeiro, pois naquela noite ele dormiria no acampamento.

Os três amigos não trocaram uma única palavra até chegarem ao seu quartel, exceto para dar a senha para os sentinelas.

Enviaram Mousqueton para dizer a Planchet que pediam ao seu amo que, quando estivesse livre da trincheira, fosse imediatamente se encontrar com eles.

Por outro lado, como Athos tinha previsto, *Milady*, enquanto esteve na porta com os homens que a esperavam, não colocou nenhuma dificuldade para segui-los; por um momento ela quis ser conduzida ao cardeal para lhe contar tudo, mas uma revelação da sua parte levaria a outra por parte de Athos: ela diria que Athos a tinha enforcado, mas Athos diria que ela mesma teria puxado a corda; *Milady* achou melhor manter o silêncio, sair discretamente, para realizar com a sua capacidade normal a difícil missão que tinha assumido e depois, quando tudo estivesse feito a contento do cardeal, realizar a sua vingança.

Portanto, depois de viajar a noite toda, às sete da manhã estava no forte de La Pointe, às oito horas ela tinha embarcado e às nove horas o navio, que com a patente de corsário do cardeal seguia a caminho de Bayonne, levantava sua âncora e navegava para a Inglaterra.

CAPÍTULO 37

Desfecho

Logo que a escolta chegou a uma aldeia, quando levavam o rei de volta ao seu alojamento, os quatro amigos se retiraram cada um para o seu quarto ou para uma taberna isolada, onde não brincavam nem bebiam; apenas falavam em voz baixa, observando cuidadosamente se alguém os ouvia.

Um dia, quando o rei fez uma parada na estrada para caçar, os quatro amigos, de acordo com o seu costume, em vez de o seguirem na caçada, pararam na taberna da estrada.

Um homem vinha de Rochelle a galope, parou na porta para beber um copo de vinho e olhou atentamente na sala onde os quatro mosqueteiros haviam escolhido para se sentar à mesa.

— Olá, Sr. D'Artagnan! — disse ele. — Ora, ora, se não é o senhor que eu vejo por aqui...

D'Artagnan levantou a cabeça e deu um um grito de alegria. Aquele homem a quem já chamava de fantasma era o estranho de Meung.

— Ah, senhor! — disse o jovem. — Finalmente o encontro, e desta vez você não escapará.

— Também não é essa a minha intenção, senhor, porque desta vez eu esperava por você; em nome do rei o detenho, e ordeno que me entregue a sua espada, senhor, e sem resistência; ou ela entrará na sua cabeça, eu aviso.

— Quem é você? — perguntou D'Artagnan, baixando a espada, mas sem entregá-la.

— Eu sou o cavaleiro de Rochefort — respondeu o estranho —, o escudeiro do cardeal de Richelieu, e ordenaram-me que o levasse a Sua Eminência.

— Vamos voltar para Sua Eminência, cavalheiro — disse Athos apressado

—, e você vai aceitar a palavra do Sr. D'Artagnan, que vai se dirigir para Rochelle em linha reta.

— Devo colocá-lo nas mãos dos guardas, que o levarão para o acampamento.

— Nós o pegaremos, senhor, por nossa palavra de cavalheiros; e por essa mesma palavra de cavalheiros também — acrescentou Athos, em tom de desaprovação —, o Sr. D'Artagnan não nos abandonará.

O Sr. de Rochefort olhou para trás e viu que Porthos e Aramis estavam entre ele e a porta; e compreendeu que estava completamente à mercê daqueles quatro homens.

— Senhores — disse ele —, se o Sr. D'Artagnan quiser me dar a sua espada para unir a sua palavra à dos senhores, ficarei contente com a sua promessa de levá-lo ao acampamento do Sr. Cardeal.

— Tem a minha palavra, senhor — disse D'Artagnan —, e aqui está a minha espada.

— Assim está melhor — acrescentou Rochefort —, pois devo seguir a minha viagem.

— Se estiver viajando para conhecer *Milady* — disse Athos friamente —, é inútil, você não irá encontrá-la.

— O que aconteceu com ela, então? — perguntou Rochefort vividamente.

— Volte para o acampamento e se informe.

Rochefort permaneceu um momento em silêncio; então, como estava a apenas um dia de distância de Surgères, já que o cardeal tinha que acompanhar o rei, decidiu seguir o conselho de Athos e voltar para lá.

Além disso, o atraso lhe oferecia uma vantagem: cuidar de seu próprio prisioneiro.

Eles partiram outra vez.

No dia seguinte, às três horas da tarde, chegaram a Surgères. O cardeal esperava Luís XIII naquele lugar. O ministro e o rei trocaram muitos elogios, felicitaram-se mutuamente pela sorte que tirou a França do inimigo feroz que amotinou a Europa contra ela. Depois disso, o cardeal, que tinha sido avisado por Rochefort que D'Artagnan estava preso, e que estava com pressa para vê-lo, disse adeus ao rei, convidando-o para ver os trabalhos do dique que estavam finalizados.

Voltando àquela noite ao seu acampamento na ponte de La Pierre, o cardeal encontrou D'Artagnan sem espada e com os três mosqueteiros armados em frente à porta da casa onde morava.

Naquela ocasião, como ele era mais forte, olhou para ele com severidade, e com seus olhos, fez um sinal para D'Artagnan o seguir.

D'Artagnan obedeceu.

— Vamos esperar por você, D'Artagnan — disse alto Athos, o suficiente para o cardeal ouvi-lo. Sua Eminência franziu a testa, fez uma pausa por um momento, e depois continuou o seu caminho sem dizer uma palavra.

D'Artagnan andava atrás do cardeal, e Rochefort atrás de D'Artagnan; a porta era vigiada.

Sua Eminência se dirigiu para a sala que era usada como seu gabinete e fez um sinal para Rochefort apresentar o jovem mosqueteiro.

Rochefort obedeceu e retirou-se.

D'Artagnan ficou sozinho diante do cardeal; aquela era sua segunda entrevista com Richelieu, e mais tarde confessou que estava convencido de que seria sua última.

Richelieu ficou em pé, encostado na lareira, com uma mesa de distância entre ele e D'Artagnan.

— Senhor — disse o cardeal — você foi preso sob minhas ordens.

— Foi o que me disseram, Monsenhor.

— Você sabe o motivo?

— Não, Monsenhor, porque a única coisa pela qual eu poderia ser preso ainda é desconhecida por Vossa Eminência.

Richelieu olhou para o jovem. Ele perguntou:

— O que isso quer dizer?

— Se o Monsenhor quiser me contar primeiro os crimes que me foram imputados, eu lhe contarei mais tarde o que fiz.

— Você é acusado de crimes que fizeram com que cabeças mais altas caíssem diante de você, senhor! — disse o cardeal.

— Quais delas, Monsenhor? — perguntou D'Artagnan com uma calma que surpreendeu o próprio cardeal.

— Você é acusado de ter se correspondido com os inimigos do reino, você é acusado de ter descoberto os segredos do Estado, você é acusado de tentar levar os planos do seu general ao fracasso.

— E quem me acusa disso, Monsenhor? — disse D'Artagnan, que suspeitou que a acusação viesse de *Milady*. — Uma mulher marcada pela justiça do país, uma mulher que se casou com um homem na França e com outro na Inglaterra, uma mulher que envenenou seu segundo marido.

— O que diz, senhor? — perguntou o cardeal estupefato. — De qual mulher o senhor fala dessa maneira?

— De *Milady* de Winter — respondeu D'Artagnan. — Sim, da *Milady* de Winter, de quem sem dúvida Vossa Eminência desconhecia todos os crimes quando a honrou com sua confiança.

— Senhor — disse o cardeal —, se *Milady* de Winter cometeu todos os crimes que você diz, ela será punida.

— Já foi punida, Monsenhor.

— E quem a castigou?

— Nós a castigamos.

— Ela está na prisão?

— Ela está morta.

— Morta? — repetiu o cardeal. — Não acredito no que ouço! — Morta! Você disse que ela está morta?

— Ela tentou me matar três vezes e eu a perdoei, mas ela matou a mulher que eu amava. Então meus amigos e eu a pegamos, julgamos e condenamos.

D'Artagnan relatou então o envenenamento da Sra. Bonacieux no convento carmelita de Bhétune, o julgamento da casa isolada e a execução nas margens dos Lys.

Um tremor percorreu todo o corpo do cardeal, que, no entanto, não demonstrou facilmente.

Mas, de repente, como se estivesse sob a influência de um pensamento mudo, o rosto do cardeal, que até então era sombrio, foi clareando pouco a pouco, chegando à mais perfeita serenidade.

— Foi assim... — disse ele com uma voz cuja doçura contrastava com a severidade de suas palavras — assim que se tornaram juízes , sem pensar; aqueles que não têm a missão de punir e punem são assassinos.

— Monsenhor, juro que nem por um instante tive a intenção de defender a minha cabeça contra a sua. Vou sofrer o castigo que Vossa Eminência me quer infligir. Não amo tanto a vida como temo a morte.

— Sim, eu sei, você é um homem de bom coração, senhor — disse o cardeal em voz alta. — Portanto, posso lhe dizer antecipadamente que você será julgado e até mesmo condenado.

— Qualquer outra pessoa poderia responder a Vossa Eminência que tem o seu perdão no bolso; vou me contentar em dizer: "Ordene, Monsenhor, e tudo será cumprido".

— O seu perdão? — perguntou Richelieu surpreso.

— Sim, Monsenhor — disse D'Artagnan.

— E assinado por quem? Pelo Rei?

O cardeal pronunciou essas palavras com uma singular expressão de desprezo.

— Não, por Vossa Eminência.

— Por mim? Você está louco, senhor.

— O Monsenhor reconhecerá, sem dúvida, a sua escrita.

E D'Artagnan apresentou ao cardeal exatamente o documento que Athos tinha arrancado de *Milady*, e entregado a D'Artagnan para servir de salvaguarda.

Sua Eminência pegou no jornal e leu com uma voz lenta apoiada em cada sílaba:

O portador desta carta "fez o que fez" por ordens minhas e para o bem do Estado.

Acampamento de Rochelle, 5 de agosto de 1628.

RICHELIEU.

Depois de ter lido essas duas linhas, o cardeal se pôs a meditar, mas não devolveu o jornal a D'Artagnan.

— Medite sobre o tipo de tortura que me fará morrer —, disse D'Artagnan em silêncio, pois verá um cavalheiro morrer.

O jovem mosqueteiro estava com uma disposição excelente para morrer como um herói.

Richelieu continuou pensando, rolando e desenrolando o papel em suas mãos.

Finalmente, ele levantou a cabeça, fixou o olhar de águia naquela fisionomia leal, aberta, inteligente, leu nesse rosto sulcado de lágrimas todos os sofrimentos que ele havia enxugado por um mês, e pensou pela terceira ou quarta vez em quanto futuro tinha aquele menino de 21 anos, e que recursos sua atividade, sua coragem e sua engenhosidade poderiam oferecer a um bom mestre.

Por outro lado, os crimes, o poder, o gênio infernal de *Milady* assustaram-no mais de uma vez. Parecia uma alegria secreta ser libertado para sempre daquela perigosa cúmplice.

Ele rasgou lentamente o papel que D'Artagnan tinha lhe entregado tão generosamente.

"Estou perdido", disse D'Artagnan a si mesmo.

E curvou-se profundamente perante o cardeal como um homem que diz: "Senhor, que seja feita a tua vontade!".

O cardeal aproximou-se da mesa e, sem se sentar, escreveu algumas linhas em um pergaminho cujos dois terços já estavam preenchidos e pôs o seu selo.

— Esta é a minha condenação — disse D'Artagnan. — Poupe-me o tédio da Bastilha e a lentidão de uma prova.

— Pegue, senhor — disse o cardeal ao jovem —, tomei de você um salvo-conduto e estou devolvendo outro. Falta o nome naquele despacho: escreva-o você mesmo.

D'Artagnan pegou hesitante no papel e colocou os olhos nele.

Agora ele era um tenente dos mosqueteiros.

D'Artagnan caiu aos pés do cardeal.

— Monsenhor — disse ele —, a minha vida é sua; disponha dela de agora em diante. Tenho três amigos que são mais merecedores e mais dignos...

— Você é um rapaz corajoso, D'Artagnan — interrompeu o cardeal, familiarmente a dar-lhe palmadinhas no ombro, encantado por ter derrotado a sua natureza rebelde. — Faça com esse ofício o que quiser. Lembre-se de que, embora o nome esteja em branco, eu o dei a você.

— Nunca o esquecerei — respondeu D'Artagnan. — Vossa Eminência pode ter certeza disso.

O cardeal virou-se e disse em voz alta:

— Rochefort!

O cavalheiro, sem dúvida atrás da porta, entrou no ponto.

— Rochefort — disse o cardeal —, lá você vê o Sr. D'Artagnan; eu o acolho entre meus amigos; então que seja abraçado, e se quiser manter alguém na sua cabeça, que seja prudente.

Rochefort e D'Artagnan beijaram-se com a ponta dos lábios, mas o cardeal estava lá, observando-os com o seu olhar atento.

Saíram da sala ao mesmo tempo.

— Vamos nos encontrar um ao outro, não vamos, senhor?

— Quando você quiser — respondeu D'Artagnan.

— A ocasião virá — respondeu Rochefort.

— O quê? — Richelieu abriu a porta.

Os dois homens sorriram, apertaram as mãos e cumprimentaram Sua Eminência.

— Já estávamos impacientes — disse Athos.

— Eu estou aqui, meus amigos! — respondeu D'artagnan. — Não só livre, mas favorecido.

— Vai nos contar sobre isso?

— Hoje à noite.

De fato, naquela mesma noite D'Artagnan foi ao alojamento de Athos, a quem encontrou prestes a esvaziar sua garrafa de vinho espanhol, ocupação que exercia religiosamente todas as noites.

Ele contou o que tinha acontecido entre o cardeal e ele, e tirou o despacho da bolsa:

— Pegue, meu querido Athos, disse ele — depende apenas de você.

Athos sorriu com o seu doce e encantador sorriso.

— Meu amigo — disse ele —, para Athos é demais; para o Conde de La Fère é muito pouco. — Meu Deus, como deve ter custado caro!

D'Artagnan deixou o quarto de Athos e entrou no de Porthos.

Ele o encontrou vestido com um terno magnífico, coberto de brocados esplêndidos e olhando para si mesmo em um espelho.

— Ah, ah... — disse Porthos. — É você, querido amigo! Como estou neste terno?

— Maravilhoso — disse D'Artagnan —, mas vim com uma proposta de um traje que cairá ainda melhor em você.

— Qual deles? — perguntou Porthos.

— O de tenente mosqueteiro.

D'Artagnan contou a Porthos sobre sua entrevista com o cardeal, e tirou o despacho de sua bolsa.

— Pegue, querido — disse ele —, escreva o seu nome ali, e seja um bom patrão para mim.

Porthos olhou para o despacho e o devolveu para D'Artagnan, para grande surpresa do jovem.

— Sim — disse ele —, eu ficaria muito lisonjeado, mas não teria tempo para apreciar esse favor. Durante a nossa expedição a Bhétune, o marido da minha duquesa foi morto; felizmente, meu caro amigo, o coração da viúva bate por mim e me casarei com ela. Veja, estou experimentando o traje do meu casamento. Fique com o lugar de tenente, meu querido amigo, fique com ele.

E entregou o despacho a D'Artagnan.

O jovem entrou no quarto de Aramis.

Ele o encontrou ajoelhado, com a testa encostada em seu livro, aberto havia horas.

D'Artagnan contou a ele sobre sua entrevista com o cardeal e, pela terceira vez, tirou o despacho de sua bolsa:

— Você, nosso amigo, nossa luz, nosso protetor invisível — disse ele

—, aceite este ofício; você o merece mais do que ninguém, por sua sabedoria e por seus conselhos sempre executados com resultados tão felizes.

— Ah, meu querido amigo! — disse Aramis. — As nossas últimas aventuras me fizeram ter uma aversão total pela vida dos homens de espada. Desta vez minha decisão é irrevogavelmente tomada: depois do cerco, entrarei para o seminário de Lázaro. Mantenha esse cargo, D'Artagnan: o ofício das armas cai bem para você, que será um capitão corajoso e afortunado.

D'Artagnan, com os olhos molhados de gratidão e resplandecentes de alegria, voltou a Athos, a quem encontrou ainda à mesa olhando para a sua última taça do vinho de Málaga à luz da lâmpada.

— Bem! — Eles também se recusaram.

— Ninguém, meu caro amigo, é mais digno desse ofício do que você.

Pegou uma caneta, escreveu o nome de D'Artagnan no despacho e lhe entregou.

— Não terei mais amigos — disse o jovem. — Ai de mim, não sobrará nada além de lembranças amargas.

E deixou sua cabeça cair entre suas mãos, enquanto duas lágrimas escorriam pelas maçãs de seu rosto.

— Você é jovem — respondeu Athos — e suas lembranças amargas se transformarão em doces lembranças.

Epílogo

Privada da ajuda da frota inglesa e da divisão prometida por Buckingham, La Rochelle se rendeu depois de um ano. Foi capitulada no dia 28 de outubro de 1628.

O rei fez sua entrada em Paris no dia 23 de dezembro do mesmo ano. Foi recepcionado como se voltasse de uma vitória contra os seus inimigos.

Entrou pelo bairro Saint-Jacques debaixo de arcos cobertos de vegetação.

D'Artagnan assumiu o posto de tenente de bom grado. Porthos abandonou o serviço e se casou, e durante o ano seguinte, a senhora Coquenard, o cofre tão desejado, tinha oitocentas mil libras.

Mousqueton recebeu uma farda magnífica, além da satisfação de viajar em uma carruagem dourada, como sonhou durante toda sua vida.

Aramis desapareceu depois de uma viagem a Lorraine, sumiu e deixou de escrever aos seus amigos. Mais tarde, souberam pela senhora Chevreuse que ele estava em um convento em Nancy. Bazin se converteu em novo cristão.

Athos seguiu sendo mosqueteiro, às ordens de D'Artagnan, até 1663, quando fez uma viagem a Touraine e também deixou o serviço alegando que recebeu uma herança na colônia de Rousillon.

Grimaud seguiu Athos.

D'Artagnan duelou três vezes com Rochefort e o feriu nas três vezes.

— Provavelmente eu o matarei na quarta — disse o tenente, estendendo a mão para levantá-lo.

— Seria melhor, para você e para mim, que parássemos por aqui — respondeu o ferido. — Diabos! Sou mais seu amigo do que você pensa, porque desde o primeiro encontro, eu poderia, dizendo uma palavra ao cardeal, fazer ele cortar sua cabeça.

Daquela vez se abraçaram, mas de bom coração e sem segundas intenções.

Planchet ganhou de Rochefort o posto de sargento dos guardas. O Sr. Bonacieux vivia muito tranquilo, ignorando completamente o que havia acontecido à sua mulher, ficando em paz. Um dia teve a imprudência de se lembrar do cardeal, que respondeu que se encarregaria de que nada lhe faltasse dali em diante.

Realmente, no dia seguinte, quando o Sr. Bonacieux saiu às sete da noite para se dirigir ao Louvre, ele não voltou a aparecer mais na rua des Fossoyeurs; a opinião de quem estava mais informado era que ele estava alojado em algum castelo real, graças à generosidade de Sua Eminência.